Lauren Miller

Eden Academy

Lauren Miller wuchs in Atlanta auf und studierte in Yale und Berkeley. Mit ihrem Mann zog sie nach Südkalifornien und entdeckte ihre Leidenschaft für das Schreiben. Seitdem hat sie bereits zwei Bücher in den USA veröffentlicht.

Mehr Infos auf laurenmillerwrites.com

Lauren Miller

EDEN ACADEMY

DU KANNST DICH NICHT VERSTECKEN

Aus dem amerikanischen Englisch
von Sylke Hachmeister

Ravensburger Buchverlag

Als Ravensburger Taschenbuch
Band 58506
erschienen 2017

MIX
Aus verantwortungsvollen Quellen
FSC® C114500

2 3 4 5 E D C B A

Ungekürzte Ausgabe

Die Originalausgabe erschien 2014 unter dem Titel „Free to Fall“
bei HarperTeen.

Die Zitate auf den Seiten 32, 240, 241, 244, 331, 439, 481
wurden der folgenden Ausgabe entnommen:
John Milton, „Das verlorene Paradies“, aus dem Englischen von Hans Heinrich
Meier, © 1968, 2008 Philipp Reclam jun. GmbH & Co., Stuttgart.
Wir bedanken uns für die freundliche Abdruckgenehmigung.

Umschlaggestaltung und -motiv: Henry's Lodge
Lektorat: Franziska Jaekel

Printed in Germany

ISBN 978-3-473-58506-9

www.ravensburger.de

In liebevoller Erinnerung an meine Oma Bea,
die bestimmt mit APS eingewiesen worden wäre.

1

Die Nachricht kam in einem schlichten Briefumschlag, was ihr mehr und zugleich weniger Bedeutung verlieh. Mehr, weil mein Name und der Absender schwarz auf weiß darauf standen, ein bisschen wie in Stein gemeißelt. Weniger, weil nichts an dem Umschlag verriet, dass sich darin eine alles verändernde Mitteilung befand.

Der Brief kam einen Monat nach meinem sechzehnten Geburtstag, an einem ganz gewöhnlichen Mittwoch im April. Neunzehneinhalb Stunden später hatte er einen beeindruckenden Kaffeefleck und war immer noch ungeöffnet.

„Lies ihn doch einfach", sagte Beck, das Gesicht hinter der Kamera. Er hatte die Linse auf das schräge Glasdach gerichtet, hielt den Auslöser gedrückt und schoss mehrere Aufnahmen schnell hintereinander. Es war Donnerstagmittag und wir verbrachten die Freistunde wie üblich im Gemeinschaftsraum der Bücherei, der weder einem Gemeinschaftsraum noch einer Bücherei auch nur entfernt ähnelte. Das Ganze erinnerte eher an eine Kreuzung aus Gewächshaus und Stahlkäfig. Es war

Viertel nach eins und wir kamen wahrscheinlich schon wieder zu spät zur fünften Stunde, aber keiner von uns hatte es eilig. Beck wollte noch mehr Fotos knipsen und ich war mit meinen Gedanken überall, nur nicht beim Psychologieunterricht.

„Ich weiß schon, was drinsteht", sagte ich und drehte den Umschlag in den Händen. „Er ist dünn. Also eine Absage."

„Ein Grund mehr, ihn zu öffnen." Beck richtete die Kamera auf das Mädchen am Kaffeestand. Das Objektiv fuhr aus, als er das Gesicht heranzoomte. Mein bester Freund war leicht besessen von dem Kaffeemädchen, während sie sich kein bisschen für den schlaksigen Teenager interessierte, der sie mehr oder weniger stalkte.

„Wenn ich sowieso schon weiß, was drinsteht, brauche ich ihn auch nicht zu öffnen", sagte ich bockig.

„Ist das dein Ernst?" Beck sah mich an.

Ich zuckte die Schultern.

Beck rupfte mir den Umschlag aus den Händen und riss ihn sofort auf.

„Hey!", schrie ich und versuchte mir den Brief zurückzuholen. Aber Beck faltete das Schreiben schon auseinander. Eine knopfgroße Anstecknadel glitt aus der Knickfalte und fiel zu Boden. Sie rollte ein paar Zentimeter weiter, dann blieb sie auf der Seite liegen. Warum sollten sie mir eine Anstecknadel schicken, wenn ich nicht …

„Liebe Ms Vaughn", las Beck vor. „Wir freuen uns, Ihnen mitteilen zu können, dass Sie in den Jahrgang 2032 der Eden Academy aufgenommen sind. Bla bla bla, der Rest ist uninteressant. *Du bist angenommen!*"

„Pssst“, zischte eine Frau gegenüber ärgerlich. Sie zeigte auf ihr Tablet. „Das hier ist eine Bücherei.“

Ohne sie anzusehen, richtete Beck die Kamera auf ihr Gesicht und drückte auf den Auslöser.

„Lass das!“, keifte sie.

Ich bückte mich nach der Anstecknadel. Sie war rund und golden und sah aus wie ein Ding, das mein Opa hätte tragen können. Allerdings habe ich keinen meiner Opas kennengelernt, deshalb kann ich das eigentlich nicht beurteilen. Ich steckte die Nadel in die Jackentasche und ließ die Hand sicherheitshalber in der Tasche. Beck fotografierte immer noch.

„Sie müssen meinen Freund entschuldigen“, sagte ich zu der Frau und reichte Beck seine Tasche. „Er hat heute seine Medikamente vergessen.“

„Das stimmt“, sagte Beck mit ernster Miene.

Ich riss ihn am Arm und zog ihn zum Ausgang. Erst als wir draußen auf der Fifth Avenue unter dem Vordach standen und der kalte Sprühregen uns auf die Stirn fiel, wurde mir bewusst, was Beck gerade gesagt hatte: Ich war angenommen. Ich würde nach Eden wechseln. Das Bewerbungsverfahren war hart, aber danach war alles ganz einfach. Wenn man erst mal zugelassen war, musste man sich um nichts mehr kümmern. Anreise, Unterkunft, Mahlzeiten – alles bezahlt von der Dreißig-Milliarden-Dollar-Stiftung.

„Zeig her“, sagte ich und nahm Beck das Schreiben aus der Hand. Ich musste es mit eigenen Augen sehen.

„Ich wusste, dass sie dich nehmen.“

„Ja, ganz bestimmt."

„Rory, du besuchst schon seit der achten Klasse College-Kurse. Du überarbeitest Einträge in Panopticon, weil du dich über historische Ungenauigkeiten ärgerst."

„Ein einziges Mal hab ich das gemacht!"

Beck zog eine Augenbraue hoch.

„Verlinkte Seiten zählen als ein Eintrag", sagte ich.

„Egal. Ich will ja nur sagen, wenn irgendwer auf eine Begabtenschule gehört, dann du."

Aber Eden war so viel mehr als eine Begabtenschule. Das zweijährige Vorbereitungsprogramm für das College – einzigartig im ganzen Land – garantierte den Absolventen einen Freifahrschein zum College ihrer Wahl und anschließend einen Job auf der Führungsebene. Man musste bloß den Abschluss schaffen. Doch das war nach allem, was ich gelesen hatte, nicht gerade ein Kinderspiel. Selbst wenn man angenommen wurde. Die Schule hatte nur zweihundertachtundachtzig Schüler, die zwanzig Hektar in einer winzigen Stadt im westlichen Massachusetts bewohnten. Ich kannte den Prospekt praktisch auswendig. „Die Schüler, die in Eden lernen wollen, sind felsenfest davon überzeugt, dass unser Programm das Richtige für sie ist", stand auf der ersten Seite. „Doch sie sind klug genug zu wissen, dass andere ihre Fähigkeiten besser beurteilen können als sie selbst. Deshalb unterwerfen sie sich bereitwillig unserem strengen Bewerbungsverfahren."

Streng traf es gut: vier Essays à tausend Wörter, ein IQ-Test, zwei psychologische Tests, drei Gutachten von Lehrern und ein kryptisches Bewerbungsgespräch mit einem Mitglied des

Aufnahmegremiums. Das alles hatte es in sich, aber die Zulassung war ja auch so etwas wie eine goldene Eintrittskarte ins Leben. Hätte man Schulgeld zahlen müssen, hätte ich mich gar nicht erst beworben. Doch der Schulbesuch war tatsächlich umsonst, und so wagte ich es einfach, ohne irgendwem – außer meinem Vater und Beck – davon zu erzählen. Ich war nicht „felsenfest davon überzeugt", dass ich nach Eden gehörte, da war nur ein bohrendes Vielleicht.

„Dein Schirm", erinnerte ich Beck, als er hinaus in den Regen trat.

„Ach egal, war sowieso kaputt."

„Du kannst doch nicht einfach deinen Schirm liegen lassen."

„Wieso nicht? Weil ich unbedingt einen Vier-Dollar-Schirm mit zwei gebrochenen Streben brauche?" Er legte den Kopf zurück und streckte die Zunge raus. „Außerdem weiß ich gar nicht, ob diese Wolkenspucke überhaupt als Regen durchgeht."

„Du bist bloß zu faul, noch mal zurückzugehen."

Beck holte sein Smartphone heraus, ein generalüberholtes Gemini 4. „Lux, bin ich faul?"

„Ich weiß nicht", antwortete Lux mit einer Stimme, die genauso klang wie Becks. Die Entscheidungs-App wurde mit einer vorinstallierten Stimme geliefert, die jedoch niemand benutzte. Es war viel cooler, die eigene Stimme zu hören. „Dein Schirm befindet sich im Eingang der Bibliothek auf der Seite der Fourth Avenue. Bei deinem durchschnittlichen Tempo dauert es etwa zwei Minuten und zwanzig Sekunden, ihn zu holen. Möchtest du jetzt gehen?"

„Nö", sagte Beck fröhlich und steckte sein Gemini wieder ein.

„Ich hol ihn", murmelte ich. Ich steckte den Brief unter die Jacke und flitzte die Madison Street runter. Nicht, dass mir an Becks Schirm so viel gelegen hätte. Aber Lux wusste, wie billig er war, dass wir schon fast an der Schule waren und zu spät zur fünften Stunde kamen – und trotzdem war die App dafür, dass Beck zurückging und den Schirm holte. Vielleicht war es also wirklich wichtig.

Der Idiot wartete natürlich nicht auf mich und in den fünfundvierzig Sekunden, die ich für den Rückweg brauchte, hörte es auf zu regnen. Ich überlegte, ob ich ihm hinterherrennen sollte, aber ich trug Ballerinas mit mieser Bodenhaftung und wollte mir das Hochgefühl über die Aufnahme in Eden nicht von einer Bruchlandung auf dem Gehweg zunichtemachen lassen. Also nahm ich die Ohrhörer und rief meine Playlist auf. Die Songs ließ ich von Lux auswählen.

Ein paar Straßenecken vor der Schule holte ich Beck ein. Er stand auf dem Gehweg und betrachtete grinsend ein Foto auf dem Display seiner Kamera. Er hielt es mir hin. Das Foto zeigte eine Obdachlose, die mit ihren hohlen Augen direkt in die Kamera guckte. *Ich will Ihr Geld nicht,* stand auf einem Pappschild in ihrem Schoß. *Schauen Sie mich einfach an, damit ich weiß, dass ich existiere.* Die Worte und ihr Gesichtsausdruck waren faszinierend, aber etwas anderes machte das Foto noch wirkungsvoller: Die Passanten im Vordergrund hatten den Blick auf ihre Handys geheftet und hetzten die Straße entlang, ohne die Frau mit dem Schild wahrzunehmen.

„Drei Minuten später hat ein Polizist sie verscheucht", sagte Beck. Er stieß mich mit dem Ellbogen an. „War doch gut, dass ich den Schirm dagelassen hab, oder?"

„Ein kleiner Preis für so ein Foto", musste ich zugeben.

„Ich könnte eine ganze Serie solcher Bilder schießen", sagte Beck aufgeregt, während wir weitergingen. Wir waren schon zwei Minuten zu spät dran. Ich holte mein Gemini heraus, um unsere voraussichtliche Ankunftszeit zu checken. Zweiundneunzig Sekunden bis zum Campus, dann noch dreiunddreißig bis zum Psychologieraum. Ich schaute immer noch auf das Display, als Beck sagte: „Ist ja nicht schwer, Leute zu finden, die von lauter Idioten mit Handys ignoriert werden."

Wie auf Kommando stolperte ich über einen unebenen Pflasterstein.

Beck sah mich an. „Musst du echt auf die Millisekunde genau wissen, wie schnell wir vorankommen? Wir kommen an, wenn wir ankommen, Rory. Oder auch nicht."

Beck hatte ein ambivalentes Verhältnis zu seinem Smartphone. Natürlich benutzte er es, aber nur zum Telefonieren und für SMS. Ich dagegen machte alles mit meinem Gemini. Meinen Kalender, meine Hausaufgaben, meine Forumseite, die Playlist und Bücher – das alles wollte ich jederzeit griffbereit haben. Und natürlich musste Lux immer dabei sein, damit alles glatt lief. Ich benutzte die App bestimmt tausendmal am Tag. Was soll ich anziehen? Wo soll ich mich hinsetzen? Wen soll ich für den Sadie-Hawkins-Ball fragen? Bei jeder wichtigen Entscheidung – und auch bei fast jeder unwichtigen – befragte ich Lux. Mit einer Ausnahme: Eden. Ich hatte Lux nicht gefragt, ob ich mich bewerben soll, weil ich zu große Angst hatte, die Antwort könnte Nein lauten.

An der Schule trennte ich mich von Beck und ging zum Psychologiekurs. Im Weitergehen scrollte ich durch den Newsfeed. Deshalb sah ich Hershey Clements erst, als ich fast gegen sie lief.

„Du bist Rory, stimmt's?“ Sie stand vor meinem Klassenraum. Die dunklen Haare trug sie zu einem dieser kunstvollen Knoten hochgesteckt, die man manchmal in Zeitschriften sieht, aber selber nie im Leben hinbekommt. Sie hatte Lidschatten aufgelegt, aber keine Wimperntusche, und dunkelrosa Lipgloss. Es war gerade so viel Make-up, dass es Eindruck machte und man doch sofort sah, dass Hershey es überhaupt nicht nötig hätte. Sie sah umwerfend aus. Und schön gebräunt. In den Frühlingsferien war sie mit ihren Eltern in Dubai gewesen. Ich wusste das, weil sie mich auf ihrer Forumseite unerklärlicherweise zu ihren Freunden hinzugefügt hatte, obwohl wir uns noch nie richtig unterhalten hatten. So wurde ich während ihres Urlaubs über ihre ständigen Statusmeldungen auf dem Laufenden gehalten. Letzten Montag war sie mit einer Henna-Fußknöchelverzierung und Toffee-Teint zurückgekehrt. Wir Daheimgebliebenen kamen uns bleich, arm und unkultiviert vor.

„Äh, hi!“, sagte ich.

Sie sah mich mit einem abschätzenden Blick an. Was wollte sie von mir? Hershey Clements stand nicht grundlos im Flur herum, um auf mich zu warten. Mädchen wie sie sprachen nicht mit Mädchen wie mir. An unserer Schule stand sie ganz oben auf der Liste der angesagten Mädchen, und da stand ich ganz sicher nicht. Ich war kein Loser oder so, aber da ich immer mit einem Jungen abhing, der zu cool war, um cool zu sein, keine Mädchenfreundschaften vorzuweisen hatte – als Einzelkind mit toter Mutter hab ich's nicht so mit weiblichen Bindungen –, war ich nicht gerade eine Kandidatin für die nächste Homecoming Queen. Trotzdem war dieses Wer-warst-du-noch-mal-Getue lächerlich. Hershey wusste genau, wer ich war. Wir hatten schon seit der sechsten Klasse jedes Jahr mindestens zwei Kurse zusammen.

„Ich muss zugeben, ich war ziemlich überrascht, als ich deinen Namen gelesen habe", sagte sie.

Wie bitte?

„Ich meine, ich wusste zwar, dass du gute Noten hast, aber ich dachte, das kommt bloß daher, weil du immer nur lernst und so."

Ich hatte keine Ahnung, wovon sie redete.

„Ich hab gesehen, dass du in Eden angenommen bist", sagte sie und verdrehte die Augen, als stünde ich total auf der Leitung.

„Echt?" Ich hatte den Brief doch selbst erst vor zwanzig Minuten geöffnet und es nirgends gepostet. Hatte Beck es auf Forum eingestellt?

„Ja logisch! Die App bringt jeden Tag neue Infos. Eine Woche, nachdem sie den Brief rausschicken, setzen sie deinen Namen auf die Liste."

„Was für eine App?"

Hershey stieß einen Seufzer aus, als sei es furchtbar mühsam, mit einem Trottel wie mir zu kommunizieren. Sie zog ihr Smartphone aus der Gesäßtasche ihres Jeansrocks. „Die Eden-App“, erklärte sie und tippte auf ein kleines Baum-Icon, das genauso aussah wie das Symbol auf meiner Anstecknadel. Sie hielt mir das Handy unter die Nase.

„Warte mal, wieso hast du …?“ Innen an ihrem Handgelenk glitzerte etwas Goldenes. Der Eden-Anstecker. Sie hatte ihn an die Manschette ihres Kaschmir-Blazers gesteckt. Auf einmal kapierte ich. Ich schaute sie an. „Du bist auch angenommen.“

„Guck nicht so überrascht.“

„Ich bin nicht überrascht“, log ich.

„Egal. Ist schon okay. Wahrscheinlich hat meine Oma mich reingekauft. So ist mein Vater jedenfalls nach Eden gekommen. Hey, zeig mal dein Handy.“

Sie fasste mir an die hintere Hosentasche und zog mein Gemini heraus. Sie hielt meine Teilen-Taste an ihre eigene. „So“, sagte sie und gab mir das Handy zurück. „Jetzt hast du meine Nummer. Wir sind befreundet.“

Als wäre es selbstverständlich, dass ich mit ihr befreundet sein wollte.

Dann drehte sie sich auf dem Absatz um, machte die Tür zum Kursraum auf und schlenderte hinein.

2

Bis August war es eine Ewigkeit. An manchen Tagen fühlte es sich an, als würde es nie so weit sein. Als hätte sich die Zeit tatsächlich verlangsamt, um irgendwann stehen zu bleiben. Mein Vater, der sonst immer ganz locker war, wurde auf einmal gefühlsduselig. Er sah mich beim Abendessen an wie einer dieser Väter aus irgendeinem schnulzigen Hochzeitsfilm. Meine Stiefmutter benahm sich ähnlich albern.

Zum Glück arbeiteten beide ganztags, mein Vater auf der Baustelle und meine Stiefmutter in einem Schokoladengeschäft in Beacon Hill. So war ich tagsüber allein. Die Nachmittage verbrachte ich meist mit Beck. Ich begleitete ihn bei der fotografischen Aufgabe, die sein wöchentlich wechselnder Mentor ihm gestellt hatte. Beck nahm am nationalen Berufsbildungsprogramm teil. Diesen und nächsten Sommer absolvierte er Praktika und nach der Highschool stieg er dann direkt ins Berufsleben ein. Statt College stand für ihn eine zweijährige, staatlich subventionierte Ausbildung auf dem Plan. Als er seine letzte Aufgabe in diesem Sommer bekam –

einen Tag im Leben eines Bewohners von Nickelsville festzuhalten, der letzten verbliebenen Zeltstadt von Seattle –, war er total aus dem Häuschen.

Es war der Abend vor meiner Abreise und wir hatten den ganzen Tag zwischen den fuchsienfarbenen Zelten verbracht. Jetzt war es schon nach sieben und Beck hatte Tausende Fotos von seinem Protagonisten geknipst, einem Obdachlosen namens Al, dessen linkes Bein kurz über dem Knie amputiert war. Das Licht wurde schwächer und ich wurde langsam unruhig. Ich stellte Lux auf stumm, doch die Worte Begib dich in eine sichere Gegend blinkten auf dem Display.

„Die Aufgabe war doch *ein Tag* in seinem Leben, oder?“, sagte ich leise zu Beck. „Nicht eine Nacht. Lass uns zurück in die Stadt fahren.“

„Mitten in der goldenen Stunde?“ Beck hatte die Kamera vorm Auge und schoss mehrere Aufnahmen von Al, wie er in einem Metalleimer vor seinem Zelt ein kleines Feuer machte. „Rory, sieh dir den Himmel an. Das ist der feuchte Traum jedes Fotografen.“

Ich rümpfte die Nase. „Bäh.“

„Wenn du gehen willst, dann geh“, sagte er, ohne die Kamera herunterzunehmen. „Du hast ja nachher das Essen mit deinem Vater.“

Am nächsten Morgen reiste ich ab und mein Vater wollte mich zum Abschied ins *Serious Pie* ausführen. Nur wir zwei. Ich hatte ihm gesagt, es sei für mich völlig okay, wenn meine Stiefmutter mitkäme. Aber er bestand darauf, dass nur wir beide ausgingen, und versicherte mir, sie sei nicht beleidigt.

Das bezweifelte ich, aber ich freute mich auch darauf, ihn an meinem letzten Abend für mich allein zu haben. Kari tat meinem Vater gut, aber ich hatte zu ihr noch weniger eine Beziehung als zu ihm, also gar keine.

„Ich will dich hier nicht allein lassen." Ich sprach noch leiser als vorhin.

„Ich komme klar", sagte Beck. Endlich ließ er die Kamera sinken und sah mich an. „In einer halben Stunde ist das Licht sowieso weg. Und der da passt auf." Er deutete auf einen uniformierten Polizisten, der auf der anderen Straßenseite in seinem Wagen saß.

„Okay", sagte ich, immer noch unsicher. Nicht ohne Grund hielt Lux Leute wie uns von solchen Vierteln fern – wenn man ein Obdachlosencamp überhaupt als „Viertel" bezeichnen wollte. „Aber kannst du wenigstens Lux einschalten? Ich hab ein besseres Gefühl, wenn ich weiß, dass du es benutzt."

„Nee", sagte Beck freundlich und hielt die Kamera wieder vors Auge.

Ich seufzte. Ich wusste, dass ich die Diskussion nicht gewinnen würde. Da verschwendete ich nur meine Zeit.

Das war eben Beck. Er machte sich nicht abhängig von der Technik. Lieber vertraute er seinem Instinkt, seinem Bauchgefühl. Er sagte, das mache das Künstlerdasein aus. Aber ich wusste es besser. Er hörte nicht auf sein Bauchgefühl, sondern auf den Zweifel.

Schon als wir klein waren, hatte er diese Stimme im Kopf gehabt. Einige von uns hatten das damals. Ein Flüstern, das uns Anweisungen gab, uns beruhigte und an das Unmögliche glauben ließ, uns nach links drängte, wenn die Vernunft nach rechts zeigte. Die sogenannte „innere Stimme" war kein neues Phänomen – es gibt sie, seit es Menschen gibt –, doch erst vor Kurzem hatten Neurowissenschaftler sie näher definiert. Jahrhundertelang hatte man geglaubt, sie wäre etwas Gutes, eine Art übersinnliche Intuition. Manche sprachen sogar von der Stimme Gottes. Heute wusste man, dass das „innere Flüstern" nichts weiter als ein kleiner Defekt in der Schaltung des Gehirns war. Es hatte mit Synapsenreduktion und der Entwicklung des Frontallappens zu tun. Dass das Phänomen seit einigen Jahren als „Zweifel" bezeichnet wurde, ging unter anderem auf eine große öffentliche Kampagne zurück, gesponsert von einem Pharmaunternehmen, das die Arznei zur Unterdrückung der inneren Stimme entwickelt hatte. Die Bezeichnung „Zweifel" sollte daran erinnern, was die Stimme wirklich war: der Feind der Vernunft. Bei jungen Menschen wurde sie noch nicht als besorgniserregend eingestuft. In einer bestimmten Phase der Hirnentwicklung taucht sie auf und verschwindet von ganz allein wieder – wenn man alt genug ist, sie zu ignorieren. Bei Erwachsenen galt sie jedoch als Symptom einer neurologischen Störung, die, wenn sie unbehandelt bleibt, immer weiter fortschreitet, bis man am Ende keinerlei rationale Entscheidungen mehr treffen kann.

Die Marketingkampagne erfüllte ihren Zweck. Die Leute bekamen Panik. Ich ging zu der Zeit in die fünfte Klasse und hörte die Stimme andauernd. Wir lernten verschiedene Verdrängungsmechanismen – wie man den Zweifel mit Lärm und Unterhaltung erstickte, den Geist mit anderen Gedanken ablenkte. Danach hörte ich sie immer weniger, bis sie schließlich ganz verstummte. So ging es den meisten. Die Stimme war etwas, was man mit dem Alter ablegte wie Stottern oder die Angst vorm Dunkeln.

Bei manchen lief es allerdings nicht so reibungslos. Ihnen wurde eine zu lebhafte Fantasie bescheinigt und man verabreichte ihnen schwach dosierte Antipsychotika, bis sie die Stimme nicht mehr hörten. Es sei denn, sie hießen Beck und lehnten sowohl die Diagnose als auch das Gegenmittel ab. Dann blieb der Zweifel in der Nähe, schaltete sich hin und wieder ein und sorgte dafür, dass das ansonsten rationale Gehirn sich selbst infrage stellte. Ich machte mir Sorgen um Beck und fragte mich, was eine dauerhafte Diagnose für seine Zukunft bedeuten würde. Aber ich wusste auch, wie stur er war. Er ließ sich nicht reinreden. Schon gar nicht, wenn er gerade fotografierte.

„He, warte mal", sagte er. Ich hatte mich gerade auf den Weg zur Bushaltestelle auf der anderen Straßenseite gemacht. Als ich mich umdrehte, grub er in der Tasche nach irgendwas. „Ein Abschiedsgeschenk." Er reichte mir eine kleine Plastikschachtel mit Schnappverschluss.

Ich erkannte das unverwechselbare G, das in den Deckel eingraviert war. Das Gnosis-Logo. Ich stand total auf Gnosis und seine Gadgets, die nicht nur raffiniert, schick und technisch unübertroffen waren, sondern außerdem aus recycelten Materialien hergestellt und hundertprozentig biologisch abbaubar waren. „Das sind die Gel-Ohrhörer, die du dir gewünscht hast", sagte Beck, als ich den Deckel aufschnappen ließ. Ich schlich schon seit Monaten um die Dinger herum, konnte mich aber nicht überwinden, hundert Dollar dafür rauszuhauen. „Und bevor du mir sagst, ich hätte nicht so viel Geld ausgeben sollen: Hab ich nicht“, fügte Beck hinzu, ehe ich protestieren konnte. „Die waren in der Werbetasche drin, die ich letzten Monat für die Modeaufnahmen gekriegt hab.“

Ich grinste. „Das coolste Geschenk überhaupt“, sagte ich und drückte seinen Arm.

„Jetzt kannst du bei deiner Playlist noch mehr ausflippen“, neckte Beck mich. Er war auch musikbegeistert, aber nicht so wie ich.

„Und dich besser hören, wenn du mich anrufst.“ Ich steckte die kleinen Technikwunder in die Ohren. Sie passten sich meinem Gehörgang an wie geschmolzenes Wachs.

„Falls du nicht zu beschäftigt bist“, sagte Beck.

„Hey, für dich bin ich doch nie zu beschäftigt.“

Er lächelte. „Pass auf dich auf, Ro.“ Er legte mir einen Arm um die Schultern. „Und denk dran, wenn du durchfällst, kannst du jederzeit zurückkommen und meine Assistentin werden.“

„Ja, danke“, sagte ich und stieß ihm einen Ellbogen in den Bauch. „Und ich hab mir Sorgen gemacht, ich könnte dich vermissen.“ Als unsere Blicke sich trafen, lächelte er, aber seine Augen sahen traurig aus.

„Ich werde dich auch vermissen, Ro.“

Ich schlang ihm die Arme um den Hals und drückte ihn fest, dann ging ich zur Bushaltestelle und blinzelte die Tränen weg.

„Okay, raus damit“, sagte ich zu meinem Vater. „Du hast doch irgend so einen Meine-Tochter-wird-flügge-Moment vorbereitet. Lass hören.“ Wir hatten uns gerade das letzte Stück Pizza mit Salsiccia geteilt, jetzt studierte ich die Dessertkarte und liebäugelte mit einem Milchshake, obwohl Lux mir bestimmt davon abraten würde. Mein Vater drehte seine rote Stoffserviette in den Händen, als wäre er nervös. Ich machte mich auf eine Ansprache à la „Du bist viel zu schnell groß geworden“ gefasst. Doch er griff nach etwas, das nebem ihm auf der Bank lag.

„Das ist von deiner Mutter“, sagte er und legte eine kleine Schachtel und einen noch kleineren Umschlag vor mir auf den Tisch. Das Dessert war sofort vergessen.

Das Einzige, was ich von meiner Mutter besaß, war eine Decke. Mein Vater hatte mir erzählt, dass meine Mutter jeden Tag daran gearbeitet hatte, als sie mit mir schwanger war. Sie wollte rechtzeitig zu meiner Geburt damit fertig sein. Das Muster, handgestickt mit rosa Garn, entsprach den Fibonacci-Kacheln – eine Reihe von Quadraten, jedes größer als das benachbarte, die einer bestimmten mathematischen Sequenz folgten und sich zu einem Rechteck zusammenfügten. Die Quadrate waren durch noch feiner gestickte Viertelkreise miteinander verbunden, die zusammen eine goldene, über die Grenzen des Rechtecks hinausreichende Spirale bildeten. Zwei kleine orangefarbene Kreuzstiche markierten Anfang und Ende der Spirale. Es war ein ungewöhnliches Muster für ein kleines Mädchen, aber ich war auch nie der Typ für Blümchen und Schmetterlinge gewesen. Vielleicht hat meine Mutter das geahnt. Vielleicht hat sie irgendwie gespürt, dass ihrer kleinen Tochter die vorhersehbare Struktur und mathematische Vollkommenheit der Fibonacci-Folge besser gefallen würde.

Ich konnte sie nie danach fragen, denn sie starb bei meiner Geburt, kurz vor ihrem neunzehnten Geburtstag. Ich kam zu früh und es gab Komplikationen, deshalb mussten die Ärzte einen Kaiserschnitt machen. Meine Mutter hatte ein Gerinnsel im Bein, das zur Lunge wanderte. „Lungenembolie" stand auf dem Totenschein, den ich in einem Karton im Schrank meines Vaters fand, als ich neun war. Es war Heiligabend und ich hatte nach versteckten Geschenken gesucht.

Jetzt starrte ich auf die Schachtel, dann sah ich meinen Vater an. „Was soll das heißen, das ist von Mom?"

„Sie hat mich gebeten, es dir zu geben", sagte er langsam. Er zupfte an seinem Bart. Offenbar fühlte er sich nicht wohl in seiner Haut.

„*Wann* hat sie dich gebeten, es mir zu geben?" Ich meinte, wann sie ihm das gesagt hatte, aber er verstand mich falsch.

„An dem Tag, an dem du nach Eden gehst", sagte er langsam.

„Was? Das versteh ich nicht. Woher konnte sie wissen, dass ich …"

„Sie war auch da, Rory."

„*Was?* Mom war in *Eden*?" Ich konnte es kaum glauben.

Er nickte.

„Aber ihr wart doch zusammen auf der Highschool. Ihr habt an dem Tag geheiratet, als ihr euren Abschluss hattet. Du hast immer erzählt …"

„Ich weiß, mein Schatz. Deine Mutter hat es so gewollt. Von Eden solltest du erst erfahren, wenn du dich aus freien Stücken entscheidest, dorthin zu gehen."

„Und was ist in der Schachtel?"

„Die sollte ich zusammen mit der Karte vernichten, falls du nicht hingehst."

Ich lehnte mich auf meinem Stuhl zurück, den Blick immer noch auf die Schachtel gerichtet. Sie war hellblau mit einem weißen Deckel und sah nicht neu aus. Eine Ecke war eingedrückt und an mehreren Stellen war die Pappe brüchig. Der Umschlag sah aus wie ein Briefchen, das man zusammen mit einem Blumenstrauß bekommt. Er war kaum größer als eine Visitenkarte.

„Was ist drin?", fragte ich.

„Ich weiß es nicht", sagte mein Vater. „Sie hat gesagt, ich soll die Schachtel nicht öffnen. Daran hab ich mich gehalten. Zwei Tage nach deiner Geburt habe ich sie in einen Safe der Northwest Bank eingeschlossen, und da hat sie bis jetzt gelegen."

Ich griff zuerst nach dem Umschlag. Vorn stand nichts drauf, aber auf der Rückseite hatte meine Mutter mit blauer Tinte meinen Namen über den Rand der Lasche geschrieben. Ich kannte ihre Handschrift von dem kleinen Schild, das sie an die Babydecke geheftet hatte und das ich in einem Täschchen auf meinem Nachttisch aufbewahrte. *Aurora.* Ich konnte meinen Namen mit den zwei harten R nie leiden, doch in der verschnörkelten Schrift meiner Mutter sah er zart und weiblich aus, gar nicht wie in gedruckter Form. Ich benetzte einen Finger mit der Zunge und drückte ihn auf die Spitze des A. Die

Tinte wurde ein wenig feucht, und als ich den Finger anschaute, war ein schwacher blauer Abdruck auf meiner Haut. Es war unvorstellbar, dass das Blau aus dem Füller meiner Mutter – einem Füller, mit dem sie geschrieben hatte, als sie noch lebendig war – jetzt an meinem Finger haftete. Ich spürte Tränen in den Augen.

Wenn man über den Rand der Lasche eines Briefumschlags schreibt, ist das, als würde man den Brief mit Wachs versiegeln. Hat jemand den Brief geöffnet, passen die Buchstaben nicht mehr exakt zusammen. Diese hier passten haargenau. Hatte meine Mutter deshalb meinen Namen an diese Stelle geschrieben? Damit ich wusste, dass die Worte in dem Umschlag nur für mich bestimmt waren? Bei dem Gedanken machte mein Herz kleine Hüpfer.

„Willst du ihn aufmachen?", fragte mein Vater. Anscheinend war er genauso neugierig wie ich.

Ich steckte den Umschlag in die Tasche. „Jetzt noch nicht", sagte ich und nahm das Kästchen. Das Geschenk wollte ich gleich auspacken, die Karte allein genießen. Die Schachtel war leichter als erwartet. Als ich sie hochhob und der Inhalt zur Seite rutschte, rappelte etwas darin. Ich hielt die Luft an und nahm den Deckel ab. Ich sah eine silberne Ankerkette mit einem dicken rechteckigen Anhänger. Mein Vater lächelte, als ich sie aus der Schachtel nahm.

„Ich dachte mir, dass es das sein könnte", sagte er. „Sie hatte die Kette nicht um, als sie st…" Er stockte und schaute auf den Tisch. „Als du geboren wurdest. Ich habe mich immer gefragt, was sie damit gemacht hat."

„Das war ihre?"

Er nickte. „Sie kam damit aus Eden zurück."

Ich nahm den Anhänger in die Hand und betrachtete das merkwürdige Symbol, das darin eingraviert war. Es sah aus wie ein Angelhaken mit einer Dreizehn darunter. Das Jahr, in dem sie ihren Abschluss gemacht hatte.

„Was ist das?", fragte ich.

Mein Vater zuckte die Achseln. „Ich dachte immer, es hätte etwas mit der Schule zu tun. Deine Mutter hat es mir nie gesagt. Aber sie hat diese Kette sehr gehütet. Ich weiß nicht, ob sie sie je abgenommen hat."

Ich legte sie zurück in die Schachtel. „Ich bin so verwirrt, Dad. Warum hat Mom dich gebeten, mich anzulügen?"

Er zögerte so lange, dass ich nicht wusste, ob er überhaupt antworten würde.

„In Eden ist irgendwas mit deiner Mutter passiert", sagte er schließlich. „Als sie zurückkam, war sie nicht mehr dieselbe."

„Inwiefern?"

„Die Aviana, die ich von klein auf kannte, war ehrgeizig. Nicht im negativen Sinn. Sie hatte nur so hochfliegende Träume, weißt du? Als sie in Eden angenommen wurde, dachte ich, das war's jetzt mit uns. Ich dachte, sie geht weg und kommt nicht mehr zurück. Und es war für mich in Ordnung. Ich liebte sie. Ich wollte nur, dass sie glücklich war."

„Und?", fragte ich. „War sie glücklich?"

„Das dachte ich. Sie hatte so viele neue Freundinnen und redete immerzu von ihren Kursen. Als sie im letzten Schuljahr zu Weihnachten nicht nach Hause kam, versuchte ich mich damit abzufinden, dass ich sie wahrscheinlich nicht wiedersehen würde. Zu der Zeit lebten deine Großeltern schon nicht mehr, es gab für sie also keinen richtigen Grund, nach Hause zu kommen." Er runzelte die Stirn. „Aber dann, eine Woche vor Schulabschluss, stand sie plötzlich vor meiner Tür und erklärte, sie hätte die Schule geschmissen. Sie sagte, sie wolle jetzt doch nicht studieren und stattdessen eine Familie gründen. Dann bat sie mich, sie zu heiraten."

Ich starrte ihn an. Das klang ganz anders als die Liebesgeschichte, mit der ich aufgewachsen war. Ein Liebespaar, das noch am Tag des Highschoolabschlusses durchbrennt, auf dem Standesamt von King County heiratet und die Flitterwochen in einem Zelt verbringt. Die Version klang logisch. Diese neue Version nicht.

Mein Vater erriet meine Gedanken. „Deine Mutter war impulsiv", erklärte er. „Unwiderstehlich impulsiv. Ich konnte ihr einfach nichts abschlagen." Er lächelte und gab dem Kellner ein Zeichen.

Aber ich hatte noch keine richtige Antwort auf meine Frage. Er hatte zwar erklärt, warum *er* mit achtzehn geheiratet hatte, jedoch nicht, warum meine Mutter das wollte und – noch wichtiger – wieso sie so kurz vor dem Abschluss von der renommiertesten Schule des Landes abgegangen war. Wieso sie ihre Zukunft für etwas aufgegeben hatte, das doch warten konnte.

„Das ist alles? Das ist die ganze Geschichte?"

Dad zögerte, als wollte er nicht Ja sagen, könnte aber auch nicht guten Gewissens Nein sagen. „Deine Mutter war anders.

Ich habe nie wieder jemanden wie sie kennengelernt", sagte er schließlich. „Sie hatte … so etwas an sich. Eine innere Ruhe. Schon als wir klein waren. Sie machte sich nicht solche Sorgen wie wir anderen. Als wäre sie dagegen immun." Er hielt inne und mir schoss ein Gedanke durch den Kopf: Das habe ich nicht von ihr geerbt. Als er weitersprach, war sein Blick traurig. „Als sie an dem Tag vor meiner Tür stand, wirkte sie … erschüttert. Ich fragte sie, was los sei, aber sie blockte ab."

„Was könnte passiert sein?", fragte ich.

„Das habe ich mich schon tausendmal gefragt", sagte mein Vater. „Und ich habe bereut, dass ich nicht weiter nachgebohrt habe. Aber ich dachte, das hätte noch Zeit. Ich konnte ja nicht wissen, dass sie …"

Das unausgesprochene Wort lag schwer zwischen uns. Er konnte nicht wissen, dass sie sterben würde. Aber sie war gestorben, nur acht Monate später.

„Irgendwas muss doch vorgefallen sein", sagte ich. „Die Frage ist nur, was."

Mein Vater nickte. „Ja", sagte er. „Das ist die Frage."

3

„Erdnüsse oder Brezeln?"

„Brezeln." Ohne aufzublicken, hielt Hershey der Flugbegleiterin die Hand hin. Wir waren in der Luft, Seite an Seite in der ersten Klasse – Danke, Eden! – und ich wartete darauf, dass sie einschlief, damit ich das Kärtchen von meiner Mutter noch einmal lesen konnte. Doch Hershey war in eins der vielen Klatschblätter vertieft, die sie sich auf ihr Tablet geladen hatte. Ich hatte eine schlaflose Nacht hinter mir. Die ganze Zeit hatte ich über die wenigen Zeilen gegrübelt. Der Sturm von Fragen in meinem Kopf hatte mich wach gehalten.

„Erdnüsse oder Brezeln, der Herr?" Die Flugbegleiterin ging weiter zu dem Mann auf der anderen Seite des Gangs.

„Erdnüsse", murmelte er und sie nahm ein Päckchen aus ihrem Wagen.

„Ähm, würde es Ihnen etwas ausmachen, stattdessen Brezeln zu nehmen?" Der Mann, Hershey und die Flugbegleiterin sahen mich an. „Ich bin allergisch gegen Erdnüsse", erklärte ich.

„Auf der Passagierliste war keine Allergie vermerkt“, sagte die Flugbegleiterin vorwurfsvoll. „Cindy!“, rief sie durch den Gang. „Haben wir eine Allergie auf der Liste?“

Cindy schaute in ihrem Tablet nach, dann kam sie zu uns gelaufen, wobei sie über den Fuß eines Mannes stolperte und sich fast hingelegt hätte.

Hershey schnaubte.

„Aurora Vaughn, 3B. Erdnüsse.“

Der Gesichtsausdruck der Flugbegleiterin wechselte von vorwurfsvoll zu höchst alarmiert. Sofort sammelte sie alle Erdnusspäckchen der Passagiere in den Nachbarreihen ein.

„Tut mir leid“, sagte ich zu dem Mann gegenüber.

„Und was würde passieren, wenn du eine Erdnuss essen würdest?“, fragte Hershey, während mir die Flugbegleiterin eine Tüte Brezeln reichte.

„Weiß nicht genau“, sagte ich. „Mit drei hab ich im Kindergarten mal ziemlich heftig auf einen Kräcker mit Erdnussbutter reagiert. Sie mussten mir eine Adrenalinspritze verpassen.“

„Macht dir das Angst?“, fragte Hershey. „Zu wissen, dass eine falsche Knabberei deinen Tod bedeuten könnte?“

Ich sah sie an. War das ihr Ernst? Wie konnte man nur so etwas fragen?

„Nein“, sagte ich und schnappte mir meine Ohrhörer. „Da denk ich gar nicht drüber nach.“ Das war auch nicht nötig. Lux analysierte Zutatenlisten, spürte allergische Reaktionen und nahrungsbedingte Erkrankungen bei anderen auf, die dasselbe Nahrungsmittel konsumierten. Die App alarmierte mich sogar, wenn jemand in meiner unmittelbaren Nähe entweder allergisch gegen etwas war, das ich aß, oder etwas aß, wogegen ich allergisch war. Aufpassen musste ich nur in beengten Räumlichkeiten ohne Netzzugang. Also im Flugzeug. Ich stöpselte die Ohrhörer ein und stellte die Musik lauter.

Ein paar Minuten später ließ Hershey ihren Sicherheitsgurt aufschnappen und stand auf. „Ich muss mal", verkündete sie, legte ihr Tablet auf meinem Schoß ab und stieg über mich drüber. Kaum war sie weg, riss ich mir die Ohrhörer raus und holte den Umschlag aus der Tasche. Vorsichtig zog ich die Karte heraus.

Sie war aus weichem Büttenpapier, wie es heutzutage nicht mehr hergestellt wird. Wieder las ich die drei handgeschriebenen Zeilen:

Denn frei erschuf ich sie, und frei denn auch
Sollen sie bleiben, bis sie selbst sich knechten;
Sonst müsste ich die Schöpfung gar verwandeln.

Ich drehte die Karte um, als könnte plötzlich noch etwas auf der Rückseite stehen. Nein, hier fand ich keine Antworten auf meine Fragen, im Gegenteil.

„Was ist das?" Hershey war von der Toilette zurück. Ich hatte sie nicht kommen sehen.

„Nichts", sagte ich schnell und versuchte die Karte wieder verschwinden zu lassen. Doch Hershey schnappte sie sich.

Sie überflog die Zeilen. „Schräg", sagte sie, gab mir die Karte zurück und ließ sich auf ihren Sitz fallen. „Woraus ist das?"

„Kein Ahnung“, sagte ich. „Das ist von meiner Mutter.“ Sobald ich es ausgesprochen hatte, bereute ich es auch schon. Ich wollte mit Hershey nicht über meine Mutter sprechen.

„War ein Brief dabei?“

Ich schüttelte den Kopf. Das hier *war* der Brief. Intuitiv fasste ich nach dem Anhänger an meiner Kette. Er lag erstaunlich schwer auf meinem Schlüsselbein.

Über Hersheys Schulter sah ich, wie sich auf ihrem Browser GoSearch öffnete. „Lies noch mal vor“, sagte sie.

„Denn frei erschuf ich sie, und frei denn auch sollen sie bleiben …“, sagte ich und stockte. Ich dachte über die Worte nach, die ich gerade ausgespochen hatte, während Hershey sie eingab. Wer erschuf wen frei? „Bis sie selbst sich knechten …“

„Das ist aus *Paradise Lost*“, fiel Hershey mir ins Wort. „*Das verlorene Paradies.* Buch drei, Zeilen hundertdreiundsechzig bis hundertfünfundsechzig.“

„Ist das ein Theaterstück?“ Ich hatte schon mal von *Paradise Lost* gehört, wusste aber nichts darüber.

„Ein Gedicht“, sagte Hershey. „Ein ellenlanges, ödes Gedicht, das 1667 erschienen ist.“ Sie las den Text auf dem Bildschirm. „Oh Mann, ich fass es nicht. Was ist das denn für eine Sprache?“

„Von wem ist es?“

„John Milton“, sagte sie und tippte mit dem Daumennagel auf ein Foto des Dichters, um es zu vergrößern. Sie zoomte seine Augenlider heran. „Der hätte dringend eine Lidstraffung gebraucht.“

Gelangweilt klickte Hershey zurück zu ihren Zeitschriften.

Ich rief mit meinem eigenen Tablet den Panopticon-Eintrag über *Das verlorene Paradies* auf und begann zu lesen.

Das Gedicht, das als eines der größten Werke in englischer Sprache gilt, erzählt die biblische Geschichte von Adam und Eva und ihrer Vertreibung aus dem Garten Eden.

Ich tippte auf einen Link zu der Vollversion des Gedichts und musste fast genauso schnell kapitulieren wie Hershey. Etwas Derartiges hatten wir noch nie im Unterricht gelesen. Auf dem Lehrplan stand vor allem zeitgenössische Literatur, Romane aus den letzten zwanzig Jahren. Lasen wir so etwas in Eden? Leichte Panik stieg in mir auf. Wenn ich das nun nicht packte?

Ich machte die Augen zu und legte den Kopf zurück. Lieber Gott, bitte lass mich nicht versagen.

Du wirst nicht versagen.

Ich zuckte zusammen. Es war das erste Mal seit dem Sommer vor der siebten Klasse, dass ich den Zweifel wieder hörte. Ich erinnerte mich an die Wirkung, die er damals auf mich hatte, das friedliche Gefühl, das er mir gab. Jetzt war es ganz anders. Er brachte mich total durcheinander. Der Zweifel war etwas für instabile Menschen, Künstler und kleine Kinder. Nichts für Eden-Schüler. Das hatte das Bewerbungspaket sehr deutlich gemacht. Bei einem der psychologischen Tests hatte die Psychologin mich mindestens dreimal gefragt, wann ich die Stimme zuletzt gehört hatte. Erst als sie sichergehen konnte, dass es mehr als drei Jahre zurücklag, hatte sie lockergelassen. Wenn das Aufnahmegremium wüsste, was ich gerade gehört hatte, wäre meine Zeit in Eden vorbei, bevor sie überhaupt begonnen hatte. Darin unterschied sich die Schule von allen anderen. Es genügte nicht, bloß eine gute Schülerin zu sein. Man musste „psychisch stabil" sein. Immun gegen Irrsinn.

Das ist bloß die Aufregung, redete ich mir ein. Viele ganz normale Erwachsene hörten die Stimme, wenn sie gestresst waren. Aber während ich mir das sagte, wurde ich nur noch unruhiger.

„Wir sollten Bettdecken bestellen, die zusammenpassen." Hershey scrollte durch den Katalog eines britischen Modehauses. „Sonst wird unser Zimmer so ein pseudoeklektisches Zweibettzimmerklischee-Kuddelmuddel. Was hältst du von diesen hier?"

Ich kapierte immer noch nicht, wie wir beide in einem Zimmer landen konnten. In der Zusage hieß es, das Computerprogramm habe sich bei der Zimmerverteilung an der Persönlichkeit und den Interessen der Schüler orientiert. Da die Schnittmenge bei Hershey und mir gleich null war, musste wohl ein Fehler im Programm vorliegen.

Ich blinzelte und versuchte mich auf das neonfarbene Paisleymuster auf ihrem Bildschirm zu konzentrieren. Was für eine Geschmacksverirrung.

„Lass uns doch erst mal abwarten, wie das Zimmer aussieht", schlug ich vor.

Hershey sah mich mitleidig an. „Du musst nichts dazuzahlen, falls du dir deswegen Sorgen machst."

„Darum geht es nicht", sagte ich ruhig. „Ich hätte nur lieber etwas, das mir nicht das Gefühl gibt, jemand hätte mir Säure in die Augen gespritzt."

„Wie wär's, wenn wir ein paar alte Jeans recyceln und sie mit Hanf zusammennähen?"

Ich ignorierte die Spitze und wandte mich wieder meinem Tablet zu.

Das verlorene Paradies war immer noch aufgeschlagen. Ich scrollte an den Anfang und arbeitete mich durch den Text, wobei ich mich zwang, jedes einzelne Wort zu lesen. Ich nahm kein einziges davon auf, doch die Aufgabe hielt meinen Geist für die restliche Zeit des Flugs beschäftigt. Den Trick hatte ich in der Grundschule gelernt. Solange der Kopf zu tun hatte, konnte sich der Zweifel nicht melden.

Wir landeten eine Viertelstunde früher als geplant in Boston. Wenn wir uns beeilten und nicht zu lange auf unser Gepäck warten mussten, bekamen wir vielleicht auch einen früheren Bus zum Campus. Während wir zügig zur Gepäckausgabe gingen, startete ich mein Reiseüberwachungsprogramm und sah schon unsere Koffer, wie sie aus dem Flugzeugbauch auf das Laufband rollten. Sie kamen nur dreißig Sekunden nach uns an.

Bei meinem Koffer war das herzförmige Schloss aufgebrochen. Anscheinend hatten sie sich bei der Kontrolle nicht die Mühe gemacht, den Schlüssel zu benutzen, der danebenhing. Ich hätte den Koffer gar nicht abgeschlossen, aber da sich der Reißverschluss verzogen hatte, klaffte zwischen den beiden Schiebern eine kleine Lücke. Der Ärmel eines T-Shirts hatte sich hindurchgedrückt und war schmutzig vom Laufband. Lux hatte mir einen Drahtverschluss empfohlen, aber ich hatte mich für das Schloss entschieden. Es war ein Geschenk von

Beck zu meinem dreizehnten Geburtstag, das zu einem altmodischen Tagebuch gehörte. Das Tagebuch hatte ich nie benutzt, aber das herzförmige Schloss liebte ich. Mit einem Seufzer steckte ich das zerbrochene Herz in die Hosentasche. Geschah mir ganz recht. Warum hatte ich nicht auf Lux gehört? Hershey hatte Mühe, ihren gigantischen Louis-Vuitton-Koffer vom Laufband zu hieven.

„Der Shuttlebus um vierzehn Uhr dreißig zum Eden Academy Campus fährt in drei Minuten ab“, verkündeten unsere Handys einvernehmlich. Schnell rannten wir zum Haltepunkt. Der Fahrer winkte uns zu.

„Gutes Timing“, sagte er, als wir einstiegen. Er hakte unsere Namen auf der Liste in seinem Tablet ab. Hershey zückte sofort ihr Gemini für eine Statusmeldung. Ich wusste, dass Beck auf meine wartete, aber ich war zu konfus, um etwas Knackiges zu formulieren. Ich schaute mir meine neuen Klassenkameraden an. Sie sahen nicht besonders begabt aus. Ganz normale Sechzehnjährige mit Smartphones. Ich war enttäuscht. Ich hatte solche Angst davor gehabt, das hier könnte eine Nummer zu groß für mich sein. Der umgekehrte Gedanke war mir gar nicht gekommen.

Während der zweistündigen Busfahrt war Hershey fast nonstop auf ihrer Forumseite. Ich stöpselte die Ohrhörer ein und schaute aus dem Fenster. Immer wieder hörte ich mir den Song *Same Day Yesterday* an und sah, wie die Abstände zwischen den Gebäuden immer größer wurden, bis nur noch Bäume und Felsen zu sehen waren. Gewaltige Granitblöcke säumten die Straße, die durch die Berge führte. Die Sonne war von einem unglaublich tiefen Gold. Abgesehen von den Sendetürmen – die wie Bäume gestaltet waren, aber zu ebenmäßig aussahen, um irgendwen zu täuschen – fehlte jedes Zeichen unserer modernen Welt, wie man sie sonst aus den Naturparks von Seattle kannte. Keine angelegten Gehwege. Keine solarbetriebene Straßenbahn. Es war, als hätte die Zeit die Wälder hier aufgegeben oder ihre eigene Widersinnigkeit akzeptiert. Ich legte die Wange an die Scheibe und ließ den Blick verschwimmen. Als wir ins Tal des Connecticut River eintauchten, war ich eingeschlafen.

„Hey, Rory." Hershey stieß mich mit dem Ellbogen an. „Wir sind da."

Als ich die Augen aufriss, fuhr der Bus gerade durch das Tor zum Schulgelände. Ich drehte mich um und sah zu, wie die schmiedeeisernen Stäbe zurück an ihren Platz glitten und uns vom Rest der Welt trennten. Es war mehr Show als Schutz, denn die Steinmauer endete ein paar Meter vor dem Tor. Trotzdem war es ein beeindruckendes Ensemble: die glatten Steinsäulen, das Eisentor, der hohe, mit Schnörkeln verzierte Bogen. Und in der Mitte des Bogens das baumförmige Eden-Siegel, das genauso aussah wie das Symbol auf der Ansteck-nadel, die ich an meinem linken Sneaker trug.

Die Auffahrt war lang und mit einem glatten, grauen Belag versehen, der kein Asphalt war. Hohe Ulmen, die in gleichmäßigen Abständen den Weg säumten, bildeten ein grünes Dach über uns. Dahinter ging es leicht bergauf und das Licht verlor sich im dichten Wald.

Die Auffahrt machte eine Linkskurve und da war sie: die Eden Academy. Ein Dutzend roter Backsteingebäude um einen Hof, der noch nicht zu sehen war. Aus Panopticon wusste ich, dass dies die Originalbauten aus der Gründungszeit der Schule im Jahr 1781 waren und dass die Architektur als eines der besten Beispiele des Federal Style galt. Neu war die Wirkung, die das Ganze auf mich hatte, denn mit den Gebäuden kamen die Appalachen in Sicht, vom Wald umhüllt wie von einem Kokon.

„Wow", flüsterte Hershey, ausnahmsweise ohne jede Blasiertheit.

Wir waren still, während der Bus auf den großen Parkplatz mit dem Schild *Lehrkräfte* fuhr und zwei Stellplätze hinter einer Reihe BMWs einnahm. Die Stellplätze waren mit gravierten Bronzeplatten auf dicken schmiedeeisernen Pfosten gekennzeichnet.

„Da ist der Schulleiter, Mr Atwater", sagte Hershey und zeigte auf einen großen Mann mit silbergrauem Haar, der über den Rasen kam, die Hände locker in den Taschen seiner gebügelten Khakihose. „Den kenne ich von den Fotos meines Vaters."

Unser Fahrer schaltete den Motor aus und Mr Atwater stieg in den Bus. Er hatte etwas von einem gütigen Großvater und strahlte doch die Autorität des Leiters einer Eliteschule aus. Er lächelte zur Begrüßung und schaute in die Runde. Sein Blick blieb einige Sekunden an meinem Gesicht hängen. Etwas wie Erkennen blitzte auf. Mein Herz schlug schneller. Hatte er meine Mutter gekannt? Ich wusste, wie ähnlich ich ihr sah.

Wir hatten beide gewelltes, fast lockiges Haar, ein herzförmiges Gesicht mit mandelförmigen Augen und vereinzelte Sommersprossen auf Nase und Wangen. Nur unser Hauttyp und die Haarfarbe waren verschieden. Und mein Vater hatte erzählt, sie sei etwas größer gewesen als ich. Aber das sah man auf den Fotos nicht. Ich hatte so wenig Ähnlichkeit mit meinem Vater, dass meine Stiefmutter einmal gesagt hatte, meine Mutter hätte sich einfach geklont. Mein Vater fuhr sie an, wie sie so unsensibel sein könne, worauf sie es nie wieder erwähnte.

„Ihr seid da!", rief Mr Atwater und reckte eine Faust in die Luft. Hinter mir wurden Jubelrufe und Pfiffe laut. Mr Atwater lachte. „Bestimmt ist euch allen die Zeit von der Zusage bis heute endlos vorgekommen. Ab sofort vergeht sie schneller, das kann ich euch versichern. Ehe ihr es euch verseht, macht ihr euren Abschluss und fragt euch, wo die letzten zwei Jahre geblieben sind." Er lächelte. „Oder, wie in meinem Fall, die letzten fünfundzwanzig."

Fünfundzwanzig Jahre. Er *musste* meine Mutter gekannt haben. Ich berührte den Anhänger und spürte die Gravur unter den Fingerspitzen.

„Der Abschlussjahrgang ist letzte Woche aus den Ferien zurückgekommen", fuhr der Schulleiter fort. „Wir versammeln uns heute Abend um sechs in der Rotunde, bevor das alljährliche Willkommensdinner stattfindet. Bis dahin seid ihr auf euch selbst gestellt. Die Zimmerverteilung findet ihr unter der Registerkarte „Unterkunft" in eurer Eden-App. Dort findet ihr auch eine Liste mit wichtigen Campus-Telefonnummern –

vom Sekretariat, meinem Büro, dem psychologischen Notdienst…" Psychologischer Notdienst. Ich schluckte. „Und eure Schlüssel zum Campus. Die Schlösser sind an eure Smartphones gekoppelt", erklärte er. „Mit dem Schlüssel kommt ihr durch die Haupteingänge aller Unterrichtsgebäude und in eure Zimmer." Alle um mich herum kramten nach ihren Handys. „Ich schlage vor, ihr nutzt die nächsten Stunden, um euch miteinander und mit dem Gelände vertraut zu machen. Wir sehen uns dann um sechs." Er winkte kurz und stieg aus dem Bus.

„Mein Vater hat mir schon erzählt, dass es hier so zugeht", flüsterte Hershey. Sie verließ Forum und tippte auf das kleine Eden-Symbol auf ihrem Display. Alle schauten nach, wo sie untergebracht waren, und schwatzten aufgeregt durcheinander. Bisher war niemand aufgestanden.

„Wie denn?", fragte ich.

„Total locker. Lange Ausgehzeiten, kein Einchecken in die Zimmer, keine Kleiderordnung. Im Grunde keine Regeln. Man kann weitgehend tun und lassen, was man will."

„Echt?" Private Highschools waren berüchtigt für ihre strengen Vorschriften. Ich hätte gedacht, in Eden würde es eher noch strenger zugehen als anderswo.

„Ja, das soll ‚das Vorrecht der Klugen' oder irgend so ein Quatsch sein." Sie lehnte sich an mich und hielt ihr Gemini für ein Selfie hoch. „Perfekt", sagte sie nach einem kurzen Blick auf das Foto und lud es sofort auf ihrer Forumseite hoch. Mein Gemini brummte.

Deiner Chronik wurde ein Foto hinzugefügt: „Ziemlich beste Zimmergenossinnen" von @HersheyClements.

Das Foto war grauenhaft. Meine Stirn glänzte, mein Pony teilte sich zu einem Mittelscheitel und mein Lächeln glich eher einer Grimasse. Aber nachdem sie das Bild gepostet hatte, konnte ich es weder löschen noch die Markierung rückgängig machen.

„Schön", murmelte ich und kramte meine Sachen zusammen. Wieder brummte mein Handy.

@BeckAmbrose: Hatte einen Albtraum, du wärst 5000 Kilometer weit weggezogen und „ziemlich beste Zimmergenossin" geworden. Highscore.

Ich prustete los.

„Was ist so witzig?", fragte Hershey.

„Nichts." Ich steckte das Handy ein. „Komm, Zimmergenossin", sagte ich und stieß sie vorwärts. „Jetzt suchen wir mal unser Zimmer."

Alle hundertachtundachtzig Eden-Schüler waren im selben Gebäude untergebracht, der Athenian Hall, einem v-förmigen Bau an der Nordseite des Geländes. Unser Zimmer lag im ersten Stock des Mädchentrakts und hätte eher in ein Luxushotel gepasst als in ein Wohnheim. Zwei Doppelbetten standen darin, Mahagonischreibtische und dazu passende Kommoden, zwei Wandschränke und ein elektronischer Kamin.

Aber keine Lampen. Weder an der Decke noch sonst irgendwo. Die Helligkeit im Zimmer musste irgendwoher kommen. Doch es war keine einzige Lichtquelle zu entdecken. Fenster gab es auch nicht.

Hershey nahm die kleine schwarze Fernbedienung von dem Bett, das sie in Beschlag genommen hatte. Auf meinem Bett lag die gleiche. Vorn hatte die Fernbedienung drei Reihen Knöpfe, hinten prangte das unverkennbare Gnosis-Logo. Hershey probierte nacheinander alle Knöpfe durch. Erst wurde es im Zimmer heller, dann dunkler, bis es ganz dunkel war. Nur die Wand mit der Tür leuchtete noch in einem warmen Bernsteinton.

Hersheys Miene hellte sich auf. „*Pholed Tapete!*" Sie drückte auf einen anderen Knopf und die Wand verwandelte sich in einen Fernsehbildschirm. Wieder ein anderer Knopf und wir schauten auf das Dashboard ihres Smartphones. Beim nächsten Knopfdruck teilte sich der Bildschirm in zwei.

„Schalt mal deine Seite ein." Sie zeigte auf meine Fernbedienung. „Der Knopf, auf dem ‚Verbinden' steht."

Als ich es tat, erschien das Dashboard meines Smartphones neben ihrem.

Ich hatte schon davon gehört, dass Gnosis eine Tapete aus Pholeds entwickelt hatte – der gleichen Display-Technologie, die sie für die meisten Geräte verwendeten –, aber ich hätte nicht gedacht, dass sie schon auf dem Markt war. Ich fuhr mit den Fingerspitzen über die Tapete. Sie fühlte sich kühl und glatt an, und meine Finger hinterließen leichte Streifen. Ich wischte sie mit dem Saum meines T-Shirts weg.

Hershey warf ihre Fernbedienung aufs Bett. „Komm, wir machen mal einen Rundgang. Ich brauch jetzt einen Kaffee."

„Gute Idee. Im Speisesaal gibt es einen Wagen mit Snacks, der den ganzen Tag geöffnet ist. Das hab ich auf ..."

„Das ist doch öde", sagte Hershey. „Bis in die Stadt läuft man nur zehn Minuten. Acht, wenn man den inoffiziellen und schöneren Weg durch die Landschaft nimmt, was wir natürlich tun werden." Sie nahm Lipgloss und eine Puderdose mit Spiegel aus ihrer Tasche, fuhr sich mit dem Lipgloss über die Lippen und machte einen Schmollmund. „Na los", sagte sie und klappte die Puderdose zu.

Der „inoffizelle und schönere Weg" erforderte das Überqueren eines Privatfriedhofs östlich vom Campus, an dessen Eingang ein Schild unmissverständlich verkündete: *Privatgrundstück – Betreten verboten.* Selbst am helllichten Tag fand ich den Friedhof ziemlich gruselig. Die riesigen moosbewachsenen Grabsteine waren im Lauf der Jahrhunderte verwittert. Ich zitterte in der feuchten Hitze.

„Wo lang?", fragte ich ungeduldig. Ich wollte so schnell wie möglich hier weg. Der Besitzer des Grundstücks hatte das Schild bestimmt nicht zum Spaß aufgestellt. Mitten auf dem Friedhof stand auch noch die riesige steinerne Statue eines grimmigen Engels, der mit ausgestrecktem Finger in Richtung Ausgang zeigte.

„Keine Ahnung", sagte Hershey und schaute auf ihr Gemini. „Ich hab keine Verbindung mehr."

„Komm, wir kehren einfach um. Ich möchte nicht gleich am

ersten Tag verhaftet werden." Es sollte eher ärgerlich als ängstlich klingen, aber in Wirklichkeit war ich beides.

Hershey verdrehte die Augen. „Keine Panik. Gleich hinter den Bäumen hier liegt der Stadtpark." Sie schaute sich um. „Glaub ich jedenfalls." Sie hielt ihr Gemini hoch und wartete auf ein Signal. „So viel zum Thema Verbindung überall", sagte sie.

„Wenn wir uns verlaufen, ist es keine Abkürzung mehr", sagte ich.

„Mann, Rory, reg dich ab und chill mal. Hier!" Sie zog zwei Fläschchen Baileys aus der Tasche, die sie im Flieger eingesteckt hatte, und warf mir eins zu. „Das hilft." Sie machte ihre Flasche auf und kippte den Inhalt in einem Zug runter. „Igitt." Sie schüttelte sich und wischte den Mund mit dem Handrücken ab. „Ich hasse Baileys. Aber an den Wodka kam ich nicht dran."

„Ich trink das nicht", sagte ich und gab ihr die Flasche zurück. „In einer Stunde fängt die Versammlung an."

Hershey seufzte. „Hör mal, Rory, ich hab ja nicht gesagt, dass du dich vor der Abschlussprüfung besaufen sollst. Heute ist unser erster Tag und wir müssen uns bloß ein paar stinklangweilige Reden darüber anhören, wie toll wir sind, wie toll Eden ist und wie viel toller wir alle sein werden, wenn wir hier unseren Abschluss machen. Uns obliegt es, tief zu leben, alles Mark des Lebens auszusaugen. Das kann uns keiner abnehmen." Sie hielt mir die Miniflasche wieder hin und wedelte damit vor meiner Nase herum, bis ich sie nahm. Ich weiß nicht, warum ich das tat. Vielleicht vor Verblüffung darüber, dass Hershey das Wort „obliegen" korrekt verwendete oder dass sie so ganz nebenbei Thoreau zitierte. Oder weil ihre Worte bei mir einen Nerv trafen. Ich hatte mich in Eden beworben, um mein Leben zu ändern. Aber das Einzige, was sich bis jetzt geändert hatte, war der Schauplatz. Das war nicht genug.

Ich schraubte den Verschluss ab und nahm einen winzigen Schluck. Hershey grinste und hob ihre leere Flasche hoch. „Auf das Mark des Lebens", verkündete sie.

Ich hob ebenfalls die Flasche. „Aber bitte mit Sahnelikör."

Wir lachten, doch als wir anstießen, fiel mein Blick auf die Inschrift eines Grabsteins und das Lachen blieb mir im Hals stecken.

SEID NÜCHTERN UND WACHET;
DENN EUER WIDERSACHER, DER TEUFEL,
GEHT UMHER WIE EIN BRÜLLENDER LÖWE
UND SUCHT, WELCHEN ER VERSCHLINGE.
1 PETER 5,8

Die Härchen auf meinen Armen stellten sich auf. Ich setzte die Flasche wieder an die Lippen, tat jedoch nur so, als nähme ich noch einen Schluck. Hershey hatte sich schon umgedreht und marschierte auf die Bäume zu. Schnell kippte ich das Zeug im Gras aus und lief ihr nach.

„Wo gehen wir eigentlich hin?", fragte ich, als ich sie eingeholt hatte.

„Ins Café Paradiso", sagte sie. „Das liegt am Fluss. War mal eine Mühle oder so."

Ich holte das Gemini heraus, um die Bewertungen auf der Forumseite des Cafés zu lesen, aber ich hatte immer noch keine Verbindung. „Absolut tot hier“, sagte ich.

Hershey neben mir gluckste.

„Passt doch, oder?“ Sie warf ihre Tasche über den rostigen Maschendrahtzaun, der uns vom Wald trennte, und kletterte hoch. „Aua!“ Ein kaputter Draht hatte sich im Saum ihres Kleides verfangen und einen Kratzer am Oberschenkel hinterlassen.

„Geht's?“

„Alles okay.“ Sie sprang runter. „Kommst du?“

Ich kletterte hinterher und mied dabei den losen Draht. Auf der anderen Seite führte eine Böschung in ein dichteres Waldstück. Hershey lief den Grashügel hinauf und verschwand zwischen den Bäumen. „Da sind Häuser!“, rief sie. „Es ist nicht mehr weit.“

Ich stieg hinterher, meine Füße rutschten in den Sandalen. Oben war es einige Grad kühler, dichtes Laub schirmte die Sonne ab. Nach wenigen Schritten hörte ich den Fluss rauschen.

Das Café Paradiso befand sich in einem Holzhaus an der Ecke der State und Maine Street. Es lag ein Stück abseits und war feuerwehrrot gestrichen. Jetzt hatte ich wieder eine Internetverbindung. Ich rief die Forumseite des Cafés auf. Es hatte eineinhalb Sterne.

„Ein paar Straßen weiter gibt es noch ein Café“, sagte ich und ging auf die Forumseite des River City Beans, das von der *Berkshire Gazette* zum besten Café im Tal gewählt worden war.

Ich war bestimmt kein Snob, aber schließlich kam ich aus Seattle. „Das wird viel besser bewertet."

„Ja, das hat Lux auch empfohlen", sagte Hershey und ging trotzdem auf das Paradiso zu.

Seufzend lief ich ihr nach.

Als wir eintraten, bimmelte eine Glocke über der Tür. Das Café hatte zwei Ebenen. Die Theke war ebenerdig, der Sitzbereich lag in einem Loft darüber. Von dort aus konnte man den Fluss überblicken. Für ein Lokal mit so schlechter Bewertung war es rappelvoll. Es gab keinen einzigen freien Tisch. Als wir an die Theke gingen, verstand ich auch, warum. An der Kasse hing ein laminiertes Schild mit der Aufschrift: *Wenn es euch bei uns gefällt, schreibt eine vernichtende Kritik auf Forum, zeigt sie uns und ihr bekommt ein Freigetränk.*

„Ihr seid nicht drauf reingefallen", sagte eine männliche Stimme. „Oder ihr steht auf schlechten Kaffee."

Ich schaute auf. Der Typ am Tresen war in unserem Alter und sah eigentlich ganz süß aus, wenn man nicht auf die Tattoos achtete, die seine Arme bedeckten und unter dem V-Ausschnitt seines weißen T-Shirts hervorschauten. Ich hatte nicht grundsätzlich etwas gegen Tattoos – Beck hatte ein Hanja-Schriftzeichen hinter dem linken Ohr –, aber dieser Typ hatte eine Ausstrahlung von *Ich bin ja so subkulturmäßig cool mit meiner Körperkunst.* Der Irokesenschnitt machte die Sache nicht besser.

„Ich wurde gegen meinen Willen hergeschleppt", sagte ich und der Junge lächelte. Er hatte dunkelbraune, fast schwarze

Augen. Die Pupillen glänzten wie nasse Farbe. „Lass mich raten – erstes Jahr an der Academy?“ In seinem Ton lag etwas Geringschätziges, als sei unsere Zugehörigkeit zu Eden ein Minuspunkt.

„Ich bin Hershey und das ist Rory. Vielleicht kannst du uns bei Gelegenheit ein bisschen rumführen.“

Der Typ sagte nichts dazu.

„Cooles Tattoo“, säuselte Hershey weiter und fuhr mit den Fingern über seinen Unterarm. Da standen mehrere Textzeilen, jede in einer anderen Handschrift. Sie sahen aus wie Gedichtzeilen oder Romanzitate. Die Schrift war klein und ich wollte mich auf keinen Fall vorbeugen, um sie genauer zu betrachten.

„Wie heißt du?“, fragte Hershey.

„North.“ Er schaute immer noch mich an. Sein Blick huschte schnell hin und her, wie man es macht, wenn man etwas genau betrachtet. Oder, wie in diesem Fall, jemanden. Hitze stieg mir in die Wangen. Ich räusperte mich und guckte an ihm vorbei auf die Menütafel. Hershey holte ihr Gemini heraus.

„Sag jetzt nicht, dass du von dem Ding deine Bestellung aussuchen lässt.“ Endlich wandte er sich von mir ab.

„Niemals!“ Hershey scrollte zum letzten Eintrag auf Lux' Empfehlungsliste. „Ich nehme die Kokos-Latte“, verkündete sie. „Laut Lux finde ich sie abscheulich.“

So machte sie das also. Immer das tun, wovon Lux ihr abriet.

„Ich bin experimentierfreudig!“, sagte Hershey lächelnd.

North schluckte ein Lachen runter. Er sah wieder mich an.

„Und du?“, fragte er mit neckendem Unterton. „Bist du auch experimentierfreudig?“

Ich wurde rot, was mich ärgerte. „Ich nehme einen Vanille-Cappuccino“, sagte ich und schaute gewohnheitsmäßig auf mein Handy, obwohl ich auch so wusste, was Lux für mich ausgesucht hatte. Es war immer dasselbe.

„Okay, erstens ist das die allerschlechteste Wahl“, sagte North. „Wir rösten die Kaffeebohnen selbst und jede Sorte ist *single origin.* Wenn du also schon Kaffee trinkst, versau ihn nicht mit Vanille. Zweitens, wenn du es süß magst, ist unsere Spiced Matcha Latte die viel bessere Alternative.“

„Ich nehme einen Vanille-Cappuccino“, wiederholte ich. „Ich mag keinen Tee.“

North zuckte die Schultern. „Wie du willst.“ Er tippte unsere Bestellungen ein. Zum Bezahlen hielten wir unsere Smartphones unter den Scanner und warteten am anderen Ende des Tresens auf unsere Getränke.

„Den schnapp ich mir“, flüsterte Hershey, als North kaum außer Hörweite war.

„Bäh.“ Ich verzog das Gesicht, aber ich spürte einen Anflug von Neid. Nicht, weil ich mir den eingebildeten Barista mit seiner Tattootapete gern selbst geschnappt hätte, sondern weil Hershey so was tatsächlich hinkriegte. Ich schaute zu North hinüber, während er die Milch für unsere Getränke aufschäumte. Die Espressomaschine sah aus wie eine Antiquität. Bestimmt war das die lauteste und am wenigsten effiziente Art der Cappuccinozubereitung.

„Eine Kokos-Latte, ein Vanille-Cappuccino“, sagte North

und stellte zwei Pappbecher auf den Tresen. Sein Gesichtsausdruck verriet nichts, aber um seinen Mund zuckte es, als müsste er sich auf die Wangen beißen, um nicht zu lachen.

Ich lächelte höflich und nahm den Becher, auf den mit schwarzem Filzer VC geschrieben war. Gab es hier keine bedruckten Getränkeaufkleber? Ich kam mir vor wie auf einer Zeitreise.

Hershey trank einen Schluck und schauderte. „Iiie, eklig." Sie lächelte North an. „Perfekt."

„Freut mich, deine Ekelpalette um ein Erlebnis erweitert zu haben." Dann schaute er zu mir. „Ist deiner auch gut?"

„Bestimmt", sagte ich und trank einen Schluck.

In dem Moment, als ich die heiße Flüssigkeit auf der Zunge spürte, wusste ich, was er getan hatte. Das Feuer des Cayennepfeffers verwob sich mit Ingwer. Er hatte mir den Matcha gemacht. Ich hatte nicht gelogen, ich mochte wirklich keinen Tee. Und Ingwer hasste ich sogar. Doch dieser Tee war anders als alles, was ich je getrunken hatte. Und in Kombination mit den anderen Zutaten war der Ingwer so ziemlich das Beste, was ich je probiert hatte. Als ich noch einen Schluck trank, merkte ich, dass North mich beobachtete. Ich konnte nicht so tun, als ob es mir nicht schmeckte. Trotzdem wollte ich seinem Hab-ich's-doch-gewusst-Blick etwas entgegensetzen.

„Und?", fragte er.

„Das ist ein echt mieser Cappuccino", sagte ich trocken.

North lachte und sein ganzes Gesicht leuchtete.

„Bloß weil ich das trinke, brauchst du dir nicht einzubilden, dass du Recht hast."

„Recht womit?“

„Dass ich mich in meinen Entscheidungen nicht von meinem Smartphone leiten lassen sollte. So subtil war deine Botschaft nicht.“

„Hey, du bist ein Eden-Mädchen. Nie würde ich dich unterschätzen.“

Ich war mir nicht sicher, ob das spöttisch oder ernst gemeint war. Vermutlich von beidem ein wenig. „Auch ohne Lux hätte ich das hier im Leben nicht bestellt“, sagte ich. „Zwei der vier Zutaten kann ich nicht ausstehen.“

„Ah, aber es sind *sieben* Zutaten. Und was macht es schon, wenn du zwei davon nicht magst? Ich mag kein russisches Dressing und weiß ein Reuben-Sandwich trotzdem sehr zu schätzen. Unseres ist übrigens fantastisch.“

„Reden wir jetzt über Sandwiches?“

North drückte einen Knopf an der Espressomaschine. Ein Schwall heißer Luft schoss aus der Düse und pustete mir eine Haarsträhne ins Gesicht. Gereizt strich ich sie zur Seite. Der Typ hatte etwas Irritierendes an sich und ich ließ mich nicht gern irritieren. Ich wartete darauf, dass er etwas sagte, aber er stand bloß da und schaute mich mit einem Funkeln in den Augen an.

„Und die Moral von der Geschicht …“, sagte ich.

„Bestell niemals den falschen Kaffee nicht“, gab er zurück. Ich wollte noch etwas sagen, aber da hatte er sich schon umgedreht und war wieder zur Kasse gegangen.

„Flirtest du schön?“

Ich zuckte zusammen. Hershey hatte ich total vergessen.

„Ich hab überhaupt nicht geflirtet“, sagte ich und schaute über die Schulter, um sicherzugehen, dass North uns nicht hören konnte. Er war schon mit dem nächsten Kunden beschäftigt.

„Egal. Gehen wir? Ich will mich vor der Versammlung noch umziehen.“

Ich wollte sie daran erinnern, dass unser kleiner Ausflug auf ihrem Mist gewachsen war, aber sie war schon auf dem Weg zur Tür.

4

Als wir wieder in unserem Zimmer waren, zog Hershey ein cremefarbenes Minikleid und bronzefarbene Ballerinas an. Dann band sie die Haare zu einem Pferdeschwanz zusammen. Neben ihr kam ich mir in meinem marineblauen Sommerkleid und den Espandrilles vor wie zwölf. Ich kämpfte gegen das schleichende Gefühl von Enttäuschung, das sich um meinen Brustkorb wand. Von allen möglichen Zimmergenossinnen musste ich ausgerechnet an Hershey geraten.

Wenige Minuten vor Beginn der Veranstaltung kamen wir in der Aula an. Während Hershey unsere Namensschilder holte, blieb ich am Eingang stehen und ließ den Raum auf mich wirken. Die Fotos, die ich gesehen hatte, wurden ihm nicht annähernd gerecht. Die Decke war bemalt wie ein Sommerhimmel und reichte weit in eine steile Kuppel hinein. In den Fußboden aus poliertem Marmor war das Eden-Logo eingelassen.

Ein schlaksiger blonder Junge mit Seersucker-Hose und marineblauem Sakko kam auf mich zu. Er hatte glatt gekämmte Haare mit Seitenscheitel und trug Pennyloafers mit echten Pennys.

„Hi“, sagte er und reichte mir die Hand. „Ich bin Liam.“ Mit seinen spießigen Klamotten wäre er bei uns zu Hause eher ein Außenseiter gewesen, aber hier war er beliebt. Das merkte man an seiner Haltung und seinem selbstsicheren Lächeln. Und daran, dass mehrere Leute ihn grüßten und ihm im Vorbeigehen auf den Rücken klopften.

„Ich bin Rory“, sagte ich. Auf das Händeschütteln war ich nicht vorbereitet. Niemand in meinem Alter hatte mir je die Hand gegeben. Aber ich hatte auch noch nie in einem Saal wie diesem hier gestanden. Liams Hand fühlte sich rau und schwielig an, doch seine Fingernägel waren ordentlich geschnitten und glänzten, als wäre er bei der Maniküre gewesen. Das war nicht der einzige Widerspruch in seiner Erscheinung. Mit seinen Klamotten hätte er auf ein Segelboot gepasst, aber er hatte eine Narbe am Haaransatz und die Haut unter dem rechten Auge schimmerte bläulich-gelb, der Überrest eines blauen Auges. Sportverletzungen, nahm ich an, denn Liam hatte am Revers zwei Anstecker, die verrieten, dass er sowohl Wasserball als auch Rugby spielte.

„Und, wie findest du Eden bis jetzt?“, fragte er. „Es ist ein bisschen surreal, oder?“

„Absolut“, sagte ich und verlor sofort meine Befangenheit.

„Man gewöhnt sich schneller daran, als man denkt.“ Liam lächelte. „Ich bin im Süden von Boston aufgewachsen. Nur hundert Kilometer von hier, aber es fühlt sich an wie eine andere Welt.“

Im Süden von Boston? Ich hatte so etwas wie Nantucket oder Marthas Vineyard erwartet, irgendeinen Ort, wo die Kinder reicher Leute gepäppelt wurden. „Dann hast du wohl keinen Ehemaligen-Bonus?", fragte ich.

„Himmel, nein. Was auch immer das Gegenteil von einem Ehemaligen-Bonus ist, genau das habe ich. Und du?"

„Meine Mutter war hier", sagte ich und kam mir vor wie eine Hochstaplerin. Es stimmte zwar, aber es bedeutete nicht das, was er jetzt denken musste. Meine einzige Verbindung zu dieser Schule war eine Frau, die ich nie kennengelernt hatte und die aus Gründen, die ich wahrscheinlich nie verstehen würde, nicht mal gewollt hatte, dass ich von ihrer Vergangenheit an dieser Schule erfuhr.

Hershey kam von hinten an und hakte sich bei mir ein. „Wer ist dein neuer Freund?", fragte sie und schaute Liam von oben bis unten an.

„Ich bin Liam", sagte er. Sein Blick wanderte an ihren Beinen hinab, als er ihr die Hand reichte.

„Hershey", erwiderte sie, ohne nach seiner Hand zu greifen. Stattdessen wandte sie sich zu mir. „Lass uns mal lieber reingehen. Ich will nicht in der letzten Reihe sitzen."

„Ihr könnt euch zu mir setzen, wenn ihr möchtet", sagte Liam. „Ich habe vorn ein paar Plätze."

„Super." Hershey verzog die Miene zu einem Plastiklächeln. „Du gehst vor."

„Was ist das denn für einer?", flüsterte sie, während wir Liam in die Aula folgten. „Ist er so ein Langweiler, wie er aussieht?"

„Er ist nett", zischte ich.

„Wir können außen herumgehen", sagte Liam. Die Rotunde war schon beeindruckend gewesen, aber das hier war atemberaubend. Kristallene Kronleuchter erhellten den siebeneckigen Raum und die Marmorwände waren mit reihenweise goldenen Orgelpfeifen gesäumt. Ich hatte gelesen, dass es mehr als vierzehntausend waren, womit die Orgel von Eden die größte der Welt und die einzige noch funktionsfähige ihrer Art war.

Ich legte den Kopf in den Nacken und ließ den Raum auf mich wirken, während wir durch den linken Gang zur zweiten Reihe gingen, die mit einem oragenfarbenen Band und einem Zettel mit der Aufschrift *Reserviert für Mitglieder der Schülervertretung* abgetrennt war. Liam hob das Band an und zeigte auf die freien Plätze.

„Können wir uns echt hier hinsetzen?", fragte ich.

„Das ist einer der Vorteile, wenn man Jahrgangssprecher ist", sagte er und zerknüllte den Zettel.

In der Reihe vor uns saßen die Lehrer. Als wir uns setzten, wandte eine Frau ganz außen sich um. Ihre dunkle Haut war makellos und sie trug eine modische Afrofrisur, wie sie nur sehr schönen Frauen steht. Sie hatte ausgeprägte Wangenknochen und tief liegende, grüne Augen. Ohne mit der Wimper zu zucken, sah sie mich an. Ich lächelte. Sie lächelte nicht zurück.

„Gerade rechtzeitig", sagte Liam.

Als ich aufschaute, trat Mr Atwater ans Podium. Ohne abzuwarten, bis sich das Gemurmel im Saal gelegt hatte, begann er zu sprechen. „Ihr seid hier, weil ihr euch in zwei Punkten von euren Altersgenossen zu Hause abhebt." Seine Worte hallten von den Wänden mit den Orgelpfeifen wider. „Zwei Eigenschaften, die von den alten Griechen als *Ethos* und *Enkrateia* bezeichnet wurden." Er betonte die griechischen Begriffe. „Charakter und Willensstärke. Hier werdet ihr diese Eigenschaften einsetzen, um etwas noch Edleres zu erreichen. *Sophia.* Weisheit." Er umklammerte das Rednerpult und beugte sich ein wenig vor. „Doch Weisheit ist nichts für schwache Nerven. Nicht alle von euch werden unser Programm abschließen. Nicht alle sind dafür bestimmt."

Ich schaute auf meine Hände. Jetzt war da wieder die Nervosität, die mich schon im Flugzeug befallen hatte. Meine Mutter hatte nicht das Zeug dazu gehabt. Vielleicht hatte ich es auch nicht. Ich war die Tochter einer Schulabbrecherin und eines Bauunternehmers, und ich bildete mir ein, ich könnte das hier durchhalten?

„Ich weiß, was ihr jetzt denkt", sagte Mr Atwater, als hätte er meine Gedanken gelesen. Aber er schaute an mir vorbei in die Mitte der Zuhörer. „Ihr überlegt, ob ihr für dieses Programm tatsächlich geeignet seid. Ihr stellt unsere Entscheidung, euch anzunehmen, infrage. Hat das Aufnahmegremium sich vielleicht geirrt?" Nervöses Gelächter im Publikum. Mr Atwaters Gesicht sah freundlich aus. „Lasst euch versichern, Schülerinnen und Schüler" – und jetzt sah er mich direkt an –, „eure Anwesenheit hier ist kein Zufall."

Es sollte beruhigend wirken, aber ich wand mich auf meinem Stuhl, bis er wieder in die Menge schaute. „Nun zu einigen organisatorischen Fragen. Es gibt zwölf Arbeitsgruppen. Ihr alle seid einer davon zugewiesen. Die Mitglieder einer Arbeitsgruppe haben einen gemeinsamen Vertrauenslehrer und werden täglich zum Intensivtraining des Urteilsvermögens zusammenkommen. Morgen erfahrt ihr mehr darüber. Eure Hausaufgaben werden zusammen mit dem Stundenplan unter der Registerkarte ‚Lernstoff' in eurer Eden-App erscheinen." Es gab ein großes Geraschel, als alle ihre Handys herauskramten. „Ich sagte, sie *werden* erscheinen." Mr Atwater setzte ein wissendes Lächeln auf. „Wenn ihr zum Abendessen entlassen werdet. Vorher haben wir noch eine Ankündigung zu machen. Ich bitte den Schulsprecher Liam Stone nach vorn."

Im Saal wurde geflüstert und applaudiert, als Liam zu Mr Atwater ans Podium trat. „Im Namen der Schülervertretung", hallte Liams Stimme durchs Mikrofon, „freue ich mich, euch den Termin für den diesjährigen Maskenball bekannt geben zu dürfen. Streicht euch den 7. September rot im Kalender an." Laute Jubelrufe kamen aus dem Publikum. „Für die Neulinge: Der Maskenball ist eine Benefizgala für alle Schüler und Ehemaligen. Traditionell stellt ein Geschäft im Ort die Smokings und Kleider zur Verfügung und jeder bekommt eine Maske. Wie wir Älteren jedoch bestätigen können, ist der Ausdruck *Maske* etwas irreführend." Er lachte. „Es sind eher riesige Köpfe aus Pappmaschee, von denen die meisten über dreihundert Jahre alt und für eure Eltern unerschwinglich sind. Mit anderen Worten, bitte keine Dummheiten an dem Abend."

Kichernd nahm Mr Atwater das Mikrofon wieder entgegen. Er sah Liam an. „Noch etwas, Liam?", fragte er.

„Nein."

„Nun denn", sagte Mr Atwater und klatschte in die Hände. „Auf zum Abendessen!"

In dieser Nacht fiel ich todmüde ins Bett. Teils wegen der körperlichen Anstrengung, teils weil ich so viel Hummer und Steak gegessen hatte, dass alles Blut aus meinem Kopf in den Magen gesackt und sämtliche geistige Energie erschöpft war. Mit dem silbernen Anhänger zwischen Daumen und Zeigefinger dämmerte ich weg und überlegte, ob es beim Begrüßungsdinner vor neunzehn Jahren wohl auch Surf and Turf gegeben hatte und meine Mutter sich genauso fehl am Platz gefühlt hatte wie ich.

Ein paar Stunden später wachte ich mit einem Ruck auf. Die Hand lag immer noch auf meinem Schlüsselbein, mein Atem ging hektisch. Ich hatte einen Albtraum gehabt, ich war gerannt, vielleicht vor jemandem geflohen. Aber die Einzelheiten entglitten mir, kaum dass meine Augen sich an die Dunkelheit gewöhnt hatten. Ich lauschte auf Hersheys Atem. Hoffentlich hatte ich nicht im Traum geschrien. Aber es war still im Zimmer.

Ich fuhr mit der Hand unter mein Kopfkissen und tastete nach meinem Gemini. Blinzelnd schaute ich auf die Uhrzeit: 3.03 Uhr. Immer noch durcheinander von dem Traum, an den ich mich nicht erinnern konnte, lief ich auf Zehenspitzen ins Bad, um einen Schluck Wasser zu trinken. Das Smartphone benutzte ich als Taschenlampe. Als ich an Hersheys Bett vorbeikam, sah ich, dass ich mir das Schleichen hätte sparen können. Sie war nicht da.

Schnell schrieb ich ihr eine SMS: Wo bist du?

Eine halbe Sekunde später leuchtete ihr Smartphone im Dunkeln auf. Sie hatte es auf ihrem Nachttisch liegen lassen. Ich nahm ihr Gemini und löschte meine Nachricht.

Danach lag ich eine Weile wach und überlegte, wohin Hershey gegangen sein mochte. So dumm es war, es versetzte mir einen Stich, dass sie mich nicht gefragt hatte, ob ich mitkommen wollte. Nicht, dass ich Ja gesagt hätte, aber trotzdem. Nach einer Stunde machte ich mir allmählich Sorgen. Ich bin nicht ihre Aufpasserin, sagte ich mir und zwang mich, wieder einzuschlafen.

Es war noch nicht hell, als ich aufwachte. Der gellende Refrain des Songs *This is August Jones* hatte mich aus dem Schlaf gerissen. Das war Hersheys Weckton. Sie tastete nach ihrem Gemini und schmiss es dabei vom Nachttisch.

„'tschuldigung", murmelte sie, zog sich das Kissen über den Kopf und schlief sofort wieder ein. Ihr Wecker war immer noch an.

Die Erleichterung darüber, dass sie nicht tot im Wald lag, wurde von dem Ärger überschattet, dass diese minderwertige Popmusik um 5.45 Uhr in der Früh mein Trommelfell attackierte. „Hershey!", rief ich.

„Jaja", murmelte sie. Sie tastete den Boden nach dem Gemini ab. Es dauerte weitere dreißig Sekunden, bis sie es ausgeschaltet hatte. Jetzt waren wir beide hellwach. Ich drehte mich auf die Seite. Vor dem Zubettgehen hatte Hershey sich das Gesicht gewaschen, aber jetzt waren ihre Augen mit Wimperntusche verschmiert.

„Fünf Uhr fünfundvierzig? Im Ernst?“ Hershey rieb sich die Augen. „Vielleicht hab ich vergessen, dass mein Smartphone sich automatisch auf die neue Zeitzone einstellt.“

Ich prustete los.

„Ich war müde, als ich es gestellt hab“, sagte sie gereizt. Ich dachte, sie würde noch mehr sagen, mit ihrem nächtlichen Ausflug prahlen oder wenigstens darauf anspielen, dass sie sich rausgeschlichen hatte, aber sie drehte mir den Rücken zu.

„Hast du gut geschlafen?“, fragte ich und gab ihr noch eine Chance. Sie nutzte sie nicht.

„Ja“, sagte sie nur. Ihr Gemini leuchtete wieder auf, als sie Forum aufrief.

Ich betrachtete ihren Rücken und fragte mich, was für Geheimnisse meine Zimmergenossin sonst noch hatte, und weshalb.

5

Eine kleine Gruppe war vor dem Raum versammelt, in dem meine erste Unterrichtsstunde stattfand. Neben der Tür hing ein Schild mit der Aufschrift: *Elektronische Geräte bleiben draußen. Keine Ausnahme.* Darunter gab es Fächer. Ich dachte mir, dass niemand sein Handy abgeben wollte, wenn es nicht unbedingt nötig war. Doch als ich näher kam, sah ich, dass niemand aufs Handy guckte. Alle starrten in den Klassenraum. Ich ging noch näher heran und folgte den Blicken.

So viel Hightech wie in diesem Raum hatte ich noch nie gesehen. Die Wände waren Bildschirme und statt Tischen gab es zwölf eiförmige Dinger, die an Schlafabteile in Luxus-Fliegern erinnerten, nur dass sie nicht aus grauem Plastik bestanden, sondern aus einem schimmernden, durchsichtigen Material, das irgendwie feucht aussah.

„Auch ohne Schulglocke ist Zuspätkommen möglich", sagte da plötzlich die Lehrerin. Ich erkannte die Frau mit der Afrofrisur aus der Aula gestern wieder. Unter Dr. E. Tarsus auf meinem Stundenplan hatte ich mir einen Mann vorgestellt, einen älteren Herrn mit grauen Haaren und dicker Brille. Diese Frau war das genaue Gegenteil. In ihrer starren und aufrechten Haltung hatte sie etwas von einem Adler. Doch als sie jetzt nach vorn ging, erinnerten ihre Bewegungen an eine Raubkatze. Unter ihren Kleidern ließen sich die kantigen Schultern und Hüften erahnen.

Bei ihr hatten wir unser „Platon Praktikum", was die offizielle Bezeichnung für das Intensivtraining des Urteilsvermögens war, das Mr Atwater bei der Einführung erwähnt hatte. Es war der einzige Kurs, der täglich auf dem Stundenplan stand. Dr. Tarsus war außerdem meine Vertrauenslehrerin, deshalb wollte ich einen guten Eindruck machen.

Während wir der Reihe nach den Klassenraum betraten, alle etwas unsicher – soll man sich neben die Kapseln stellen oder hineinsteigen? –, schrieb Dr. Tarsus vorn etwas an die Wand. Sie schrieb mit dem Zeigefinger, doch die Worte erschienen wie mit Kreide geschrieben. Im Nu verwandelte sich die Wand in eine altmodische Kreidetafel. Es war nicht wirklich eine Kreidetafel, nur ein Rechteck aus interaktiver Tapete. Doch die Oberfläche war dem Vorbild so ähnlich, dass ich mich im ersten Moment beinahe täuschen ließ.

„Der Anfang ist der wichtigste Teil der Arbeit", schrieb sie in gestochener Schrift. „Platon, *Die Republik*, zweites Buch."

„Sucht euch einen Platz", sagte sie dann und wandte sich zu uns um. Sie zeigte auf die eiförmigen Gebilde.

Ich suchte mir eins in der Mitte aus und setzte mich auf den Metallstuhl. Ich spürte, wie er sich für mich einrichtete. Er schob sich ein Stückchen nach vorn und passte sich meiner Wirbelsäule an.

„In der Mitte eures Bildschirms müsstet ihr ein kleines Quadrat sehen“, fuhr Dr. Tarsus fort. „Drückt mit dem Daumen fest darauf. Damit wird der Anschluss aktiviert.“

Der Bildschirm, von dem sie sprach, hatte ein Querformat und war gewölbt wie das Cockpit eines Flugzeugs. Als ich mit dem Daumen auf das Kästchen drückte, schloss sich die Tür des Abteils und ich war in der Kapsel eingeschlossen. Innerhalb weniger Sekunden wurden der Bildschirm und die Wände rundherum so durchsichtig wie Glas. Ich sah meine Mitschüler in der Reihe vor mir, ihre Kapseln waren ebenfalls durchsichtig.

Dr. Tarsus saß vorn auf einem Stuhl. Sie stand auf und ging durch die Reihen. „Wie Mr Atwater gestern erklärt hat, ist dieses Programm mit seinem Schwerpunkt einzigartig. Natürlich seid ihr hier, um Wissen zu erlangen. Ihr sollt alles über Literatur, Geschichte, Mathematik, Psychologie und Naturwissenschaften lernen. Aber ihr seid auch hier, um etwas zu erlangen, was noch viel wertvoller ist als Wissen und viel schwieriger zu erreichen.“ Sie legte eine Kunstpause ein. „*Phrónesis*“, sagte sie dann. „Klugheit. Weisheit im Handeln. Die Fähigkeit, ein gutes Leben zu führen.“

Das packte mich sofort. Weisheit im Handeln. Das will ich. Die Überzeugung, die beste Entscheidung getroffen zu haben, ohne mich mithilfe einer App vergewissern zu müssen. Wenn ich auf mich allein gestellt war, stellte ich meine Entscheidungen infrage, noch ehe ich sie überhaupt getroffen hatte. Deshalb war ich auch so schlecht in Sport. Und im Gärtnern. Und in Kunst. Deshalb zog ich für jede Entscheidung Lux zurate, von den alltäglichen bis zu den großen. Ich brauchte immer eine Rückversicherung, dass ich auf dem richtigen Weg war.

Ich wusste, was Beck sagen würde. Dass ein „kluges Genie" ein Oxymoron sei. Dass die größten Sportler, die begabtesten Künstler und die brillantesten Denker auf ihren Bauch hörten. Aber bot Dr. Tarsus uns nicht genau das an? Ein Bauchgefühl, dem man trauen konnte?

Tausch die Wahrheit nicht gegen eine Lüge ein.

Mein ganzer Körper versteifte sich, stemmte sich gegen die Stimme. Sie einmal zu hören, war eine Sache. Purer Zufall. Aber da war sie wieder, keine vierundzwanzig Stunden später, kryptisch, unheimlich und noch lauter als am Vortag. Ein Angstklumpen bildete sich in meinem Bauch. Was war hier los?

Komm runter, sagte ich mir. Über den Zweifel musste man nicht in Panik geraten. Es sei denn, er ließ sich nicht abschalten. Wie bei dem französischen Mädchen im Mittelalter, das sich auf dem Scheiterhaufen verbrennen ließ. Aber ich hatte ihn ja noch nicht so oft gehört. Das hatte nicht viel zu bedeuten. Wenn ich ihn ignorierte, wie ich es gelernt hatte, würde er schließlich wieder verschwinden, genau wie damals, als ich ein Kind war.

Dr. Tarsus redete weiter. Ich wiederholte ihre Worte im Kopf, um die des Zweifels zu übertönen, die wie ein Echo in meinen Gedanken widerhallten.

„Die alten griechischen Philosophen, insbesondere Aristoteles, erkannten, dass *phrónesis* nicht in einem Vakuum erlangt werden kann“, sagte sie. „Und auch nicht in einem Klassenzimmer. Sie glaubten, *phrónesis* müsse durch persönliche Erfahrungen hart erkämpft werden.“ Sie zog eine winzige Fernbedienung aus der Rocktasche und tippte etwas ein. Sofort wurden die Wände unserer Kapseln undurchsichtig. Erst jetzt merkte ich, dass die Kapseln schalldicht waren und Tarsus' Stimme durch die kleinen Lautsprecher über meinem Kopf kam.

„Die Simulationen, die wir in diesem Praktikum durchführen, werden uns um solche Erfahrungen bereichern“, fuhr sie fort und mein Bildschirm leuchtete auf. Dankbar für die Ablenkung, konzentrierte ich mich sofort auf das Foto auf dem Bildschirm. Es war eine Bodenaufnahme von Nob Hill in San Francisco. Ich war noch nie dort gewesen, aber den steilen Hügel und die Gleise der Cable Cars kannte ich aus Film und Fernsehen. Das Bild veränderte sich – es war gar kein Foto, sondern eine Videoaufnahme aus der Sicht eines Fußgängers, der zusammen mit anderen an einer Haltestelle wartete. Die Kamera war offenbar auf seiner Brille oder zwischen seinen Augen angebracht, denn ich sah alles aus seiner Perspektive: als er sich umschaute, auf sein Handy guckte, sich die Schuhe band – ein Männerschuh, Converse One Star.

„Unsere Simulationen werden sich in der Darstellungsform unterscheiden, doch die Art unserer Interaktion während des Praktikums ist grundsätzlich gleich“, fuhr Dr. Tarsus fort. „Die Kapseln, in denen ihr euch befindet, sind mit Audiotechnik ausgestattet, die uns die Diskussion erleichtert. Ihr könnt mich natürlich alle hören. Aber ich höre immer nur einen oder eine von euch. Eure Antworten werden aufgenommen und in der Reihenfolge abgespielt, in der sie geäußert wurden. Ich antworte, wenn – beziehungsweise falls – ich es für angebracht halte. Ihr müsst nicht warten, bis ihr aufgerufen werdet, und ihr unterbrecht niemanden. Wenn ihr etwas zu sagen habt, sprecht ihr einfach. Gerät die Diskussion ins Stocken, werde ich einzelne Schüler ansprechen. In diesem Fall werden die Antworten anderer Schüler aufgenommen und zurückgehalten, bis derjenige, den ich aufgerufen habe, geantwortet hat." Sie hielt kurz inne und ich stellte mir vor, wie sie in die Runde schaute. Waren die Wände von ihrer Seite aus auch undurchsichtig oder beobachtete sie uns? Für alle Fälle setzte ich ein freundliches Lächeln auf.

„Gibt es Fragen?", hörte ich sie sagen.

Ich schüttelte den Kopf, während ich den Blick auf den Bildschirm geheftet hatte. Eine Familie mit drei Kindern und einem Baby in einem Kinderwagen war aufgetaucht. Ein Rad des Kinderwagens steckte im Straßenbahngleis fest.

„Sehr gut", sagte Dr. Tarsus. „Dann geht es jetzt los."

Im selben Moment schaltete sich der Ton des Videos ein. Ich hörte die Leute auf der Straße reden, Autolärm, einen Presslufthammer in der Nähe. Und ein weinendes Baby. Das Baby in dem Kinderwagen, der im Gleis feststeckte. Die Eltern hatten das Rad noch nicht freibekommen und offenbar auch noch Schwierigkeiten, das Baby aus dem Kinderwagen zu heben. Neben mir machte sich ein dicker Mann in Shorts und T-Shirt an seinem Hosenbund zu schaffen. Irgendwo in der

Ferne bimmelte eine Straßenbahn. Dr. Tarsus hatte von einer Simulation gesprochen, also nahm ich an, dass diese Details wichtig waren, und achtete auf alles. Aber was sollte hier getestet werden?

Die Straßenbahn bimmelte wieder. Diesmal war sie lauter und näher. Instinktiv drehte ich den Kopf zu dem Geräusch und die Perspektive wechselte. Ich blinzelte. Führte ich die Kamera? Ich drehte den Kopf zur anderen Seite und wieder bewegte sich die Kamera mit. Ich spürte die Kopfstütze an meinem Hinterkopf. Anscheinend war sie mit Bewegungssensoren ausgestattet. Gerade wollte ich die Füße bewegen, um zu sehen, ob der Typ mit der Kamera dann loslief, als die Glocke zum dritten Mal bimmelte – so laut, dass ich ruckartig nach rechts schaute. Die Straßenbahn war oben auf dem Hügel angekommen und raste bergab. Genau auf den Kinderwagen mit dem Baby zu.

Plötzlich wurde die Szene eingefroren und Dr. Tarsus' Stimme drang durch die Lautsprecher. „Hier sind die Fakten: Das Rad des Kinderwagens hat sich derart in der Schiene verkeilt, dass man es nicht freibekommt, ohne den Kinderwagen ganz zu zerlegen, was mit dem richtigen Werkzeug viereinhalb Minuten dauern würde. Die Straßenbahn wird bei einer Geschwindigkeit von hundert Kilometern pro Stunde in zweiundvierzig Sekunden gegen den Kinderwagen rasen. Der Gurt, mit dem das Baby angeschnallt ist, klemmt." Sie erzählte das alles völlig leidenschaftslos, als spräche sie über das Wetter. „Wenn die Straßenbahn mit dem Kinderwagen zusammenprallt", fuhr sie fort, „wird die Bahn entgleisen. Dabei kommen mindestens zwei Fußgänger sowie fünf Insassen in der Bahn ums Leben, darunter zwei Kinder. Das Baby und seine Eltern, die ihm nicht von der Seite weichen, werden ebenfalls getötet, genauso wie ihre drei anderen Kinder, die unter der umkippenden Straßenbahn begraben werden. Dieser Ausgang der Ereignisse kann nur verhindert werden, wenn ein Zusammenprall herbeiführt wird, ehe die Straßenbahn sechzig Stundenkilometer erreicht. Derzeit fährt sie mit einer Geschwindigkeit von fünfzig Kilometern pro Stunde."

Ich war starr vor Entsetzen. Natürlich passierte das alles nicht in Wirklichkeit, aber trotzdem. Das Szenario erinnerte mich an diesen Moral-Sense-Test, an dem Beck einmal online teilgenommen hatte. Nur dass man dort weder ein Baby hörte, dessen Leben auf dem Spiel stand, noch die verzweifelten Gesichter der Eltern sah.

„Der Mann neben euch wiegt neunzig Kilo", fuhr Dr. Tarsus fort. „Er ist blind und taub. Ihr studiert im dritten Jahr Medizin und seid der Betreuer dieses Mannes. Er geht, wohin ihr ihn führt. Wenn er in den nächsten zehn Sekunden die Gleise überquert, trifft die Staßenbahn ihn mit einer Geschwindigkeit von fünfzig Kilometern pro Stunde. Dadurch wird sie gestoppt, bevor sie den Kinderwagen erreicht. Was ist angesichts der Möglichkeiten, die ihr habt, die klügste Entscheidung?"

Ein paar Sekunden später lief der Film auf meinem Bildschirm weiter. Ich drehte mich nach rechts und sah jetzt den Mann neben mir an, der auf ein Signal von mir wartete. Die Straßenbahn bimmelte. Ich schaute zu den Eltern, die panisch am Kinderwagen zerrten. Sollte ich sie überzeugen, von den Gleisen zurückzutreten? Ein Blick in ihre verzweifelten Gesichter genügte. Das konnte ich mir sparen.

Ich suchte nach einer Alternative. Auf der anderen Seite der Gleise stand ein Hotdog-Wagen, dahinter ein Verkäufer mit gestreifter Mütze. Ob der Wagen so viel wog wie der dicke Mann? Ich wusste es nicht, aber ich bezweifelte es. Ich schaute wieder zu dem Kinderwagen. Konnte ich helfen, ihn zu befreien? Ich bewegte die Füße, als ob ich auf der Stelle liefe, und die Kamera bewegte sich mit mir. Ich rannte zu den Eltern. Sekunden später war ich bei ihnen.

Das Rad steckte in der Rille zwischen den Stahlschienen fest. Anstatt zu ziehen, schob ich. Das Rad drehte sich und der Kinderwagen bewegte sich ein paar Zentimeter.

„Schieben Sie den Wagen dahin!", schrie ich und vergaß für einen Moment, dass die Leute computeranimiert waren. Konnten sie mich überhaupt hören? Offensichtlich ja. Sofort schoben sie den Kinderwagen die Gleise entlang.

Ich lief zurück zu dem Hotdog-Wagen. Wenn er weniger wog als der dicke Mann, verlangsamte er die Straßenbahn zwar nicht ganz so effektiv, aber irgendetwas würde er bewirken. Und wenn die Eltern es mit dem Kinderwagen weit genug schafften, kam die Bahn vielleicht noch früh genug zum Halten. Ich musste es versuchen. Ich konnte unmöglich einen tauben und blinden Mann vor einen Zug führen.

„Helfen Sie mir, den Hotdog-Wagen zu schieben!", schrie ich dem Verkäufer entgegen.

„Auf keinen Fall!", rief er zurück.

Ich packte den Wagen am Griff und zog. Er rührte sich nicht vom Fleck.

Mist.

Dem Timer am Bildschirmrand zufolge waren bereits einundzwanzig Sekunden vergangen. Die Straßenbahn kam immer näher. Ich musste handeln und zwar schnell.

Ich drehte mich um und suchte nach etwas, womit ich die Straßenbahn aufhalten konnte, aber es gab nichts. Nur den dicken Mann und den Kinderwagen.

Und mich.

Als der Timer auf vierzig Sekunden zuraste, stellte ich mich mitten auf die Schienen, kniff die Augen zu und machte mich auf den Zusammenprall gefasst. Natürlich spürte ich nichts. Ich hörte nur ein Summen, als die Simulation zu Ende war, und öffnete ein Auge. Auf meinem Bildschirm standen die Worte Opfer: 2. Mein „Körper" lag blutig und zerstückelt unter der Straßenbahn. Der Vater des Babys lag ebenfalls tot unter der Straßenbahn. Als mein Körper die Bahn nicht zum Stoppen gebracht hatte, war er zu Hilfe geeilt. Seine Frau, das Baby und die drei anderen Kinder hatten überlebt. Ebenso der dicke Mann, der an den Gleisen stand und von allem nichts mitbekommen hatte.

Der Bildschirm wurde schwarz, dann erschien die Liste der zwölf Kursteilnehmer, geordnet nach der Zahl der Todesopfer. Sieben Leute hatten besser abgeschnitten als ich, sie hatten nur ein Opfer. Den dicken Mann. Ich lag im Mittelfeld. Die anderen hatten überhaupt nicht eingegriffen und die Straßenbahn hatte die Familie mit dem Baby getötet, wie Tarsus es vorhergesagt hatte. Der Griff meiner Hände lockerte sich und ich entspannte die Schultern. Es hatte seine Vorteile, wenn man im Mittelfeld lag. Ich würde nicht unnötig auffallen.

Die Wände der Kapsel wurden wieder durchsichtig und ich sah Tarsus vorn im Klassenraum stehen.

„Wie bei allen Simulationen, die wir in diesem Kurs durchführen werden", sagte sie durch die Lautsprecher, „ist das Ziel der Übung das, was Wirtschafts- und Sozialwissenschaftler als ‚positiven Nettoeffekt' bezeichnen. Alle, die den dicken Mann geopfert haben, haben dieses Ergebnis erzielt. Er hatte von allen Beteiligten in diesem Szenario den geringsten Nutzen. Blind, taub und übergewichtig, trug er wenig zum Wohl der Gesellschaft bei. Es war also das Klügste, die Straßenbahn mit diesem Mann zu stoppen. Von allen Möglichkeiten, die euch zur Verfügung standen, war es die einzige mit einem positiven Nettoeffekt."

„Wieso positiv?", fragte eine Schülerin. „Ich meine, es war zwar die beste aller Möglichkeiten, aber trotzdem ist jemand gestorben."

„Aha", sagte Tarsus. „Ein sehr guter Einwand. Tatsächlich ist jemand gestorben. Doch dieser Jemand war schädlich für die Gesellschaft. Er fiel ihr zur Last. Sein Tod war demzufolge ein Gewinn für die Gesellschaft als Ganzes."

Ich zuckte zusammen. Weil er behindert und übergewichtig war, sollte der Tod des armen Mannes ein *Gewinn* sein?

„Diese Simulation basiert auf einem alten Gedankenexperiment, das treffenderweise als das Trolley-Problem bekannt ist. Ich benutze sie jedes Jahr am ersten Unterrichtstag, und jedes

Jahr spalten sich die Schüler in zwei Gruppen – in diejenigen, die den dicken Mann opfern, und diejenigen, die nichts tun." Sie legte eine Pause ein und schaute zu meiner Kapsel. „In diesem Jahr allerdings war eine von euch kreativ."

Kreativ ist nicht schlecht, sagte ich mir. Kreativ ist …

„Rory", sagte sie.

Ich verkrampfte mich. So viel dazu, dass ich bestimmt nicht auffallen würde.

„Du hast versucht, die Straßenbahn mit deinem eigenen Körper aufzuhalten. Von allen Personen im Szenario hattest du den höchsten Nutzen, gefolgt von dem Vater des Babys, einem prominenten Risikoinvestor, den du ebenfalls getötet hast." Ihr Ton war scharf. Ich sank auf meinem Stuhl zusammen.

„Hast du einen Heldenkomplex, Rory?"

Es klang wie eine rhetorische Frage und es dauerte eine Weile, bis ich mich angesprochen fühlte. „Ähm …, n-nein", stammelte ich. „Ich wollte nur …"

Sie schnitt mir das Wort ab. „Heldentum ist getarnter Narzissmus. Und Narzissten sind nicht fähig, objektiv zu sein. Kluges Handeln erfordert jedoch Objektivität. Wenn du dich also als würdig erweisen möchtest, hier zu sein, solltest du diesen Geltungsdrang schleunigst ablegen." Sie riss ihren Blick von meiner Kapsel los und fuhr fort. Für den Rest der Stunde schaute sie nicht mehr in meine Richtung. *Als würdig erweisen, hier zu sein.* Sie hatte meine schlimmste Befürchtung ausgesprochen.

Ich musste über den Campus hetzen, um pünktlich zur zweiten Stunde zu kommen. Der Lehrer stand gerade auf einem Stuhl und friemelte an den Fäden der Lampions, die er an die Decke gehängt hatte. Sein Kursraum sah aus, wie ein Kursraum aussehen sollte, mit Reihen von Metalltischen und einem einzigen Bildschirm vorn. Nur an der Dockingstation in der rechten oberen Ecke jedes Tisches merkte man, dass man nicht in einer staatlichen Schule war. Ich schloss mein Gemini an und jetzt leuchtete mein Name auf der Klassenliste vorn auf dem Bildschirm grün statt rot.

„Willkommen in Kognitiver Psychologie", sagte der Lehrer, als alle auf ihren Plätzen saßen. „Ich bin Mr Rudman, aber ihr könnt mich Rudd nennen." Er war jung, Ende zwanzig vielleicht, und mit seiner Nerdbrille und den Sneakers wirkte er lange nicht so einschüchternd wie Dr. Tarsus. Er war irgendwie süß, eine ältere, schlauere Ausgabe der Typen, die ich von zu Hause kannte. Diese Vertrautheit hatte etwas Entwaffnendes. Ich entspannte mich ein bisschen.

„In diesem Kurs werden wir untersuchen, wie Menschen wahrnehmen, sich erinnern, denken, reden und Probleme lösen", erklärte Rudd. „Wir beschäftigen uns damit, wie das gesunde Gehirn funktioniert, wo seine Grenzen liegen und wie diese Grenzen in übertriebener Form zu Psychosen führen können." Er drückte eine Taste seines Smartphones, worauf an der Wand hinter ihm eine Liste erschien. In der linken Spalte standen vierundzwanzig psychische Erkrankungen in alphabetischer Reihenfolge untereinander, von akuter Belastungsreaktion bis Trichotillomanie. In der rechten Spalte stand nichts. Ich schaute auf meinen Tisch und sah, dass dieselbe Grafik auf meinem Gemini aufleuchtete.

„Diese Themen stehen für eure erste Hausarbeit zur Auswahl“, sagte Rudd. „Ihr habt fünf Wochen Zeit. Tragt einfach euren Namen rechts neben die psychische Störung ein, zu der ihr gern arbeiten möchtet, und drückt auf ‚Bestätigen‘. Und keine Sorge: Wenn ihr unschlüssig seid, drückt ihr einfach auf die Taste für ‚Automatische Wahl‘ unten auf dem Display und lasst Lux für euch entscheiden.“ Wieder tippte er auf sein Smartphone und die Themenliste wurde grün. „Viel Spaß bei der Auswahl.“

Ich schaute die Liste von oben bis unten an. Mein Blick blieb an „Akratische Parakusis-Störung (APS)“ hängen, dem dritten Thema auf der Liste.

Nimm das.

Die Stimme war eindeutig, ein leiser Schrei. Das zweite Mal in zwei Stunden. Mein Magen zog sich zusammen, als mir plötzlich ein Kinderreim einfiel, den wir früher oft gesungen hatten: Wer die Stimme hört, ist gestört.

Ich spürte Schweißperlen auf der Stirn. Seit meinem elften Geburtstag hatte ich die Stimme nicht mehr gehört und jetzt gleich dreimal in weniger als vierundzwanzig Stunden. Ich schüttelte heftig den Kopf. Mach nicht so einen Wind. Lass einfach Lux entscheiden und fertig.

Ich tippte auf die automatische Wahl und mein Name erschien in Grau neben „Klaustrophobie“. Jetzt musste ich nur noch bestätigen. Mein Blick wanderte zurück zu Thema Nummer drei. Das Feld daneben war immer noch frei.

Nimm das.

Es lag eine gewisse Ironie darin, dass der Zweifel mir den Zweifel empfahl. Denn genau das war APS: der medizinische Fachbegriff für eine psychische Störung, bei der Erwachsene auf ihre sprichwörtliche „innere Stimme" hörten. Sie hatten APS. Das wusste ich, weil ich mal mitbekommen hatte, wie Becks Eltern davon sprachen. Es war die Diagnose, die sie so dringend zu vermeiden suchten.

Als wir klein waren, neckten Becks Eltern ihn mit der Stimme, die er hörte. Sie fragten ihn, was der Zweifel zum Abendessen wollte, ob der Zweifel Schokoladeneis mochte, ob der Zweifel Milch zum Keks wollte. Dann antwortete Beck geduldig, dass der Zweifel kein Mensch sei, sondern ein Geist, und dass Geister nichts essen könnten, weil sie keinen Körper hätten. Als wir älter wurden und wir anderen die Stimme allmählich ignorierten, fanden seine Eltern das Ganze nicht mehr so lustig. Beck wurde zu einem Psychiater geschleppt, der ihm das Antipsychotikum Evoxa verschrieb. Der Psychiater empfahl außerdem, Beck solle seine außerschulischen Kurse verdoppeln und mehr Zeit online verbringen, damit sein Geist beschäftigt war. Beck befolgte den Rat nicht und die Stimme blieb. Seinen Eltern sagte er, er höre sie nicht mehr, aber sie machten sich trotzdem Sorgen. Ich wusste nicht genug über die Störung, um zu verstehen, weshalb. Auf einmal wollte ich es verstehen. Zumal ich die Stimme jetzt selbst hörte.

Mein Finger schwebte über der Bestätigen-Taste, mein Name neben „Klaustrophobie" war immer noch grau. Was war so irrational daran, APS als Thema zu wählen? Es musste irrational sein, denn so arbeitete der Zweifel: Er kaperte unsere Gedanken und ließ uns an etwas zweifeln, wovon der Verstand wusste, dass es richtig war. Neugierig scrollte ich nach unten, um zu sehen, wo APS auf Lux' Liste stand.

An letzter Stelle.

„Noch dreißig Sekunden!", rief Rudd.

Die Liste füllte sich schnell.

Nimm das.

Ich höre nicht auf den Zweifel, sagte ich mir. Ich schütze mich vor ihm. Wissen ist schließlich Macht. Ehe ich es mir anders überlegen konnte, tippte ich meinen Namen neben das dritte Thema und drückte schnell auf „Bestätigen".

6

„Dem Narr ist es bestimmt, die Geschichte zu wiederholen. Der Weise hat den Verstand, das zu vermeiden.“

Der Geschichtslehrer, ein drahtiger, weißhaariger Mann in den Siebzigern, stellte uns den Stoff dieses Halbjahrs vor, doch ich hörte nur mit halbem Ohr zu. Während alle anderen brav durch den Lehrstoff scrollten, war ich auf Panopticon. Mir schwirrte der Kopf. Ich hatte den Eintrag für APS schon mal gelesen, aber jetzt bekam er eine neue Bedeutung.

Akratische Parakusis-Störung (APS), vom altgriechischen „akrasia" (Willensschwäche) und „para" und „acoúein" (falsches Hören). Eine psychische Störung, die gekennzeichnet ist durch anhaltende arationale akustische Halluzinationen, die sich in einer einzelnen Stimme ausdrücken. Diese Stimme, im Volksmund als „der Zweifel" bekannt, wird im Allgemeinen von gesunden Kindern vor der Pubertät gehört, was vermutlich mit dem schnellen Synapsenwachstum des präfrontalen Cortex in diesem Lebensalter zusammenhängt. Bei Personen, die die Stimme nach der Pubertät weiterhin hören, liegt eine Prädisposition für die Akratische Parakusis-Störung vor. Die Diagnose basiert auf beobachtetem Verhalten und Erfahrungsberichten des Patienten. Die spezifischen Ursachen der Störung sind nicht bekannt. Als Risikofaktoren gelten das Auftreten von APS in der Familie oder länger andauernde Phasen von hohem Stress, emotionale Veränderungen oder Isolation von Altersgenossen. Taucht die Störung früh auf, kann sie mit antipsychotischen Medikamenten behandelt werden. Ohne pharmazeutische Behandlung degeneriert das akratische Gehirn rasch, was selbstzerstörerisches Verhalten und letztlich Demenz zur Folge hat.

Der Lehrer trat in mein Blickfeld. „Irgendwelche Fragen?", sagte er spitz und schaute mich direkt an.

Ich schüttelte den Kopf.

Er nickte und sprach weiter.

Ich schloss Panopticon und rief den Lehrplan für Geschichte auf, aber ich konnte mich immer noch nicht konzentrieren. Die Buchstaben verschwammen vor meinen Augen und ich sah immer wieder die Worte *Prädisposition*, *degeneriert* und *Demenz* vor mir.

Ich hatte mir immer Sorgen wegen Becks psychischer Probleme gemacht. Hätte ich mich mehr um meine eigenen kümmern sollen? Eine halbe Stunde nach meinem Entschluss, die Stimme zu ignorieren, hatte ich genau das getan, was sie mir geraten hatte. Ich habe nicht auf die Stimme gehört, sagte ich mir. Ich hatte völlig rationale Gründe, APS als Thema zu wählen. Trotzdem warf mich die bloße Tatsache, dass ich die

Stimme hörte, aus der Bahn. Meine Gedanken sprangen hin und her wie ein Frosch im Einmachglas. Die dritte Stunde verging in einem Schwall von Worten, die ich nicht hörte. Ich musste diese Sache schleunigst in den Griff bekommen.

Obwohl ich nicht hungrig war, ging ich zum Mittagessen. Ich trottete hinter einer Gruppe Mädchen aus meinem Geschichtskurs her, die einander anscheinend vom Sommercamp kannten. Jemand hatte in der Mensa die Fenster geöffnet und der Lärm aus dem Saal hallte von den Wänden im Hof wider.

Hershey winkte mir zu. Sie stand an der Salatbar und häufte Salat auf einen dunklen Metallteller. Sie lächelte, offenbar hatte sie ihre Morgenmuffellaune überwunden.

„Diese Teller sind der Wahnsinn", sagte sie.

Ich nahm mir einen. Er war so kalt, dass meine Finger pochten. Ich drehte ihn in den Händen und fragte mich, woraus er bestand. Ein dickes, schimmerndes „G" war hineingraviert. Ich schaute die anderen Teller an, auch sie hatten alle das „G". Gnosis hatte nicht nur die elektronischen Geräte in den Klassenzimmern gespendet, sondern auch die Mensa ausgestattet.

„Cool", sagte ich ausdruckslos. Nach so einem Vormittag fiel es mir schwer, Enthusiasmus zu zeigen.

Hershey war vom Salat zu den Gurken gewandert. Ich ging hinter ihr her und lud mir mechanisch irgendein Zeug auf den Teller. Die Produkte an der Salatbar sahen frisch und knackig aus, alles kam von einer Ökofarm in der Nähe, aber ich hatte überhaupt keinen Appetit. Der Zweifel war mir auf den Magen geschlagen.

„Meinst du, er ist Single?“, fragte Hershey. Ich folgte ihrem Blick. Rudd tauchte aus der Schlange vor den warmen Mahlzeiten auf.

„Er ist ein Lehrer.“

„Aber nicht meiner“, sagte Hershey und stieß mich mit der Hüfte an. „Und er trägt keinen Ring.“

Sie wackelte mit den Augenbrauen und ging zur Pasta-Theke, während ich nach einem Sitzplatz Ausschau hielt. Beck und ich hatten die Pausen immer außerhalb des Schulgeländes verbracht und uns so aus der sozialen Hierarchie ausgeklinkt. Als ich jetzt allein mit meinem Tablett dastand, wusste ich wieder, warum. Unbehaglich trat ich von einem Fuß auf den anderen. Es gab keinen freien Tisch.

„Komm mit“, sagte Hershey und schlenderte mit ihrem Tablett an mir vorbei.

Wir setzten uns mit Rachel und Isabel aus Hersheys Arbeitsgruppe an einen Fenstertisch. Während ich in meinem Salat stocherte, tratschten die drei über die anderen aus ihrer Arbeitsgruppe und den Klamottengeschmack ihrer Vertrauenslehrerin.

„Mensch, bist du diszipliniert“, sagte Isabel. Sie hatte aschblonde Haare und trug eine Brille, die garantiert mehr kostete als meine komplette Garderobe. „Bei mir klappt das mit der Diät nicht“, sagte sie und zeigte auf den halb gegessenen Cheeseburger, der zwischen einem Berg Pommes und Käsemakkaroni auf ihrem Teller eingequetscht war. „Ich wiege fünf Kilo mehr, als Lux empfiehlt. Und ich weiß, das müsste ich ganz schlimm finden und voll motiviert dagegen vorgehen, aber es ist mir einfach nicht wichtig. Ich mag mich eigentlich so, wie ich bin. Und Pommes mag ich auch." Sie beäugte meinen Salat. „Während du dir das wahrscheinlich ausgesucht hast, ohne Lux auch nur zu fragen. Deshalb bist du ja auch nur halb so schmal wie ich."

Ich wollte gerade antworten, dass ich Salat eigentlich nicht ausstehen konnte, als Hershey murmelte: „Hilfe, ich glaub, ich schlaf gleich ein."

„Hi, Mädels." Liam lächelte freundlich und ließ sich auf dem feien Platz neben mir nieder. „Wie ist euer erster Tag?"

„Prima", sagte Hershey ironisch und gelangweilt zugleich. Liam schien es nicht zu bemerken.

„Erklärst du den jungen Damen alles, Liam?"

Als Liam die Stimme des Schulleiters hörte, nahm er sofort Haltung an. Mr Atwater war von hinten an unseren Tisch getreten. Hershey grinste. Sie hatte ihn kommen sehen und uns nicht gewarnt.

„Ich tue, was ich kann", sagte Liam leichthin und musterte Hershey.

„Nicht, dass diese hier Hilfe nötig hätte", sagte Mr Atwater.

Ich richtete den Blick auf Hershey und rechnete mit einer schlagfertigen Antwort, aber sie starrte mich an. Die anderen Mädchen ebenfalls. Ich schaute zu Mr Atwater hoch. Auch er sah mich an. „Du bist in diesem Jahr unsere einzige Hepta", sagte er.

Hepta. Das war das griechische Wort für sieben. Ich hatte es nachgeschlagen, weil es in meiner Zusage in einem Kästchen stand, das mit den Worten „akademische Bezeichnung" beschriftet war. Es bedeutete, dass ich eine natürliche Eignung für alle sieben freien Künste hatte. Ich hätte nicht gedacht, dass das auf Eden etwas Besonderes war.

„In unserem Jahrgang gab es keinen Einzigen …", sagte Liam, ohne seine Überraschung zu verbergen.

„Im Jahrgang davor auch nicht", sagte Mr Atwater. „Was Rory zu einer ziemlich außergewöhnlichen Schülerin macht." Er legte mir eine Hand auf die Schulter.

Hersheys Augen wurden schmal.

„Aha", sagte ich. Etwas Besseres fiel mir nicht ein. Ziemlich außergewöhnlich. Hier. In Eden.

Mr Atwater sah mich mit einem wissenden Lächeln an. „Du hast dich von der Geschichte nicht abschrecken lassen. Sehr löblich." Er drückte meine Schulter und ging.

„Wow", sagte Isabel und schaute mich durch ihre marineblaue Brille an. „Mein großer Bruder war ein Hexa und mein Vater hat ein großes Gewese darum gemacht." Sie und das andere Mädchen hatten mich bis dahin nicht beachtet, jetzt betrachteten sie mich mit einer Mischung aus Neugier und Ehrfurcht. Hersheys Blick war schärfer. Sie war wohl über die Bemerkung mit der Geschichte gestolpert und überlegte, was das zu bedeuten hatte.

Genau wie ich.

„Ja, die meisten in Eden sind Pentas", sagte Liam mit einem leichten Unterton, der vorher nicht da gewesen war. „Eine Eignung für fünf." Daraus, wie er es sagte, schloss ich, dass er ein Hexa war. Eine Eignung für sechs.

Am Tisch blieb es eine Weile still.

Dann schob Hershey ihren Stuhl zurück und stand auf. „Bis später“, sagte sie, drehte sich um und schlenderte hinaus. Liam sah ihr nach.

Rachel verzog das Gesicht. „Wie kann man nur so neidisch sein“, sagte sie. „Ich jedenfalls find’s cool, dass du eine Hepta bist.“ Ihr Lächeln wirkte aufrichtig und ich lächelte zurück.

„Danke“, sagte ich. „Ich verstehe nicht so ganz, was es bedeutet, oder wieso …“

Liam fiel mir ins Wort. „Es heißt, dass du dafür geboren bist.“

„Wofür?“, fragte ich.

Er sah mich an, als wäre es offensichtlich. „Für etwas Großes“, sagte er.

Nach dem Mittagessen war ich umso entschlossener, den Zweifel zum Verstummen zu bringen. Wenn ich eine Hepta war, musste mein Gehirn die kleine Fehlschaltung meiner Synapsen doch abstellen können, die dafür verantwortlich war, dass ich die Stimme hörte.

„Ich brauch jetzt Koffein“, sagte ich zu Lux, als ich nach der letzten Stunde über den Hof ging. Schon an unserem ersten Schultag hatten die Lehrer uns einen Riesenstapel Hausaufgaben aufgegeben.

„Der Kaffeewagen im Speisesaal hat bis einundzwanzig Uhr geöffnet“, war die Antwort. Sofort erschienen die Empfehlungen auf dem Display. Vanille-Cappuccino stand ganz oben auf der Liste. Aber die Schlange vor dem Kaffeewagen reichte schon bis zur Treppe. Ich steckte das Handy ein und wollte mich anstellen. Dann überlegte ich, dass ich ebenso gut in die Stadt laufen konnte, anstatt ewig lange in der Schlange zu stehen. Auf diese Weise ging ich zugleich dem Smalltalk mit den zwar netten, aber auch schwatzhaften Mädchen aus dem Geschichtskurs aus dem Weg, die sich am Ende der Schlange versammelt hatten.

Ich steuerte das River City Beans an, das Lux am Tag zuvor empfohlen hatte. Eigentlich hatte ich Lust auf das Matcha-Gebräu aus dem Paradiso, aber zwei Tage hintereinander wollte ich dort auf keinen Fall auftauchen – und North die Genugtuung geben, dass ich seinen Tee bestellte.

Diesmal ging ich nicht über den Friedhof, sondern die Straße entlang durch eine ruhige Wohngegend. Ein Steg führte über eine schmale Stelle des Flusses. Der Wind frischte auf, die Bäume raschelten. Ich zitterte, weil ich nur eine dünne Strickjacke trug. Als ich in die Hauptstraße einbog, verschwand die Sonne hinter einer blauschwarzen Wolke. Weitere Wolken kamen über die Berge herangezogen und verdunkelten den Himmel. In Seattle regnete es zwar andauernd, aber solche Unwetter gab es kaum.

Gerade noch rechtzeitig erreichte ich das River City Beans. Doch die Tür war verschlossen.

Montags Ruhetag stand auf einem Schild im Fenster. Auf die Empfehlungen vom Vortag sollte man sich doch besser nicht verlassen.

Ich überlegte, ob ich schnell zurück zum Campus laufen sollte, als auch schon der erste Blitz über den Himmel zuckte. Das Paradiso lag nur zwei Straßenecken entfernt und ich sah von hier aus, dass Licht brannte. Dann wartete ich eben dort, bis das Gewitter vorbei war.

Als ich die Tür öffnete, sah ich North an der Espressomaschine. Beim Klingeln der Türglocke blickte er auf. Ich senkte den Blick. Auf einmal kam ich mir albern vor, weil ich allein hier war.

„Hi“, rief er. „Hast’s wohl nicht ausgehalten?“ Er lächelte. Das Lächeln veränderte sein ganzes Gesicht. Seine Augen schienen zu tanzen und der Spott von gestern war verschwunden.

„So ähnlich“, sagte ich. Hinter mir grummelte der Donner. Ich zitterte und schloss die Tür hinter mir.

„Vanille-Cappuccino?“, neckte North und streckte die Hand schon nach der Matchadose aus. Er hatte einen Ohrstöpsel im Ohr. Das Kabel führte zu einem weißen Gerät, das nicht größer als ein Streichholzbriefchen war und an der Gürtelschlaufe seiner Jeans steckte. Ich hatte mal einen alten MP3-Player auf einem Foto gesehen und nahm an, dass es so ein Ding war.

„Was hörst du da?“, fragte ich.

„Cardamom’s Couch“, sagte er über das Zischen der Dampfdüse hinweg. „Die sind hier aus der Gegend.“ Er nahm den Stöpsel aus dem Ohr und hielt ihn mir hin. Ich musste mich ein wenig über den Tresen beugen, um ihn einzustöpseln. „Mein Freund Nick spielt die Mandoline, sein Bruder die Steelguitar.“

Ich brauchte einen Moment, um mich in dem Song zurechtzufinden. Das Zusammenspiel der Akkorde war ungewöhnlich, der Klang schrill und verzweifelt. Aber auf einmal verschmolz alles miteinander: der gefühlvolle Text, die eindringliche Melodie, die dunkle Steelguitar und die mitreißende Mandoline. Da waren noch andere Klänge, die ich nicht einordnen konnte, unheimliches Grollen, Klirren und Wimmern. Ich legte die Hand über den Ohrhörer und schloss die Augen, überließ mich ganz der Musik. Als der Refrain zu Ende war, gab ich North den Ohrhörer zurück.

„Die sind der Hammer." Ich holte mein Smartphone heraus und tippte den Namen der Band ein. „Cardamom's Couch? Die setze ich direkt auf meine Playlist."

Die Profilseite der Band poppte auf dem Display auf. Sie hatten kein User-Ranking und beim Verkaufsranking lagen sie im siebenstelligen Bereich. „Oh", sagte ich und zog die einzige logische Schlussfolgerung. „Sie sind neu, oder?"

North schüttelte den Kopf. „Nee, drittes Album."

Ich scrollte runter. Er hatte Recht. Ihr erstes Album war vor vier Jahren herausgekommen.

„Versteh ich nicht", sagte ich. „Wieso werden sie nicht gehört? Sie sind ungewöhnlich, aber *so* ungewöhnlich nun auch wieder nicht. Und sie sind viel näher dran an dem, was mir gefällt, als alles, was Lux mir empfiehlt."

„Lux kümmert sich nicht darum, was dir gefällt", sagte North. „Lux kümmert sich darum, was du kaufen wirst."

„Ist das nicht dasselbe?"

„Nein. Du kaufst andauernd Sachen, die dir nicht gefallen. Du merkst es bloß nicht, weil du dir einredest, du würdest sie mögen. Irgendwie musst du den Kauf ja rechtfertigen. Hey, kannst du schnippen?"

Ich hatte mich auf eine weitere Lektion über die Tücken des Lebens mit Apps eingestellt. Die Frage brachte mich aus dem Konzept. „Was?"

„Kannst du schnippen?", wiederholte er. „Mit den Fingern." Er machte es vor.

„Kann das nicht jeder?", fragte ich.

„Du würdest dich wundern", sagte er und goss Sojamilch in einen Metallbecher. Er machte eine Kopfbewegung zu meiner Hand. „Lass mal hören."

„Hat das irgendeinen Sinn?"

„Ja", sagte er. „Na, mach schon."

Ich schnippte.

Er grinste. „Das", sagte er, „war ein perfektes Schnippen." Er schaltete die Dampfdüse an.

„Und wieso interessierst du dich so für mein Schnipptalent?" Ich hielt das Smartphone zum Bezahlen an den Scanner der Kasse. Als es nicht piepste, versuchte ich es noch mal und wedelte ein wenig mit dem Smartphone vor dem Sensor. Immer noch kein Pieps.

„Der geht auf mich", sagte North über das Zischen der Dampfdüse hinweg. „Jedenfalls, wenn du ihn mitnimmst."

„Du willst mich bestechen, damit ich verschwinde?"

Er schaltete die Düse aus. „Nein, ich besteche dich, damit du mit mir kommst."

In meinem Magen flatterte es leicht. „Wohin?"

Er schaute an mir vorbei zum Erkerfenster hinaus. Ein Mädchen mit rasiertem Kopf und Paradiso-T-Shirt machte es gerade zu, als auf der anderen Seite ein Blitz aufleuchtete.

„Wirst du schon sehen“, sagte er geheimnisvoll und goss mit kreisförmigen Bewegungen gekonnt Milch in einen Pappbecher. Er schuf ein vollkommenes Blatt aus Milchschaum. Mein Blick fiel auf seinen Unterarm. Von hier aus konnte ich nur eine Zeile der eintätowierten Worte entziffern. *Wer ist der Dritte, der immer neben dir geht?* Es war nicht erkennbar, ob er sich das selbst ausgedacht hatte oder ob es sich um ein Zitat handelte.

„T. S. Eliot“, sagte North.

Mit einem Ruck schaute ich auf. „Ich wollte nicht ...“

„Seine Worte sind auf meinen Arm tätowiert“, sagte North und reichte mir das Getränk. „Sie sind dazu da, dass man sie liest. Nur nicht gerade jetzt, wir müssen nämlich los.“

Er drückte einen Deckel auf meinen Becher.

„Es regnet gleich“, wandte ich ein.

„Dann müssen wir uns beeilen“, sagte er und zog an den Bändern seiner Schürze. Das Mädchen, das vorhin das Fenster geschlossen hatte, stand jetzt neben ihm hinter der Theke. North gab ihr seine Schürze.

„Mach mal schnell“, sagte sie. „Auf dem Berg regnet es schon.“

„Gerade rechtzeitig.“ Seine Augen leuchteten vor Aufregung. „Warte hier“, sagt er zu mir. „Bin gleich wieder da.“ Ohne eine Antwort abzuwarten, verschwand er in der Küche.

„Woher kennst du North?“, fragte das Mädchen.

„Ich kenne ihn gar nicht“, sagte ich. „Hm, weißt du, wo er hinwill?“

„Hast du den Schlüssel zu dem Unterschrank?“ North

tauchte mit einer Gitarrentasche, einem Rucksack über der Schulter und einem Kapuzenpulli über dem Arm wieder auf.

Das Mädchen nickte, zog einen Schlüssel von ihrem Schlüsselring und warf ihn North zu. Er fing ihn lässig auf. „Gib mir deine Tasche", sagte er zu mir.

Ich schüttelte den Kopf. „Geht nicht, ich muss Hausaufgaben machen."

„Keine Stunde, dann sind wir wieder da", sagte er und zog mir die Tasche von der Schulter. „Deine Sachen sind hier gut aufgehoben." Ich schaute unauffällig auf mein Handy, das aus der Seitentasche herauslugte. „Es sei denn, du kannst nicht ohne deine Leine gehen …" Er sah mich herausfordernd an.

Ich wollte sagen, dass ich nicht mitkommen würde, und wenn er mich deswegen für eine Spaßbremse hielt, von mir aus. Aber er schnitt mir das Wort ab. „Ich treffe mich mit den Jungs von Cardamom's Couch. Wir nehmen ein paar Songs auf", erklärte er leise. „Und wir brauchen jemanden, der mit den Fingern schnippen kann. Eigentlich sollte eine Freundin von uns das machen, aber sie muss arbeiten. Wir wollten es schon ohne Schnippen aufnehmen, aber jetzt bist du aufgetaucht und hast dich als begnadete Schnipperin entpuppt …" Ein krachender Donner ertönte. North schaute zum Fenster hinaus. „Hör mal, wenn du nicht willst, ist das kein Drama", sagte er und setzte den Rucksack richtig auf. „Du kennst mich ja wirklich kaum. Aber ich muss jetzt los, also …" Er machte keine Anstalten, mich zu überreden.

Ich schaute in den Dämmerhimmel und war mir nicht sicher, was ich tun sollte. Er hatte Recht, ich kannte ihn kaum.

Und ich musste Hausaufgaben machen. Aber der Song, den ich gehört hatte, war verdammt gut. Und ich war neugierig. Auf die Band und auf ihn.

Ich sah North an. „Wie viel gibt's denn für diesen Schnipp-Gig?"

Er grinste. „Matcha gratis auf Lebenszeit."

Ich reichte ihm meine Tasche, dann schaute ich zu seiner Kollegin. „Bei aller Loyalität zu ihm – falls ich in anderthalb Stunden nicht wieder da bin, ruf die Polizei."

7

Über dem Tal hatte sich eine Decke aus schweren Gewitterwolken gebildet. Mit jedem Donnerschlag erwartete ich, dass sie aufbrach. Aber noch blieb es trocken.

„Wohin gehen wir?", fragte ich, als North zum Wald abbog. Ich musste rufen, um das Rauschen der Bäume zu übertönen. In meinem Bauch zuckte es nervös. Ich war nicht der spontane Typ und ich mochte keine Überraschungen.

„Zum Friedhof", sagte er und blieb stehen, um mir beim Abstieg zu helfen.

„Zum Friedhof?"

„Ich erklär's dir, wenn wir drin sind", sagte er und nahm mir den Becher ab.

Ich ging seitwärts, um nicht abzurutschen. An dem Maschendrahtzaun, über den Hershey und ich am Tag zuvor geklettert waren, wartete ich auf ihn. An einer Stelle war der Zaun angehoben. North langte darunter und stellte meinen Becher auf der anderen Seite ab. Das Gras war an der Stelle plattgetreten, woraus ich schloss, dass er das nicht zum ersten Mal machte.

„Drin?“, fragte ich und schaute mich um. „Wo drin?“

Er zeigte auf ein kleines quadratisches Gebäude in der Mitte des Friedhofs. Es war seitlich in den Hügel hineingebaut, das Dach war mit Gras bewachsen und der Eingang nur teilweise zu sehen. Genau davor stand ein Apfelbaum. Er erinnerte mich an den Baum auf dem Anstecker an meinem Schuh. Er stand auf einem Rasenstück, das so groß war wie die Grundfläche des Gebäudes. Rundherum verlief der gepflasterte Gehweg des Friedhofs.

„Jede Sekunde fängt es an zu schütten, wenn du also nicht nass werden willst …“ Er verschränkte die Hände zu einer Räuberleiter und nickte mir zu. Ich hielt mich an seinen Schultern fest und kletterte hoch.

Wir kamen gleichzeitig auf der anderen Seite an.

„Los“, sagte er und nahm meine Hand.

Wir rannten über den Rasen zum Eingang und liefen dabei im Slalom um die Grabsteine. Es roch nach nassen Steinen. Als wir an der Statue des zornigen Engels vorbeiliefen, schaute ich auf den Boden, um seinen drohenden Blick nicht sehen zu müssen.

Wir lachten, als North die vergitterte Tür öffnete und wir unter das schmale Vordach schlüpften. Wegen des Rucksacks auf dem Rücken musste North Abstand von der Wand halten, sodass unsere Körper nah beieinander waren. Die elektrische Spannung zwischen uns war fast greifbar.

„Und jetzt?“, fragte ich leichthin, als würde ich täglich hautnah mit wildfremden Jungs zusammenstehen. Ich strich mir die Haare aus den Augen, aber eine Strähne fiel wieder zurück.

North drehte sie sanft zwischen den Fingern und steckte sie mir hinters Ohr. Meine Unterlippe zitterte, als seine Finger meine Wange streiften.

„Jetzt gehen wir rein“, sagte er. Er lehnte sich gegen die Granitwand neben uns. Sie wich ein Stück zurück und glitt dann zur Seite.

Ich musste zweimal hingucken. „Wie hast du …?“

„Es funktioniert wie ein Flaschenzug“, erklärte er und gab mir ein Zeichen, ihm zu folgen. „Der Stein gleitet im Grunde nach unten.“

Obwohl der Durchgang offen stand, war es drinnen dunkel. Vorsichtig setzte ich einen Schritt vor den anderen. Zu meiner Überraschung war die Luft hier drin nicht so schwer oder feucht, wie ich erwartet hatte. Sie wirkte eher frisch, als wäre der Raum kürzlich geputzt worden. Ich hörte einen leichten Schlag, dann das Geräusch eines Reißverschlusses. Kurz darauf wurde es hell.

Neben einer LED-Laterne lagen auf einem Marmorsarg mitten im Raum Norths Gitarrentasche und der Rucksack. Wände und Fußboden waren ebenfalls aus Marmor, die Decke war mit Blattgold verziert. Der Raum war viel größer, als ich gedacht hatte, fast so groß wie unser Wohnheimzimmer. Bis auf den Sarg stand nichts darin. Ringsum verlief an den Wänden ein niedriger Vorsprung. Eine Bank für Trauernde, nahm ich an.

„Das ist ja ein Mausoleum“, sagte ich.

„Kein Wunder, dass sie dich an der Eliteschule angenommen haben“, sagte North und grinste. Er holte einen schmalen silbernen Laptop aus dem Rucksack. Dann ein winziges schwarzes Mikrofon, das nicht größer war als ein Knopf. Es folgten zwei Kaffeedosen, eine dicke, rostige Kette und eine Plastiktüte mit Münzen. Draußen prasselte der Regen auf die trockene Erde.

„Ihr nehmt Musik in einer privaten Ruhestätte auf?"

North zog eine Augenbraue hoch. „Private Ruhestätte. Was du für Wörter kennst, Rory."

Es war das erste Mal, dass er meinen Namen aussprach. Es gefiel mir, wie er bei ihm klang. Das R rollte nur ganz leicht, wie unabsichtlich. Das war einfach seine Art zu sprechen.

In diesem Moment tat sich draußen etwas. Drei klatschnasse Jungs kamen durch die Steintür hereingestolpert. Sie lachten und fluchten durcheinander.

„Rory, das sind Nick, Adam und Brent", sagte North. „Alias Cardamom's Couch. Leute, darf ich euch unsere Schnipperin vorstellen."

„Hi", sagten sie wie aus einem Mund und stellten ihre Instrumententaschen ab.

„Heilige Scheiße, was für ein Regen", meinte Brent und schüttelte die nassen Haare aus. Er sah jünger aus als die anderen beiden, sogar jünger als ich. Seine roten Locken hatten genau die gleiche Farbe wie die von Nick.

„Ich hab euch doch gesagt, ihr sollt beim ersten Donner losgehen", sagte North.

„Ja, aber der Schlaukopf hier meinte, es muss ein Donnerschlag sein, kein Grummeln", sagte Nick und boxte Adam gegen die Schulter.

„Ich wollte mich nicht hierherschleppen, wenn es womöglich gar keinen Regen gibt", verteidigte sich Adam. Er zog die Jacke aus und warf sie über den Sarg, wo sie mit einem nassen Klatschen aufkam.

Ich schauderte.

„Keine Sorge, da liegt keiner drin", beruhigte er mich.

„Woher willst du das wissen?", fragte ich.

„North hat ihn aufgemacht."

Ich starrte North an. „Du hast was?"

North zuckte die Schultern. „Ich hab mir gedacht, wenn er nicht verschlossen ist, kann keiner drinliegen. Der Deckel ist ganz leicht." Er fasste unter den Rand und hob ihn ein wenig an. „Das ist nie und nimmer echter Marmor."

„Warum steht hier ein Sarg, wenn keiner darin begraben ist?"

„Gute Frage", sagte Nick und öffnete den Mandolinenkoffer. „Noch bessere Frage: Warum errichtet man ein Gebäude mit perfekter Akustik ausgerechnet auf einem Friedhof?"

„Ah, deshalb kommt ihr hierher."

„Das ist besser als ein Tonstudio", sagte Adam und öffnete den rechteckigen Koffer zu seinen Füßen. „Und umsonst."

„Aber wozu braucht ihr Regen?", fragte ich.

„Der überdeckt den Lärm", erklärte North. „Außerdem können wir dann sicher sein, dass niemand draußen rumläuft. Es ist ein privater Friedhof. Genau genommen begehen wir also Hausfriedensbruch. Zum Glück würde nur ein Irrer mitten in einem Gewitter auf den Friedhof kommen." Er grinste.

Jetzt hätte ich mir Sorgen machen müssen, dass ich erwischt wurde und was das für meine Zukunft in Eden bedeuten würde. Aber die Gefahr war bestimmt sehr gering. Blitz und Donner folgten dicht aufeinander, das Gewitter tobte also direkt über uns. Es regnete so heftig, dass es sich anhörte, als stünden wir unter einem Wasserfall. North hatte Recht, kein vernünftiger Mensch würde jetzt hier rauskommen. Über die Folgen konnte ich mir dann auf dem Rückweg Gedanken machen.

Nick spielte auf der Mandoline. Das Instrument musste mindestens hundert Jahre alt sein, aber es war in hervorragendem Zustand, kein Kratzer im Rosenholzfurnier. Ich beobachtete seine Finger, wie sie mühelos über die Saiten tanzten. Die anderen stimmten ein, Adam mit der Bongo, Brent mit dem Kontrabass. Obwohl sie nur ein paar Riffs spielten, klang es einfach super.

„Okay“, sagte North und stellte seinen Laptop und das Mikro mitten in den kleinen Kreis, den wir bildeten. „Mit welchem Geräusch willst du anfangen?“, fragte er Nick.

„Mit der Kette in der Dose“, antwortete Nick. „Dazu ein Schnippen auf dem fünften Schlag.“

North sah mich an. „Zähl einfach in Gedanken mit. Eins, zwei, drei, vier, *schnipp*. Und immer so weiter.“

Ich nickte. Auf einmal hatte ich Angst, es zu vermasseln.

Während die Jungs mit ihren Instrumenten beschäftigt waren, nahm North die Kette und die Dose vom Sarg und kniete sich neben den Laptop auf den Boden.

„*No Vacancy*“, sagte Nick, als alle so weit waren. Die anderen nickten. „Eins, zwei, drei …" Und sie begannen zu spielen. Ich war so hin und weg von ihren fliegenden Fingern und Händen, dass ich fast vergessen hätte zu schnippen, aber North schaute mich im richtigen Moment an. Er ließ die Kette in die Dose gleiten und zog sie wieder hoch. Ich machte die Augen zu, um mich besser konzentrieren zu können, und versank augenblicklich in der Musik. Von da an ging das Schnippen ganz automatisch. Ich brauchte gar nicht mehr zu zählen.

Sie spielten drei Songs, in zwei davon wurde geschnippt. North arbeitete mit der Kette in den Dosen oder auf dem Marmor, und jede Kombination wurde zu einem eigenen Instrument, das sich in das Ganze einfügte.

Als ich das letzte Stück hörte, in dem kein Schnippen vorkam, und durch die Wimpern hindurch Norths Gesicht beobachtete, regte sich etwas in mir. Die Musik war besser als alles auf meiner Playlist. Ich konnte kaum glauben, dass diese Typen noch unentdeckt waren.

„Ende der Aufnahme", sagte North, als sie fertig waren. Wie schade. Ich hätte noch ewig weitermachen und zuhören können.

Die Jungs verabschiedeten sich und verschwanden so schnell, wie sie gekommen waren. North und ich blieben allein zurück.

„Dann bist du der Tontechniker?", fragte ich, während North den Laptop wieder in den Rucksack steckte.

„Kann man so sagen. Sie haben ein Album in einem Studio in Boston aufgenommen, aber das war ein teurer Spaß und im Ergebnis nicht besser als das, was wir hier hinkriegen. Also hab ich Musiksoftware und Mikros besorgt und seitdem machen wir die Aufnahmen selber."

„Aber du wirkst so technikfeindlich."

Er lachte. „Technikfeindlich? Bestimmt nicht. Ich lehne es bloß ab, meine Autonomie an ein fünf-mal-zehn Zentimeter großes Rechteck abzutreten."

„Dann benutzt du keins?"

„Ein Smartphone?" Er zögerte kurz und schüttelte dann den Kopf. „Ich kann kein Gemini benutzen, ohne mich mit dem Netzwerk zu verbinden."

„Und gegen Gemini bist du, weil …?"

„Weil ich weiß, wie es funktioniert", sagte er und knipste die Laterne aus.

Der Regen hatte aufgehört, aber Sonne war nicht in Sicht. Die Nervosität, die ich abgelegt hatte, kam jetzt zurück, und meine Muskeln zuckten. Ich sprang regelrecht auf die Füße.

„Ich muss los", sagte ich schnell und ging zum Ausgang. „Ich hab gar nicht gemerkt, wie spät es ist."

„Du weißt doch gar nicht, wie spät es ist", sagte North.

„Ja, vielen Dank", sagte ich gereizt. Das Gras draußen war glitschig, ich rutschte ein wenig aus. North fing mich am Ellbogen ab. Ich spürte seine Berührung am ganzen Körper.

„Ich muss noch was erledigen", sagte North kurz vor dem Zaun leise zu mir. Er lief schnell und fast lautlos, den Kopf hatte er gesenkt. Seine Vorsicht verstärkte meine Nervosität nur noch. Was hab ich mir bloß dabei gedacht? Wie leicht hätte ich erwischt werden können. Ganz zu schweigen von dem Berg Hausaufgaben, der auf mich wartete. Und das gleich am ersten Schultag. Die Willkommensrede des Schulleiters klang mir wieder in den Ohren. *Weisheit ist nichts für schwache Nerven*, hatte er gesagt. *Nicht alle von euch werden unser Programm abschließen. Nicht alle sind dafür bestimmt.*

„Bist du dabei?", fragte North.

„Was meinst du?"

„Ich meine, ob du mitkommst, meine Festplatte abzuholen. Der Laden ist gleich beim Paradiso um die Ecke. Total cool, die haben da massenweise …"

Ich fiel ihm ins Wort. „Ich muss zurück. Ich hole nur schnell meine Tasche, dann geh ich wieder zum Campus."

„Ah, die Nachtigall fliegt zurück in ihren Käfig", sagte North.

„Eden ist wohl kaum ein Käfig", gab ich zurück.

„Ich meine nicht deine Schule." North formte mit Daumen und Zeigefinger ein kleines Rechteck und bewegte sich dann ruckartig darauf zu, als würde ein starker Magnet ihn anziehen.

Ich verdrehte die Augen und lehnte seine Hilfe ab, als wir wieder über den Zaun kletterten. Den leeren Becher hielt ich mit den Zähnen fest. Ein loser Draht hinterließ einen Kratzer auf meinem Arm, aber ich zuckte nicht mit der Wimper. North sprang leichtfüßig auf die andere Seite. Ich lief voraus, denn ich wollte tatsächlich möglichst schnell wieder zu meinem Handy. Solange mich niemand gesucht hatte, gab es kein Problem.

„Danke für die Begleitung", sagte North an der Tür des Paradiso. „Ich würde dich ja zurück zum Campus bringen, aber …"

„Schon gut", sagte ich schnell.

Ein oder zwei Sekunden standen wir verlegen da und schauten einander im Halbdunkel an. North hatte die Daumen unter die Gurte an seinem Rucksack gehakt, ich hielt mit beiden Händen meinen leeren Becher umklammert. Es schrie in mir, dass ich zurück zum Campus musste, aber meine Füße waren wie festgewachsen. North lächelte und wollte etwas sagen, aber ich kam ihm zuvor.

„In nächster Zeit kann ich wahrscheinlich nicht herkommen“, sagte ich. „Ich werde in der Schule viel zu tun haben und ich muss mich konzentrieren. In Eden wird echt eine Menge verlangt.“ Ich musste das sagen, um es mir selbst ins Gedächtnis zu rufen. Aber kaum hatte ich es ausgesprochen, merkte ich, wie zickig es sich anhörte. „Entschuldige“, sagte ich schnell. „Es ist nur …“

„Ich wüsste gar nicht, dass ich dich gebeten hätte, wieder herzukommen“, sagte er grinsend. Mir schoss die Röte in die Wangen. „Aber gut zu wissen.“ Er drehte sich um und ging pfeifend den Gehweg entlang.

Als ich ins Wohnheimzimmer trat, hockte Hershey auf meinem Tisch und wartete auf mich.

„Wo warst du?“, wollte sie wissen.

„In der Bibliothek.“ Das war das bestmögliche Alibi, denn es bestand kein Risiko, dass Hershey dort gewesen war. Ich hatte mir auf dem Rückweg überlegt, ihr nichts davon zu erzählen, wo ich gewesen war. Schließlich hatte sie auch ihre Geheimnisse. Ich stellte die Tasche neben meinem Tisch auf dem Boden ab. Da fiel mein Blick auf eine halb zerknüllte Serviette mit dem

Logo vom Café Paradiso, die in einem Seitenfach der Tasche steckte. Ich schob die Tasche mit dem Fuß weiter unter den Tisch.

„Wieso?", fragte ich, ohne die Miene zu verziehen. „Hast du mich gesucht?"

„Nur die letzten zwei Stunden." Hershey sah mich immer noch prüfend an. „Du warst nicht auf Forum."

„Ich hatte das Handy auf privat gestellt", sagte ich. Das stimmte. North hatte es umgeschaltet, bevor er meine Sachen im Schrank eingeschlossen hatte.

„Du hättest mir ja mal eine SMS schicken können", brummte Hershey. Die Befragung schien zu Ende zu sein. „Ich hab mir Sorgen gemacht."

Ich war in meinem Wandschrank verschwunden, deshalb sah sie nicht, wie ich das Gesicht verzog. Ganz bestimmt hatte ihr Interesse nichts mit meinem Wohlergehen zu tun. Sie hatte bloß Angst, etwas zu verpassen. Ich zog die matschigen Schuhe aus und ein Paar saubere an. Die dünne Strickjacke tauschte ich gegen einen warmen Pulli.

„Tut mir leid", sagte ich, als ich wieder rauskam. „Nächstes Mal mache ich das." Das Versprechen konnte ich leicht halten, denn nächstes Mal würde die Bibliothek keine Lüge sein. Wenn ich nicht als Schulabbrecherin enden wollte wie meine Mom, musste ich Gas geben. Ich rechnete schon aus, wie lange ich aufbleiben musste, um die Hausaufgaben nachzuholen, die ich für die Friedhofsexkursion aufgeschoben hatte.

„Gehen wir zum Essen?", fragte ich Hershey. Das Abendessen begann um sechs und es war schon zehn nach.

„Ich wäre auch gern so diszipliniert wie du", sagte sie und hakte sich bei mir unter, als wir im Flur waren. „Du lernst immer so eifrig."

Ich hielt meine Miene unter Kontrolle, denn jetzt konnte Hershey mich sehen. Ich hatte mich schon gefragt, wann sie das Hepta-Ding ansprechen würde, und das war natürlich die Überleitung. So, wie sie es hinstellte, war ich eher streberhaft als begnadet. Aber dann sagte sie etwas, womit ich nicht gerechnet hatte.

„Bist du nicht total gestresst?", fragte sie. „Dieser Erwartungsdruck. Jemand wie du hat bestimmt ein doppelt so hohes Risiko, einen Nervenzusammenbruch zu kriegen."

Meine Gedanken sprangen zu der Stimme, die ich gehört hatte. „Jemand wie ich?"

„Du weißt schon." Hershey machte eine unbestimmte Handbewegung. „So Ehrgeizlinge, die sich immer wegen jeder Kleinigkeit verrückt machen."

„Ich stehe nicht am Rande eines Nervenzusammenbruchs. Da muss ich dich leider enttäuschen."

„Rory, komm wieder runter", sagte Hershey mit einem blechernen Lachen und drückte meinen Ellbogen. „Das sollte ein Kompliment sein. Du bist ein Rockstar. Ich hab mich nur gefragt, ob dich das nicht fertigmacht."

„Bis jetzt nicht", sagte ich. Ich hörte selbst den scharfen Unterton in meiner Stimme.

Wir waren an der Treppe angekommen. Ich ließ Hersheys Ellbogen los und ging ihr voraus die Treppe hinunter. Unten war mehr los als oben, lauter Mädchen aus dem Abschlussjahrgang waren auf dem Weg zur Mensa. Ich reihte mich in den Strom ein und lief etwas schneller, um von Hershey wegzukommen.

Die Mädchen in der Reihe vor mir gingen dicht nebeneinander und schauten sich einen Videoclip auf einem Handy an. Das Display konnte ich nicht erkennen, aber ich hörte den Ton und erkannte die Stimme sofort. Es war die von Griffin Payne, dem Firmenchef von Gnosis. Seine Stimme war fast so allgegenwärtig wie sein Gesicht.

„Unsere glücklichen Betatester erhalten nächste Woche ihre Gemini Golds“, sagte er gerade. „Und heute in sechs Wochen kommt das Gerät offiziell auf den Markt.“ Gnosis bewarb sein neues Smartphone schon seit einem Jahr, hatte bisher aber noch nicht verraten, wann es in den Handel kam. Deshalb also das Video. Gnosis gab kein Geld für Werbung aus, sie bauten darauf, dass sich Videospots wie diese mit Informationen über die neuesten Produkte verbreiteten. „Und für den Fall, dass Sie noch nicht grün vor Neid sind …“, Griffin legte eine Kunstpause ein, „zeige ich Ihnen jetzt das Gemini Gold.“

Die Mädchen vor mir waren ganz aus dem Häuschen.

„Wow, ist das schön!“, sagte eins.

Das Mädchen daneben schnitt eine Grimasse. „Ist nicht dein Ernst, oder? So was Kitschiges.“

Über ihre Schultern konnte ich einen Blick erhaschen. Ich erkannte ein kleines goldenes Rechteck, das nicht größer war als ein Zündholzbriefchen.

„Ich bin Amys Meinung“, sagte ein drittes Mädchen. „Mir gefällt es.“

„Vielleicht ist es eine Metapher“, sagte das Mädchen ganz außen. „Symbolik getarnt als Ästhetik.“

Die anderen drei wandten ihrer Freundin die Köpfe zu. Sie trug eine schlecht sitzende Jeans und war insgesamt nicht so gut angezogen wie der Rest der kleinen Clique, irgendwo zwischen Bücherwurm und Eule mit runder Brille und Pagenschnitt. Aber die Mädchen schienen sie zu verehren.

„Typisch Nora, macht mal wieder einen akademischen Exkurs daraus“, sagte das Mädchen am anderen Ende der Reihe, aber es klang eher neidvoll als spöttisch. Das war der Unterschied zwischen Eden und anderen Highschools, dachte ich. Hier war Intelligenz soziales Kapital.

„Eine Metapher wofür?“, fragte Amy.

„Blinde Verehrung“, sagte Nora. Irgendwie passte das Eulenhafte jetzt zu ihr. „Aus der Geschichte über das Goldene Kalb.“ Die anderen sahen sie verständnislos an. „Steht in der Bibel! Wir haben doch letztes Jahr in Alter Literatur die Genesis gelesen.“

„Hey, an dem Altar meines Gemini bete ich jederzeit“, sagte Amy flapsig. „Auf Lux vertraue ich.“

„Und als ich das letzte Mal nachgeschaut habe, konnte Lux den Menschen noch keine Plagen zur Strafe für ihren Ungehorsam schicken“, stimmte das erste Mädchen ein. „So sieht’s aus.“

Ich hätte gern Noras Replik darauf gehört, denn ich hatte das Gefühl, dass noch mehr dahintersteckte, aber jetzt waren wir bei der Mensa angelangt. Als sich die Menge durch die Flügeltür quetschte, verlor ich die vier Mädchen aus den Augen.

Während wir uns hineinschoben, sah ich nach, was Beck so trieb. Die Forum-Landkarte zeigte ihn in der Drogerie Bartell in der Fourth Avenue im Stadtzentrum. Sein aktueller Status stand ziemlich weit oben in meinem Newsfeed, vor elf Sekunden gepostet.

@BeckAmbrose: Was für eine Frage! #jabitte #esgibtdenweihnachtsmann

Darunter war ein Screenshot von seinem Posteingang. Bis auf eine Nachricht hatte er alles unscharf eingestellt.

@Gnosis: Herzlichen Glückwunsch, @BeckAmbrose, Sie wurden als Teilnehmer am Betatest für das neue Gemini Gold ausgewählt! Wenn Sie einverstanden sind, klicken Sie auf Ja.

„Das ist jetzt nicht wahr", murmelte ich. Dass der Junge, der nur für ein Foto ein Pferd auf sein Gemini hatte pinkeln lassen, das neue Modell Wochen vor allen anderen bekam, musste doch ein schlechter Witz sein.

Ich rief Beck auf der Stelle an. Nach dem ersten Freizeichen war er dran.

„Jetzt bist du aber neidisch", sagte er selbstzufrieden.

„Das ist ungerecht", schmollte ich. „Ich wäre ein viel besserer Betatester."

„Quatsch", sagte Beck. „Du bist doch total voreingenommen." Da hatte er wahrscheinlich Recht.

„Wann kriegst du es?“, fragte ich.

„Nächste Woche, glaub ich. Erst muss ich ungefähr tausend Geheimhaltungserklärungen unterschreiben. Das Ganze ist ein bisschen durchgeknallt. Bei all dem Hype um das Teil hoffe ich, dass es mindestens auch Wäsche waschen kann. Hey, bleib mal kurz dran.“ Ich hörte Fetzen einer gedämpften Unterhaltung, dann war Beck wieder am Apparat. „Rory, ich rufe dich später zurück. Ich stehe gerade für die Grippeimpfung an und so ein alter Knacker hat sich total dreist vorgedrängelt. Das kann ich mir nicht gefallen lassen.“

„Dann viel Glück“, sagte ich lachend.

„Oh Mann, mit dem würde ich zu gern schlimme Sachen anstellen“, hörte ich Hershey sagen. Sie stand direkt hinter mir und hatte das Video mit Griffin Payne auf dem Handy laufen. Er führte gerade die Funktionen des kleinen goldenen Geräts vor, das er wie eine altmodische Armbanduhr am Handgelenk trug.

„Igitt“, sagte ich. „Der könnte dein Vater sein!“

„Aber nur knapp“, sagte sie und ging an mir vorbei in den Speisesaal.

„Rory!“, rief Rachel aus der Schlange vor der Essenausgabe. Sie stand mit Isabel zusammen, die sich umdrehte und uns herbeiwinkte.

Als wir uns zu ihnen stellten, hatte ich ein Gefühl, das ich in der Mensa meiner alten Schule nie gehabt hatte. Deshalb hatten Beck und ich ja auch nicht dort gegessen.

Ich hatte das Gefühl dazuzugehören.

8

„Kann ich dich was fragen?“

„Klar“, sagte ich, ohne aufzuschauen. Hershey und ich lagen in unserem Zimmer auf den Betten und machten Hausaufgaben. Jedenfalls theoretisch. Ich starrte auf mein Tablet und dachte daran, wie das Gesicht eines gewissen Jungen heute Nachmittag im flackernden Licht der Laterne ausgesehen hatte. Hershey sah fern.

„Als Mr Atwater beim Mittagessen zu uns an den Tisch kam, hat er gesagt, du hättest dich von der Geschichte nicht abschrecken lassen. Was hat er damit gemeint?“

Ich hielt den Blick auf das Display gerichtet. „Keine Ahnung“, sagte ich und drehte mich auf den Bauch, weg von ihr.

Auf dem Bett neben mir summte mein Handy. Dankbar für die Ablenkung, griff ich danach. Es war eine Nachricht von einem unbekannten Teilnehmer. Sie enthielt keinen Text, nur eine kleine Heftklammer als Zeichen für einen Anhang. Ich tippte darauf und das Display wurde weiß. Kurz darauf blinkte etwas rot auf.

Ein Pi-Zeichen wurde sichtbar, kreiste auf dem Display und blieb links unten stehen. Es folgten weitere griechische Buchstaben, die erst rot aufleuchteten, dann einander umkreisten und sich schließlich zu vier Zeilen fügten.

Παρακαλείσαι να παρουσιαστείς απόψε στις έντεκα κάτω από το αριστερό φτερό του Αρχάγγελου Μιχαήλ. Εσείς αποφασίζεις. Ελά μόνη σου. Μην το πείς σε κανέναν.

Dann erschien mein Name und der griechische Text verwandelte sich nach und nach in gewöhnliche lateinische Buchstaben.

Aurora Aviana Vaughn,
du wirst gebeten, dich heute Nacht um elf Uhr unter dem linken Flügel des Erzengels Michael einzufinden. Die Entscheidung liegt bei dir. Komm allein. Kein Wort zu irgendjemandem.

Sofort waren die Worte wieder verschwunden und mein Display wurde schwarz. Die Nachricht des unbekannten Absenders und der Anhang waren weg. Ich hatte Gänsehaut an den Armen.

Geh hin.

Damit war die Sache klar und die Wissenschaft hatte Recht. Die Stimme war wirklich total übergeschnappt. Mit dem Erzengel musste die Skulptur auf dem Friedhof gemeint sein. Den

Teufel würde ich tun, nachts um elf ganz allein auf den Friedhof zu spazieren. Ab zehn durften wir das Wohnheim sowieso nicht mehr verlassen. Und ich wusste ja nicht mal, wer mich eingeladen hatte.

Geh hin.

Ich nahm meine Ohrhörer. Wenn die Stimme nicht die Klappe hielt, musste ich sie eben übertönen.

Erst später am Abend geriet ich ins Wanken. Der Absender kannte meinen vollen Namen. Damit schieden Forum-Stalker und völlig Fremde aus, denn auf meiner Forumseite war ich einfach nur Rory, und niemand – nicht einmal mein Vater – nannte mich Aurora. Dazu kamen die griechischen Buchstaben und die formelle Sprache. Es musste etwas mit der Schule zu tun haben. Im Eden-Prospekt hatte ich von exklusiven Clubs gelesen, aber ich hatte angenommen, man müsste Sohn oder Tochter eines Ehemaligen sein, um dort aufgenommen zu werden. Allerdings war ich ja die Tochter einer Ehemaligen. Und die einzige Hepta in meinem Jahrgang. Außerdem hatte die Nachricht nichts Bedrohliches an sich gehabt. Es war kein Befehl, nur eine Einladung. *Die Entscheidung liegt bei dir.*

Ich wollte Lux fragen, doch ich zögerte. *Kein Wort zu irgendjemandem.* Zählte dazu auch eine App auf meinem Handy? Derjenige, der die Nachricht geschickt hatte, würde es ja nicht erfahren. Aber irgendwie hatte der Absender den Text auf meinem Handy gelöscht. Vielleicht merkte er es doch. Vielleicht war es eine Prüfung.

Es gab nur eine Möglichkeit, das herauszufinden.

„Ich bin müde“, sagte ich und schlug die Tagesdecke zurück.

Nur wenn Hershey schlief, konnte ich mich unbemerkt aus dem Zimmer schleichen.

„Du bist noch angezogen", sagte sie.

„Ja, manchmal schlaf ich einfach in Klamotten." Ich schlüpfte unter die Decke. „Gute Nacht", sagte ich und knipste das Licht aus.

„Nacht", sagte Hershey. Sie sah immer noch fern. Ich machte die Augen zu und wartete ab. Sie musste müde sein. Letzte Nacht hatte sie kaum geschlafen.

Es kam mir wie eine Ewigkeit vor, bis sie den Fernseher endlich ausschaltete. Dann hörte ich, wie sie sich im Bad die Zähne putzte. Verstohlen schaute ich auf mein Handy: 22.29 Uhr. Mir blieb weniger als eine halbe Stunde. Als Hershey den Wasserhahn zudrehte, schob ich mein Gemini unter die Bettdecke und atmete tief. Wenige Sekunden später wurde es dunkel im Zimmer. Ich lag da und lauschte. Endlich wurde Hersheys Atem regelmäßig. Sie war eingeschlafen.

So leise wie möglich schlich ich aus dem Bett, schnappte meine Stiefel und schlüpfte zur Tür hinaus.

Um 22.58 Uhr kam ich am Eisentor des Friedhofs an. Ich wollte wieder über den Zaun klettern, aber zu meiner Überraschung war das Tor nur angelehnt. Wer auch immer das hier inszeniert hatte, besaß einen Schlüssel.

Der Friedhof war dunkel und verlassen. Nicht einmal den Mond hatte ich zur Orientierung. Bis auf ein paar blinkende Sterne war der Himmel schwarz. Ich zog das Handy aus der Tasche und schaltete das Licht ein. Ich hatte keine Lust, über einen Grabstein zu stolpern und im Dreck zu landen.

Als ich am Treffpunkt ankam, schaute ich nach der Uhrzeit. Auf meinem Display blinkten die Worte Keine Verbindung. Ich wagte kaum zu atmen. Was tat ich hier? Es war mein erster Schultag und ich befand mich schon zum zweiten Mal verbotenerweise auf einem Friedhof, diesmal eine Stunde nach der Ausgangssperre und auf eine kryptische anonyme Einladung hin. Ich schaute zum Engel empor und zwang mich, ihn genau zu betrachten. Beim ersten Mal hatte ich gedacht, seine Hand zeige zum Ausgang, doch jetzt sah ich, dass sie zum Himmel wies. Warum sah er so zornig aus? Sollten Engel nicht ... engelhaft aussehen?

„Aurora Aviana Vaughn“, erklang eine Stimme aus der Dunkelheit. Die Härchen in meinem Nacken kribbelten. Die Stimme klang unnatürlich und mechanisch, aber eindeutig männlich. Der Sprecher benutzte eine App, mit der man die Stimme verzerren konnte.

Langsam drehte ich mich um und versuchte ruhig zu bleiben, während ich mich auf die Begegnung mit dem Sprecher vorbereitete. Die Stimme kam aus mindestens zehn Metern Entfernung. Ich konnte also immer noch wegrennen. Da sah ich eine Gestalt, die vollkommen in einen schwarzen Kapuzenumhang eingehüllt war. Nicht nur das Gesicht war verborgen, auch das Smartphone, das sie als Mikrophon benutzte. Als sie näher kam, schleifte der Stoff über den Boden. Wenige Meter vor mir blieb sie stehen und streckte einen Arm aus. Die Hand steckte in einem langen Samthandschuh und hielt eine Augenbinde, ebenfalls aus schwarzem Samt. Glaubte der Typ, ich würde mir die Augen verbinden lassen? Der spinnt wohl!

„Wenn du unsere Einladung annehmen willst, musst du das hier anlegen“, sagte er. Seine Stimme brummte leicht. Er kam einen Schritt näher und unter seinem schwarzen Umhang lugte die weiße Spitze eines Turnschuhs hervor. Er sah es auch und zog den Fuß zurück. Dabei geriet er ins Stolpern und stieß ein unterdrücktes Fluchen aus.

Ich schluckte ein Kichern hinunter. Meine Angst verflog augenblicklich. Das hier war nicht der Sensenmann. Es war nur ein verkleideter Junge, der seine Stimme mit einer App verzerrte. Das ganze Szenario gehörte wahrscheinlich zum Aufnahmeritual eines Clubs, genau wie ich vermutet hatte.

„Okay“, sagte ich und drehte mich um, damit er mir die Augen verbinden konnte. Der Samt war weich auf meiner Haut und roch nach Patschuli.

„Mach den Mund auf“, befahl er.

„Warum?“, wollte ich fragen, als ich Samt an den Lippen spürte und Kirschgeschmack auf der Zunge wahrnahm. Er hatte mir etwas in den Mund gesteckt. Es fühlte sich an wie ein flaches kleines Stück Plastik, doch als ich es mit den Zähnen herauschieben wollte, löste es sich auf.

Ich wollte wissen, was das war, konnte die Worte jedoch nicht formen. Innerhalb weniger Sekunden wurde alles schwarz.

Als ich wieder zu mir kam, spürte ich, wie meine Muskeln sich anspannten. Ich saß aufrecht da, den Po auf etwas Hartem, als wäre ich die ganze Zeit wach gewesen. Ich befand mich auf einer Steintreppe in einer gewaltigen Arena. Unwillkürlich musste ich an die Abbildungen vom Odeon des Herodes Atticus in meinem Geschichtsbuch denken. Wie lange war ich bewusstlos gewesen? Soweit ich wusste, gab es in der Nähe des Campus nirgends eine Arena dieser Größe. Ich atmete tief durch und war überrascht, wie kalt sich die Luft anfühlte. Die Nacht war doch so lau gewesen. Ich spürte etwas Schweres auf dem Kopf und griff danach. Es war die Kapuze eines Samtumhangs, wie auch mein Entführer ihn getragen hatte. Der Stoff reichte mir über die Fingerspitzen und fiel zu meinen Füßen auf den Boden.

In diesem Moment flammte es von unten hell auf. Eine u-förmige Reihe Fackeln brannte jetzt mitten in der Arena. Das Flackerlicht reichte kaum bis zur untersten Reihe der Treppe, so riesig war die Arena. Ich schaute in den Himmel, aber da war gar kein Himmel. Nur Dunkelheit und Leere.

Links von mir hockten überall auf den Stufen weitere Gestalten in Kapuzenumhängen. Ich schaute nach rechts und sah noch ein paar mehr. Sie verharrten auf der Stelle, bewegten jedoch den Kopf. Genau wie ich schauten sie sich in dem gewaltigen Raum um.

Ich zuckte zusammen, als ein Gong von den Steinen widerhallte. Es war unmöglich zu sagen, woher das Geräusch kam. Der blecherne Klang erfüllte die ganze Arena. Wieder ertönte der Gong und unten bewegte sich etwas. Mehrere Gestalten traten auf die Bühne. Auch sie trugen Gewänder, jedoch ohne Kapuzen. Dafür hatten sie kunstvolle Gebilde aus Pappmaschee vor dem Gesicht, verziert mit Pelz, Federn und Leder – genau, wie Liam die Masken für den Maskenball beschrieben hatte.

Erleichtert seufzte ich auf. Wenn diese Leute die Masken der Schule trugen, konnten sie nicht gefährlich sein. Sie hatten etwas mit Eden zu tun und mir würde nichts passieren. Während sich mein Puls beruhigte, schaute ich den Gestalten auf der Bühne zu. Sie bewegten sich wie in einem merkwürdigen stummen Tanz. Da hörte ich eine Stimme. Sie klang weiblich, aber ganz sicher war ich mir nicht, weil auch sie verzerrt war. Sie kam aus Lautsprechern hinter und über mir und hallte von den Wänden wider.

„Alle Wesen stehen zu deinen Diensten“, verkündete die Stimme, „um vor dir zu spielen.“

In einer synchronen Choreografie sanken die Gestalten auf die Knie. Ein Gongschlag, dann noch einer, und zwei weitere Figuren tauchten auf. Sie trugen die Masken eines Mannes und einer Frau. Mit ihren markanten Zügen und dem hohlen Blick ähnelten sie antiken griechischen Skulpturen.

Ich beugte mich vor, um besser sehen zu können, als eine andere Stimme erklang. Sie war tiefer und unheimlicher als die erste.

„Sie nennen nicht alles ihr Eigen, wie es scheint“, dröhnte die Stimme, bevor der Gong ein drittes Mal ertönte und noch eine Gestalt erschien. Sie trug den gleichen Umhang wie die anderen, aber ihre Maske war doppelt so groß und um ein vielfaches unheilvoller. Es war der Kopf einer riesigen Schlange mit einander überlappenden, täuschend echt aussehenden Schuppen. „Dass sie das neidische Gebot verachten, das sie erniedrigt halten soll.“

Waren das Worte aus einem Theaterstück?

Als die Schlange sich zu einem Podium in der Mitte der Arena begab, neigten der Mann und die Frau ehrerbietig das Haupt. Auf dem Podium breitete die Schlange die Arme aus, ihr Gewand weitete sich wie Drachenflügel. „Seid gegrüßt", sagte sie und schaute zu uns empor. „Wir freuen uns, dass ihr gekommen seid."

Ich war mir nicht sicher, ob die Stimme wirklich zu der Person mit der Schlangenmaske gehörte oder ob es nur so wirken sollte. Während die Stimme erklang, drehte sich die Schlange ein wenig wie eine Ballerina in einer altmodischen Spieldose. Am Hinterkopf war die Maske wie eine reptilienartige Kapuze geformt und erinnerte damit an eine Kobra beim Angriff. Über den Rücken verlief sie wie ein horniger Drachenschwanz, um sich dann fächerförmig auf dem Boden auszubreiten. Selbst aus der Ferne konnte man erkennen, wie fein die Maske gearbeitet war. Sie bestand aus vielen Schichten Pappmaschee und jede einzelne der spitzen Schuppen war mit Blattgold umrandet.

„Einige waren zu ängstlich oder zu blind, die Einladung für heute Nacht anzunehmen. Doch ihr, die ihr erschienen seid, fühltet euch berufen, euch uns anzuschließen. Vielleicht ohne zu wissen, wie oder warum. Die Griechen nannten das *nous.* Intuition. Nur wenige besitzen sie. Eure Anwesenheit legt nahe, dass ihr zu diesen wenigen gehört."

Ich wand mich auf meinem Platz. Nicht Intuition hatte mich hergeführt, sondern der Zweifel. Mittlerweile hatten sich meine Augen an das schwache Flackerlicht gewöhnt. Ich schaute mich schnell um und zählte die Leute auf den Stufen.

Es waren vierzehn. Ich spürte leisen Neid. Sie fühlten sich berufen, hier zu sein, während ich einfach nur einem Hirngespinst gefolgt war.

„Nun steht eine weitere Entscheidung an“, sprach die Schlangengestalt. „Ihr habt die Einladung angenommen, mehr zu erfahren. Und auch wenn die ganze Wahrheit noch eine Weile verborgen bleiben muss, können wir euch doch so viel sagen: Ihr seid Anwärter auf eine Mitgliedschaft in einem erlauchten Bund begnadeter Denker. In den nächsten Wochen werdet ihr auf die Probe gestellt.“

Jetzt schlug mein Herz wieder wild, nicht aus Angst, sondern vor Aufregung. Die Masken, die Fackeln, die altertümliche Sprache. Das hier war nicht irgendein Begabtenclub. Es war ein richtiger Geheimbund.

Als die Gestalten auf der Bühne sich erhoben, schwieg die Schlange. Während die Tiere die Stufen zum Podium erklommen, stellten sich die beiden Menschenfiguren links und rechts neben die Schlange. Die Gestalt mit der Löwenmaske blieb direkt unter mir stehen und sah mich durch das Augengitter eindringlich an.

„Der Moment der Entscheidung ist gekommen“, sprach die tiefe Schlangenstimme weiter. Der Löwe reichte mir die behandschuhten Hände. In jeder Hand hielt er eine übergroße Spielkarte. „Wer seine Kandidatur aufrechterhalten möchte, nimmt die Karte rechts“, dröhnte die Stimme. „Und kein Wort davon zu irgendjemandem. Ihr werdet zu gegebener Zeit wieder von uns hören.“

Ich beugte mich vor und betrachtete die Karte. Das Bild war

verblasst, doch wundervoll gemacht. Die Karte wirkte wie eine Miniaturleinwand. In der Bildmitte befand sich eine nackte Frau, die einen Stab in jeder Hand hielt. Sie schwebte leicht über der Erde, umgeben von einem grünen Kranz. Unter ihr standen verschiedene Tiere, deren erhobene Gesichter den Masken, die ich auf der Bühne gesehen hatte, verblüffend ähnelten.

Die Stimme fuhr fort: „Wer an der Prüfung jedoch lieber nicht teilnehmen will, wählt die linke Karte. Es werden keinerlei Fragen gestellt."

Ich schaute zur anderen Hand des Löwen. Auf dieser Karte war weniger zu sehen, nur die Gestalt eines Jungen mit einem Federhut. Mit dem Tornister auf dem Rücken und einer dornigen weißen Rose in der Faust sah er aus wie ein mittelalterlicher Händler.

Entscheide dich heute, wem du dienen willst.

Zum ersten Mal krampfte sich mein Magen nicht zusammen, als ich die Stimme hörte. Stattdessen spürte ich ein leichtes Flattern. Die Worte der Schlange hatten etwas in mir entfacht. Ich wollte die Erwartungen dieser Leute nicht enttäuschen.

Es war vollkommen still in der Arena, während die Kandidaten ihre Wahl trafen. Ohne die Augen des Löwen zu sehen, spürte ich, dass er mich beobachtete.

„Lasst euch Zeit", sagte die Schlange. Doch ich brauchte keine Zeit. Ich nahm die rechte Karte.

Der Löwe nickte leicht, dann zog er schnell die linke Hand zurück und ließ die Karte in den Falten seines Gewands verschwinden. Mit der rechten Hand fasste er mich am Ellbogen und drehte mich herum, bis ich mit dem Rücken zu ihm stand. Dann tippte er mir mit den Fingerspitzen auf die Lippen. Ich machte den Mund auf und spürte wieder das dünne Plättchen auf der Zunge. „Ich wusste, dass du aufgenommen wirst", flüsterte der Löwe. Diesmal war seine Stimme nicht verzerrt und ich erkannte sie sofort. Es war Liam.

Von einem Moment auf den anderen war ich wieder voll da. Liam! Er war der Löwe. Es kam mir wie eine großartige Entdeckung vor, aber natürlich hatte er sich absichtlich verraten. Ich sollte wissen, wer er war.

Ich saß in meinem Zimmer auf meinem Bett, die Stiefel noch an den Füßen. Der Kapuzenumhang war weg und in der rechten Hand hielt ich eine Karte aus Pappe. Schnell schaute ich zu Hersheys Bett. Es war leer. Hatte sie sich wieder davongeschlichen oder war sie etwa auch in der Arena gewesen?

Ich schaute auf die Karte in meinen Händen. Im Dunkeln konnte ich kaum etwas erkennen. Geräuschlos zog ich die Stiefel aus, krabbelte unter die Bettdecke und zog die Decke von meiner Mutter wie ein Zelt über mich. Falls die Tür aufging, würde ich mich einfach schlafend stellen.

Ich leuchtete mit dem Gemini auf die Karte. Anders als die beiden Karten, die Liam mir hingehalten hatte, war diese nicht farbig. Ein Z stand in glänzendem Schwarz darauf, darunter die Zahl zweiunddreißig. Mein Abschlussjahr. Mein Herz pochte, als ich mit den Fingern über die schwarze Farbe fuhr.

Das Symbol und die Zahl waren genauso gestaltet wie die auf dem silbernen Anhänger meiner Mutter.

Ob sie auch in dem Geheimbund gewesen war?

Ich suchte in GoSearch nach „Geheimbund in Eden", jedoch ohne Ergebnis. Es gab tatsächlich keinen einzigen Treffer für die beiden Wörter zusammen. Ich versuchte es mit „alte Vereinigung Eden", was ebenfalls nichts ergab. Als ich „Eden" wegließ, bekam ich Millionen von Treffern. Seiten, die sich den Verschwörungstheorien über die Illuminaten widmeten, den Freimaurern und Skull & Bones in Yale. Ich fand inoffizielle Listen ehemaliger Mitglieder und sogar Fanseiten auf Forum. Aber sobald ich die Suche eingrenzte, führte sie ins Leere. Was dieser Geheimbund auch sein mochte, er war mit nichts anderem vernetzt. Ich grinste mein Display an. Ein *richtig* geheimer Bund. Wie cool war das denn?

Ich schrieb eine SMS an Beck und löschte sie sofort wieder. Es war zwar unwahrscheinlich, dass sie meine Nachrichten lesen konnten, aber ich wollte lieber kein Risiko eingehen.

„Bitte lass mich reinkommen", flüsterte ich im Dunkeln und hielt den Anhänger als Glücksbringer in der Hand. Dann machte ich die Augen zu und versuchte mich zum Einschlafen zu zwingen. Aber ich war zu überdreht. Also ging ich die Zahlen der Fibonacci-Folge durch. Mein bester Einschlaftrick. Die Alternative zum Schäfchenzählen für den Mathe-Nerd. Ich machte das schon seit Jahren, wenn ich müde war und die Gedanken nicht abschalten konnte: 0, 1, 1, 2, 3, 5, 8, 13, 21, 34, 55, 89, 144, 233, 377, 610, 987, 1597 … Irgendwann kapitulierte mein Geist und ich schlief endlich ein.

9

Ich hörte Hershey nicht hereinkommen, aber am nächsten Morgen lag sie in ihrem Bett. Als ich aus der Dusche kam, schlief sie immer noch. Also ging ich allein zum Frühstück. Liam stand in der Schlange nach Waffeln an und tat so, als sähe er mich nicht.

„Morgen", sagte er beiläufig und gab Teig in die geriffelten Keramikplatten.

„Ich hab so viele Fragen."

„Die werden alle beantwortet", sagte er mit gedämpfter Stimme und bestrich seine dampfende Waffel mit Butter. „*Falls* du aufgenommen wirst."

„Du hast doch gesagt, du wusstest, dass ich aufgenommen werde. Und jetzt meinst du auf einmal, vielleicht doch nicht?"

„Du musst ja noch geprüft werden", sagte er. „Wie alle Kandidaten. Und der Rat muss dich bewerten …"

„Der Rat?"

Liam zuckte zusammen. „Vergiss, dass du das gehört hast. Pass auf, Rory, ich weiß, dass es aufregend und verwirrend und viel auf einmal ist. Ich war vor einem Jahr in derselben Situation. Ich weiß noch genau, wie das war. Aber du musst das Verfahren respektieren. Und ich kann meinen Eid nicht brechen."

„Kannst du mir wenigstens verraten, wie ich ausgewählt wurde? Hat es damit zu tun, dass ich eine Hepta bin?"

„Nicht nur", sagte Liam. „Aber es ist der Grund dafür, dass du das Zeta bekommen hast."

„Das Z auf der Karte?"

Liam nickte. „Jedem Kandidaten wird ein griechischer Buchstaben zugeteilt", erklärte er und schaute hinter sich, ob uns auch niemand hörte. „Zeta hat einen Zahlenwert von sieben, deshalb ist es für dich als Hepta bestimmt. Wenn du aufgenommen wirst, wird das dein Name im Geheimbund sein." Er nahm sich Ahornsirup. „Der Buchstabe und dein Jahrgang. So bleibt die Liste der Mitglieder völlig anonym."

Ich kannte das griechische Alphabet nicht so gut, dass ich gewusst hätte, welcher Buchstabe auf dem Anhänger meiner Mutter stand, aber das ließ sich leicht herausfinden.

„Welchen hast du?"

Seine Miene verfinsterte sich. „Rory, ich darf darüber nicht mit dir sprechen. Ich hab schon zu viel gesagt."

„Muss diese Geheimnistuerei denn unbedingt sein?", fragte ich. „Und was ist mit denen, die gestern Nacht die linke Karte gewählt haben? Sie wissen von dem Geheimbund und haben keinen Grund, ihr Wissen für sich zu behalten."

„Er, Singular", verbesserte Liam mich. „Es war nur einer." Er machte eine Kopfbewegung zu einem Jungen zwei Tische weiter. Ich kannte ihn aus dem Informatikkurs. „Die Tablette, die wir dir verabreicht haben, nennt sich ZIP“, sagte er leise. „Sie hemmt ein Enzym in deinem Gehirn, das für die Erinnerung zuständig ist. Hätten wir dir beim zweiten Mal eine stärkere Dosis verpasst, wäre die Erinnerung an die Arena nicht hängen geblieben.“

„Und ihm habt ihr die stärkere Dosis gegeben?“, fragte ich und schaute zu dem Jungen. Er schaufelte sich Haferbrei in den Mund, sein Blick war leer, als schliefe er noch halb.

Liams Mundwinkel verzogen sich zu einem schelmischen Grinsen. „Zusammen mit etwas Rohypnol.“

„Ihr habt ihm K.-o.-Tropfen verpasst?“

„Nur ein winziges bisschen“, beschwichtigte Liam mich. „Und bloß die zugelassenen, und auch davon nur so wenig, dass er die Erinnerungsfetzen, die er noch hat, für einen Traum halten wird.“ Liam zog sein Gemini heraus, auf dem eine SMS aufleuchtete. „Ich muss los“, sagte er. „Wir können später weiterquatschen. Aber nicht über dieses Thema. Im Ernst, Rory. Keine weiteren Fragen.“

„Na gut“, sagte ich. „Aber kannst du mir wenigstens verraten, ob Hershey dabei war? Das ist auch wirklich die allerletzte Frage, versprochen.“

„Hershey?“ Er stieß ein kurzes, sarkastisches Lachen aus. „Nein, Hershey ganz bestimmt nicht.“

„Du tust so, als wäre das eine total absurde Frage“, sagte ich, während er losging.

„Ist es ja auch“, sagte er, ohne sich umzudrehen.

In dieser Woche entwickelte ich eine Routine, an die ich mich bis zu den Prüfungen halten wollte. Jeden Tag nach Unterrichtsschluss holte ich mir am Kaffeewagen im Speisesaal einen Vanille-Cappuccino. Dann ging ich in die Bibliothek und erledigte dort meine Hausaufgaben. Auf diese Weise geriet ich nicht in Rückstand, aber vor allem kam ich nicht in Versuchung, wieder ins Paradiso zu gehen, um North zu treffen. Daran dachte ich nämlich jeden Nachmittag um vier, wenn ich große Lust auf Matcha Latte bekam und überlegte, schnell in die Stadt zu laufen. Nicht wegen North, redete ich mir ein. Wahrscheinlich arbeitet er gar nicht. Ich wusste es zwar besser, aber ich entschied mich trotzdem dagegen. Wenn ich in Eden glänzen wollte, musste ich am Ball bleiben. Ich durfte mich nicht ablenken lassen, schon gar nicht von einem Typ aus der Stadt, der nie verstehen würde, was mich an der Wissenschaft faszinierte.

Im Praktikum am Morgen hatten wir über die Gefahren der Ablenkung gesprochen. Doch in meinem Gehirn war die Botschaft offenbar nicht ganz angekommen. Irgendwann dachte ich nur noch darüber nach, ob North wohl auch an anderen Körperstellen außer den Armen tätowiert war.

Na super.

Wenigstens war der Zweifel endlich verstummt. Seit Montagnacht hatte ich ihn nicht mehr gehört. Vom Geheimbund hatte ich auch nichts mehr gehört – die ominöse Prüfung hatte offenbar noch nicht angefangen. Und das war gut so, denn ich konnte schon jetzt kaum schlafen. Abgesehen davon, dass wir mit unseren Hausaufgaben jede unterrichtsfreie Minute füllen konnten, gab es in der ersten Woche eine Reihe von Aktivitäten auf dem Campus, bei denen unsere Teilnahme erwünscht war. Mittwoch fand für die Neuen ein Lagerfeuer mit Marshmallowgrillen statt, Donnerstag ein erstes Sportfest und heute Nachmittag gab es ein Fest zur Anmeldung für die Sportkurse. Bei den ersten beiden hatte ich mitgemacht, aber heute würde ich schwänzen. Es war bestimmt eine gute Sache, aber bei der Vorstellung, regelmäßig Softball oder Ultimate Frisbee spielen zu müssen, rollten sich mir die Zehennägel auf.

„Ich bin für Thailändisch heute Abend", sagte Hershey, als wir nach dem Mittagessen zusammen mit Isabel und Rachel die Tabletts abräumten. Wir vier saßen jetzt bei allen Mahlzeiten an einem Tisch und hingen abends zusammen im Gemeinschaftsraum ab. Izzy war selbstironisch, klug und kämpfte ständig mit ihrem Gewicht. Rachel war witzig, unerschrocken und hatte zu allem eine Meinung. Ich mochte sie beide gern. Aber ihr Kontostand bewegte sich im Bereich von Hersheys, was man von meinem leider nicht sagen konnte. Nach dem Sportfest hatten wir zu viert Pizza gegessen und Dienstag hatten wir uns etwas beim Inder geholt. Beide Male hatte Hershey für uns bestellt – Pizza mit weißen Trüffeln und Dosa mit 24 Karat Gold, beides höllenteuer – und beide Male hatten wir die Rechnung durch vier geteilt. Auch ohne Lux zu befragen, wusste ich, dass ich mir so was nicht schon wieder leisten konnte.

„Yummy", sagte Isabel. „Ich bin dabei."

„Ich auch", sagte Rachel.

Hershey schaute mich mit hochgezogener Augenbraue an.

„Klar", sagte ich und verkniff mir ein Seufzen. Ich könnte Hershey bitten, meinen Anteil zu übernehmen – das hatte sie schon beim Inder angeboten –, aber das wollte ich nicht. Ich redete mir ein, dass es ihr gegenüber nicht fair wäre, aber der wahre Grund war ein anderer. Ich wollte die Mädchen nicht mit der Nase darauf stoßen, wie anders ich war. Anders im Sinne von nicht reich.

Es war merkwürdig, eine Schule zu besuchen, auf der alle ein Stipendium bekamen, und sozioökonomisch zur Minderheit zu gehören. Fast alle in Eden waren wohlhabend. Und ihre Eltern waren nicht bloß Ärzte oder Anwälte. Meine Mitschüler hatten richtig Kohle. Besitz, der sich auf Generationen gründete und in Trust Fonds auf sie wartete, bis sie achtzehn wurden. Es lag nahe, zu denken, sie wären nur durch ihr Geld auf die Schule gekommen – das dachte Hershey ja sogar von sich selbst. Aber wenn man sie reden hörte, merkte man, dass sie tatsächlich etwas auf dem Kasten hatten.

Als ich an diesem Nachmittag zurück in unser Zimmer kam, war Hershey nicht da. Ich legte meine Tasche ab und ging nach draußen. Auf dem Gehweg waren Tische aufgebaut und auf der Wiese dröhnte Musik aus großen Boxen. Schüler in Schul-T-Shirts hielten Anmeldeformulare hoch und verteilten Süßigkeiten.

Ich hatte keine Lust auf das Getümmel, also holte ich mein Handy heraus und ging in Richtung Sportanlagen. Seit dem Frühstück hatte ich meinen Newsfeed nicht gecheckt, es gab also einiges nachzuholen. Um 13.53 Uhr pazifischer Zeit hatte Beck ein Selfie gepostet, auf dem er neben einem gerahmten

Foto mit einem Schiff stand, das unter der Ballard-Brücke herfuhr. Dazu hatte er den Status gepostet: Ich dachte, ich wäre in einer Kunstgalerie, anscheinend doch nicht.

Ich tippte auf die Kommentar-Taste und schrieb: Oh, das Bild wäre toll für meinen Wandschrank.

Beck antwortete nicht gleich, also scrollte ich weiter runter und las die Statusmeldungen anderer Forum-Nutzer. Plötzlich wurde es kälter und die Sonne spiegelte sich nicht mehr in meinem Smartphone. Ich blickte hoch und sah ein rostfarbenes Laubdach über mir. Ich war im Wald gelandet. Erst jetzt hörte ich die Blätter rascheln, das ferne Rauschen des Flusses und, wenn ich die Ohren spitzte, meine Klassenkameraden auf dem Campus. Ich schaltete den Newsfeed aus und meine neueste Playlist ein. Die Lautstärke drehte ich herunter, um das Rascheln der Bäume noch hören zu können.

Ich blieb dem Friedhof fern und lief stattdessen am Zaun entlang, zu den Polofeldern und den Ställen, wo die Pferde der Mannschaft untergebracht waren. Das Hockeyteam der Mädchen hatte gerade ein Trainingsspiel. Ich setzte mich auf den Hügel und schaute zu. Während ich immer dem Ball nachsah, der von Schläger zu Schläger sauste, gelang es mir beinahe, nicht an North zu denken.

Mein Gemini summte genau in dem Moment, als das Spiel abgepfiffen wurde. Die Sonne senkte sich schon hinter den Horizont und nahm die Wärme des Nachmittags mit sich. Bald würde es dunkel werden.

@HersheyClements: Was machst du?

Gucke mir Hockeyspiel an, schrieb ich. Was ich nicht schrieb: Gehe dir aus dem Weg und denke an North.

@HersheyClements: Beweg deinen Hintern her. Gehen jetzt essen. WauDi XOXO

„In sechzig Sekunden ist Abmarsch", verkündete sie, als ich zur Tür reinkam. „Wir müssen früh los, weil Izzy verdauen will, bevor sie schlafen geht."

Am nächsten Tag war die Anprobe für den Maskenball und Izzy hatte die ganze Woche Diät gehalten, um in eine kleinere Größe zu passen. Lux zufolge war sie immer noch drei Kilo zu schwer, was ich absurd fand. Sie war kurvenreich, nicht dick, und hatte eine schmale Taille. Ich machte mir meine eigenen Sorgen wegen der morgigen Anprobe. Mit null Busen und schmalen Hüften war ich nicht gerade der Abendkleidtyp. Dieses Jahr beim Homecoming wäre ich als verkleidete Viertklässlerin durchgegangen. Wahrscheinlich hatte mich deshalb auch kein Junge gefragt, ob ich mit ihm zum Ball wollte.

„Ich stoße dann in der Stadt dazu", sagte ich und ging an Hershey vorbei in unser Zimmer. „Ich muss erst duschen."

Sie seufzte, als hätte ich damit den ganzen Abend verdorben.

„Izzy hat morgen um neun ihre Anprobe", sagte sie. „Wir müssen um Viertel vor neun mit dem Essen fertig sein, damit ihr Bauch zwölf Stunden Zeit hat, wieder flach zu werden."

„Ich fühle mich aber eklig und möchte duschen", sagte ich.

„Du kannst also entweder auf mich warten oder ich komme gleich nach.“ Ich wusste, dass sie nicht warten würde.

„Wie du willst“, sagte sie und nahm mir mein Gemini aus der Hand. „Wir gehen ins Thaiphoon in der Drake Street.“ Verblüffend schnell fügte sie das Restaurant zu meinem Planer hinzu und markierte den Ort auf dem Stadtplan. „Hier.“ Sie gab mir das Handy zurück und rauschte aus dem Zimmer.

Ich schaltete den Standortdienst auf privat, dann duschte ich schnell und zog meine einzige halbwegs schicke Jeans an – ein Abschiedsgeschenk von meiner Stiefmutter. Dazu wählte ich ein Seiden-T-Shirt, das ich in meinem liebsten Secondhandladen in Seattle entdeckt hatte. Es war tief ausgeschnitten, deshalb nahm ich die Kette von meiner Mutter ab und legte eine längere an. Sie lag so auf dem Stoff, dass mein extrem unsexy BH nicht aufblitzen konnte, wenn ich mich vorbeugte. Darüber trug ich eine Kapuzenjacke anstelle eines Blazers, wie ich es schon mal bei Hershey gesehen hatte. Ich steckte die Kapuze hinten rein, schob die Ärmel hoch und ließ die Jacke offen.

Zwanzig Minuten und zwei ungeduldige SMS von Hershey später ging ich los. Die Sonne war schon hinter den Bergen versunken, also nahm ich lieber die Straße. Ich ging durch das beeindruckende Eingangstor und bog dann in den Academy Drive ein. Von dort war es nur ein Katzensprung zum westlichen Ende der City.

Das Restaurant lag eine Straße weiter als das Café Paradiso. Wenn ich also nicht einen Riesenumweg machen wollte, musste ich direkt am Paradiso vorbei. Als ich an der offenen Tür vorbeiging, tanzten Schmetterlinge in meiner Brust.

„Mach dich nicht lächerlich“, murmelte ich leise. Mit gesenktem Kopf ging ich weiter und tat so, als wäre ich in eine SMS vertieft. In Wirklichkeit tippte ich immer wieder das Wort *lächerlich, lächerlich, lächerlich.*

„Hi.“

Ich verschluckte mich an meinem Kaugummi und stolperte. North fing mich am Ellbogen auf, mein Gemini fiel auf den Gehweg und hüpfte leicht auf den Gummiecken. Mein Kaugummi klebte am Boden.

„Ganz ruhig“, sagte er und hob mein Handy auf. Die Röte schoss mir in die Wangen, als er auf das Display schaute. „Ich finde, *hinreißend* trifft es besser“, sagte er und gab es mir zurück. Er roch nach Seife und Earl-Grey-Tee. „Coole Jacke.“

„Ich bin zum Essen verabredet“, platzte ich heraus. Meine Lider flatterten wie der Verschluss einer Kamera, blink blink, blink, blink, blink. Sein Duft, seine Nähe, das alles war aus dem Nichts gekommen. Es dauerte einen Moment, bis ich mich gefangen hatte. Ich steckte die Hände in die Taschen und setzte eine gleichgültige Miene auf. „Im Thaiphoon.“ Ich zeigte auf das Schild, als würde er mir sonst vielleicht nicht glauben. „Ich muss dann mal …“ Weiter, wollte ich eigentlich sagen, aber als unsere Blicke sich trafen, blieb mir das Wort im Hals stecken. Da war es wieder, dieses vertraute Gefühl. Als würde ich ihn besser kennen, als es eigentlich der Fall war.

„Willst du jetzt echt eine überteuerte Miniportion veganes Thaifood essen?“, fragte er.

„Ich ahne, dass du eine bessere Idee hast“, erwiderte ich trocken.

Er grinste. „Klar. Ein gigantisches amerikanisches Fleischklopssandwich zum Schleuderpreis."

„Jemand, der Matcha trinkt und mit Stevia süßt, isst Fleischklopssandwiches?"

„Na logisch", sagte North. „Und weil du so skeptisch guckst, musst du mein Angebot unbedingt annehmen." Er nahm mir das Gemini aus der Hand. „Was ist dein Passwort?", fragte er.

„Ich sag dir doch nicht mein Passwort!"

„Na gut, dann gib es selbst ein." Er reichte es mir zurück.

„Und wozu ist das gut?", fragte ich und tippte es ein.

„Notwendige Vorkehrungen", sagte er, als ich ihm das Handy wiedergab. „Wir wollen doch nicht, dass deine Schar von Forum-Followern das bestgehütete Geheimnis von Eden herausfindet. Womöglich würde Giovanni noch die Preise erhöhen." Er guckte überrascht. „Das ist ja schon im Privatmodus."

„Wieso wundert dich das?"

„Weil du ein Forum-Mädchen bist", sagte er. „Der Witz an diesem Netzwerk ist doch, dir die permanente Schilderung deines so überaus bedeutenden Alltags zu ermöglichen. Was sollen deine Follower denken, wenn sie nicht jederzeit wissen, wo du dich aufhältst? Wie willst du da wichtig bleiben?"

Ich verzog das Gesicht. „Bist du immer so ein Zyniker?"

„Ja." Er gab mir das Gemini zurück. „Wieso hast du auf privat gestellt?"

„Meine Zimmergenossin nervt mich. Und wieso hast du so einen monströsen Laptop?" Ich zeigte auf seine Umhängetasche. Sie ging nicht zu, weil der Laptop zu groß war.

„Der ist antik“, sagte er. „Ich wollte ihn grad zur Reparatur bringen, in den Computerladen ein paar Straßen weiter. Begleitest du mich? Danach essen wir dann die Fleischklopssandwiches.“

Ich schrieb schon eine SMS an Hershey:

Geht mir nicht so gut. :-(Komme doch nicht mit essen.

„Deine Zimmergenossin?“, fragte North mit einer Kopfbewegung zu meinem Handy.

Ich nickte. „Du hast sie schon mal gesehen. Ich war beim ersten Mal mit ihr hier“, sagte ich und schaltete den Vibrationsalarm aus. Dann steckte ich das Gemini in die hintere Hosentasche. Ich wollte meinen Hintern vor dem SMS-Sturm bewahren, der hundertprozentig folgen würde.

„Ja, ich erinnere mich an sie. Die kann man ja schwerlich vergessen.“ North schaute in die andere Richtung und richtete den Schultergurt. Ich konnte sein Gesicht nicht sehen. „Lass uns mal gehen“, sagte er. „Der Computerladen schließt um sieben.“

Ich nickte etwas verunsichert. Hershey war unvergesslich, ich war bloß das Mädchen im Hintergrund, das man leicht übersehen konnte.

Der Laden lag in einer Seitengasse. Der Eingang war hinter einer unscheinbaren Steinmauer versteckt. Das war so gar nicht das schicke Elektronikgeschäft, das ich erwartet hatte. Es war vollgestopft mit altmodischen Geräten und Krimskrams. Hier und da lagen auch Schmuckstücke herum, die anscheinend zu verkaufen waren, jedoch keine Preisschilder hatten.

„Hi, NP", sagte das Mädchen am Tresen und blickte von ihrem Gemini auf. Sie war in meinem Alter, vielleicht etwas jünger, und mit den kurzen pinkfarbenen Haaren und einer platinbespickten Stupsnase auf schrille Weise hübsch.

„Noelle, das ist Rory", sagte North. „Sie geht auf die Academy. Rory, das ist Noelle. Der Laden gehört ihrem Opa."

„Hi", sagte ich.

„Wow, du bist in Eden?", sagte Noelle. „Wie cool. Ich sitze grad an meiner Bewerbung. Hast du einen Tipp?"

„Ich wundere mich immer noch, dass sie mich genommen haben. Du schaffst das bestimmt auch", sagte ich, wie man das eben so sagt. Insgeheim dachte ich mir, dass ihre pychologischen Gutachter wohl kaum begeistert von ihren pinkfarbenen Haaren und den Löchern in ihrer Nase sein dürften. Niemand in Eden lief so rum.

„Was hat er denn?", fragte sie North und hob den klobigen silbernen Laptop hoch.

Mein Blick fiel auf ein goldenes Medaillon in einem Glasschrank, in dem sich das Deckenlicht spiegelte. Es hatte die Form einer Taube und an der Seite befand sich ein kleines Scharnier. Ein winziger blauer Stein bildete das Auge des Vogels und in den silbernen Flügel war etwas eingraviert. Es hob sich von den anderen, klobigeren Stücken ab, wirkte zart und feminin zwischen all den goldenen Uhren und grauen Plastikvideokonsolen.

„Die Festplatte ist hinüber", sagte North. Mein Blick war

immer noch auf das Medaillon geheftet. „Ich würd das Ding ja wegwerfen, aber irgendwie hänge ich dran. Meinst du, Ivan kriegt das noch mal hin?"

„Ivan kriegt alles hin." Noelle steckte den Laptop in einen gefütterten Druckverschlussbeutel und füllte einen Reparaturschein aus. Norths Kontaktdaten kannte sie auswendig. „Brauchst du ein Leihgerät?", fragte sie und drehte das Blatt herum, damit er unterschreiben konnte. „Ach was, du hast ja noch ungefähr sieben weitere Computer."

„Genauer gesagt neun", sagte North und grinste.

Es dauerte einen Moment, bis ich seine Worte kapierte. „Du besitzt *neun* Computer? Sammelst du die oder was?", fragte ich.

„Alte Computer sind so was wie mein Hobby." Er hängte die Tasche wieder um. „Rufst du mich an, wenn er fertig ist?", fragte er Noelle.

„Yep", sagte sie und nahm ihr Gemini.

„Viel Glück mit deiner Eden-Bewerbung", sagte ich.

„Danke", antwortete sie geistesabwesend. Sie war schon wieder ganz bei ihrem Smartphone. North öffnete mir die Tür und ich trat in die Gasse hinaus.

„Und jetzt gehen wir essen", sagte er und zeigte auf eine grüne Markise nebenan. *Bei Giovanni* stand da in abgeblätterter, weißer Schrift.

Ich hatte ein Fastfoodrestaurant erwartet, aber bei Giovanni konnte man an einer Handvoll weiß gedeckter Tische sitzen. Giovannni selbst stand in der Küche. Er begrüßte North mit einer herzlichen Umarmung, von der North einen Fleck Tomatensoße auf der Rückseite seines T-Shirts davontrug. Dann machte sich Giovanni an die Zubereitung unserer Sandwiches, die, wie North erklärte, nicht auf der Karte standen. Er war als Kind oft bei Giovanni gewesen, und Giovanni war aufgefallen, dass North nie seine Spaghetti aß. Er pulte sich immer das Hackfleisch heraus, legte es zwischen zwei Scheiben Knoblauchbrot und tunkte das Ganze in Marinarasoße. Eines Tages übernahm Giovanni die Kreation des kleinen North und bereitete sie seitdem immer für ihn zu.

„Dann bist du hier aufgewachsen?", fragte ich, als wir hinausgingen. Die Sandwiches hatte North in einer Tüte unter dem Arm.

„Boston", erwiderte er und führte uns durch eine schmale Gasse hinter der Main Street. „Aber wir kamen oft zu Besuch hierher. Meiner Tante gehört das Paradiso", erklärte er. „Aber sie kommt kaum noch rein."

„Und deine Eltern …?"

„Mein Vater lebt immer noch in Boston", sagte er. „Und tut so, als wäre sein einziger Sohn kein Schulabbrecher. Meine Mutter ist gestorben, als ich drei war."

Auf einmal passte es. Das vertraute Gefühl. Er war auch ohne Mutter aufgewachsen. Heutzutage gab es so ausgeklügelte technische Möglichkeiten, Unfälle zu verhüten und Krankheiten zu heilen, dass wir Mutterlosen eine seltene Spezies waren. An der Roosevelt Highschool war ich die Einzige ohne Mutter gewesen und in Eden war ich es bestimmt auch. Ich hätte North gern gesagt, dass uns das verband, aber ich brachte die Worte nicht heraus.

„Wieso hast du die Schule abgebrochen?", fragte ich stattdessen.

Er schaute mich an. „Schule war nicht mein Ding."

„Und jetzt machst du also Kaffee?"

Seine Miene verfinsterte sich. „Tut mir leid, dass ich deinen Ansprüchen nicht genüge."

„So hab ich es nicht gemeint", sagte ich und wurde rot. „Ich habe gar keine Ansprüche, denen du nicht genügen könntest."

„Ein Mädchen wie du sollte aber Ansprüche haben." Jetzt setzte er wieder dieses belustigte Lächeln auf. „Hohe sogar." Vor dem Hintereingang des Paradiso blieb er stehen. Daneben war noch eine Tür, nicht aus Glas, sondern aus Eisen. „Solange besagte Ansprüche dich nicht davon abhalten, mit einem älteren Schulabbrecher, der sich mit Kaffeekochen durchschlägt, in seiner Wohnung zu Abend zu essen."

Die Worte *in seiner Wohnung* hallten in meinem Kopf wider. „Wie alt denn genau?", fragte ich, während ich hinter ihm herging. Ich versuchte es neckisch und nicht panisch klingen zu lassen.

Hinter der Tür führte eine Treppe nach oben. North machte die Eisentür hinter uns zu und schob beide Riegel vor. „Achtzehn", sagte er und ging nach oben.

Mit Puddingbeinen folgte ich ihm. Ich war noch nie im Zimmer eines Jungen gewesen – außer in Becks, aber Beck zählte nicht.

Im ersten Stock blieben wir vor einer Tür mit ebenfalls zwei Riegeln stehen. North schloss die Tür auf, wobei er unterschiedliche Schlüssel für jeden Riegel benutzte und einen dritten für das Türschloss.

Was soll das mit all den Schlössern?, fragte ich mich.

Auch ohne Lux wusste ich, dass ich hier nicht sein dürfte. Ich hätte bei meinen Klassenkameraden sein sollen – wenn nicht bei Hershey und den beiden anderen, dann in der Mensa bei gebratenem Wolfsbarsch mit Mangold und Gesprächen über die Stringtheorie oder Jane Austen. Aber hätte, müsste, dürfte spielte jetzt keine Rolle, denn das hier wollte ich auf keinen Fall verpassen.

„Nach dir", sagte North und öffnete die Tür.

10

Die Wohnungstür führte direkt ins Wohnzimmer, das eigentlich kein Zimmer war, sondern eine Wohnecke zwischen einer winzigen Küche und einer noch winzigeren Schlafnische. Ich sah ein Sofa, einen Couchtisch und ein überquellendes Bücherregal.

Ich folgte North in die Küche. „Wohnst du allein hier?“, fragte ich, was völlig überflüssig war, denn es gab nur ein schmales Bett.

Er nickte und packte die Sandwiches aus. „Die Wohnung gehört zum Pachtvertrag für das Paradiso. Als ich damals überlegte, ganz hierherzuziehen, hat meine Tante angeboten, mir diese Wohnung gratis zu überlassen.“ Er biss in sein Sandwich. Marinarasoße tropfte ihm über das Kinn.

Ich betrachtete mein eigenes Sandwich. Messer und Gabel wären jetzt praktisch, dachte ich.

„Hau einfach rein“, sagte North. „Die Dinger kann man nicht essen, ohne zu kleckern. Aber wenn du erst abgebissen hast, ist dir das egal.“

Er hatte Recht. Die Zutaten an sich waren nicht spektakulär, aber im Zusammenspiel führten sie zu einer Geschmacksexplosion.

Einen kleinen Moment wünschte ich, Lux wäre eingeschaltet, damit ich dieses Sandwich als Favorit markieren konnte. Aber Giovannis Freischklopssandwich stand genauso wenig auf einer Speisekarte wie Norths Spiced Matcha Latte. Deshalb konnte das Geschmacksprofil nicht mit meinem Konsumverhalten abgeglichen oder zu meiner persönlichen Hitliste hinzugefügt werden.

„Hast du Lust auf einen Film?", fragte North mit Sandwich im Mund.

Schnell tupfte ich mir die Mundwinkel ab. „Hast du eine Box?"

„Keine GoBox, aber einen Laptop mit DVD-Spieler und jede Menge DVDs." Er zeigte auf die unterste Reihe des Bücherregals, in der keine Bücher, sondern Plastikhüllen standen. „Such dir eine aus."

Ich ging hin und ließ den Blick über die Titel wandern. *Touchdown, Rocky, Annies Männer, Freiwurf.* „Das sind ja alles alte Sportfilme", sagte ich.

„Oh, die sind so viel mehr", sagte North. „Kennst du einen davon?"

Ich schüttelte den Kopf. „Welcher ist dein Lieblingsfilm?", fragte ich.

North überlegte kurz und grinste. „Setz dich", sagte er. „Ich lege ihn ein. Es ist besser, wenn du dich überraschen lässt." Er ging zum Regal und nahm eine DVD, bei der ich noch nicht angelangt war. Dann drehte er mir den Rücken zu, sodass ich den Titel nicht sehen konnte.

Ich zog das Handy aus der Hosentasche, um auf die Uhr zu sehen. Ich hatte sechs Nachrichten von Hershey. Die letzte hatte sie vor drei Minuten geschickt und in Großbuchstaben getippt.

@HersheyClements: WO STECKST DU?!?!

Schnell checkte ich ihren Aufenthaltsort. Ecke Drake und Main Street. Sie saß immer noch im Restaurant.

„Wieder deine Zimmergenossin?", fragte North.

„Hmhm, ich schreib ihr, dass ich in der Stadtbücherei bin. Dann lässt sie mich in Ruhe."

„Nicht lügen. Jedenfalls nicht per SMS. Antworte einfach nicht."

„Sie weiß ja nicht, dass ich lüge", sagte ich. „Mein Handy steht immer noch auf privat."

„Das spielt keine Rolle. Dein Aufenthaltsort ist zwar vor der Außenwelt verborgen, aber dein Gemini kennt trotzdem deine GPS-Koordinaten. Und die werden auch dann protokolliert, wenn Lux nicht läuft."

„Woher weißt du das?"

„Das steht in den Nutzungsbedingungen."

„Du hast die Nutzungsbedingungen gelesen?"

North zog die Augenbrauen hoch. „Du etwa nicht?"

„Na, komm schon. Kein Mensch liest die Nutzungsbedingungen."

Er schüttelte den Kopf. „Du merkst aber schon, wie abgefahren das ist, oder? Du lässt Lux für dich entscheiden und weißt nicht mal, wie die App das macht?"

Ich überging die Bemerkung. „Okay, nehmen wir mal an, du hast Recht …"

„Was ich habe."

„Und Lux weiß, wo ich gerade bin. Wieso ist es dann schlimm, wenn ich Hershey anlüge?"

„Weil Lux mit Program Slicing arbeitet", erklärte North. „Es leitet von kleinen Einzelsituationen Verhaltensmuster ab. Mal angenommen, Lux stuft dich als Person ein, die immer dann lügt, wenn sie ein schlechtes Gewissen hat, wenn sie niemanden vor den Kopf stoßen will oder wenn sie etwas tut, was sie eigentlich nicht tun sollte, zum Beispiel mit einem älteren Typ in dessen Wohnung abhängen." Ein kleines Lächeln huschte über sein Gesicht. „Wenn du jetzt etwas Falsches über deinen Aufenthaltsort erzählst, wird Lux zu dieser Situation alle verfügbaren Daten sammeln – und dazu gehört eben auch dein richtiger Aufenthaltsort – und dich in Zukunft von solchen Situationen fernhalten. Ich jedenfalls möchte nicht, dass das passiert."

Für mich klang das nach einer leicht paranoiden Verschwörungstheorie, aber tatsächlich hatte ich keine Ahnung, wie Lux funktionierte. Jedes Mal, wenn ein Dialogfenster mit einem Hinweis zum Datenschutz oder einem Update der Nutzungsbedingungen erschien, tippte ich einfach auf „akzeptieren".

Ich legte mein Gemini mit dem Display nach unten auf den Tisch und sah North an. „Gucken wir jetzt den Film, oder was?"

„Und, wie fandest du ihn?“, fragte North, als der Abspann lief.

„Er war … interessant“, sagte ich.

„Du fandest ihn also scheiße.“

„Nein! Er hat mir gefallen. Ich … weiß nur noch nicht so recht, was ich davon halten soll, das ist alles. Die Stimme in Rays Kopf sollte der Zweifel sein, oder? Sollen wir also Mitleid mit ihm haben?“

North stieß ein kurzes Lachen aus. „Du sollst bewegt sein. Inspiriert.“

Ich wand mich innerlich. Die Geschichte war wirklich inspirierend, das war das Problem. Die Botschaft löste Unbehagen bei mir aus. Der Held hat eine Stimme im Kopf, die ihm sagt: *Wenn du es baust, kommen sie.* Deshalb errichtet er auf seinem Maisfeld ein Baseballfeld. Kurz darauf tauchen lauter Baseballspieler auf, die in Wirklichkeit schon lange tot sind, um darauf zu spielen. Abgesehen von der Willkür des Ganzen – wieso sollen genau diese Baseballspieler auf der Suche nach einem Spielfeld sein –, fand ich es extrem irritierend, dass der Typ automatisch weiß, was die Stimme meint, und wir ihm das abkaufen sollen. Der Satz ist kryptisch und vage, und trotzdem begreift Ray irgendwie, was *Wenn du es baust, kommen sie* bedeutet: *Bau ein Baseballfeld in deinem Maisfeld.*

Na klar, total logisch.

„Die Geschichte ist einfach … unglaubwürdig“, sagte ich vorsichtig. Ich wollte Norths Lieblingsfilm ja nicht völlig verreißen.

„Wer sagt das?“

Ich schaute ihn an. „Äh, ich? Eine Stimme in seinem Kopf sagt ihm, er soll ein *Baseballfeld* bauen. Auf einem *Maisfeld*."

„Und guck, was dann passiert ist", sagte North. „Er hat seine Farm gerettet. Er hat sich mit seinem Vater versöhnt und den Menschen Freude gebracht. Stell dir vor, wo er gelandet wäre, wenn er nicht auf die Stimme gehört hätte."

Ich wollte gerade erwidern, dass es vielleicht besser war, seine Farm zu verlieren als den Verstand, doch da sah ich, dass North auf die Kuckucksuhr an der Wand schaute. Es war schon Viertel vor neun.

„Ich muss dann mal los", sagte ich schnell, bevor er das Thema anschneiden konnte, und stand auf. „Danke für das Sandwich. Und den Film."

„Das können wir ja irgendwann mal wiederholen", sagte North und begleitete mich zur Tür. „Jetzt, wo ich weiß, dass du eher ein *Rocky*-Mädchen bist. Da kommen keine Geister oder Stimmen aus dem Nichts drin vor. Da geht's nur um Boxen und Eigensinn."

„Perfekt", erwiderte ich und trat ins Treppenhaus. Ich dachte, er würde mich noch nach unten begleiten, aber als ich mich umdrehte, war er schon fast hinter der Tür verschwunden. Ich schluckte die Enttäuschung runter. „Tschüs", sagte ich und winkte leicht, dann drehte ich mich um.

„Hey, Rory?"

„Ja?" Ein Glück, dachte ich und fuhr blitzschnell herum. Wenn wir uns küssen würden, müsste ich vielleicht nicht mehr die ganze Zeit daran denken. Mein Herz hämmerte in der Brust, während ich zu ihm aufschaute wie ein Mädchen, das weiß, wie man es küsst. In Wirklichkeit wusste ich es nicht. Ich hatte nur in der neunten Klasse mal einen Freund gehabt, und seine Lippen hatten sich auf meinen, die ich fest zusammengepresst ließ, angefühlt wie ein Fisch.

„Erzähl Hershey nicht, dass wir den Abend miteinander verbracht haben, ja?"

Es war ein Gefühl, als hätte er mir ein Messer ins Herz gestoßen. So unvergesslich war sie also. Er wusste sogar ihren Namen noch. Ich war mir sicher, dass ich ihn nicht erwähnt hatte.

„Klar", sagte ich tonlos.

„Es ist nichts Persönliches, nur …"

„Kein Problem", sagte ich und rang mir ein Lächeln ab. „Hab schon verstanden." Bevor die Situation noch unangenehmer werden konnte, drehte ich mich um und ging die Treppe hinunter. Ich hörte, wie er die Tür zumachte.

Er ist ein diskreter Mensch, sagte ich mir auf dem Weg zum Campus. „Oder es ist ihm total peinlich, mit mir in Verbindung gebracht zu werden", murmelte ich.

Als ich in den Hof kam, ließ ich den Blick über die Fensterreihen wandern, bis ich unser Fenster ausgemacht hatte. Das Licht war an. Hershey war also noch wach. Mit einem Seufzer holte ich das Gemini heraus, um ins Wohnheim zu kommen. Auf dem Display leuchtete eine neue Nachricht von einem unbekannten Teilnehmer auf.

Ein Mann baute ein viereckiges Haus.
Alle Fenster zeigten nach Süden.
Welche Farbe hatte der Bär?

Kaum hatte ich auf die Nachricht getippt, erschien eine weitere:

Du hast dreißig Sekunden Zeit für die Antwort.

Mein Herz raste. Das kam vom Geheimbund, ganz sicher. Es war Teil der Prüfung. Aber die Frage war unsinnig. Was hatte die Form des Hauses damit zu tun, welche Farbe der Bär hatte, den der Mann sah? Ich wurde panisch. War das eine Fangfrage? Woher sollte ich wissen, welche Farbe der Bär hatte, wenn ich nicht wusste, was für eine Bärenart es war. Und woher sollte ich wissen, welche Art es war, wenn ich nicht wusste, wo …

Auf einmal machte es klick. Alle Fenster zeigten nach Süden, weil das Haus am Nordpol stand. Der Bär war ein Eisbär. Und der war weiß. Schnell tipppte ich die Antwort ein. Wenige Sekunden später kam wieder eine SMS.

Gut gemacht, Zeta.

Jetzt konnte ich wieder atmen. Nummer eins wäre geschafft. Wie viele kamen wohl noch?

Immer noch zittrig vom Adrenalin ging ich in den Gemeinschaftsraum und holte mir einen Tee. Die Sofas waren von einer Gruppe älterer Schüler besetzt, die Scrabble spielten. Also setzte ich mich an einen der langen Arbeitstische. Eine Stunde später saß ich immer noch da, über mein Handy gebeugt. Ich knobelte an den schwierigsten Rätseln, die ich finden konnte, während der Kamillentee neben mir kalt wurde. Wenn ich das nächste Mal vom Geheimbund hörte, war ich jedenfalls besser vorbereitet.

Ich erwachte von dem Tippen eines Fingers auf einem Display und dem Geräusch, das beim Umblättern elektronischer Seiten entsteht. Hershey saß im Schneidersitz auf ihrem Bett und blätterte auf dem Tablet durch die *Vogue.* Als ich gegen Mitternacht endlich in unser Zimmer gekommen war, hatte sie geschlafen. Ich war vor der unvermeidlichen Inquisition bewahrt geblieben. Dafür stand sie mir jetzt bevor.

„Wenn du keine Lust hattest, mit uns essen zu gehen, hättest du das auch gleich sagen können", sagte sie, kaum dass ich die Augen aufgeschlagen hatte.

„Ich bin an der Stadtbücherei vorbeigekommen und da hängen geblieben", sagte ich und rieb mir die Augen. In Wahrheit hatte ich das rote Backsteingebäude im Zentrum noch nie betreten, doch ich hatte gelesen, dass die Stadtbücherei freitags und samstags bis dreiundzwanzig Uhr geöffnet war. Da Hershey mich für eine Streberin hielt, war es aus ihrer Sicht nicht abwegig, dass ich meinen Freitagabend dort verbrachte.

Andererseits hatte Hershey eine feine Beobachtungsgabe, und ich rechnete halb damit, dass sie mir die Geschichte nicht abkaufte. Aber sie seufzte nur. „Ich mach mir Sorgen um dich, Rory. Du lernst zu viel."

Im Vergleich zu dir lernt jeder zu viel, dachte ich. Seit unserer Ankunft hatte Hershey noch keinen Fuß in die Bibliothek gesetzt und ich hatte sie noch kein einziges Mal über ihren

Büchern gesehen. Sie warf ihr Tablet beiseite. „Aber ich versteh dich schon", sagte sie. „Ich hab dich einfach nur vermisst."

Ich spürte, wie ich weich wurde. Warum betrachtete ich sie so kritisch? Es stimmte, sie hatte ihre Fehler, und manchmal hätte ich sie an die Wand klatschen können, weil sie so dummes Zeug plapperte. Aber sie versuchte immer mich einzubeziehen. Sie wollte meine Freundin sein und ich behandelte sie wie den letzten Dreck.

„Wir müssen bald los", sagte sie und schlug ihre Decke zurück. „Sonst kommen wir zu spät zur Anprobe."

Wir gingen auf der Straße in die Stadt. Hershey legte einen schnellen Schritt vor und ich schaute noch mal auf mein Smartphone. Unser Termin war um zehn und es war erst 9.45 Uhr. Wenn wir in diesem Tempo weiterliefen, kamen wir zehn Minuten zu früh.

Der Laden lag am südlichen Ende der Main Street. Das war gut, denn so mussten wir nicht am Paradiso vorbei. Ich wusste immer noch nicht recht, was ich von Norths Erzähl-Hershey-nichts-von-uns-Bemerkung halten sollte. Aber ganz bestimmt wollte ich nicht gleich am nächsten Tag mit ihr im Schlepptau bei ihm im Café auf der Matte stehen. Er würde denken, dass es Absicht war.

„Dein Zielort ist links", verkündete Lux. Wir blieben vor einem Laden mit einer Mattglastür stehen. Durch das Schaufenster sah man reihenweise leuchtend bunte Kleider an der Stange, alle mit Plastikfolie überzogen. Ein Mädchen aus meiner Arbeitsgruppe wurde gerade vermessen, eine andere saß in einem Sessel und wartete.

„Der Termin ist in elf Minuten", meldete die App.

„Super", sagte Hershey. „Dann haben wir noch Zeit für einen Kaffee." Sie marschierte auf das Paradiso zu.

„Lass uns doch mal das River City Beans testen", schlug ich vor und lief schnell hinter ihr her.

„Aber das Paradiso ist direkt vor unserer Nase." Hershey schaute durch das Erkerfenster und grinste. „Und er auch."

Hershey machte die Tür auf und schlenderte hinein. Beim Glockengeläut blickte North auf und schaute mir in die Augen. Dann wandte er den Blick zu Hershey. Kein Lächeln, kein Gruß, nicht die leiseste Spur von Erkennen in seinem Blick. Ich kämpfte gegen die Enttäuschung.

„Hi, Rory", sagte eine weibliche Stimme. Es war das kahl rasierte Mädchen von dem Tag, als ich mit North zum Friedhof gegangen war. Wir hatten uns nicht vorgestellt, also musste North ihr meinen Namen verraten haben.

Ich wandte mich zu ihr, damit North aus meinem Blickfeld verschwand. Wenn er mich ignorieren wollte, konnte ich das auch. „Kann ich einen mittelgroßen Vanille-Cappuccino haben?", fragte ich. „Triple bitte."

„Und für dich?", fragte das Mädchen Hershey.

„Nur einen schwarzen Kaffee. Einen großen."

Ich erwartete, dass Hershey sich jetzt wieder North zuwandte – aus ihrem Kommentar draußen folgerte ich, dass wir seinetwegen hier waren –, aber das tat sie nicht.

„Woher kennst du die?", fragte Hershey stattdessen, als das Mädchen hinter der Theke verschwunden war, um unsere Getränke zuzubereiten.

„Ich bin gestern Abend auf dem Weg zur Bücherei hier vorbeigekommen", sagte ich unbestimmt. Und dann, so beiläufig und desinteressiert wie möglich: „Ist das nicht der Typ, den du so scharf fandst?"

„Nicht scharf", verbesserte Hershey mich. „Leidlich sexy. Und das auch nur, weil ich einen Jetlag hatte und nicht klar denken konnte." Sie schaute über die Schulter zu North. Ich sah undeutlich aus dem Augenwinkel, wie er die Milchbehälter abwusch.

„Sag mal …", sie sprach jetzt lauter, als sollten alle hören, was sie zu verkünden hatte, „hab ich dir schon erzählt, dass ich mit jemandem zusammen bin?"

Das wäre natürlich eine Erklärung für ihre nächtlichen Ausflüge. Ich versuchte ein überraschtes Gesicht zu machen. „Ach, echt?"

Hershey nickte übertrieben. „Es ist eine heikle Angelegenheit, deshalb treffen wir uns heimlich. Aber die Anziehung ist der Wahnsinn." Wieder schaute sie verstohlen zu North. Ganz bestimmt, um zu sehen, ob er zuhörte. Er sah nicht zu uns her, aber ich wusste, dass er es gehört hatte. Wie auch die anderen im Café. Sie sah super aus und erzählte lauthals von ihren Liebesabenteuern. Bei so was spitzen alle die Ohren.

„Ist er in Eden?", fragte ich.

Hershey lächelte geheimnisvoll.

„Der Termin ist in zwei Minuten", sagte Lux, als das kahlköpfige Mädchen unsere Getränke auf die Theke stellte.

Ich nippte an meinem Cappuccino und lächelte. „Mmh. Viel besser als der Matcha, den ich letztes Mal hatte." Das war kindisch und nicht mal eine besondere Spitze, aber ich konnte nicht anders. Hershey nahm ihren Kaffee und schaute wieder zu North.

„Bist du echt mit jemandem zusammen?", fragte ich Hershey, als wir wieder draußen waren.

„Ich fasse den Ausdruck *zusammen sein* ziemlich weit", sagte sie und hakte sich bei mir unter. „Sex an verschiedenen ungewöhnlichen Orten trifft es besser."

Ich war fasziniert und gleichzeitig leicht abgestoßen. Wie ungewöhnlich mochten die Orte sein? Gegen meinen Willen kam mir der Traum von letzter Nacht wieder in den Sinn, den ich die ganze Zeit vergessen wollte. North und ich im Regen auf dem Fußboden des Mausoleums. Auf einmal stieg Zorn in mir auf. Und je mehr ich darüber nachdachte, wie er mich gerade behandelt hatte, desto wütender wurde ich. Wenn wir allein sind, ist er zuckersüß zu mir, und sobald Hershey dabei ist, behandelt er mich wie Luft? Meine Güte, wie *durchsichtig* das war. Und beleidigend. Hershey sollte nichts davon erfahren, dass wir den Abend miteinander verbracht hatten, weil er sich alle Optionen offen halten wollte. Ich ärgerte mich darüber, dass ich versprochen hatte, Hershey nichts zu verraten. Ich hätte sagen sollen: Ich hab eine bessere Idee, du Blödmann, wir treffen uns einfach nie wieder.

In der Boutique unterbrach die Inhaberin die Schimpftirade, die ich North in Gedanken an den Kopf knallte, mit der Frage: „Was möchten Sie anprobieren?"

Ich probierte sechs Kleider an. Fünf Modelle, die Lux für mich ausgewählt hatte, und eins, das Hershey mir empfahl.

Es waren Kleider, die zu einem Star gepasst hätten, nicht zu einem sechzehnjährigen Niemand mit spitzen Knien und schlechter Haltung. Ich konnte mich nicht entscheiden. Hershey nahm das erste Kleid, das sie anprobiert hatte, ein bodenlanges Schlauchkleid mit tiefem Ausschnitt und langem Schlitz an der Seite. Als sie darin aus der Umkleidekabine kam, dachte ich, die Ladeninhaberin kriegt einen Herzinfarkt.

„Hm", sagte ich zum neunhundertsten Mal. Das Kleid, das ich anhatte, war nicht übel. Schwarz, trägerlos und schlicht. Ich wollte gerade *Das nehme ich* sagen, als Hershey sich einmischte.

„Sie nimmt das von Dior", sagte sie und zeigte auf das Ballkleid aus grünem Taft an dem Ständer neben mir. Es war das Kleid, das sie für mich ausgesucht hatte und das ich niemals genommen hätte – leuchtend und ausladend, mit Edelsteinen am Oberteil und mehreren Lagen Stoff unter dem Rock. Aber es passte gut und die Farbe machte mich nicht so käsig, also nickte ich.

Als ich wieder in meine Jeans schlüpfte, summte mein Gemini.

Neue Forum-Nachricht:

@KatePribulsky: tml wg vorhin. erklärs dir später. kannst du heute abend kommen?

Den Namen kannte ich nicht, deshalb vergrößerte ich das Profilbild. Rasierter Kopf, gepiercte Nase. Es war Norths Kollegin. Da sie sich bei mir für nichts zu entschuldigen hatte, musste die Nachricht von ihm kommen.

Zu meinem Ärger flatterte mein Herz bei dem Gedanken. Wie erbärmlich.

Ich haute Heut geht's nicht in die Tasten, dann sperrte ich meine Seite für @KatePribulsky.

11

Nachdem es im Praktikum mal wieder besonders mies gelaufen war, setzte ich mich in Kognitiver Psychologie erleichtert auf meinen Platz. Ich freute mich auf den morgigen Maskenball und fast genauso freute ich mich auf zwei Tage Pause von dem Biest alias Dr. Tarsus.

Ihr Unterricht bedeutete jeden Morgen fünfundfünfzig Minuten lang die reine Hölle. Das lag nicht an den Themen, sondern an ihr. Immer wenn ich mich am Unterricht beteiligen wollte, würgte sie mir eins rein. Meine Beiträge seien „kurzsichtig", „unangebracht" oder „völlig verfehlt". Schwieg ich, putzte sie mich wegen mangelnder Beteiligung herunter. Bei ihr konnte ich nur verlieren.

Ich schloss mein Gemini an und nahm das Tablet heraus, um beides zu synchronisieren. Wir nahmen den Aufbau des Gehirns durch und heute war der Frontallappen dran. Aber der Bildschirm vorn im Raum blieb schwarz.

Rudd machte mit seinem Smartphone die Runde und blieb an jedem Tisch stehen.

Kyle Rudman war geistreich und offen, der Anti-Tarsus und mit Abstand mein Lieblingslehrer.

„Sollten wir schon mit Kapitel drei anfangen?", fragte jemand mit Panik in der Stimme.

„Nein", sagte Rudd und kam zu mir an den Tisch. „Wir beschäftigen uns noch zwei Tage mit Kapitel zwei. Wir unterbrechen unser Thema jetzt nur kurz, um über eure Forschungsprojekte zu sprechen." Er nahm mein Handy. „Hey, Rory. Du hast APS, stimmt's?"

Mein Mund wurde trocken. Ich wusste, dass er mein Forschungsthema meinte. Doch so, wie er es sagte, rührte es an der leisen Angst in meinem Bauch. Seit dem Augenblick in der Arena hatte ich die Stimme nicht mehr gehört, aber ich dachte immer noch daran. Ich zweifelte ernsthaft an meiner Wahl und dachte im Nachhinein, dass ich besser auf Lux gehört hätte. Immer wenn ich mir einen Artikel in einer Fachzeitschrift oder eine Forschungsarbeit zu dem Thema vornahm, stellte sich die nagende Ungewissheit wieder ein. Ich ertappte mich dabei, dass ich wissenschaftliche Untersuchungen infrage stellte und in den Forschungen herumstocherte – die tatsächlich viel weniger schlüssig waren, als mir bisher weisgemacht worden war. Es gab die Theorie, dass das Eliminieren von Synapsenverbindungen im Frontallappen akustische Halluzinationen hervorrufen könnte, jedoch keinen eindeutigen Beweis – eine Tatsache, über die Lehrbücher wie Lehrer großzügig hinweggingen. Manchmal war ich mir sicher, dass an dem Zweifel mehr dran war, als die Wissenschaftler vorgaben. Hatte Lux mich deshalb davon abhalten wollen, APS als

Thema zu wählen? Hatte die App irgendwie gewusst, dass ich so reagieren würde? Das allein war schon beunruhigend. In allen Quellen, die ich finden konnte, hieß es, einige Menschen seien prädisponiert, die Stimme zu hören, und weniger in der Lage, sie auszublenden. Gehörte ich dazu?

„Rory?"

„Ähm, ja", sagte ich. „APS."

Rudd tippte auf sein Smartphone und auf meinem Display erschien ein neues Icon. Es war rot mit den Buchstaben GA in der Mitte und einem kleinen Schloss oben rechts.

„Ihr alle habt ab sofort eingeschränkten Zugang zu den Krankenakten des Gesundheitsamtes", sagte Rudd, während er wieder nach vorn ging. „Der Zugang ist an euer Thema gekoppelt und erlaubt es euch, die Akten der Patienten einzusehen, die an der von euch gewählten Krankheit gelitten haben." Er nahm sein Tablet vom Pult und tippte auf den GA-Button. Die App erschien auf dem Bildschirm an der Wand. „Ich weiß, was einige von euch jetzt denken", sagte er, ohne die Miene zu verziehen, während er sich einloggte. „Ihr hofft, nun ein für alle Mal beweisen zu können, dass euer Intimfeind total durchgeknallt ist. Aber leider habt ihr nur Zugriff auf tote Verrückte und dieser Datensatz ist sowieso anonymisiert. Die persönlichen Daten, die ihr einsehen könnt, beschränken sich also auf Geschlecht, ethnische Herkunft und Geburts- und Sterbedaten." Er machte ein enttäuschtes Gesicht und alle lachten.

Rudd führte uns kurz vor, wie wir anhand von Diagnosen recherchieren und die Ergebnisse filtern konnten. „Es geht hier darum, Detektiv zu spielen. Sucht nach Hinweisen darauf, wie die Krankheit das Wohlbefinden der Betroffenen beeinträchtigt. Sucht nach Mustern und Konstanten bei verschiedenen Patienten und betrachtet den Verlauf von der Diagnose bis zum Tod. Wo sind die Dreh- und Angelpunkte? Wie könnte die Gesundheitspolitik verbessert werden, um den erkrankten Menschen eine bessere Lebensqualität zu ermöglichen?“

Wenn ich sah, wie der Zweifel das Leben von Menschen zerstört hatte, würde das meine Skepsis bestimmt zum Schweigen bringen. Genau das Richtige für mich.

Die anderen drei Mädchen waren schon im Speisesaal, als ich zum Essen kam. Izzy stand mit dem Blick aufs Handy an der Salatbar. „Lux empfiehlt mir bloß Gurken“, sagte sie, als ich zu ihr trat. „Ob das heißt, dass ich davon unendlich viele essen darf?“ Sie sah mich fragend an. Mithilfe der App hatte sie für den Ball schon ordentlich abgenommen. Sie war nur noch ein halbes Kilo von ihrem Traumgewicht entfernt.

„Bestimmt“, sagte ich.

„Super“, erwiderte sie und kippte den kompletten Inhalt des Gurkenbehälters auf ihren Teller.

Ich schnappte mir ein Tablett und ging an der Theke entlang. Ich scrollte durch die Zutaten des chinesischen Hühnchensalats, als ich merkte, dass jemand neben mir stand.

„Kommst du morgen zum Spiel?“, fragte Liam.

„Ähm …“ Ich nahm an, dass er von Wasserball sprach. Es wäre mir nie eingefallen, zu einem Spiel zu gehen. Die Sportereignisse, die ich je besucht hatte, konnte ich an einer Hand abzählen.

Liam lachte über meinen Gesichtsausdruck. „Das heißt dann wohl Nein."

„Ich hab's nicht so mit Sport", sagte ich entschuldigend.

„Da du meine erste Frage mit Nein beantwortet hast, musst du bei der zweiten Ja sagen."

„Oh, oh!", sagte ich mit gespieltem Misstrauen.

„Geh mit mir zum Ball."

Ich hörte nur *Ball* und dachte im ersten Moment, er spräche immer noch von Wasserball.

„Meinst du den Maskenball?"

„Gibt es noch einen anderen, von dem ich nichts weiß?", neckte er mich.

Ein paar Sekunden stand ich einfach nur da, zu verblüfft, um etwas zu antworten. Liam wollte *mich* als Begleitung für den Ball? Ich hatte keine schlechte Meinung von mir selbst, aber Jungs wie Liam standen normalerweise nicht auf Mädchen wie mich. Allerdings waren meine Erfahrungen mit Jungs wie Liam ziemlich beschränkt. Ich schaute an ihm vorbei und sah Hershey an der Suppenausgabe. Sie beobachtete uns.

„Klar", sagte ich schließlich. „Ich gehe gern mit dir hin."

Liam strahlte.

„Super! Dann bis morgen."

Kaum war er weg, kam Hershey zu mir. „Was war das denn?", fragte sie, stellte ihr Tablett neben meinem ab und nahm eine Metallzange.

„Liam hat mich gefragt, ob ich mit ihm zum Ball gehe“, sagte ich, immer noch verdattert.

„Na, so was.“ Sie stieß mich mit der Hüfte an. „Willst du was von ihm?“

„Nein! Ich meine, er hat mich ja grad erst gefragt. So schnell komme ich mit dem Denken nicht hinterher.“

„Dann gib mal Gas“, drängelte Hershey. „Entweder kannst du dir vorstellen, was mit ihm anzufangen, oder nicht.“

Wie konnte ich etwas von Liam wollen, wenn ich die ganze Zeit nur an North dachte?

„Ich glaub schon“, sagte ich. „Vielleicht.“

„Also magst du ihn.“

„Ich finde ihn nett“, stellte ich klar.

„Du solltest Kalkül nicht mit Freundlichkeit verwechseln, Rory“, sagte sie und ließ die Zange vor meinem Gesicht schnappen wie eine Krokodilschnauze. Dann lachte sie und schob ihr Tablett weiter.

Die Große Rotunde war die ganze Woche gesperrt gewesen. Als ich Samstag durch die Tore ging, wusste ich auch, weshalb. Die schmucklosen Marmorflächen des Raums waren hinter aufwendigen Kulissen versteckt, die so aussahen, als wüchsen sie aus den Wänden.

„Ich komm nicht darüber hinweg, wie unglaublich du aussiehst“, sagte Liam und hielt mir die Tür auf. Seine Stimme hallte in der Löwenmaske wider.

„Das liegt an dem Kleid“, sagte ich. Und daran, dass man mein Gesicht nicht sieht, hätte ich am liebsten hinzugefügt.

Die Masken waren uns Donnerstagnachmittag in viele Schichten Seidenpapier gewickelt aufs Zimmer gebracht worden. Als ich Hersheys und meine Maske sah, wusste ich, dass ich richtiggelegen hatte. Genau solche Masken hatte ich auch in jener Nacht in der Arena gesehen. Doch von Nahem waren sie noch viel spektakulärer. Ich hatte einen Pfau bekommen, der einen glänzenden gelben Schnabel hatte. Über und unter den Augenhöhlen, die sich anfühlten wie aus Leder, waren dünne weiße Streifen aufgeklebt. Der fächerartige Schopf aus schillernden blaugrünen Federn war als separates Teil mit Draht an einem juwelenbesetzten Haarkamm befestigt. Die Maske passte perfekt zu meinem smaragdgrünen Kleid.

Hersheys Jaguarmaske war weniger auffällig, aber genauso schön. Das schwarze Fell sah aus, als wäre es nass, und es fühlte sich an, als stammte es von einer echten Raubkatze. Es war unglaublich, dass die Masken fast dreihundert Jahre alt waren. Abgesehen von einer verknickten Feder an meinem Pfauenkopf und von wenigen matten Stellen an Hersheys Jaguarfell waren sie wie neu.

„Nein, es liegt an dem Mädchen in dem Kleid", sagte Liam.

Ich war verblüfft, wie echt die Löwenmaske im Licht aussah, von der dichten, karamellfarbenen Mähne bis zu der pelzigen dreieckigen Nase und dem nach unten gezogenen schwarzen Maul.

„Noch schöner wärst du nur, wenn die Maske dein hübsches Gesicht nicht verbergen würde." Liam drückte meine Hand.

Das war eine kitschige Bemerkung, aber er schien es ernst zu meinen, also strahlte ich einfach. Sah ja sowieso keiner.

Er spürte, dass ich nicht seiner Meinung war. „Das hab ich nicht gut ausgedrückt", sagte er schnell. „Ich wollte nur sagen, wir beide wären ein super Team." Er strich leicht über meine Hüfte. „Das heißt, wenn du mich erträgst."

Durch das bemalte Gitter des Löwenmauls sah ich ihn unsicher an der Unterlippe nagen. Ich begriff, dass sein Selbstvertrauen nur aufgesetzt war, genau wie die Pennyloafers und der aufgestellte Kragen. Ein Teil der Persönlichkeit, die er sich hart erarbeitet hatte. Hinter der Maske verbarg sich ein kleiner Junge aus einer ärmlichen Gegend, der die abgelegten Klamotten anderer Kinder hatte auftragen müssen. Mein Herz wurde weich.

„Hmmm", neckte ich ihn. „Muss ich dann auch Sportveranstaltungen besuchen? Es könnte sein, dass ich das nicht verkrafte."

„Ich glaub, da können wir uns arrangieren", sagte er und lachte.

„Ich hab eine Idee", sagte ich. „Ich gucke zu, wie du im Wasser rumspringst, wenn du mir alles über den Geheimbund verrätst, was du weißt."

„Das geht nicht", sagte er leise. „Erst wenn du aufgenommen wirst."

„Oh, jetzt heißt es schon *wenn* und nicht mehr *falls*. Bin ich schon so weit aufgestiegen?"

Liam beugte sich vor und unsere Masken berührten sich. Sein Mund lag nah an dem Netz vor meinem Ohr. „Du bist eine Hepta", sagte er. Seine Hände lagen schwer auf meinen Hüften. „Es liegt ganz bei dir."

„Mach mir keinen Druck“, witzelte ich. Aber ich hatte das Gesicht abgewandt, sodass er es nicht hörte.

„Komm mit.“ Er ließ meine Hüften los und nahm meine Hand.

„Wohin gehen wir?“, fragte ich, als er mich durch die Menge führte. In der Rotunde waren jetzt viel mehr Ehemalige als aktuelle Schüler. Man konnte sie leicht unterscheiden, denn die Ehemaligen trugen viel kleinere, neuere Masken, die nur ihre Augen bedeckten, ein Partygeschenk, das sie am Eingang bekommen hatten. Der Typ mit der Bärenmaske redete mit einer Gruppe frischer Abgänger. Hershey war nirgends zu sehen.

„Hey! Stone! Beweg deinen Arsch hier rüber!“ Liams Mannschaftskollegen vom Wasserball winkten ihn zu sich. Er machte eine abwehrende Handbewegung und ging zur Treppe, die zu den Balkonen der Rotunde führte. Doch anstatt hinaufzugehen, zog er mich unter den Treppenaufgang. Dort stand eine alte Telefonzelle mit Ziehharmonikatür. Liam schob sie auf, drehte sich zu mir um und nahm mir mit einem Handgriff die Maske von den Schultern, bevor er die eigene absetzte.

„Was machst du da?“, fragte ich.

„Das“, sagte er und zog mich in die Nische. Ich stolperte mit meinen Absätzen, aber Liam fing mich auf und drückte sanft seine Lippen auf meine. Die Ziehharmonikatür sprang zu, sodass ich noch enger an ihn gedrängt wurde.

Ich achtete nicht auf das Ziehen in meiner Brust, als er mich küsste. In diesem Moment wollte ich nicht an North denken. Ich wollte ihn nicht in seinem tomatenbefleckten T-Shirt vor mir sehen, wie er zwischen lauter antiker Technologie und verknickten Taschenbüchern auf seinem abgewetzten Sofa saß, mit seinem Irokesen und den Tattoos – einfach nur hinreißend. Liam war nett und schlau. Und ihm war es nicht peinlich, sich mit mir zu zeigen. Das waren unschlagbare Vorzüge.

Ich legte die Hände auf seine Brust und erwiderte den Kuss. Doch als er mit der Zunge über meine Lippen fuhr, riss ich mich los. „Lass uns wieder zur Party gehen", sagte ich und tastete nach der Tür in meinem Rücken.

Er wollte protestieren, aber da hatte ich die Tür schon aufgemacht. „Bis gleich in der Rotunde", sagte ich und wich seinem Blick aus. „Ich flitze nur schnell zum Klo." Er wollte meine Hand fassen, aber ich war schon halb zur Tür hinaus.

„Rory."

Frag mich bitte nicht, warum, dachte ich. Ich will dich nicht anlügen und die Wahrheit kann ich dir nicht sagen. Ich kann dir nicht sagen, dass ich mir bei unserem Kuss gewünscht habe, du wärst ein anderer.

„Ja?"

„Deine Maske", sagte er und reichte sie mir. Er stand immer noch in der Telefonzelle und musste sie offen halten, damit sie nicht zwischen uns zusprang.

„Danke", sagte ich fröhlich. „Bis gleich."

Ich hatte keine Ahnung, wo die Damentoilette war, aber ich ging zielstrebig zurück in den Hauptraum, als wüsste ich es. Als ich sie nicht gleich fand, lief ich schnell zur Treppe auf der anderen Seite der Rotunde und ging zum Balkon hinauf. Was tat ich da? Wollte ich mich verstecken?

Auf der Treppe stand ein muskelbepackter Mann in

Schwarz, der aussah wie ein Wachmann. Ich zögerte in der Erwartung, dass er mich möglicherweise aufhalten würde. Aber er musterte mich nur und ließ mich durch. Auf dem Treppenabsatz umfasste ich das Geländer. Der Goldüberzug fühlte sich kühl an. Unten erspähte ich Liam und wich instinktiv zurück in den Schatten.

„Sie kommen nie auf die Idee, nach oben zu schauen", sagte plötzlich jemand hinter mir. Griffin Payne – *der* Griffin Payne, Firmenchef von Gnosis – stand an eine Marmorsäule gelehnt da und hielt ein glänzendes Gemini Gold in der Hand. Seine Maske mit schwarzen Federn und spitzem Schnabel hatte er aus dem Gesicht geschoben. Er lächelte freundlich. „Ich komme jedes Jahr hier hoch und wundere mich immer wieder – nicht ein einziger Blick."

„Sie haben sie konditioniert, nach unten zu schauen", sagte ich mit Blick auf das Gemini Gold in seiner Hand. Meine Maske hüpfte ein wenig und stieß gegen mein Schlüsselbein.

Er lachte. „Da ist wohl was dran." Er kam auf mich zu und streckte mir die Hand entgegen. „Ich bin übrigens Griffin." Als ob das nicht jeder im Land wüsste.

„Rory", sagte ich und wischte mir die Hand schnell am Kleid ab, bevor ich sie ihm reichte. Hoffentlich hinterließ der Schweiß keine Flecken.

Als wir einander die Hände schüttelten, fiel mir sein Ring auf. Er war klobig wie ein Absolventenring, aber statt eines Edelsteins prangten vier arabische, vielleicht auch hebräische Symbole darauf. Der griechische Buchstabe auf meinem Anhänger fiel mir ein, aber diese hier sahen anders aus.

„Hier oben kann man Gott spielen“, sagte Griffin und trat ans Geländer. „Und im Stillen alle da unten beurteilen. Schau dir zum Beispiel den Jungen da an.“ Er zeigte auf einen von Liams Freunden, dessen wilde Zottelhaare durch das Atemloch seiner Killerwalmaske ragten. „Der wird später mal bereuen, dass er so rumgelaufen ist. Jetzt findet er es cool, aber eines Tages wird er sich das Foto von seiner Jahrgangsstufe angucken und sich fragen, warum er bloß so aussah.“

Ich kicherte.

„Vermute ich jedenfalls“, sagte Griffin. „Ich spreche da aus eigener Erfahrung. Wenn du dich mal richtig schlapplachen willst, geh in die dritte Etage der Adams Hall. Fünftes Foto von oben. Ich bin der Typ in der Mitte mit dem Afrolook. Schön sieht das nicht aus.“

Wieder kicherte ich. Im Fernsehen wirkte Griffin so … ernsthaft. Aber wenn man ihn persönlich traf, war er witzig und entspannt.

„In welchem Jahr haben Sie Ihren Ab …?“ In diesem Moment hörte ich Schritte.

„Da bist du ja“, sagte jemand mit dröhnender Stimme.

Griffin und ich drehten uns um. Das Gesicht des Mannes war hinter der Maske eines Weißkopfseeadlers versteckt, doch seine Stimme war unverkennbar. Es war Mr Atwater.

„Versteckst du dich mal wieder?“, fragte Atwater, als er auf uns zukam. Seine Stimme hallte leicht in der Maske.

„Nicht gut genug, wie es aussieht“, erwiderte Griffin.

Mr Atwater lachte in sich hinein und wandte sich zu mir. Die Augen seiner Maske waren konzentrische Kreise, leuchtend schwarz in weiß. Auch wenn ich wusste, dass sie von seiner Seite aus durchsichtig waren, konnte ich nichts von dem Mann dahinter erkennen.

„Du siehst toll aus, Rory. Aber ich möchte dich bitten, deine Zeit *auf* der Party zu verbringen, nicht darüber." Sein Ton war locker, trotzdem fühlte ich mich angegriffen.

„Ja, natürlich", sagte ich sofort. „Ich wollte sowieso gerade wieder runtergehen." Ich wandte mich noch einmal zu Griffin. „Es war sehr nett, Sie kennenzulernen, Mr Payne." Er hatte sich zwar als Griffin vorgestellt, aber es kam mir komisch vor, ihn vor dem Schulleiter so zu nennen.

Griffin lächelte freundlich. „Ganz meinerseits."

Ich winkte beiden etwas unbeholfen zu, dann ging ich zur Treppe und hob mein Kleid an, um nicht darüberzustolpern.

„Rory!", rief Griffin mir nach. Ich drehte mich um. „Denk an uns, wenn die Praktika anstehen", sagte er. „Ich warte auf deine Bewerbung."

Ich nickte heftig. „Mach ich!", rief ich zurück. „Vielen Dank!"

Strahlend ging ich die Treppe hinunter. Ein Praktikum bei Gnosis bedeutete sehr gute Chancen auf einen *Job* bei Gnosis.

Auf der letzten Stufe blieb ich stehen und schaute mich im Saal um. Liam stand mit seinen Freunden zusammen und schien nicht nach mir zu suchen. Hershey sah ich nirgends, auch nicht den Mann mit der Bärenmaske. Ich hielt mein Smartphone an die Lippen. „Soll ich etwas mit Liam Stone anfangen?", fragte ich Lux.

„Ihr wärt ein gutes Paar", kam als Antwort.

Ich führte das Smartphone wieder an die Lippen und wollte nach North fragen. Doch da wurde mir bewusst, dass das gar nicht ging. North benutzte Lux nicht, also hatte er auch kein Profil, das die App hätte analysieren können. Wenn ich wissen wollte, ob wir zusammenpassten, musste ich das schon selbst herausfinden.

Hinter mir kamen Griffin und Atwater die Treppe herunter. Der Sicherheitsmann in Schwarz war dicht an Griffins Seite. Ich machte ihnen Platz und holte mein Gemini heraus. Letztes Jahr hatte Griffin an der Spitze der *Forbes*-Liste „40 unter 40" gestanden, er musste also noch in den Dreißigern sein. Es bestand die kleine Chance, dass er im Jahrgang meiner Mutter gewesen war. In Panopticon fand ich die Antwort:

> Mit sechzehn Jahren wurde Payne an der Eden Academy angenommen, einer exklusiven Schule in den Berkshire Mountains im westlichen Massachusetts. 2013 machte er dort seinen Abschluss und fing im Sommer desselben Jahres als Praktikant in der Forschungs- und Entwicklungsabteilung von Gnosis an. Nach seinem Examen am Harvard College 2017 kehrte er als Creative Director zu Gnosis zurück.

2013. Er war also tatsächlich im Jahrgang meiner Mutter gewesen.

Ich verließ die Rotunde durch die Seitentür und ging direkt zur Adams Hall. Zu meiner Verwunderung war der Eingang nicht abgeschlossen. Abgesehen von dem schwachen grünen Schein der Notbeleuchtung war es stockfinster.

Ich schaltete das Licht an meinem Handy an und ging die Treppe in den dritten Stock hoch. Dort hingen die Fotos der einzelnen Jahrgänge an den Wänden. Die offiziellen Fotos, Schwarz-Weiß-Aufnahmen mit der Jahresplakette. Vor dem ersten Foto blieb ich stehen. Das Bild war grobkörnig und die Schüler waren konservativer gekleidet als wir, doch ansonsten sah es so aus, wie auch mein Foto aussehen könnte: strahlende junge Leute in feinen Kleidern, die sich auf einer Treppe vor der großen Rotunde aufgestellt hatten. *Jahrgang 1954*, stand auf der Plakette am unteren Bildrand. Ich ging an den Fotos entlang und betrachtete die Rahmen. Die Jahreszahlen sprangen hoch und runter. Es gab keine chronologische Ordnung.

Griffins Jahrgang befand sich genau dort, wo er gesagt hatte, in der fünften Reihe von oben. Breit lächelnd stand er in der Mitte und seine Haare sahen aus, als hätte er die Finger in eine alte Steckdose gesteckt. Ich leuchtete nach unten und suchte nach der Plakette mit der Jahreszahl:

Jahrgang 2013.

Hektisch schwenkte ich das Licht von einer Ecke zur anderen und suchte meine Mutter, zu ungeduldig, um die Reihen systematisch durchzugehen. Alle Schüler trugen kurze Ärmel, das Foto konnte also sowohl im frühen Herbst als auch im späten Frühjahr aufgenommen worden sein. Im zweiten Fall war meine Mutter vielleicht schon nicht mehr dabei.

Es war mein eigenes Gesicht, das mir ins Auge sprang. Genau neben Griffin in der Bildmitte, wo ich als Allerletztes hinguckte. Natürlich war es nicht mein Gesicht, sondern ihres, aber ein Fremder hätte sicher keinen Unterschied bemerkt.

Die Augen, die Wangenknochen, die Form der Nase. Sogar die Gesichtszüge waren identisch. Dafür war sie etwas größer und schlanker. Außerdem hatte sie goldbraunes Haar und einen olivfarbenen Teint, ich kastanienbraune Haare und helle Haut, aber das verriet das Schwarz-Weiß-Foto nicht.

Ich sah mein Gesicht in dem Glas gespiegelt – geschminkt mit Hersheys Make-up – und es ähnelte mir weniger als das Gesicht des Mädchens auf der alten Fotografie. Ich ging näher heran und berührte das Glas. Es war mir egal, ob ich Fingerabdrücke hinterließ. Ich wollte einfach nur dem Mädchen auf der anderen Seite nahe sein.

Eine Weile stand ich da und versuchte den Augenblick zu erspüren, in dem das Foto aufgenommen worden war. Wie hatte sich meine Mutter gefühlt? Sie stand mit ihren Klassenkameraden da und lächelte zuversichtlich. Nicht die Spur von Unsicherheit lag in ihrem Blick, kein Hinweis auf das, was kommen würde. Falls sie in Eden zu kämpfen hatte, war davon auf dem Bild nichts zu sehen.

Mein Gemini leuchtete im Dunkeln auf.

@LiamStone: Wo steckst du?

Ich seufzte. Ich konnte mich nicht für immer in diesem dunklen Flur verstecken. Ich machte mit dem Gemini ein paar Aufnahmen von dem Jahrgangsfoto, doch das Blitzlicht hinterließ einen grellen Fleck. Ohne Blitz konnte ich das Foto überhaupt nicht sehen. Die einzige Möglichkeit war, das Handy schräg zu halten und meine Mutter heranzuzoomen.

Schließlich erhielt ich eine Nahaufnahme von ihr allein. Das blaue Forum-Icon poppte auf: Foto deiner Chronik hinzufügen?

Ich ließ den Finger über dem Display schweben. Normalerweise postete ich alles auf Forum. Aber dieses Foto ließ sich nicht mit einer kernigen Bildunterschrift versehen. Ich tippte Nein und das Dialogfenster verschwand.

Dann rief ich Beck an. Bis auf meinen Vater war er der Einzige, der verstehen konnte, was dieses Foto für mich bedeutete, ohne dass ich irgendetwas erklären musste.

„Hey", sagte er nach dem zweiten Klingeln. „Müsstest du jetzt nicht auf dem schicken Ball sein?"

„Bin ich ja", antwortete ich. „Aber ich hab gerade ein Foto von meiner Mutter entdeckt, und ich …"

„Schick's mir rüber", sagte er.

Ich hörte ein *Pling!* durchs Telefon, als meine Nachricht auf seinem Handy erschien. Ich schaute auf das Foto.

„Wow", sagte er. „Sie sieht genauso aus wie du."

„Ich weiß."

„Schickst du es deinem Vater?"

„Noch nicht", sagte ich. In Wirklichkeit wusste ich nicht, ob ich es überhaupt tun würde. Es fiel ihm so schwer, Fotos von ihr anzuschauen. „Ich glaub, ich muss jetzt mal zurück zur Party."

„Freut mich, dass du das Foto gefunden hast", sagte Beck.

„Mich auch."

Langsam ging ich zurück zur Rotunde, diesmal über den Rasen. Bei jedem Schritt sank ich mit den hohen Absätzen im Boden ein. Ich dachte über das Mädchen auf dem Foto nach.

Sie war mir ein Rätsel. Sie war über denselben Rasen gegangen wie ich jetzt, und doch war es, als hätte sie in einem anderen Universum gelebt. Würde sie je mehr sein als ein Gesicht, das aussah wie meins?

Kaum dass ich die Rotunde betrat, winkte Liam mir zu. Er stand mit einer Gruppe Lehrer zusammen, die Reptilienmasken trugen. Ich hielt nach der Schlangenmaske Ausschau, fand sie aber nirgends.

Ich tat so, als sähe ich Liam nicht, und suchte stattdessen Griffin. Er war leicht zu entdecken: Inmitten einer Gruppe in die Jahre gekommener Ehemaliger auf der anderen Seite des Saals gestikulierte er wild mit den Händen. Ich las das Wort *Imperium* von seinen Lippen.

„Hi", sagte Liam und kam zu mir. „Wo warst du?"

„Ich hab Hershey gesucht", behauptete ich. „Hast du sie gesehen?"

„Schon länger nicht", sagte Liam. „Tanzen wir?"

Er streckte die Hand aus und ich beschloss, sie zu nehmen. Ich wollte mit ihm tanzen, mich amüsieren. Aber dann schaute ich auf seine Hand. Wie anders sie war als die Hand, die mich letzte Woche aufgefangen hatte, als ich auf dem Gehweg gestolpert war. Norths Hand war rissig und schmutzig vom Kaffee, die Nägel bis aufs Fleisch heruntergekaut. Und als er mich am Arm gefasst hatte, war mir seine Berührung durch Mark und Bein gegangen.

„Ich muss gehen", sagte ich unvermittelt.

„Wohin?", fragte Liam und sah mich verwirrt an.

„Ich muss einfach gehen."

Liam sagte noch irgendwas, aber das hörte ich nicht. Ich war schon an der Tür. Ich müsste es North übel nehmen, wie er mich vor Hershey behandelte hatte, und das tat ich auch. Ich war so wütend, dass ich ihn hätte ohrfeigen können. Trotzdem musste ich ihn unbedingt sehen.

Ich ging kurz in unser Zimmer, um die Maske abzulegen und eine Jacke zu holen. Einen Moment machte ich mir Sorgen, Hershey könnte da sein, womöglich betrunken über der Kloschüssel. Aber im Zimmer war niemand. Mein Selbstvertrauen schwächelte, deshalb durchwühlte ich Hersheys Schubladen auf der Suche nach den Flachmännern aus dem Flieger. Aber die hatte sie entweder ausgetrunken oder gut versteckt. Ich fand nur ein halb leeres Fläschchen Kaffeelikör. Ich kippte den Rest runter, gurgelte mit Mundwasser und ging.

Es war spät, kalt und dunkel. Und ich verpasste das wichtigste Ereignis des Winterhalbjahrs. Aber das war mir egal. Ich wollte North sehen. Und jetzt, da ich den Wunsch zuließ, wollte ich es umso mehr. Ich spürte es auf der Haut, im Hals, unter den Rippen. Auf dem Weg zum Paradiso überlegte ich, was ich sagen würde. Ich würde ihm ganz lässig erklären, ich hielte es keinen weiteren Tag ohne *Rocky* aus. Dann würde er sich für sein Verhalten am letzten Wochenende entschuldigen und versprechen, dass es nie wieder vorkam. Die ganze Begegnung spielte sich in meinem Kopf so glatt ab, dass ich völlig überrascht war, als ich zum Erkerfenster hineinschaute und ihn nicht sah.

Ohne nachzudenken, ging ich um das Café herum, durch die Eisentür – diesmal war sie nicht verriegelt – und die Treppe hinauf in Norths Etage. Ohne zu zögern, klopfte ich an die Wohnungstür. Ich konnte es gar nicht erwarten, dass sie aufging.

Und dann ging sie auf.

Die ganze Aufregung in meinen Bauch und in meiner Brust zerplatzte, als ich North ins Gesicht schaute.

„Was machst du denn hier?“, fragte er leise und trat in den Spalt zwischen Tür und Rahmen.

„Ich, äh …“ Beschämt senkte ich den Blick. Da lag ein Päckchen in braunem Papier, adressiert an Norvin Pascal. Auch North sah es. Er bückte sich und hob es auf. Ich schaute dorthin, wo er gestanden hatte, und mein Blick wurde von etwas Rotem angezogen, das ich in seinem Wohnzimmer hatte aufblitzen sehen.

Hersheys Kleid hing über der Sofalehne.

North richtete sich auf und versperrte mir wieder die Sicht. „Es ist besser, wenn du gehst“, sagte er ruhig.

Ich nickte dumpf. Warum liegt Hersheys Kleid auf deinem Sofa?, schrie es in mir. Aber mein Gehirn wusste es schon. Es hatte die Teilchen schon zusammengesetzt. Deshalb also sollte ich niemandem erzählen, dass wir den Abend miteinander verbracht hatten. Deshalb wollte Hershey an jenem Morgen unbedingt ins Paradiso, und deshalb hatte North sich dort so seltsam benommen. Er war der Typ, mit dem Hershey etwas hatte. Ihre geheimnisvolle Affäre.

„Ich kann es dir erklären“, sagte er, noch leiser jetzt.

„Nicht nötig“, presste ich hervor. Die Wut stieg mir in den Hals. „Schon verstanden.“

Am liebsten hätte ich mich auf dem Absatz umgedreht und wäre davonstolziert, aber Treppen und Stilettos waren eine gefährliche Kombination. Also drehte ich mich nur um und ging vorsichtig hinunter. Ich betete, dass er mein Zittern nicht bemerkte. Eine Sekunde später fiel die Tür ins Schloss.

12

Ich nahm einen großen Schluck von dem Kaffee, den ich in die Bibliothek geschmuggelt hatte und der jetzt lauwarm war. Im großen Lesesaal waren Getränke erlaubt, aber heute wollte ich allein sein. Ich saß an einem Tisch zwischen den Regalen, aß Müsli aus einer Plastiktüte, trank den dünnen Kaffee aus der Mensa und kämpfte gegen die Tränen.

Wieder versuchte ich mich auf den Bildschirm zu konzentrieren. Meine Augen brannten vor Müdigkeit. Nachdem ich gestern Abend in mein Zimmer gerannt war, so gut ich mit den hohen Schuhen eben rennen konnte, war ich schnell eingeschlafen. Aber als Hershey sich kurz nach Mitternacht hereinschlich, war ich wieder aufgewacht, und um kurz vor eins, als alle anderen nach und nach im Wohnheim eintrudelten, lag ich immer noch wach. Danach war an Schlaf nicht mehr zu denken. Ich starrte an die Decke und die Stunden krochen dahin, bis ich um sechs schließlich aufstand und in die Bibliothek ging.

Abgesehen von einem kurzen Ausflug in die Mensa, die um

acht öffnete, saß ich schon den ganzen Tag auf diesem Stuhl. Ich versuchte mit meiner Arbeit für kognitive Psychologie voranzukommen, doch die meiste Zeit dachte ich an North. Ich kam mir so bescheuert vor. Wir hatten uns zweimal getroffen, beide Male allein, und beide Male hatte er nicht den leisesten Annäherungsversuch unternommen. Ich hatte gar kein Recht, sauer auf ihn zu sein. Deutlicher hätte er mir gar nicht zeigen können, dass er nichts von mir wollte.

Pling! Ein Dialogfenster erschien auf dem Bildschirm. Wegen Inaktivität werden Sie in 60 Sekunden ausgeloggt.

Seufzend tippte ich auf den Bildschirm. Wie lange starrte ich jetzt schon auf dieselben Daten? Ich klickte mich durch die Krankenakten von Patienten mit Akratischer Parakusis und suchte nach subtilen Verbindungen zwischen ihnen. Die Verbindungen, die ich fand, waren jedoch alles andere als subtil. Es war immer wieder die gleiche Geschichte. Eine ursprünglich gesunde Person wird plötzlich von einer Stimme im Kopf verfolgt. Mehr und mehr gehorcht sie den Befehlen der Stimme. Das Verhalten der Betroffenen wird immer irrationaler und aufopferungsvoller. Sie kündigen ihren Job, verschenken ihr gesamtes Vermögen oder laden ehemalige Gefangene zum Abendessen ein. Die Familie reagiert besorgt und schaltet sich ein. Die Betroffenen verweigern eine medizinische Behandlung. Ihr Leben gerät aus den Fugen.

An dieser Stelle gab es zwei Möglichkeiten. Entweder wurden sie von einem besorgten Familienmitglied zu einer Behandlung gezwungen oder sie verschwanden einfach von der Bildfläche. Es war nicht klar, was mit der zweiten Gruppe passierte, jedenfalls fanden sich über sie keine Einträge mehr in den Akten. Keine jährlichen Untersuchungen, keine Checkups, keine Routineimpfungen. Ohne die vorgeschriebene medizinische Kontrolle konnte man jedoch keiner Beschäftigung nachgehen, also führten diese Menschen anscheinend kein normales, produktives Leben mehr. Unweigerlich fielen mir die Fotos ein, die Beck in der Zeltstadt gemacht hatte, Aufnahmen von Männern mit wildem und Frauen mit leerem Blick. Hatten sie den Zweifel gehört? Hatte er sie um den Verstand gebracht?

Mein Handy summte.

@HersheyCements: Wo bist du? HAHU! Treffen in der Mensa?

Ohne nachzudenken, schoss ich eine Antwort zurück: schon gegessen. lerne.

Ich war nicht sauer auf Hershey. Dazu hatte ich auch gar kein Recht. Sie wusste nicht, dass ich einen Abend bei North verbracht hatte. Aber ich konnte auch nicht einfach so tun, als ob nichts wäre. Also ging ich ihr vorerst aus dem Weg.

@NathanKrinsky: Komm zum Café. Bitte. Muss dir was zeigen.

Das Profilbild zeigte einen weiteren Mitarbeiter von North, einen Jungen, den ich mal beim Saubermachen gesehen hatte.

Ich spürte ein Flattern in der Brust und verabscheute mich

sofort dafür. Nein, ich kam ganz bestimmt nicht zum Café. Heute nicht und überhaupt nie. Ich wollte eine Antwort schreiben, besann mich aber eines Besseren. Ich sperrte @Nathan-Krinsky und steckte das Handy in die Schultasche.

Mein Gehirn hatte leider keine Sperrfunktion. Immer wieder spielte es diese grausamen, peinlichen Momente ab: Norths Blick, als er mich sah, und – noch schlimmer – Hersheys Kleid auf dem Sofa, als er sich nach dem Päckchen bückte. Jetzt, wo ich darüber nachdachte, schien er wegen des Päckchens besorgter gewesen zu sein als wegen der offenen Tür. Jedenfalls für einen kurzen Moment. Aber warum?

Ich versuchte mich an das braune Päckchen zu erinnern. Adressiert an Norvin Pascal mit Norths Adresse. Hieß er so?

Ich gab den Namen Norvin Pascal auf Forum ein. Es gab nur einen Treffer. Als ich das Foto sah, blieb mir die Luft weg. Auch ohne es zu vergrößern, erkannte ich North sofort.

Fassungslos scrollte ich durch das Profil. Das ganze Gerede von dem *unsichtbaren Käfig* – Schwachsinn. Er war die ganze Zeit online. Und seine Statusmeldungen waren übel.

@NorvinPascal: Wenn die Leute sagen, dass ihre Haare gut liegen, frag ich mich immer: Können die auch schlecht liegen?? #rockdenirokesen #begnadet

Ich hätte fast auf den Bildschirm gekotzt.

Mit einem weiteren nervigen *Pling!* erschien wieder das Dialogfenster des Gesundheitsamts, versperrte mir die Sicht auf Norths Seite und riss mich aus der Starre. Ich musste mit meiner Arbeit weitermachen. *Das* war wichtig, nicht dieser Mist hier.

Ich tippte auf den Bildschirm, damit ich eingeloggt blieb, und scrollte wieder die Liste durch, um mich daran zu erinnern, was ich mir anschaute. Ich hatte mir überlegt, als Erstes mögliche Umwelteinflüsse zu untersuchen. Deshalb konzentrierte ich mich auf Frauen im pazifischen Nordwesten. Danach ordnete ich sie nach ihrem Alter. Als ich auf die „18-24"-Taste tippen wollte, kam ich aus Versehen an die Registrierkarte „nach Datum ordnen". Automatisch wurden die Patienten nach dem Sterbedatum sortiert, die ältesten Akten wanderten nach oben. Ich scrollte runter, überflog Statistiken, überlegte, ob ich einen der älteren Fälle öffnen oder mich lieber den neueren zuwenden sollte, als mir eine Akte ins Auge stach.

Geburtsdatum: 13. April 1995
Geschlecht: weiblich
Sterbedatum: 21. März 2014

Erst fiel mir das Geburtsdatum auf. Der Geburtstag meiner Mutter. Mein Vater und ich feierten ihn jedes Jahr mit Kuchen und Eis in dem Café in Belltown, wo die beiden ihr erstes Date hatten. Aber erst als ich das Sterbedatum sah, stellten sich mir die Nackenhaare auf. An diesem Tag gab es auch immer Kuchen. Es war *mein* Geburtstag.

Mit Herzklopfen rief ich die komplette Akte auf. Die Wörter auf dem Bildschirm schwammen ineinander, als ich schnell zum Ende der Seite scrollte. Der letzte Eintrag stammte vom 21. März 2014. Ich klickte darauf und zuckte zusammen. Da war ein Stempel mit dem Logo der Washingtoner Uniklinik, wo ich geboren wurde. Ich las das Dokument. Mein Blick erfasste Wörter und Sätze, während mein Gehirn versuchte alles zusammenzufügen.

Patientin eingeliefert mit starken Wehen nach vierundzwanzigstündiger Wehenphase zu Hause. Ultraschall zeigte Übertragung und ein akutes Oligohydramnion. Patientin wurde einer Notsectio unterzogen und von einem 3200 g schweren Mädchen entbunden. Unmittelbar nach dem Eingriff Anzeichen von Atemnot, Patientin verlor das Bewusstsein. CT zeigte große Thrombembolie im rechten Lungenflügel. Patientin wurde um 16.05 Uhr für tot erklärt. Todesursache: Lungenembolie.

Immer wieder las ich das Wort *Lungenembolie.* Das war die Krankenakte meiner Mutter, ganz eindeutig. Ein Irrtum war ausgeschlossen. Der Geburtstag, das Sterbedatum, das Baby, das in der Uniklinik in Washington geboren worden war, die Todesursache. Alles stimmte. Und diese Patientin hatte an APS gelitten.

Mein Kopf, der normalerweise so praktisch veranlagt war, weigerte sich, die Beweise zu akzeptieren, die vor mir lagen. Es musste eine andere Achtzehnjährige gegeben haben, die an meinem Geburtstag in der Uniklinik einen Notfallkaiserschnitt hatte und dann an einer Thrombose gestorben war. Oder vielleicht war die Akte meiner Mutter aus Versehen mit der APS-Diagnose kodiert worden und tauchte deshalb fälschlich in meinen Suchergebnissen auf.

Oder meine Mutter war verrückt gewesen.

Mit einem Mal kamen alle Ängste um meine eigene Zurechnungsfähigkeit hoch. Aus der Lektüre wusste ich, dass ich, wenn meine Mutter APS gehabt hatte, ein dreifaches Risiko hatte, ebenfalls daran zu erkranken.

Auf einmal erschien mir meine Unsicherheit über den Zweifel in einem neuen Licht. Das war keine gesunde Skepsis gewesen, sondern eine Neurose. Leute mit APS hielten sich nicht für krank.

Der Puls hämmerte in meinen Ohren, als ich in der Akte meiner Mutter wieder nach oben scrollte und auf den ersten Eintrag klickte. Ich zwang mich, langsam zu lesen, und ging die Akte systematisch durch. Ich begann mit dem Eintrag ihrer Geburt 1995, las von jährlichen Untersuchungen und Krankenbesuchen. Knöchelbruch mit sieben, Verletzung am Ellbogen mit neun, Blinddarmoperation mit vierzehn. Alles ganz normal. Nichts über Stimmen oder irgendwelche psychischen Erkrankungen. Meine Anspannung legte sich ein wenig. Vielleicht war die Akte doch falsch kodiert. Vielleicht hatte sie gar nicht APS gehabt.

Ich hatte einen Eintrag vom April 2013 halb überflogen, als ich die Worte sah, die jeden Zweifel auslöschten, um wessen Akte es sich handelte: Eden Health Center. Die darauffolgenden Absätze enthielten eine deprimierende Beschreibung einer psychisch schwer gestörten jungen Frau, deren schulische Leistungen auf der Kippe standen. Es war ein psychologisches Gutachten, unterzeichnet von einem Dr. K. Hildebrand. Ganz unten stand eine Verdachtsdiagnose: Verhalten symptomatisch für akute Akratische Parakusis und Persönlichkeitsstörung.

Der nächste Eintrag, von demselben Arzt nur zwei Wochen später unterzeichnet, fasste die Testergebnisse von mehr als einem Dutzend neurologischer und psychiatrischer Untersuchungen zusammen. Die Anfangsdiagnose des Arztes wurde bestätigt. Ganz unten stand die Prognose: Unheilbar. Einweisung in eine psychiatrische Klinik empfohlen.

Es folgte ein Link zu einem Schulverweis vom 1. Mai 2013: Schülerin erfüllt nicht mehr die psychologischen Voraussetzungen für den Schulbesuch. Das Dokument war von Dr. Hildebrand und Mr Atwater unterzeichnet.

Meine Mutter hatte die Schule gar nicht abgebrochen. Sie war geflogen.

Geschockt rief ich wieder den allerletzten Eintrag in der Akte auf, den Bericht von ihrem Todestag. Ich las ihn genauer. Viele der Fachausdrücke kannte ich nicht, aber zusammen mit dem, was mein Vater mir bereits erzählt hatte, konnte ich mir einiges zusammenreimen. Meine Mutter hatte drei Wochen zu früh Wehen bekommen und es hatte Komplikationen gegeben. Es musste ein Kaiserschnitt gemacht werden. In ihrem Bein hatte sich ein Blutpfropfen gebildet, der in die Lunge gewandert war. Daran war sie gestorben.

Als das Dialogfenster wieder erschien, tippte ich oben am Tablet auf „Screenshot". Dann speicherte ich das Bild in meiner Fotodatei und schaute es mir dort noch einmal an. Alles verschwamm vor meinen Augen. Minuten vergingen, vielleicht eine Stunde, während ich nur reglos dasaß und vor mich hinstarrte. Als das Dialogfenster wieder erschien, ließ ich mich vom System ausloggen.

13

„Dann morgen“, sagte Liam dicht an meiner Schulter.

Ich wandte den Blick nicht von meinem Tablet. Es war der Abend vor Tag zwei der Prüfungen zur Halbjahresmitte und der Lesesaal der Bibliothek war rappelvoll. Ich hatte mir extra einen Ecktisch ausgesucht, um allein sein zu können, aber am Nebentisch saß das Wasserballteam und Liam hatte seinen Platz direkt hinter mir. Er kippelte mit dem Stuhl zurück und drehte einen Stift zwischen den Fingern. In den letzten Monaten hatte er bestimmt zwanzigmal versucht sich mit mir zu verabreden und jedes Mal hatte ich ihm einen freundlichen Korb gegeben. Jedem anderen hätte ich geradeheraus gesagt, er solle mich in Ruhe lassen, aber Liam war Mitglied im Geheimbund und ich wusste nicht, wie groß sein Einfluss war. Es war vielleicht fies und berechnend, aber ich wollte nicht, dass Liam meine Aufnahme womöglich verhinderte. Ich hatte acht weitere Rätsel erhalten, das letzte gestern Abend, und alle acht gelöst.

„Rory.“ Ich hörte das Lächeln in seiner Stimme. „Wenn du willst, bitte ich dich auf Knien.“

„Morgen kann ich nicht“, sagte ich.

„Dann Samstag.“

„Lass uns nach den Prüfungen darüber reden“, sagte ich. Es wäre so viel einfacher, wenn er es endlich kapieren und aufgeben würde. Aber er ließ sich einfach nicht abwimmeln.

Ich überlegte, an einen Tisch zwischen den Bücherregalen umzuziehen, aber ich war ohne Jacke hier und draußen war es eisig. Bestimmt war es zwischen den Regalen auch kalt. Hier knisterte ein gemütliches Feuer im Kamin. Das Feuer hatte etwas Beruhigendes und das war gut, denn vor dem zweiten Prüfungstag hatte ich eine Riesenpanik. Am ersten Tag waren die Fächer für die linke Gehirnhälfte drangewesen – Analysis, Informatik und Chinesisch. Morgen würde es tausendmal schlimmer werden: Literatur, Geschichte, Kognitive Psychologie und, was ich am meisten fürchtete, die Prüfung im Praktikum. Darauf konnte man sich nicht vorbereiten und das machte mich fertig. Ich wusste nicht, was mich erwartete. Keiner wusste es. Die Prüfung sah jedes Jahr ganz anders aus, sodass es keinen Sinn hatte, die älteren Schüler zu fragen.

Einer aus Liams Wasserballteam flüsterte etwas, was die anderen wahnsinnig witzig fanden. Alle grölten los. Sie hatten einen Koffein- und Zuckerrausch und wurden immer ausgelassener. Und ich wurde immer nervöser, weil ich mich bei dem Lärm nicht auf den Stoff konzentrieren konnte. Die letzten zwei Wochen hatte ich jeden Abend bis weit nach Mitternacht in der Bibliothek gehockt, obwohl Lux einwandte, ich brauchte mindestens acht Stunden Schlaf.

Aus dem Augenwinkel sah ich, wie Izzy in den Lesesaal kam

und nach einem freien Platz suchte. Und schon kam sie auf mich zu. Schnell packte ich meine Sachen zusammen. Ich hatte in den letzten Wochen ein paarmal mit ihr zusammen gelernt, aber wir hatten mehr gequatscht als gearbeitet.

„Och, gehst du etwa schon?"

Ich zuckte leicht zusammen, als hätte sie mich überrascht. Diese Prüfungen waren wichtig für die Gesamtnote und wenn ich gut abschneiden wollte, konnte ich nicht den ganzen Abend über Filme, Kosmetik und den Kaloriengehalt der Müsliriegel aus dem Automaten quasseln.

„Hi!", sagte ich. „Ja, Hershey und ich wollen zusammen in unserem Zimmer lernen." Das entsprach nicht mal entfernt der Wahrheit. Hershey und ich hatten noch nie zusammen gelernt und das stand auch heute nicht auf dem Programm. Als würde es die Lüge abschwächen, fügte ich etwas Wahres hinzu: „Sie hasst die Bibliothek."

„Hershey *lernt*?", sagte Liam. Seine Kumpels kicherten.

„Bis später", sagte ich und ging hinaus.

Es war wirklich kalt und jetzt fing es auch noch an zu nieseln. Ich rannte zum Wohnheim, Regentropfen klatschten mir ins Gesicht. Keuchend kam ich in unserem Zimmer an. Hershey saß über ihr Tablet gebeugt an ihrem Schreibtisch. Ich nahm an, dass sie lernte. Doch dann hörte ich sie schluchzen.

„Hershey?" Sie antwortete nicht. Ich wusste nicht, ob sie mich überhaupt gehört hatte. Ich warf meine Tasche aufs Bett und ging zu ihr. Sie weinte wirklich und rang die Hände. Ich legte ihr eine Hand auf die Schulter und sie schaute auf. Ihr Gesicht war rot und verquollen.

„Was ist los?"

„Ich falle durch", sagte sie schluchzend. Ihre Stimme war heiser und rau. „Heute ist es katastrophal gelaufen und morgen ... Ich hab noch nicht mal die Texte gelesen. Kein Stück. Ich dachte ... Mann, ich weiß auch nicht, was ich dachte. Dass ich schon irgendwie durchkomme, so wie ich bisher auch immer durchgekommen bin." Sie schüttelte den Kopf.

„Du fällst bestimmt nicht durch", sagte ich, weil man das als Freundin sagt. Und wir waren ja Freundinnen, auch wenn unsere Beziehung ziemlich kompliziert geworden war.

„Du denkst bestimmt, das geschieht mir recht", sagte sie. Wieder stiegen Tränen in ihre Augen. „Meine Oma wird es eine Schande finden", flüsterte sie. „Und meine Eltern. Oh Gott, meine Eltern." Sie schlug die Hände vors Gesicht und nuschelte noch etwas, aber das verstand ich nicht.

Hilf ihr.

Seit ich von der Krankheit meiner Mutter wusste, hatte ich Angst gehabt, den Zweifel wieder zu hören. Ich hatte Angst, was die Stimme mir sagen würde. Jetzt hatte sie gesprochen und ich fürchtete mich kein bisschen. Ich war sauer. Schon eine halbe Sekunde, bevor die Stimme sprach, hatte ich beschlossen, Hershey zu helfen. Wenn ich es jetzt tat, hörte ich auf den Zweifel.

Ich sah Hershey an. Sie war zehn Zentimeter größer als ich, aber wie sie so mit gebeugten, zitternden Schultern dasaß, sah sie aus wie ein Häufchen Elend. Ich mach es nicht wegen dir, herrschte ich die Stimme an, als könnte sie mich hören. Dann legte ich Hershey eine Hand auf den Arm.

„Ich lerne mit dir", sagte ich. Hershey ließ die Hände sinken und sah mich aus verquollenen Augen überrascht an.

„Und was ist mit deinen eigenen Prüfungen?"

Hershey und ich hatten einen unterschiedlichen Prüfungsplan. Am zweiten Prüfungstag waren für sie die Fächer dran, die ich schon am ersten Tag hatte. Es gab keine einzige Überschneidung.

Ich zuckte die Achseln. „Das klappt schon", sagte ich und versuchte daran zu glauben. Ja, Hershey hatte sich selbst in diese Lage gebracht, und vielleicht geschah es ihr recht, aber ich konnte sie nicht durchrasseln lassen.

Sie nahm meine Hand und drückte sie. „Danke", sagte sie. Ihre Augen glänzten vor Dankbarkeit und Hoffnung.

Wir fingen mit Informatik an, Hersheys stärkstem Fach, und machten mit Analysis weiter, meinem stärksten Fach. Sie war so unvorbereitet, wie sie gesagt hatte, doch sie lernte und begriff schnell. Aber es war jede Menge Stoff und als die Nacht voranschritt, kamen wir beide an einen Tiefpunkt.

Um halb vier gingen wir in den Gemeinschaftsraum, um uns Kaffee aus dem Automaten zu holen. Liam saß dort und lernte für seine mündliche Prüfung in Geschichte. Ich wandte mich von ihm ab und schaute auf mein Gemini, während ich Lux startete. Ich stellte meine Schlafenszeit von Mitternacht auf vier Uhr am nächsten Nachmittag um, wählte die Filter für „Energie" und „Ausdauer" und hielt den Sensor an den Kaffeeautomaten. Ein Pappbecher fiel herunter. Dampfende schwarze Flüssigkeit lief hinein.

„Was ist das für ein Kaffee?", fragte Hershey.

„Keine Ahnung“, sagte ich und nahm den Becher vom Tablett. „Ich hab Lux wählen lassen.“ Ich trank einen Schluck. Der Kaffee war dick und stark. „Schmeckt nach Espresso, also wahrscheinlich ein Red Eye. Mit Stevia statt Zucker.“

„Den nehm ich auch.“ Hershey tippte ihre Bestellung ein und hielt das Handy an den Automaten. Ein zweiter Becher fiel herab. Ich stand mit dem Rücken zu Liam, während wir darauf warteten, dass sich der Becher füllte.

Hershey schaute von mir zu ihm. „Ist zwischen euch was vorgefallen?“, fragte sie. „Nach eurem großen Date hast du ihm ja ziemlich schnell die kalte Schulter gezeigt.“

„Alles in Ordnung zwischen uns“, sagte ich. „Wir sind Freunde.“

„Wenn du es sagst.“ Sie nahm ihren Kaffee. „Ich hab trotzdem das Gefühl, dass du mir etwas verheimlichst.“ Das Bild von Hersheys Kleid auf Norths Sofa blitzte in meinem Kopf auf und mir schoss das Blut in die Wangen. Ja, ich verheimlichte ihr etwas, aber es hatte nichts mit Liam zu tun.

„Komm, wir lernen weiter.“ Ich nahm mir einen Deckel für meinen Becher und wandte mich zum Ausgang.

„He, Rory?“

„Hm?“ Ich drehte mich um.

Hershey schaute auf ihren Becher, die Augen hinter einem Vorhang aus Haaren versteckt. „Warum tust du das?“

„Was?“

„Warum hilfst du mir?“

„Weil du meine Freundin bist“, antwortete ich spontan.

Hershey nahm meine Hand und drückte sie. Ihre Stimme

versagte, als sie eine Antwort flüsterte. Sie sprach so leise, dass ich sie nicht verstehen konnte. Nachfragen wollte ich aber auch nicht. Erst später, als wir über den Matheaufgaben und ihrer chinesischen Vokabelliste saßen, rekapitulierte ich die Situation. Es hatte sich angehört wie „Es tut mir leid."

In dieser Nacht schliefen wir nicht. Um sieben Uhr morgens lernten wir immer noch, aber jetzt war Hershey nicht mehr verzweifelt. Sie war vorbereitet. Sie würde vielleicht nicht gerade mit Eins plus bestehen, aber sie würde auf jeden Fall durchkommen.

Für mich dagegen sah es übel aus. Zwar ging ich nicht ganz unvorbereitet in den zweiten Prüfungstag, aber eigentlich hatte ich am letzten Abend alles noch mal wiederholen wollen. Ganz zu schweigen von den geplanten sechs Stunden Schlaf, die mir jetzt fehlten. Es war nur noch eine Stunde bis zur meiner ersten Prüfung, mir war flau von dem nächtlichen Kaffee und ich war so müde, dass meine Augen sich anfühlten, als hätte ich sie in Bleichmittel eingeweicht und dann zum Trocknen in der Wüste aufgehängt. Ich war zu ausgedörrt, um Tränen zu produzieren, sonst hätte ich geheult.

Ich duschte und zog ein Sweatshirtkleid an. Mit dem Outfit wollte ich mich ein wenig aufmuntern. Zum Haarefönen fehlte mir die Energie, deshalb drehte ich die Haare zu einem Knoten und steckte sie hoch. Hershey trug summend Make-up auf und kaschierte die Augenringe mit Concealer.

„Ich bin gleich so weit", sagte sie und schaute mich im Spiegel an. „Sollen wir noch schnell was frühstücken?" Bestimmt wäre es gut, etwas zu essen, aber bei der bloßen Vorstellung sträubte sich alles in mir. Ich hatte ein säuerliches Gefühl im Magen und wollte ihm keine Nahrung zumuten.

„Ich glaub, ich warte lieber noch“, sagte ich. „Ich esse dann nach der Praktikum-Prüfung. Die in zweiundzwanzig Minuten losgeht, stöhnte es in meinem Kopf. Ich hängte mir die Tasche über die Schulter und ging zur Tür.

„Nicht, dass du denkst, ich wüsste nicht Bescheid“, sagte Hershey hinter mir. „Ich weiß schon, warum du mir wirklich geholfen hast.“

Ich fuhr herum. „Was?“

„Es war der Zweifel.“ Sie sagte es leise, aber es hallte nach wie ein Schrei.

Wie konnte sie das wissen? Mein nächster Gedanke war praktischerer Natur. Lass dich nicht ins Bockshorn jagen.

„Der Zweifel?“, sagte ich mit einem fragenden Lächeln, das mich ziemliche Anstrengung kostete. „Du denkst, ich höre den *Zweifel*?“

„Na ja, deine Mutter hat ihn jedenfalls gehört“, sagte sie voller Überzeugung.

Ich trat einen Schritt zurück. „Wie bitte?“

„Ich weiß, dass deine Mutter den Zweifel gehört hat.“

Ich starrte sie an. „Von wem hast du das?“

„Von niemandem“, sagte sie schnell. „Ich hab nur eins und eins zusammengezählt.“

Sie lügt, dachte ich. Darauf konnte sie überhaupt nicht gekommen sein. Wer hatte es ihr also erzählt? Wer wusste davon?

Jetzt wirkte sie unsicher, als liefe das Gespräch nicht so, wie geplant. Aber eigentlich war Hershey gar nicht der Typ, der planvoll und berechnend an eine Sache heranging. „Also, ich erzähle es bestimmt keinem …"

„Ich möchte jetzt nicht darüber reden", sagte ich und wandte mich ab. „Viel Glück bei deinen Prüfungen."

Ich ging in den Flur und ließ die alte Mahagonitür hinter mir ins Schloss fallen. Kurz vorher drehte ich mich noch mal um und schaute Hershey in die Augen. „Ich höre ihn nicht", sagte ich so überzeugend wie möglich. Ehe sie etwas erwidern konnte, war die Tür zwischen uns zu. Aber ich hatte ihr angesehen, dass sie mir nicht glaubte.

„Heute", sagte Dr. Tarsus, „dürft ihr Gott spielen." Bis zu diesem Moment war ich nicht bei der Sache gewesen. Die ganze Zeit ging mir das Gespräch mit Hershey durch den Kopf. Als Tarsus „Gott spielen" sagte, hatte sie meine Aufmerksamkeit.

Der Bildschirm in meiner Kapsel leuchtete auf und zeigte eine Standaufnahme von einer riesigen Holzplattform, die auf einem funkelnden, türkisfarbenen Meer trieb. Auf der Insel dahinter erhob sich eine Hügellandschaft. Der Strand bestand aus traumhaftem weißen Pudersand. Nicht zu vergleichen mit dem graubraunen Sand an der Küste von Washington. Senkrechte Holzstämme, die aus dem Wasser ragten, bildeten einen kleinen Steg vom Strand zu der Plattform, die mindestens hundert Meter vom Ufer entfernt war. Bis auf eine Pyramide aus Lattenkisten war die Plattform leer.

„In sechzig Sekunden wird es auf eurem Bildschirm von Menschen wimmeln", sagte Dr. Tarsus durch die Lautsprecher.

„Auf der Insel wird der Unabhängigkeitstag gefeiert. Einwohner und Touristen versammeln sich zu einem Feuerwerk. Dreihundert Menschen haben auf der Plattform Platz. Wenn das Feuerwerk losgeht, werden fast dreimal so viele dort sein."

Das Bild wurde herangezoomt, sodass die Lattenkisten deutlicher zu sehen waren. „Diese zwölf Kisten sind mit über zwei Tonnen Feuerwerkskörpern gefüllt. An jedem Feuerwerkskörper ist eine elektrische Zündung befestigt. In dreizehn Minuten wird ein Feuerwerkskörper explodieren und eine Kettenreaktion auslösen, die die Plattform zerstören und alle Menschen darauf töten wird. Ihr habt jetzt zu entscheiden, wer leben und wer sterben soll."

Während Dr. Tarsus sprach, strömten immer mehr Leute auf die Plattform. Es war so ein Gedränge, dass ich keinen freien Zentimeter sah.

„Ihr könnt mit den Fingern einzelne Personen näher heranholen. Wenn ihr zweimal auf eine Person tippt, bekommt ihr die Schlüsselinformationen über sie. Herkunftsort, Alter, Beruf. Diese Informationen sollen euch als Entscheidungshilfe dienen. Wie üblich basiert eure Benotung auf dem positiven Nettoeffekt – je weniger hochwertige Menschen sterben, desto besser."

Schnell schaute ich mir die ganze Szene an. Da waren Menschen aller Rassen, aus allen Gesellschaftsschichten. Es gab Hinweise darauf, wo wir beginnen konnten. Teure Sonnenbrillen, Designer-Sonnenhüte. Die Touristen. Zweifellos die wertvollsten Menschen auf der Plattform. Ein Kloß bildete sich in meiner Magengrube. Ich wollte das hier nicht machen.

„Ihr könnt immer nur eine Person bewegen", sagte Tarsus. „Dafür haltet ihr einfach einen Finger auf die Person, bis sie blinkt, und schiebt sie dann, wohin ihr wollt. Wenn ihr mit der Evakuierung begonnen habt, könnt ihr die nächste Person retten."

Mein Herz hämmerte, als ein Countdown-Zähler auf dem Bildschirm erschien. Dreizehn Minuten und zehn Sekunden.

„Ach ja, eins noch", sagte Tarsus. „Für Verletzungen und Todesfälle, die ihr selbst verursacht, gibt es saftige Abzüge. Ihr könnt besser jemanden in der Explosion sterben lassen als durch eure Hand. Viel Glück. Jetzt geht es los."

Der Ton schaltete sich ein und der Countdown lief.

Beeil dich, sagte ich mir. Du musst dich beeilen. Aber ich war wie erstarrt. Mein Blick war auf eine Gruppe einheimischer Kinder mitten auf der Plattform geheftet. Es mussten mindestens hundert sein, alle barfuß, mit Haarbändern und Tüchern mit Blumenmuster. Lachend warteten sie darauf, dass das Feuerwerk losging, ihre Stimmen übertönten alle anderen. Ich tippte zweimal auf eins der Kinder.

Männlich, 8 J. Indo-fidschianischer Abstammung. IQ 75. Unbegabt.

Der Kloß in meinem Bauch wuchs. Es war ein süßer Junge, mit einem breiten zahnlosen Lächeln. Aber ich hatte im Unterricht genug gelernt, um zu wissen, dass sein Nutzwert gering war. Jeder Mensch, jede Sache und jede Handlung hatte einen Nutzwert. Eine Zahl von -1 bis 1 bezifferte den Nettowert eines Menschen für die Gesellschaft. Wie der Vater in der Simulation in der allerersten Stunde – der Risikoinvestor, den ich hatte sterben lassen – waren einige Menschen mehr wert als andere. Wenn ich also bei dieser Prüfung punkten wollte, musste ich die Wertvollen als Erstes evakuieren. Wenn dann noch Zeit war, konnte ich vielleicht die Kinder retten.

Ich wollte sie alle retten.

Konnte ich vielleicht den defekten Feuerwerkskörper identifizieren, bevor er explodierte? Nein. Tarsus hatte gesagt, in den Kisten seien mehr als zwei Tonnen Feuerwerk. Außerdem hätte ich gar nicht gewusst, wonach ich suchen sollte. Ich schaute auf die Zeit. Nur noch zwölf Minuten und dreißig Sekunden – und Hunderte Menschen, die ich retten musste.

Beeil dich, sagte ich mir wieder. Aber als ich die Hand zum Bildschirm führte, hielt mich etwas zurück. Ein einziges Wort.

Warte.

„Warte?“, sagte ich und hielt mir sofort die Hand vor den Mund. Ich hatte es nicht laut aussprechen wollen. Unsere Kapseln waren mit Kameras und Lautsprechern verkabelt und ganz sicher hatte Tarsus sie eingeschaltet. Warte?, fragte ich wieder, diesmal stumm.

Warte.

Dieser so eindeutig irrationale Rat riss mich aus der Starre. Ich musste genau das Gegenteil von dem tun, was mir der Zweifel empfahl. Ich musste mich verdammt beeilen.

Ich schaute die Menschen in der Menge an und tippte auf einen jüngeren Mann mit einer Rolex am Handgelenk.

Männlich. 29 J. Norwegischer Abstammung. Hedgefonds-Manager.

Ich wusste, wie ich vorgehen musste. Doch ich zögerte, die

Wertung vorzunehmen, die verlangt wurde. Hol ihn einfach von der Plattform, sagte ich mir. Ich legte den Finger auf den Mann, bis er blinkte, und schob ihn dann zum Steg. Nein, lieber ins Wasser, das ging schneller. Mit einer schnellen Handbewegung schubste ich ihn ins Meer. Sofort schwamm er ans Ufer.

Das hatte gut geklappt. Jetzt legte ich den Finger auf eine junge Frau in der Nähe. Ich hatte keine Zeit, ihren Status zu prüfen. Ich musste ihren Wert einfach nach dem äußeren Anschein abschätzen. Das war ekelhaft, aber wir hatten ja im Unterricht gelernt, wonach wir Ausschau halten mussten. Diese Frau trug eine Sonnenbrille von Chanel und ein maßgeschneidertes Strandkleid aus Leinen. An einem Finger prangte ein dicker Diamant. So, wie sie die einheimischen Kinder anlächelte, schätzte ich sie als menschenfreundliche Angehörige der oberen Zehntausend ein, die viel Gutes tun wollte. Ich schubste sie ins Wasser und sie schwamm ans Ufer.

Jetzt ging ich schneller vor. Ohne groß nachzudenken, schubste ich Leute ins Wasser. Nach sieben Minuten hatte ich zweihundertachtundneunzig Menschen gerettet. Nummer zweihundertneunundneunzig warf mich zurück. Es war ein Mann in den Dreißigern mit Seersucker-Shorts, an denen kleine Anker hingen. Da er so aussah, als gehörte er auf ein Schiff, erschrak ich furchtbar, als er, sobald er im Wasser landete, wild mit den Armen ruderte und in Sekundenschnelle unterging. Die Zahl der Opfer schnellte von 0 auf 1.

So ein Mist. Ich hatte nicht an die Nichtschwimmer gedacht. Ich schob die aufkommende Panik beiseite. Die Chance, dass jemand, der nicht schwimmen konnte, Ferien auf einer tropischen Insel machte, war minimal. Ich konnte meine Strategie jetzt nicht ändern. Ich machte weiter und schickte Leute ins Wasser, so schnell ich konnte. Als nur noch sechzig Sekunden blieben, hatte ich sechshundert Menschen gerettet und nur den einen Mann verloren.

Kurz bevor die Simulation zu Ende war, spürte ich wieder den Kloß im Bauch. Ich hatte kein einziges der Kinder oder ihre junge Lehrerin retten können. Vielleicht gibt es ja doch keine Explosion, dachte ich, während der Countdown-Zähler auf die Null zutickte. Vielleicht hatte der Zweifel Recht gehabt. Vielleicht war diese Simulation nur ein Trick und wir hätten das eigentlich merken und die Anweisungen ignorieren sollen. Darauf hoffte ich während der allerletzten Sekunden.

Aber zwei Sekunden vor Schluss fingen die Lattenkisten Feuer. Es dauerte eine ganze Sekunde, bis die Geräusche folgten. Ein knatterndes *Plopp-plopp-plopp*. Auf einmal war überall Rauch, erst schwarz, dann grau, durchbrochen von Lichtsalven, als das Feuerwerk losging. Die Plattform versank in der Rauchwolke, nicht aber die Menschen. Wie Stoffpuppen wurden sie in die Luft geschleudert, alles war von ihren Schreien erfüllt. Ich kniff die Augen zu, ich konnte nicht hinsehen. Erst als der Ton aus war, öffnete ich sie wieder. Ich hätte damit noch länger warten sollen. Die Auswirkungen des Unglücks waren noch viel schlimmer anzusehen als die Explosion. Arme, Beine und Rümpfe schwammen zwischen verkohltem Holz. Brennende Körper im Wasser.

Ich schluckte schwer und schmeckte Galle. Es ist nicht wirklich passiert, rief ich mir in Erinnerung. Trotzdem senkte ich den Blick, ich wollte nichts mehr sehen.

„Gratuliere, Rory", sagte Dr. Tarsus durch die Lautsprecher. „Mit nur hundertachtundachtzig Opfern hast du das beste Ergebnis erzielt."

Ich schaute auf meinen Bildschirm und sah die Liste. Mein Name stand an der Spitze. Der Zweitbeste hatte fast doppelt so viele Opfer wie ich.

„Alle anderen haben die Daten jedes Einzelnen geprüft. Rory hat sich auf ihre rationalen Instinkte verlassen und damit viel besser abgeschnitten."

Das war das Freundlichste, was Dr. Tarsus je zu mir gesagt hatte. Stolz zuckte um meine Mundwinkel. Ich hatte es geschafft. Ich hatte die beste Note der Klasse und gleichzeitig den Zweifel besiegt. Besiegt war vielleicht etwas übertrieben, aber ich hatte endlich die Antwort auf die Frage, die mir im Kopf herumgespukt war, seit ich ihn das erste Mal gehört hatte. Konnte ich ihm vertrauen? Die rationale Antwort hatte immer Nein gelautet, und doch hatte ich geschwankt. Jetzt wusste ich es. Hätte ich bei der Simulation auf den Zweifel gehört, wäre ich durch die Prüfung gerasselt. Und im richtigen Leben wären jetzt fast achthundert Menschen tot, nicht bloß hundertachtundachtzig.

Hundertachtundachtzig Menschen waren tot. Von einem Moment auf den anderen verpuffte meine gute Laune und ich war wieder auf der Plattform bei den lachenden, todgeweihten Kindern.

Es ist nicht wirklich passiert, sagte ich mir wieder, als ich mich durch die Flügeltür der Hamilton Hall hinaus in die Sonne drängte. Es musste täuschend echt wirken, damit die neuronale Aktivität ausgelöst wurde, die wir dann wiederum unterdrücken sollten. Trotzdem sah ich immer wieder die Kinder vor mir, die ich im Stich gelassen hatte. Ich hatte sogar noch ihr Gekicher im Ohr, als sie sich um ihre Lehrerinnen geschart hatten. Ihre kleinen Körper waren bei der Explosion der Lattenkisten durch die Luft geflogen. Ihre Schreie waren angeschwollen und dann verstummt, als die verbrannten Körper unter die Wasseroberfläche gesunken waren.

In einer solchen Situation waren Opfer unvermeidlich. Das wusste ich. Es hatte keine Möglichkeit gegeben, den defekten Feuerwerkskörper vorher zu identifizieren oder die schweren Kisten wegzutragen, keine Zeit, es auch nur zu versuchen. Dass die Plattform explodieren würde, stand von vornherein fest. Die einzige Variable war, wie viele Menschen zum Zeitpunkt der Explosion darauf standen. Es war natürlich nur ein Zahlenspiel – das hatte Dr. Tarsus deutlich gemacht. Die Zuschauer wurden von der Software evaluiert und nach ihrer gesellschaftlichen Bedeutung eingestuft. Ich hatte das beste Ergebnis nicht nur deshalb erzielt, weil ich am wenigsten Menschen auf der Plattform zurückgelassen hatte, sondern weil ich die gerettet hatte, die als besonders wertvoll eingestuft wurden.

„Was für ein beschissenes Konzept", sagte ich beim Mittagessen zu Liam. Er hatte sich unaufgefordert an unseren Tisch gesetzt, dorthin, wo sonst Izzy saß. Sie war Legasthenikerin und bekam deshalb mehr Zeit für ihre Prüfungen. „Menschen werden Zahlenwerte zugeschrieben? Als würde das eine Leben mehr zählen als das andere!“

„So ist es doch auch. Das weißt du selber.“

Ich sah Liam an. „Nein, absolut nicht.“

„Okay“, sagte er und lehnte sich zurück. „Ein Zug mit lauter verurteilten Mördern rast auf einen Bus mit lauter Nobelpreisträgern zu, der auf den Gleisen liegen geblieben ist. Du kannst entweder den Zug zum Entgleisen bringen oder den Bus in eine Schlucht stoßen. Wenn du nichts unternimmst, sterben sie alle.“ Er schob sich ein Stück Blumenkohl in den Mund und sah mich an. „Was würdest du tun?“

Hershey schaute von ihrem Tablet auf. Seit Beginn der Mittagspause paukte sie für Analysis und rührte ihre Tomatensuppe kaum an. „Ich würde die Mörder retten.“

Ich starrte sie an. Natürlich sagte sie das nur, um uns zu provozieren, aber trotzdem. „Ihr habt sie ja beide nicht mehr alle.“

Hershey sah nachdenklich aus. „In Liams Welt tötet man die Mörder, weil man ihnen einen negativen Nutzwert zuschreibt. Aber man könnte es ja auch anders sehen. Vielleicht rettet man die Mörder wegen ihres Erlösungswerts.“

Liam zog die Augenbrauen hoch. „Wegen ihres was?“

Hershey kaute nachdenklich auf der Lippe. „Schließlich wissen sie, dass sie Mörder sind. Also erwarten sie nicht, dass man sie rettet. Sie rechnen damit, dass derjenige, der das zu entscheiden hat, die Nobelpreisträger rettet. Wenn also das Gegenteil passiert … keine Ahnung.“ Sie wirkte verunsichert. „Vielleicht ändern sie sich dann. Und vielleicht ändern sich noch andere

Menschen mit negativem Nutzwert, wenn sie die Geschichte hören. Vielleicht werden sie irgendwie erlöst. Und vielleicht ist das im Endergebnis für die Gesellschaft besser, als wenn man die Guten gerettet hätte."

„Vielleicht bringen sie auch einfach noch mehr Leute um, weil sie nämlich Mörder sind, weißt du", sagte Liam, als wäre Hersheys Idee das Dümmste, was er je gehört hätte.

„Du bist ein Blödmann", sagte Hershey. Sie wandte sich zu mir. „Was meinst du?"

„Ich glaube, diese ganze Diskussion ist verkehrt. Erstens ist das Szenario völlig unrealistisch. Wieso sollten all diese Mörder zusammen in einem Zug sitzen? Wohin fahren sie? Und wieso ist da ein Bus voller Nobelpreisträger – ich meine, im Ernst. Die sitzen in einem Bus? Der auf den Gleisen liegen geblieben ist?"

„Nur weil es ein unwahrscheinliches Szenario ist, ist es noch lange keine unbrauchbare Hypothese", sagte Liam. „Es geht darum zu sehen, wie du die möglichen Auswirkungen durchdenkst."

„Aber ich habe keinen Einfluss auf die Auswirkungen", wandte ich ein. „Und den werde ich auch nie haben! Die Vorstellung, dass ich irgendwo in einem Raum sitze und per Knopfdruck entscheide, wer überlebt und wer stirbt …"

„Solche Entscheidungen werden andauernd getroffen", sagte Liam.

„Ach ja? Und wo sind diese Knöpfchendrücker? So einen würde ich gern mal kennenlernen", sagte ich sarkastisch.

Liam lachte kurz, dann sah er mich gönnerhaft an. „Die

Hypothese in deiner Prüfung, die Menschen auf der Plattform. Wo passiert das im wahren Leben?"

„Wo denn?"

„Die Simulationen von Tarsus basieren auf tatsächlichen Ereignissen", erklärte er. „Das ist Tarsus' schlagendes Argument dafür, dass sie so nützlich sind."

Jetzt, wo er es sagte, erinnerte ich mich daran, dass sie das am ersten Schultag erwähnt hatte. Irgendwo im Hinterkopf hörte ich wieder die Schreie der Kinder, als ihre Körper in Stücke gerissen wurden. Waren das echte Kinder gewesen? Mein Magen zog sich zusammen wie eine Faust. Warum hatte ich sie so schnell geopfert? Was spielte es für eine Rolle, dass sie von allen den geringsten Nutzwert hatten? Es waren *Kinder*.

Es kostete mich große Anstrengung, das Bild von der explodierenden Plattform zu verdrängen, aber schließlich schaffte ich es lange genug, um die letzten beiden Prüfungen hinter mich zu bringen. Um kurz vor halb fünf fühlte mein Gehirn sich an wie Brei.

„Auf dich!", rief Hershey mit einer Flasche sprudelndem Cidre in der Hand, als ich unsere Zimmertür öffnete. „Weil du mir den Arsch gerettet hast!"

Ich lächelte und trat ein. „Dann hast du also bestanden?"

„Eine Eins und zwei Zweien", sagte sie stolz. „Wenn ich es gestern nicht total vergeigt habe, bin ich durch." Sie schenkte mir etwas Cidre ein und wir stießen mit den Tassen an.

„Kein geklauter Fusel?", neckte ich sie.

„Ich fang ein neues Leben an", sagte Hershey und goss sich

noch mal nach. „Von jetzt an klau ich nur noch alkoholfreie Getränke."

Wir kicherten und nippten an unserem Cidre.

„Aber im Ernst. Danke." Hershey sah mich mit glänzenden Augen an. „Ich hatte deine Hilfe nicht verdient."

„Hershey, das stimmt doch gar …"

Sie hob die Hand. „Ich hatte sie nicht verdient. Und ich an deiner Stelle hätte mich wahrscheinlich durchfallen lassen. Und sag jetzt nicht, dass das nicht stimmt. Deshalb bin ich dir was schuldig. Und ich werde alles tun, um es wiedergutzumachen. Okay?" Sie sah ernst aus, fast flehend, als wäre es ihr wichtig, dass ich Ja sagte.

Ich nickte.

Sie lächelte. „Gut. Dann fange ich gleich an und schminke dich." Sie stellte die Flasche auf ihren Schreibtisch und zeigte auf den Stuhl. „Setz dich."

14

In der Pizzeria war es rappelvoll. Rachel und Izzy waren schon früher gekommen und hatten einen Fenstertisch ergattert. Hershey und ich zogen die Jacken aus und setzten uns zu ihnen.

„An diesem Wochenende ist absolute Denkpause angesagt", verkündete Izzy. „Also bestellen wir automatisch."

„Kein Einspruch." Hershey reichte Rachel ihr Gemini. „Mein Hirn fühlt sich sowieso an wie fritiert."

Rachel hielt unsere Handys der Reihe nach an den Scanner an der Wand und wenige Sekunden später erschien unsere Bestellung auf dem Display.

„Jemand Interessantes hier?" Hershey reckte den Hals und schaute sich in dem überfüllten Lokal um.

„Phh", machte Rachel und zuckte die Achseln. „Hauptsächlich Leute aus dem Ort."

„Dein Freund ist hier", sagte Hershey.

Ich dachte, sie spräche zu Izzy, aber sie sah mich an. Ich folgte ihrem Blick. North stand an der Theke und zahlte gerade für eine große Pizza. Schnell guckte ich weg.

„Du meinst wohl *dein* Freund“, sagte ich möglichst gleichmütig.

Rachel drehte sich um. „Das ist der Typ?“

Hershey verzog das Gesicht. „Ganz sicher nicht. Aber er steht auf Rory. Du müsstest mal sehen, wie er mit ihr flirtet.“

Ärger stieg in mir hoch. Jetzt, wo es gerade so gut zwischen uns lief, wollte ich keinen Streit mit Hershey. Aber dieses Theater war mir ein bisschen zu viel.

„Wenn du nicht über deinen Kerl reden willst, kein Problem“, sagte ich ruhig. „Aber erfinde nicht so einen Quatsch, nur um davon abzulenken.“

Hershey sah mich verdutzt an. „Moment mal, denkst du etwa, ich hätte was mit *North*?“

Sie sah so überrascht aus, dass mir Zweifel kamen. „Hast du nicht?“

„Nein!“, sagte sie.

Was hast du dann ohne Kleid in seiner Wohnung gemacht?, hätte ich fast zurückgeschossen. Aber ich wollte nicht zugeben, dass ich an dem Abend bei ihm gewesen war. Nicht vor Rachel und Izzy.

„Zweimal Ingwerlimonade, eine Orangenlimo und eine Cola light“, sagte die Kellnerin und verteilte die Getränke. Anstatt meine Serviette wie bei den anderen auf den Tisch zu legen, reichte sie sie mir, in der Mitte gefaltet. Ich sah sofort, dass etwas hineingeschrieben war.

Ich muss mit dir reden. Es ist wichtig. N. P.

Ich zerknüllte die Serviette und steckte sie in die Hosentasche. Die anderen Mädchen diskutierten über die Liste der Inhaltsstoffe auf ihren Getränkedosen und kriegten nichts mit. Ich drehte meine Dose in den Händen und fragte mich, was North mir so Dringendes zu sagen hatte. Wenn es so wichtig war, wieso kam er dann nicht einfach zu mir an den Tisch und sagte es mir ins Gesicht, statt eine kryptische Nachricht auf einer Serviette zu übermitteln? Die Antwort war natürlich Hershey. Was spielte er für ein Spiel? Und was wollte sie unbedingt verbergen?

Während wir vier unsere Chicago-Style-Pizza verschlangen – einhellig Lux' Rat missachtend, nur zwei Stückchen zu essen –, schaute ich Hershey an und überlegte.

Rachel und Izzy waren nach dem Essen mit ein paar Jungs vom Debattierclub zu Brownies verabredet, aber ich war zu voll und zu müde, um irgendwas anderes zu tun, als zu schlafen, am liebsten das ganze Wochenende lang.

„Geht ihr ruhig", sagte ich, während wir nacheinander mit unseren Handys bezahlten. „Ich muss ins Bett."

„Ich begleite dich", sagte Hershey. Als ich zahlen wollte, winkte sie ab und zahlte zweimal mit ihrem Handy. „Du bist eingeladen."

Nachdem wir uns auf dem Rückweg von den beiden anderen verabschiedet hatten, hakte Hershey sich bei mir unter. Wie auf Kommando fingen wir an zu gähnen und brachen sofort in ein erschöpftes, leicht hysterisches Gelächter aus.

„Ich bin so müde, dass ich meine Beine kaum spüre", sagte Hershey.

Immer noch untergehakt, überquerten wir die Straße und nahmen die Abkürzung durch den Park.

„Und ich bin so müde, dass ich schon halb schlafe", sagte ich.

Wir lachten wieder, dann stellte sich ein angenehmes Schweigen ein. Als ich Hershey gerade nach North fragen wollte, räusperte sie sich. „Können wir über die Stimme sprechen?", fragte sie. Ich merkte, wie ich mich versteifte. Hershey spürte es bestimmt auch, denn sie wartete meine Antwort nicht ab. „Ich hab sie noch nie gehört", sagte sie, bevor ich sie davon abhalten konnte. „Nicht mal als kleines Kind. Ich war immer neidisch auf die Kinder, die sie hörten."

„Wieso?"

Hershey sah nachdenklich aus. „Ich dachte wohl, mir entgeht etwas. Alle erzählten immer, sie hätten das Gefühl, *geleitet* zu werden. Es klang so … einfach. Nicht immer abwägen und selber entscheiden zu müssen. Die Lösung zu haben, ohne den Test machen zu müssen."

Ich musste fast lachen, weil das so absurd war. Einfach? Von wegen. Auf den Zweifel zu hören, bedeutete, sich selbst hintenan zu stellen. Das hatte ich schon als Kind kapiert. Die Stimme flüsterte, man solle sich keine Sorgen machen, wenn der Verstand durchaus Grund zur Sorge sah. Sie riet mir, langsam zu gehen, wenn ich mich beeilen wollte, freundlich zu sein, wenn ich wütend war, zuzuhören, wenn ich mir verzweifelt wünschte, gehört zu werden. *Geleitet* war ein Euphemismus für kasteit, korrigiert und bedrängt.

„Ich meine, die Antworten sind ja offenbar falsch", sagte

Hershey dann. „Müssen sie auch, oder? Es wäre nicht der Zweifel, wenn es nicht irrational wäre, also …"

Ich unterbrach sie. „Es ist nicht irrational. Es ist *a*rational." Das war die überraschendste Erkenntnis bei meiner Studie über APS gewesen – abgesehen davon, dass meine Mutter es gehabt hatte. Die „irrationale Ahnung" nannte man es auch, aber die empirischen Untersuchungen zeigten, dass die Stimme gar nicht so berechenbar war.

„*A*rational?"

„Weder rational noch irrational", erklärte ich. „Sozusagen außerhalb der Vernunft."

Darüber dachte sie kurz nach. „Ist es seltsam, wenn du sie hörst?"

„Ich kann mich kaum daran erinnern", log ich. „Es ist so lange her."

„Rory", sagte sie sanft, aber mit leisem Tadel. „Ich weiß, dass du sie immer noch hörst. Erzähl mir davon. Ich sag's auch nicht weiter."

Ich sah sie an und zögerte. Ich hatte niemandem von der Stimme erzählen wollen, nicht meinem Vater, nicht mal Beck. Und jetzt war ich drauf und dran, es Hershey zu verraten. Dabei hatte sie Geheimnisse vor mir und war wahrlich nicht sehr vertrauenswürdig. Das war nicht sehr klug. Ich hätte sie fragen sollen, wie sie etwas wissen konnte, was ich mir selbst kaum eingestand. Aber ich war zu gefangen in meiner Antwort, um über die Fragen nachzudenken.

Hershey drängte weiter. „Die Stimme hat dir gesagt, dass du mit mir lernen sollst, oder?"

Ich schüttelte den Kopf, doch Hershey redete einfach weiter. „Das ist die einzige Erklärung. Warum hättest du es sonst tun sollen? Ich hab dir keine rührselige Geschichte aufgetischt, um dich zu überreden. Ich hatte nichts für die Schule getan. Ich hätte es verdient, durchzurasseln."

„Nein", sagte ich, mehr zu mir selbst als zu ihr.

„Komm schon, Rory", sagte sie, fuhr herum und schaute mir direkt ins Gesicht.

„Ja, die Stimme hat gesagt, dass ich dir helfen soll", gab ich zu. „Aber deswegen hab ich's nicht getan. Ich hab dir geholfen, weil du meine Freundin bist." Das stimmte. In diesem Moment fiel mir auf, wie beunruhigend das war – dass meine Gedanken völlig in Einklang mit dem Zweifel gewesen waren.

Hershey brach in Tränen aus. Instinktiv nahm ich ihre Hand. Sie lag schlaff in meiner, während Hershey weinte.

„Hey, so ein Riesending ist es nun auch wieder nicht", sagte ich leise. „Du brauchtest Hilfe und ich hab dir geholfen. Es hat mir überhaupt nicht geschadet. Ich habe gut abgeschnitten."

„Du verstehst das nicht", sagte sie und schüttelte den Kopf.

„Dann erklär's mir. Was ist los?"

Wieder schüttelte sie den Kopf. „Das kann ich nicht", flüsterte sie. „Du würdest mich hassen."

Einen kurzen Moment vergaß ich, dass sie von North und mir nichts wusste. Das war es bestimmt, was sie mir nicht erzählen konnte – dass sie etwas mit dem Jungen hatte, den ich mochte. Ich baute ihr eine Brücke.

„Hershey, ich weiß es doch längst."

Sie zuckte zusammen. „Was?"

„Nicht in allen Einzelheiten, aber dass da was läuft. Ich war an dem Abend an seiner Wohnungstür. Ich hab dein Kleid auf seinem Sofa gesehen."

Sie guckte mich verwirrt an. „Hä?"

„Du und North", sagte ich. „An dem Abend, als der Maskenball war."

Da kapierte sie. „Und deshalb denkst du, wir hätten was miteinander?"

„Wenn nicht, wieso lag dein Kleid dann auf seinem Sofa?"

„Weil ich mich vollgekotzt hatte", sagte sie. „Ich bin zum Paradiso gegangen, weil ich dachte, von einem Kaffee werde ich wieder nüchtern. Puh, wenn ich bloß daran denke, könnte ich mich schon wieder übergeben." Sie verzog das Gesicht. „Na ja, North hat mir dann ein paar Klamotten geliehen und mir eine Tüte für das Kleid gegeben. Das war alles. Echt!" Ich glaubte ihr, aber ganz logisch war es nicht. Wenn es so gewesen war, wieso hatte North es mir dann nicht einfach erzählt? Er war so zugeknöpft gewesen, so besorgt, dass Hershey etwas erfahren könnte. Ich kann es dir erklären, hatte er gesagt. Warum hatte er es dann nicht getan? Die zerknüllte Serviette fühlte sich in meiner Hosentasche an wie Blei.

„Weiß er, dass du ihn magst?", fragte sie.

„Ich mag ihn gar nicht", sagte ich schnell.

„Hm-hm. Na gut. Aber für ihn wär's ein Glück, wenn er dich haben könnte." Sie hakte sich wieder bei mir unter und legte den Kopf auf meine Schulter.

„Tut mir leid, dass ich so eine miese Freundin war", sagte sie nach einer Weile.

„So schlimm warst du doch gar nicht." Ich drückte ihr den Arm und wartete darauf, dass sie lachte oder einen Witz machte. Aber sie blieb still.

Den ganzen Weg zum Campus gingen wir so – meine Hand auf ihrem Arm, ihr Kopf auf meiner Schulter.

So etwas hatte ich noch nie, dachte ich. Einen Jungen als besten Freund zu haben, hatte seine Vorteile –, weniger Drama, weniger Tratsch, mehr Actionfilme – aber das Schwesterliche einer Mädchenfreundschaft hatte mir gefehlt. Die tröstliche Gewissheit, sich nah zu sein. Ich hatte die anderen Mädchen um die Leichtigkeit beneidet, mit der sie miteinander umgingen: die körperliche Nähe, wie sie einander an den Haaren oder im Gesicht berührten, sich an den Armen oder an der Taille hielten. Mit einem Jungen gab es immer eine Grenze. Distanz. Man konnte nicht Händchen halten oder bei dem anderen auf dem Schoß sitzen oder Arm in Arm gehen. Es sei denn, da war mehr als nur Freundschaft, aber das war bei Beck und mir nie der Fall gewesen. Plötzlich wurde mir bewusst, dass ich seit Wochen kein Wort mit meinem besten Freund geredet hatte. Wir hatten uns ein paarmal geschrieben, aber er hatte nie zurückgerufen, wenn ich versucht hatte, ihn zu erreichen. Das sah ihm zwar ganz ähnlich – er telefonierte extrem ungern –, aber es tat doch weh.

Hershey und ich holten zwei Mädchen aus meinem Praktikum ein. Dana und Maureen. Sie waren mit tütenweise Kinopopcorn und Riesenpackungen Süßigkeiten beladen.

„Was habt ihr euch angesehen?“, fragte ich.

„*Zuckerschwert 4*“, sagte Dana und schnitt eine Grimasse. „Kann ich nicht empfehlen.“

„Geschieht uns ganz recht. Wir hätten Lux fragen sollen, bevor wir dreiundzwanzig Dollar für den vierten Teil einer Reihe über ein Mädchen abdrücken, das Verbrechen mit Süßigkeiten bekämpft“, sagte Maureen. „Allerdings wäre die einzige andere Option ein Kriegsfilm gewesen. Nach der Prüfung im Praktikum brauchte ich keine weiteren Explosionen.“ Sie schüttelte sich leicht.

Mir verging das Lächeln. Heute Abend mit Hershey hatte ich gar nicht mehr an die Prüfung im Praktikum gedacht, aber jetzt kamen die schrecklichen Bilder wieder zurück. Vor lauter Feierlaune hatte ich ganz vergessen, im Internet nach dem wahren Ereignis zu suchen. Hatte Liam Recht? Basierte das Szenario auf etwas, das wirklich passiert war? Bei der Vorstellung wurde mir ganz elend.

Als wir wieder in unserem Zimmer waren, machte ich mich an die Recherche. „Hast du Lust, *Forensic Force* zu gucken?“, fragte Hershey von ihrem Bett aus.

Ich lag auf meinem Bett und gab die Worte „Plattform Explosion Insel Feuerwerk“ in GoSearch ein.

„Klar.“

„Was machst du da?“, fragte Hershey. Aus dem Augenwinkel sah ich, wie sie den Hals reckte, um auf mein Tablet zu gucken.

„Ich versuche eine Nachrichtengeschichte zu finden, die Tarsus für unsere Prüfung im Praktikum benutzt hat.“

„Die mit den Menschen auf der Plattform?"

Ich nickte.

Hershey sah mich an, als hätte ich gesagt, ich wolle mir die Fingernägel mit einer rostigen Kneifzange herausziehen. „Warum?"

„Ich … ich will einfach wissen, was da wirklich passiert ist." Ich gestand es mir selbst kaum ein und würde es vor Hershey ganz bestimmt nicht zugeben, aber eigentlich suchte ich nach Absolution. Es war vielleicht verrückt, doch wenn in Wirklichkeit mehr Menschen gestorben waren als in meiner Simulation, konnte ich mich aus der Verantwortung entlassen. Wenn ich für die Menschen auf dem Bildschirm etwas herausholen konnte, hatte ich vielleicht nicht mehr so ein schlechtes Gewissen wegen der Opfer, die gestorben waren.

„Ich würde das an deiner Stelle sein lassen", sagte Hershey und richtete ihr Handy auf den Bildschirm an der Wand. „Schlimme Sachen passieren nun mal. Man sollte sich da nicht reinsteigern." Sie scrollte zu der neuesten Folge von *Forensic Force* und drückte auf die Play-Taste.

„Ich steigere mich nicht rein", murmelte ich, während ich die erste Seite mit den Suchergebnissen überflog. Als ich nichts fand, was auch nur entfernt mit unserer Prüfung zu tun hatte, ließ die Anspannung nach – bis ich die nächste Seite aufrief. Jetzt starrte ich auf ein Bild, das mit dem Foto auf meinem Bildschirm in der Kapsel völlig identisch war: die grünen Berge im Hintergrund, die Floßbrücke, die zu dem weißen Sandstrand führte, die Lattenkisten mit Feuerwerk und die überfüllte Plattform. Das Foto war vor der Explosion entstanden, als die Plattform noch heil war. Ich tippte zweimal darauf und las die Bildunterschrift:

Fest zum Unabhängigkeitstag in Fidschi, 10. Oktober 2030.

Das war nicht mal eine Woche her. Ich fand keinen Artikel zu dem Foto, also suchte ich erneut, diesmal in Verbindung mit dem Datum. Der erste Treffer war eine Geschichte vom Tag danach, mit der Überschrift: Jähes Ende für Unabhängigkeitsfeier in Fidschi. Ich tippte auf den Bildschirm und öffnete die Seite. Ich musste den ersten Absatz dreimal lesen, bevor ich kapierte, was passiert war.

Am Sonntag brach in Fidschi eine schwimmende Plattform zusammen. Etwa achthundert Menschen, Einheimische und Touristen, darunter viele Kinder, stürzten in den Südpazifik. Kurz darauf explodierten mehrere Kisten mit über zwei Tonnen Feuerwerk. Die Menschen waren zur jährlichen Unabhängigkeitsfeier der Insel zusammengekommen. Laut Behörden war die Plattform für dreihundert Personen zugelassen. Während der Feierlichkeiten hatten sich jedoch fast dreimal so viele Gäste darauf versammelt.

„Ein Glück, dass wir gegen die Regeln verstoßen haben", sagte John Smith, ein amerikanischer Tourist auf Hochzeitsreise, nach dem Unglück. „Wäre die Plattform nicht zusammengebrochen, hätten wir alle noch daraufgestanden, als das Feuerwerk explodiert ist."

Es gab keine Toten, aber zahlreiche Verletzte. Außerdem kamen Hunderte tropischer Fische ums Leben.

Ich schluckte schwer. In Wirklichkeit war die Plattform untergegangen, bevor die Raketen Feuer fingen. Zu diesem Zeitpunkt hatte ich bereits die Hälfte der Menschen evakuiert. Ich hatte damit den Zusammenbruch der Plattform verhindert und ein viel tragischeres Ende der Explosion herbeigeführt.

Ich saß da und starrte auf den Bildschirm, bis er dunkel wurde. Die Gefühle rauschten durch mich hindurch wie Wasser in einem Fluss. Was sollte ich jetzt machen?

Ich griff nach dem Anhänger an meinem Hals und drückte ihn zwischen Daumen und Zeigefinger. Hatte meine Mutter dasselbe durchgemacht, denselben inneren Kampf? Am Ende hatte sie sich dafür entschieden, der Stimme zu vertrauen, und es war nicht gut für sie ausgegangen. Mit einer Diagnose als psychisch Kranke und einem Rückflugticket nach Seattle.

„Hast du's gefunden?", fragte Hershey.

„Die Plattform ist vor der Explosion zusammengebrochen", sagte ich und warf ihr das Tablet aufs Bett. Sie überflog den Artikel und warf es zurück.

„Das ist doch eine gute Nachricht, oder?"

Als ich nicht antwortete, sah sie mich an. „Was ist?" Ich zögerte so lange, bis sie nachhakte. „Rory, was ist los?"

„Bei der Prüfung hab ich den Zweifel gehört", sagte ich schließlich und bereute es sofort. Doch ich musste mit irgendjemandem darüber sprechen und Beck war nicht hier. Er hatte schon wieder nicht zurückgerufen, aber im Moment konnte ich darüber nicht weiter nachdenken.

Hershey reagierte nicht. Sie nahm die Fernbedienung und schaltete den Fernseher auf Pause. „Okay", sagte sie. „Und?"

„Und er hat mir gesagt, ich soll warten."

„Warten?"

„Wir sollten möglichst viele Menschen retten", erklärte ich leise und gehetzt, obwohl wir allein im Zimmer waren. „Und ich wusste nicht, was ich machen sollte. Da waren so viele kleine Kinder … Ich bin in eine Art Schockstarre gefallen. Und dann war ich gestresst, weil wir natürlich nur begrenzt Zeit hatten und nicht wussten, wann die Plattform explodieren würde, nur *dass* es passieren würde."

„Mann, eure Prüfung klingt spannend. Unsere war total öde. Aber erzähl weiter."

„Ich dachte, ich müsste mich beeilen, logisch. Alle beeilten sich. Wie sollte man die Leute sonst von der Plattform runterkriegen, bevor sie in die Luft flog? Doch die Stimme sagte mir, ich sollte gar nichts machen. Einfach abwarten. Was mir absurd vorkam. Aber …"

„Aber dann wäre die Plattform zusammengekracht", sagte Hershey. „Und du hättest alle Menschen gerettet." Sie pfiff durch die Zähne. „Kann dein Gehirn nicht irgendwie darauf gekommen sein?"

„Nein."

Hershey guckte nachdenklich. „Dann hat der Zweifel also …"

„Er hat was gewusst, was ich nicht wusste", sagte ich. „Aber das ist unmöglich. Wissenschaftlich, empirisch unmöglich."

„Ja, stimmt. Es war also einfach nur Zufall."

Sie wusste natürlich, dass ich das nicht glaubte. Ich drehte mich auf den Rücken und sah an die Zimmerdecke. „Hältst du es für denkbar, dass der Zweifel gar nicht so schlecht ist, wie alle meinen?"

Hershey schwieg. Ich schaute zu ihr rüber. Sie lag ebenfalls auf dem Rücken und sah zur Decke.

„Aber die wissenschaftlichen Studien", sagte sie, jedoch nicht so überzeugt wie sonst. „Die beweisen doch, dass der Zweifel nicht rational ist." Sie drehte sich zu mir um und sah mich an. „Oder?"

Ja, es gab solche Studien. Die meisten hatte ich gelesen. Aber wie ich in meiner Hausarbeit geschrieben hatte, war keine dieser Studien ganz vollständig. Die berühmteste verglich die Lebenssituation von Menschen wie meiner Mutter mit der von Menschen wie Hershey – Menschen, die behaupteten, auf den Zweifel zu vertrauen, und solchen, die ihn noch nie gehört hatten. Es stellte sich heraus, dass die zweite Gruppe in den Bereichen persönliches Glück, Stabilität und Wohlstand sehr viel besser abschnitt. Es war eine tolle Schlagzeile, aber es sagte kaum etwas über den Zweifel selbst aus.

„Ich bin trotzdem nicht ganz überzeugt", sagte ich schließlich. „Aber das macht mir auch Angst, denn so hat es bei meiner Mutter wahrscheinlich auch angefangen. Und was ist dabei rausgekommen?"

„Was ist denn dabei rausgekommen?", fragte Hershey.

„Genau weiß ich es nicht", sagte ich. „Ich weiß, dass sie den Zweifel gehört hat und deshalb einen Psychiater aufgesucht hat. Es muss am Ende ziemlich schlimm gewesen sein. Sie ist in der Schule abgerutscht und so. Der Arzt wollte sie einweisen und da ist sie von der Schule geflogen."

„Puh", sagte Hershey. „Das ist ja heftig."

Ich drehte mich auf die Seite, mit dem Gesicht zu ihr. „Bitte sag niemandem etwas davon. Von meiner Mutter und davon, was ich heute gehört habe.“

„Mach ich nicht“, sagte sie. „Versprochen.“ Aber sie sah mir nicht in die Augen.

15

Das Wochenende verbrachte Hershey mit Hausaufgaben. Zum ersten Mal in diesem Halbjahr wagte sie sich in die Bibliothek. Spät am Samstagnachmittag fand ich sie schlafend über ihrem Tablet in dem ansonsten verlassenen Lesesaal. Ich machte es mir in einem Sessel am Kaminfeuer gemütlich und quälte mich durch meine Lektüre für Literatur. Hershey ließ ich schlafen.

Immer wieder schweiften meine Gedanken zu North.

Ich hätte Hersheys Geschichte gern geglaubt, aber so ganz logisch erschien mir das alles nicht. Wenn ihre Begegnung so unschuldig gewesen war, wieso hatte North es mir dann nicht einfach erzählt, als ich vor seiner Tür stand?

Auch am darauffolgenden Dienstagmorgen dachte ich wieder darüber nach und überlegte, was ich tun sollte, während ich mit halbem Ohr einem Vortrag von Dr. Tarsus über Klugheit lauschte und aus dem Fenster sah. Von den Bergen her wehten Sturmwolken heran.

„Und obwohl ich die Problematik nur ungern vereinfachen

möchte", sagte Tarsus, „halte ich die Formel doch für aufschlussreich." Sie schrieb mit dem Finger auf die Wand und eine Gleichung erschien in grüner Kreide:

$K = B/a * V * I$

„Die Klugheit K ist eine Funktion von a, der Anzahl aller verfügbaren Fakten, B, der Anzahl der bekannten Fakten, V, der dem Handelnden inhärenten Fähigkeit zur Vernunft, und I, der Bereitschaft zum Handeln." Tarsus legte eine Pause ein und schaute in die Runde. „Fragen?"

„Können Sie dazu vielleicht ein Beispiel geben?", fragte Dana. Ihre Stimme hallte ein wenig in den Lautsprechern an meiner Kopfstütze.

„Sicher", sagte Tarsus und drehte sich wieder zur Wand. „Nehmen wir ein historisches ..."

„Etwas haben Sie nicht bedacht", platzte ich heraus.

Tarsus fuhr herum und schoss einen Blick in meine Richtung. Ich schlug mir die Hand vor den Mund. „Entschuldigung", sagte ich schnell. „Ich wollte nicht ..."

„Aber ich bitte darum, Rory. Kläre mich auf", sagte sie und verschränkte die Arme. „Was habe ich nicht bedacht?"

„Die Fakten, die man nicht kennen kann", sagte ich schwach und wünschte, ich hätte den Mund gehalten. Für mich war es völlig einleuchtend, aber Tarsus sah mich an, als spräche ich Suaheli.

„Du hast mich vielleicht missverstanden", sagte Tarsus herablassend. „Die Variable a steht für alle Fakten, die der Handelnde kennen *könnte*." Sie tippte mit dem Fingernagel auf den Buchstaben. „B dagegen steht für die Anzahl jener Fakten, die der Handelnde *tatsächlich* kennt. Demzufolge sind alle *unbekannten* Fakten in …“

Wieder unterbrach ich sie, diesmal mit Absicht. Ihr Ton ärgerte mich. Ich war die Beste in ihrem Kurs und sie redete mit mir, als wäre ich ein Volltrottel. Außerdem war ich mir meiner Sache so sicher wie selten. Nicht auf eine überhebliche Art, ich hatte einfach das Gefühl, einem guten Gedanken auf der Spur zu sein. „Nicht *unbekannt*, sondern nicht verfügbar“, verbesserte ich. „Zum Beispiel, wenn sich etwas der Sinneswahrnehmung entzieht. Faktoren, die der Handelnde nicht mit der bloßen Vernunft erfassen kann.“

Tarsus’ Miene verfinsterte sich, dann verzog sie den Mund zu einem säuerlichen Lächeln. „Ich möchte die Unterrichtszeit nicht mit solchen Albernheiten vergeuden, deshalb schlage ich vor, wir beide setzen diese Unterhaltung nach dem Kurs fort.“ Ohne meine Antwort abzuwarten, redete sie weiter.

Als die Stunde zu Ende war, ging ich zu ihr ans Pult. Ich platzte fast vor Wut.

Tarsus zog die Augenbrauen hoch. „Du bist ja ganz außer dir“, sagte sie.

„Ich bin nicht außer mir“, sagte ich. „Ich bin nur irritiert. Im Lehrplan steht ‚Beteiligung am Unterricht erwünscht‘. Für mich bedeutet das, dass Sie bereit sein sollten, sich anzuhören, was wir zu sagen haben.“

Tarsus lächelte. „Dann bist du gekränkt, ist es das?“

„Ich bin nicht gekränkt“, sagte ich ruhig. „Ich würde nur gern verstehen, warum sie mich so schnell abgewürgt haben.“

„Weil ich gemerkt habe, worauf die Unterhaltung hinausläuft. Ich wollte dir nur helfen, Rory. *Nicht verfügbare Fakten?* Kennst du die Redewendung: Was man einmal gesagt hat, kann man nicht mehr zurücknehmen?“ Mit schief gelegtem Kopf sah sie mich an. Jetzt hatten ihre schwarzen Augen noch mehr von einem Adler als sonst.

„Worauf wollen Sie hinaus?“

„Du hast zweifellos Köpfchen, Rory“, sagte sie mit wissendem Unterton. „Aber deine Bemerkungen im Unterricht heute waren sehr bedenklich. Jemand mit deinem Hintergrund sollte mit solchen Äußerungen etwas zurückhaltender sein.“

„Mit meinem Hintergrund?“, fragte ich, als könnte es einen Zweifel daran geben, was sie meinte. Tarsus ließ sich jedoch nicht dazu herab, es näher auszuführen.

„Du weißt, was *akratisch* bedeutet, nicht wahr?“, fragte sie. „Es ist griechisch und bedeutet, dass man wider besseres Wissen handelt. Du warst in deiner Prüfung am Freitag sehr erfolgreich, aber ich habe gehört, wie du das Wort *warten* laut gesagt hast, als sprächest du mit jemandem. Wer könnte das gewesen sein?“

Sofort war es um meine Unerschrockenheit geschehen. Das Herz hämmerte mir unter den Rippen.

„Niemand“, sagte ich schnell. „Ich hab mit niemandem gesprochen.“

Tarsus legte wieder den Kopf schief. „Ganz sicher?“

Ich wusste, dass ich hier rausmusste, bevor ich alles noch schlimmer machte. Aber ich hatte noch etwas auf dem Herzen und ich konnte nicht ohne eine Antwort gehen. „Was wäre passiert, wenn ich wirklich abgewartet hätte?", fragte ich und meine Stimme bebte nur ein klein wenig. „Wenn ich alle auf der Plattform gelassen hätte?"

„Dann wärst du durchgefallen", sagte Tarsus, ohne zu zögern.

„Aber in Wirklichkeit ist die Plattform doch ..."

„Zusammengebrochen. Ja, ich weiß. Aber die Vernunft schreibt uns vor, dass eine überfüllte Plattform auf dem Wasser evakuiert werden sollte, damit sie nicht zusammenbricht. Wir können nicht einfach abwarten, bis genau das geschieht." Sie sah mich prüfend an. „Wenn du also all die Menschen auf der Plattform gelassen hättest, obwohl du wusstest, dass die Kisten explodieren werden, hätte das zwei mögliche Schlüsse zugelassen: Entweder wärst du vor Unschlüssigkeit paralysiert gewesen oder von einem irrationalen Impuls verblendet. In beiden Fällen hätte das ein Ungenügend bedeutet."

„Dann wollten Sie mich also reinlegen", sagte ich.

Tarsus lächelte kühl. „Dich reinlegen? Das klingt paranoid. Vielleicht könnte dir ein Besuch in der Campus-Klinik helfen. Wenn du willst, schreibe ich dir eine Einweisung."

Ich schluckte. Meine Kehle war rau wie Sandpapier. „Was habe ich getan, dass Sie mich so hassen?"

Tarsus schüttelte den Kopf. „Ich könnte dich niemals hassen, Rory." Damit wandte sie sich ab. Wieder einmal behielt sie das letzte Wort. „Bitte mach die Tür zu, wenn du gehst."

Irgendwie überstand ich die Geschichtsstunde, aber Mittagessen bekam ich beim besten Willen nicht hinunter. Ich zog mir meine Jogginghose an und lief durch den Wald. Ich erstickte die Kakofonie in meinem Kopf mit dem Geräusch der Blätter unter meinen Laufschuhen. Als ich zur dritten Runde über den Friedhof ansetzte, fing es an zu regnen. Ohne zu überlegen, kletterte ich über den Zaun und sprintete zum Mausoleum. Ich nahm die Abkürzung über die Gräber. Abgesehen von dem rhythmischen Prasseln des Regens war es still, als ich dort ankam. Erst als ich durch das schmiedeeiserne Tor geschlüpft war, hörte ich die Musik.

Ich wollte schon an den Granit klopfen, als ich merkte, dass das lächerlich war, da sie mich sowieso nicht hören konnten. Also atmete ich tief durch und lehnte mich mit meinem ganzen Gewicht an den Stein, wie ich es bei North gesehen hatte. Der Stein glitt zur Seite.

Ich hatte mit der Band gerechnet und zuckte zusammen, als ich nur North sah. Er saß an den Marmorsarg gelehnt auf dem Boden und hatte einen Laptop auf dem Schoß. Aus den Lautsprechern dröhnte Musik.

„Rory“, sagte er, als ich ins Grab stieg. Es klang überrascht und gleichzeitig erleichtert. Er stellte den Laptop beiseite und stand auf.

„Ich hab deine Nachricht bekommen“, sagte ich.

„Woher wusstest du, dass ich hier bin?“ Langsam kam er auf mich zu und ließ mich dabei nicht aus den Augen, als hätte er Angst, ich könnte wieder verschwinden.

„Wusste ich gar nicht.“ Etwas leiser fügte ich hinzu: „Aber ich hab es gehofft.“ Ich trat unsicher von einem Fuß auf den anderen. „Du hast gesagt, du könntest alles erklären.“

Er nickte. „Kann ich auch. Aber setz dich erst mal hin." Er zeigte auf die Bank für die Trauernden.

Mein Magen rutschte eine Etage tiefer. „Gut", sagte ich.

Er nahm so dicht neben mir Platz, dass unsere Knie sich fast berührten. „Ich hab ganz oft versucht, mit dir in Kontakt zu kommen." Er stützte sich auf die Ellbogen. Seine Haare waren nass vom Regen. „Aber egal, welchen Account ich benutzt habe, du hast ihn gesperrt. Ich habe sogar überlegt, mich aufs Schulgelände zu schleichen, aber ich hab letztes Jahr Hausverbot bekommen und …"

„Moment mal, du hast … was?"

Er machte ein betretenes Gesicht. „Die Jungs und ich sind in eins der Gebäude eingebrochen, um Aufnahmen zu machen. In das mit der Orgel und dem goldenen Kuppelgewölbe."

„Ihr seid in die große Rotunde eingebrochen? Wusstet ihr nicht, dass die einen Alarm hat?"

„Den hatte ich ausgeschaltet. Sie haben uns erwischt, als der Behälter explodiert ist."

„Was für ein Behälter?"

„Wir hatten einen großen Druckluftbehälter dabei, mit dem man die Orgelpfeifen wie ein Xylophon spielen kann. Das war jedenfalls der Plan. Als wir das erste Mal Luft rausließen, ist uns das Ding um die Ohren geflogen."

„Oh Mann. Haben sie euch festgenommen?"

„Nur mich", sagte er. „Ich hab den anderen gesagt, sie sollen wegrennen." Er sah, dass ich ihn ungläubig anstarrte. „Das klingt jetzt heldenhaft, aber ich war noch keine siebzehn. Ich kam also vor den Jugendrichter und es wurde als geringfügiges Vergehen bewertet, das aus den Akten verschwand, als ich achtzehn wurde." Seine Miene verfinsterte sich. „Aber die Schule hat mich unabhängig davon verklagt und ein Hausverbot erwirkt. Ich darf mich dem Grundstück nur bis auf zwanzig Meter nähern." Er lächelte ein wenig. „Du wärst es bestimmt wert, dass man für dich ein Weilchen in den Knast wandert", sagte er und stieß gegen mein Knie. Dann wurde er ernst. „Aber eine Vorstrafe würde meine Karriere zerstören."

Karriere? Ein seltsamer Ausdruck für jemanden, der sein Geld an der Kaffeebar verdient.

Er holte tief Luft. „Es gibt etwas, was du nicht über mich weißt, Rory."

Ich bekam Gänsehaut an den Armen. Ich rutschte ein Stück nach hinten und zog die Knie an die Brust.

„Und ich würde es dir gern erzählen. Es ist nur ..." Sein Blick suchte meinen und seine Augen zuckten hin und her wie die Nadel eines Dezibelmessers. Gleichzeitig vibrierte sein linker Fuß wie ein Presslufthammer.

„Was denn?"

Er senkte den Blick. „Ich hab das noch nie irgendwem erzählt. Wirklich keiner Menschenseele. Also, es ist ..." Er sah mich wieder an. „Rory, kann ich dir vertrauen?"

„Na klar", sagte ich und fasste seine Hand. Bei der Berührung fuhren wir beide leicht zusammen, aber diesmal zog ich meine Hand nicht zurück. Mein Herz schlug einen Trommelwirbel.

„Erstens hatte ich nie was mit Hershey. Was du in der Nacht

nach dem Maskenball gesehen hast, war nicht das, was du dachtest."

Ich nickte. „Hershey hat mir erzählt, was passiert ist."

„Aha. Aber bestimmt nicht alles", sagte er grimmig.

„Dann erzähl du mir den Rest."

„An dem Tag, als wir uns kennengelernt haben, als ich dir den Matcha serviert hab, war Hershey abends noch mal da. Es war schon spät, kurz bevor wir zumachten. Ich glaube, sie hatte was getrunken."

Der Abend nach dem Willkommensdinner. Da hatte Hershey sich rausgeschlichen. Und sie hatte getrunken. Die Flachmänner aus dem Flieger und wer weiß, was noch.

„Was wollte sie?", fragte ich, obwohl ich es schon wusste. Das hatte sie ja deutlich gemacht, als wir North zum ersten Mal gesehen hatten.

„Sie hat mir mehr oder weniger unmissverständlich gesagt, dass sie für eine unverbindliche Affäre zu haben wäre", sagte North. „Ich habe ihr einen freundlichen Korb gegeben."

Ich kicherte, ich konnte nicht anderes. „Wie hat sie es aufgenommen?"

„Nicht so gut," North lachte. Für einen kleinen Moment war die Stimmung etwas aufgelockert. „Sie sagte, Zitat: ‚Nach mir kommt aber ganz lange nichts mehr.'"

„Das hat sie nicht gesagt!"

„Doch." North schüttelte den Kopf. „Eins muss man ihr lassen, ein gesundes Selbstbewusstsein hat sie." Er zuckte die Schultern. „Es hätte mir egal sein sollen, aber ich fühlte mich nicht gut dabei, ihr einen Korb zu geben und dann sofort mit dir etwas anzufangen. Deshalb hab ich dich gebeten, ihr nichts von uns zu erzählen. Ich wollte ihr nicht unter die Nase reiben, dass ich verrückt nach dir bin."

„Verrückt nach mir, soso", witzelte ich, aber mein Kopf wurde leicht, als würde ich gleich in Ohnmacht fallen.

„Dazu kommen wir noch", sagte North und drückte meine Hand. „Erst muss ich dir den Rest erzählen."

Ich nickte.

„Also, in der Nacht, als ihr den Maskenball hattet, kam sie sturzbetrunken ins Paradiso und bestellte einen Kaffee. Dann hat sie sich vollgekotzt. Sie hatte Erbrochenes auf den Armen und machte sich Sorgen, dass ihr Kleid was abbekommen könnte. Da hab ich ihr gesagt, sie könnte sich in meiner Wohnung waschen und ein paar Stunden hinlegen."

„Nett von dir", sagte ich.

„Sie ist deine Zimmergenossin. Und deine Freundin, dachte ich."

Bei der Art, wie er *dachte ich* sagte, wurde mir ganz anders. Worauf lief die Geschichte hinaus?

Er atmete noch mal durch, bevor er weitererzählte. „Während sie unter der Dusche stand, nahm ich ihr Handy, um dir eine SMS zu schreiben. Sie hatte es gerade noch benutzt, deshalb war es freigegeben. Als ich auf ‚Nachrichten' klickte, sah ich im Postausgang eine Nachricht an eine unterdrückte Nummer. Es war ein Dokument mit deinem Namen angehängt."

Ich zog meine Hand zurück. „Wie meinst du das, ein Dokument mit meinem Namen?"

„Der Name der Datei. Genau genommen war es deine Sozialversicherungsnummer."

„Moment mal. Du kennst meine Sozialversicherungsnummer?"

„Ja, dazu komme ich später. Erst musst du erfahren, was in diesem Dokument stand."

„Du hast es geöffnet?"

Er nickte. „Es war das fünfte Mal, dass sie das Dokument an dieselbe unterdrückte Nummer geschickt hat. Und jedes Mal wurde die Datei größer. Ich hatte ein schlechtes Gefühl. Und ich hatte Recht."

Mir wurde schlecht. „Was heißt das?"

„Es war ein Protokoll", sagte er. „Wie ein Tagebuch, in dem alles mit Datum und Uhrzeit aufgezeichnet war. Sachen, die du gemacht hast. Gespräche, die sie mit dir geführt hat." Er sprach jetzt schneller, dringlicher. „Und es wurde Bezug genommen auf Audiodateien, die nicht angehängt waren. Deshalb hab ich ihr Gemini gescannt, während sie unter der Dusche war. Ich hatte gerade angefangen, als du aufgetaucht bist. Wenn Hershey uns gehört hätte, hätte sie mich erwischt."

Ich hob die Hände und unterbrach ihn. „Was heißt das, du hast ihr Gemini *gescannt*?"

„Ich hab den Inhalt kopiert", erklärte er. „Damit ich alles durchsehen konnte, nachdem sie weg war."

„Das versteh ich nicht. Wie hast du das gemacht?"

North zögerte. Jetzt sprang sein Blick wieder hin und her. „Ich bin ein Hacker", sagte er schließlich und beobachtete meine Reaktion. „Damit verdiene ich meinen Lebensunterhalt."

„Ein Hacker“, wiederholte ich. Das war so ziemlich das Letzte, was ich erwartet hätte. „Das heißt, du wirst dafür bezahlt, dass du anderer Leute Handys knackst?“

„Unter anderem. Rory, pass auf, ich will mich vor dir nicht rechtfertigen. Ich weiß, dass es illegal ist …“

„Aber so was von illegal.“ Das sollte nicht so anklagend herauskommen, aber er rückte ein Stück von mir ab.

„Ja.“ Jetzt schien er auf der Hut. „Deshalb zahlen mir meine Kunden auch einen Haufen Geld für meine Dienste. Und deshalb weiß niemand außer dir, was ich genau mache.“

„Und was machst du genau?“, fragte ich.

„Meist geht es darum, das öffentliche Ansehen einer Person wiederherzustellen“, sagte er. „Jemand macht irgendwas Peinliches, Bilder werden ins Netz gestellt, und wegen der lächerlichen Datenschutzpolitik von Forum ist es unmöglich, sie wieder zu entfernen. Selbst Fotos, die du aus deiner Chronik nimmst, verschwinden nicht. Das gleiche gilt für Statusmeldungen. Sie leben für immer weiter. Die Leute bezahlen mich dafür, dass ich sie entferne.“

„Reiche Leute.“

„Sehr reiche Leute. Die viel zu verlieren haben. Leute, die auf meine Dienste angewiesen sind, die aber lieber nicht wollen, dass ich offiziell in Erscheinung trete.“

„Und dein Forum-Profil …“

„Gibt es nur für den Fall, dass mal jemand anfängt zu graben. Der Name stimmt, alles andere ist frei erfunden. Check-ins, Statusmeldungen und Chats – alles Fake.“ Er rückte wieder näher heran und nahm meine Hände. „Ich hab das Profil vor dir verheimlicht, damit du nicht denkst, ich bin dieser Typ. Bei dir wollte ich echt sein. Ich wollte einfach nur ich selber sein."

Sein Atem roch nach Kaffee und Pfefferminz. Ohne nachzudenken, küsste ich ihn. Ich beugte mich so schnell vor, dass meine Füße auf seinen landeten und unsere Zähne zusammenstießen, bevor wir die Lippen des anderen fanden.

Wenige Sekunden später lösten wir uns voneinander. Wir waren beide außer Atem, er vor Überraschung und ich von dem Hochgefühl über das, was ich gerade getan hatte.

„Ich beichte dir, dass ich dich belogen habe, und bekomme das dafür? Ich sollte öfter Sachen vor dir verheimlichen", scherzte er.

Ich schlug ihm auf den Arm. „Nein, solltest du nicht. Einmal lass ich dir das durchgehen, öfter nicht."

„Ich werd's mir merken", sagte er lächelnd. Dann runzelte er die Stirn und der Glücksrausch, in dem ich mich befand, legte sich.

„Ich muss die Datei sehen", sagte ich.

„Ja, da hast du Recht." North holte ein klobiges iPhone aus der Hosentasche. Es war fast doppelt so groß wie mein Gemini. Er tippte auf das Wolken-Icon.

„Du hast hier eine Verbindung?", fragte ich.

„Ich benutze WLAN statt Li-Fi, die alte Kommunikations-Infrastruktur, bevor VLC den Mobilfunk ersetzt hat. Weil ich hier so viel Zeit verbringe, habe ich eine Basisstation auf dem Dach eingerichtet." Er tippte etwas ein und reichte mir das Gerät. Während ich las, schwieg er.

Schon nach der ersten Seite war mir speiübel. Wie North schon gesagt hatte, war es ein Protokoll von allem, was ich seit unserer Ankunft auf dem Campus gesagt und getan hatte. Und jeder Eintrag ließ mich labil erscheinen. Ich hätte eine „Paranoia", dass Dr. Tarsus mich auf dem Kieker hatte, sei von Lux „besessen", reagiere „ausweichend" im Hinblick auf die Vergangenheit meiner Mutter und sei auf ihre Kette mit dem Anhänger „fixiert". Nach der Hälfte der zweiten Seite hörte ich auf zu lesen und machte die Augen zu.

North rückte näher heran und legte mir den Arm um die Schultern. „Hast du irgendeine Idee, wem sie das geschickt haben könnte?"

Ich schüttelte den Kopf. Ich hatte keine Ahnung. Vielleicht jemandem aus dem Geheimbund? Gehörte das womöglich zur Beurteilung dazu? Gar nicht so abwegig, dass sie die Zimmergenossen nach Schwachpunkten fragten. Aber warum gab meine Zimmergenossin mich gleich zum Abschuss frei?

Ich hatte die Augen immer noch geschlossen, als North meine tränennasse Wange küsste. Als ich seine kalte Nase an meinem Gesicht spürte, musste ich trotz allem lächeln.

„Ich gehe jetzt mal besser", sagte ich widerstrebend. „Ich hab am Nachmittag Unterricht und ich muss unbedingt mit Hershey reden."

„Willst du ihr sagen, was du weißt?"

„Das muss ich. Aber keine Sorge, dich halte ich da raus", versicherte ich ihm.

„Du kannst ihr ruhig sagen, dass ich das Protokoll in ihrem Handy gesehen und geöffnet hab. Sie darf nur nicht erfahren, wie ich an den Rest drangekommen bin." Er reichte mir die Hände und zog mich hoch. Wir stießen leicht zusammen und ich spürte die Berührung vom Scheitel bis zur Sohle.

„Danke", sagte ich und ging einen kleinen Schritt zurück. Wenn ich ihm so nah blieb, schaffte ich es bestimmt nicht zur nächsten Stunde. „Dafür, dass du die Datei gefunden und mir gezeigt hast."

„Gern geschehen", sagte er und öffnete den Eingang des Mausoleums. Dann zog er mich an sich und küsste mich – tausend langsame Küsse im Regen.

Hershey räkelte sich auf ihrem Bett und machte Hausaufgaben, als ich nach der letzten Stunde ins Zimmer kam.

„Hi!", sagte sie und strahlte mich an. „Wie war dein Tag?"

Mein Magen krampfte sich zusammen. „Ich weiß, was du getan hast", schleuderte ich ihr entgegen. Ich merkte selbst, dass ich redete wie eine Sechstklässlerin.

Hersheys Lächeln erstarb. „Was?"

„Ich hab gelesen, was du über mich geschrieben hast."

Hershey wurde blass. „Rory! Oh Gott, ich kann dir das erklären."

„Ja", sagte ich mit eisiger Stimme. „Ich bitte darum."

Hershey atmete zittrig ein. „An dem Tag, als ich die Zusage für Eden erhielt, rief Dr. Tarsus mich an. Ich dachte, sie wollte mir bloß gratulieren oder so. Aber dann sagte sie, sie bräuchte meine Hilfe. Noch ein Mädchen aus meiner Schule sei angenommen, aber sie glaubte an einen Fehler des Aufnahmekomitees. Und ich sollte ihr helfen, das zu beweisen."

Dr. Tarsus! Halt suchend legte ich eine Hand auf den Schreibtisch. Es ging gar nicht um den Geheimbund. Das hier war viel, viel schlimmer.

Händeringend erzählte Hershey weiter. „Sie sagte, sie hätten dich gar nicht aufnehmen dürfen, weil deine Mutter akratisch war." Tränen strömten ihr über die Wangen und hinterließen Streifen in ihrem Make-up. „Sie sagte, wir könnten deinen Rauswurf beim Vorstand erzwingen, wenn wir Beweise für deine Labilität vorlegen. Aber ich dürfte niemandem davon erzählen, bis sie alles Beweismaterial zusammengetragen hätte. Sie sagte, sie würde mich mit dir zusammenbringen und ich bräuchte nur alles zu notieren und einige Gespräche aufzuzeichnen." Hershey schüttelte wütend den Kopf. „Ich hätte sagen sollen, sie soll sich zum Teufel …"

Ich schnitt ihr das Wort ab. „Dann weiß sie also, dass ich den Zweifel höre", sagte ich tonlos. „Du hast unser Gespräch am Freitag aufgezeichnet. Deshalb hast du mich so ausgequetscht."

„Nein", sagte Hershey fest. „Seit du mir Donnerstag geholfen hast, habe ich kein Wort mehr aufgeschrieben und keine Silbe mehr aufgenommen. Und ich werde es auch nie wieder tun." Sie kam zu mir und reichte mir die Hände, aber ich schlug sie zurück. „Rory", sagte sie. „Es tut mir so leid."

„Warum hast du das getan?"

„Es hat mir wohl geschmeichelt, dass sie mich um Hilfe bat." Sie klang beschämt. „Und später war ich so neidisch auf dich, dass ich nicht mehr damit aufhören konnte."

„Und das soll ich dir abnehmen? Du hast das gemacht, weil

du *neidisch* auf mich warst?“ Ich lachte bitter. „Du hältst mich wohl für total beschränkt.“

„Na klar war ich neidisch auf dich. Du bist eine verdammte Hepta und, schlimmer noch, du hast es nicht mal *gewusst*. Alles fliegt dir zu. Ich war so neidisch, dass ich kaum atmen konnte.“

„Mir fliegt alles zu? Spinnst du? Ich hab mich total reingehängt, um hier angenommen zu werden. Und seit ich hier bin, lerne ich noch mal doppelt so viel. Aber jetzt hast du alles kaputtgemacht.“ Auf einmal hatte ich einen Kloß im Hals. Ich presste die Lippen zusammen, damit ich nicht weinen musste.

Hershey legte mir die Hände auf die Schultern. „Hör zu, Rory. Ich bringe das wieder in Ordnung. Ich sage Tarsus, dass ich das nicht mehr mache. Dann gehe ich zum Schulleiter. Ich versprech dir, ich lasse es nicht zu, dass sie dich in die Pfanne …“

„Kapierst du es nicht?“ Ich schüttelte ihre Hände ab. „Es ist zu spät. Du hast ihr die Pfanne schon gegeben.“

Ich drehte mich auf dem Absatz um und ging.

16

Sechs Minuten später stand ich vor dem Paradiso. Ich war außer Atem vom schnellen Laufen. Die Haare klebten mir an der Stirn und ich konnte mir vorstellen, wie verrückt ich aussah. Jogginghose, bei 10 Grad ohne Jacke, rote Nase, verschmierte Wimperntusche. Nicht gerade so, wie ich North begegnen wollte. Aber zu spät, er hatte mich schon entdeckt.

Er ließ einen Kunden an der Theke stehen und kam zu mir an die Tür.

„Hey“, sagte er leise. „Wie ist es gelaufen?“

„Eine meiner Lehrerinnen hat sie angestiftet …“ Ich brach ab, als mein Blick auf einen Literaturlehrer fiel, der mich von der Theke aus beobachtete.

North folgte meinem Blick und sprach noch leiser. „Geh doch schon mal hoch in meine Wohnung.“ Er drückte mir seine Schlüssel in die Hand. „Ich hab um fünf Uhr Schluss.“

Ich nahm mein Gemini aus der Hosentasche und schaute darauf. Es war halb fünf. „Okay“, sagte ich und schloss die Finger um die Schlüssel. Der Lehrer schien nicht mehr auf mich zu achten, aber ich war lieber vorsichtig. Vielleicht war Tarsus ja nicht die Einzige, die mich loswerden wollte. Und North war auch nicht gerade der Vorzeigemitbürger. Es war für keinen von uns beiden günstig, wenn man uns zusammen sah.

Als ich die Treppe zu Norths Wohnung hochging, stellte ich das Handy auf privat. Ich wollte nicht, dass Hershey herkam und mich hier fand. Ich wollte ihre Entschuldigungen nicht hören, nicht zuletzt, weil ich ihr dann womöglich verziehen hätte.

Ich schloss auf, trat in die Wohnung und machte die Tür hinter mir zu. Ich zog die Stiefel aus und ging barfuß zu Norths Bücherregal.

Ich fuhr mit dem Finger über brüchige Buchrücken und las die Titel. Von einigen hatte ich schon mal gehört, von vielen nicht. Manche hatten einen Barcode und waren mit Plastikfolie überzogen. Sie stammten aus alten Bibliotheksbeständen, bevor die Bibliotheken ganz auf E-Books umgestellt hatten. Andere waren zerlesen oder hatten Wasserflecken. Die Bücher ganz oben im Regal waren fest gebunden mit zerfledderten Leineneinbänden. Die Titel waren nicht aufgedruckt, sondern in Gold geprägt.

Am Ende der Reihe stand ein Buch, das etwas zurückgeschoben war. Ich zog es nach vorn. Als ich den Titel sah, zuckte ich zusammen: *Das verlorene Paradies* von John Milton.

Ich murmelte die Worte, die meine Mutter mir als handgeschriebene Notiz hinterlassen hatte. Bis dahin hatte ich gar nicht gewusst, dass ich sie auswendig konnte. *Denn frei erschuf ich sie, und frei denn auch sollen sie bleiben, bis sie selbst sich knechten; sonst müsste ich die Schöpfung gar verwandeln.* Ich nahm das Buch aus dem Regal und drehte es in den Händen. Die Seiten waren ungleichmäßig und vergilbt, der Leinenumschlag war an den Ecken ausgefranst. Behutsam schlug ich die erste Seite auf. Das Papier war im Laufe der Jahre trocken und fleckig geworden.

Das verlorene Paradies
Ein Gedicht in zwölf Gesängen
des Autors John Milton
Siebte Ausgabe, mit zahlreichen Illustrationen
Gedruckt in London 1705

Ein so altes Buch hatte ich noch nie gesehen. Frühe Ausgaben waren extrem selten. Und teuer. Was für North, wie es mir durch den Kopf schoss, vielleicht kein großes Problem war. Wie viel mochten reiche Leute ihm dafür zahlen, dass er ihre Sünden ausradierte? Bestimmt viel. Sanft fuhr ich mit den Fingerspitzen über die Seite. Ich wollte das zarte Papier nicht beschädigen. Vorsichtig blätterte ich um, eine Seite nach der anderen. Ich war weniger auf der Suche nach dem Zitat, sondern wollte das Buch als Ganzes wahrnehmen, sein unheimliches Alter begreifen. Als ich auf der dritten Seite anlangte, hielt ich inne. Statt Versen befand sich dort eine Zeichnung. Darunter stand:

Denn der Allherrscher schleudert
Als Feuerbrand ihn häuptlings aus dem Himmel.

Das war ein Auszug aus dem vorhergehenden Text. Doch erst in Verbindung mit dem Bild erschloss sich mir die Bedeutung der Worte: Gott stieß einen Engel aus dem Himmel. Auf der Suche nach weiteren Bildern blätterte ich weiter. Es gab viele, eins merkwürdiger als das andere und gleichzeitig seltsam vertraut. Beim siebten Buch verstand ich, warum. Unter der Illustration stand:

Da sprach Gott:
„Die Erde bringe Lebendiges nach ihrer Art,
Vieh, kriechendes Getier und Wild hervor,
Ein jegliches nach seiner Art!“

Das Bild stellte die Erschaffung der Erde dar. In der Mitte war ein Löwe, dessen Kopf genauso aussah wie die Maske, die Liam auf dem Maskenball getragen hatte. Neben ihm war eine Gruppe weiterer Tiere abgebildet, manche mit Hörnern, andere mit Geweihen, einige getupft, andere gestreift – und alle erschreckend vertraut. Ich blätterte die Seite um und suchte nach Adam und Eva. Wir hatten zu Beginn des Halbjahrs einen Teil der Genesis gelesen und ich wusste, dass sie als Nächstes erschaffen worden waren. Ich brauchte eigentlich keine weitere Bestätigung und bekam sie doch. Die Gesichter von Adam und Eva, die ich zwei Seiten später sah, entsprachen genau den menschlichen Masken, die sich in jener Nacht vor der Schlange verneigt hatten.

In stummem Dank schaute ich nach oben. Es konnte kein Zufall sein. Es war, als wäre ich hierhergeführt worden, um gerade jetzt diese Zeichnungen zu finden und die Verbindung herzustellen. Sowohl die Worte, die meine Mutter mir hinterlassen hatte, als auch die Masken des Geheimbunds stammten aus diesem Buch. Es musste noch mehr in diesen Seiten stecken. Vielleicht ein Hinweis darauf, was meine Mutter mir sagen wollte. Ich presste das Buch an die Brust. Ich musste es herausfinden.

Es klopfte leise an die Tür. „Ich bin's."

Das Buch noch in der Hand, ließ ich North herein.

„Milton-Fan?", fragte er mit einem kurzen Blick auf das Buch.

„Vielleicht werde ich einer", sagte ich. „Das sag ich dir dann, wenn ich es gelesen habe."

„Soll ich es dir leihen?"

Ich sah ihn überrascht an. „Würdest du das tun? Es sieht teuer aus."

Er lachte und machte die Tür zu. „War es auch. Aber du wirst es ja kaum als Untersetzer benutzen. Klar leihe ich es dir. Bücher sind dafür da, gelesen zu werden. Auf Papier."

„Bist du aber retro", scherzte ich.

North stellte seine Tasche ab und ging mit einer braunen Tüte in die Küche. Als er die Tüte öffnete, knurrte mein Magen vorfreudig.

„Schinken oder Truthahn?", fragte er.

„Truthahn", sagte ich und schwang mich auf seinen einzigen Barhocker. Er schob das Sandwich über die Theke. Es war überbacken und der Käse quoll zwischen den dunklen, knusprigen Toastscheiben hervor.

Ich biss hinein. Es war noch köstlicher, als es aussah. Noch ehe ich den ersten Bissen heruntergeschluckt hatte, biss ich erneut hinein. North fasste mein Handgelenk und drehte es herum.

„*Gierig verschlang sie, hemmungslos* würde sich jetzt hier gut machen." Er grinste und tat so, als würde er die Worte in meine Haut tätowieren.

Ich merkte, wie ich rot wurde, und beeilte mich zu schlucken. „Ich hab nichts zu Mittag gegessen!", sagte ich mit vollem Mund.

„Das ist eine Zeile aus *Das verlorene Paradies*", sagte er lachend. „So beschreibt Milton den Moment, als Eva die Frucht vom Baum der Erkenntnis isst."

„Du kennst es so gut, dass du daraus *zitieren* kannst?"

„Na ja, an diese Zeile erinnere ich mich ganz besonders, weil meine Tante sie hinten auf das erste Paradiso-T-Shirt hat aufdrucken lassen", erwiderte North. „Der Name *Café Paradiso* ist eine Lobpreisung Miltons und der *Università del caffè* in Italien, wo meine Tante Kaffeekochen gelernt hat."

„*Denn frei erschuf ich sie, und frei denn auch sollen sie bleiben, bis sie selbst sich knechten; sonst müsste ich die Schöpfung gar verwandeln*", zitierte ich. „Buch drei, Zeile hundertdreiundsechzig bis hundertfünfundsechzig."

North sah mich verblüfft an. „Nicht schlecht für jemanden, der das Buch nie gelesen hat."

„Weißt du, was das bedeutet?", fragte ich.

„Ich glaube schon", sagte er. „Ich denke, dass Gott hier über den freien Willen des Menschen spricht. Indem er den Menschen als freies Wesen schuf, ließ er auch die Möglichkeit des Falls zu."

„Der Fall", wiederholte ich. „Was ist damit gemeint?"

„Für Satan war es buchstäblich ein Fall vom Himmel in die Hölle. Für den Menschen bedeutete es die Vertreibung aus dem Paradies." Er blätterte zur letzten Illustration am Ende des Buches. Ein Engel, der auffallende Ähnlichkeit mit der Statue auf dem Friedhof hatte, führte Adam und Eva durch das Tor des Gartens Eden hinaus. Darunter stand:

Sie gingen Hand in Hand, langsamen Ganges,
Durch Eden einsam wandernd ihren Weg.

„In beiden Fällen haben die Geschöpfe versucht, wie ihr Schöpfer zu werden, und sich damit selbst versklavt", erklärte North wie ein geduldiger Lehrer. „Das ist mit dem Ausdruck *sich knechten* gemeint. Wenigstens ..."

„An wen oder was haben sie sich selbst versklavt?", fragte ich. Ich war so neugierig, dass ich mir nicht dumm vorkam.

„Zum einen an ihren Stolz", sagte North. „Und an ihre Blindheit. Indem sie die Lügen der Schlange glaubten, haben Adam und Eva ihre Weltsicht geändert. Sie sahen die Welt danach einfach anders. Sie konnten sie nicht mehr so sehen, wie sie wirklich war." North grinste. „Und das war der Anfang einer ganzen Reihe von Fehlentscheidungen."

„Aber müssten wir das nicht überwinden können?", fragte ich. „Ich meine, Gott hat dem Menschen ja Vernunft gegeben, oder?"

„Die Vernunft hat Adam und Eva aber nicht weit gebracht", wandte North ein.

„Aber sie wussten nicht, was wir wissen", sagte ich. „Seitdem haben wir solche Fortschritte erzielt. Müssten die gesellschaftlichen und wissenschaftlichen Entwicklungen nicht dazu führen, dass wir die Welt irgendwann wieder so sehen können, wie sie wirklich ist?"

„Das ist eine mögliche Sicht", sagte North.

„Und was ist deine?"

Er zögerte. „Hast du schon mal den Begriff Noumenon gehört?", fragte er. „Das stammt aus dem Griechischen. Von dem Wort *nous*, das so etwas wie Intuition bedeutet."

Nous. Das Wort hatte die Schlange in der Arena ausgesprochen. Ein Schaudern durchlief mich wie bei einem Déjà-vu-Erlebnis. „Von *nous* hab ich schon gehört", sagte ich unbestimmt. „Und was heißt Noumenon?"

„Es bezeichnet ein Wissen, das nicht von den Sinnen herrührt", erklärte North. „Wahrheiten, die jenseits des Beobachtbaren existieren. Die Naturwissenschaft behauptet, das Noumenon sei eine Fiktion. Es gebe nichts außerhalb der beobachtbaren Welt. Ich glaube, Adam und Eva gingen von derselben Annahme aus, als sie die verbotene Frucht aßen. Sie glaubten, alle Fakten zu kennen. Sie konnten nicht sehen, wie wenig sie sahen."

Sie konnten nicht sehen, wie wenig sie sahen. Genau diesen Fehler hatte ich in meiner Prüfung gemacht. Ich glaubte, alle Fakten zu kennen. Auf einmal hatte ich das Bedürfnis, ihm davon zu erzählen.

„In Eden muss jeder einen Kurs belegen, der sich Platon Praktikum nennt", begann ich. „Wir sollen unser Urteilsvermögen schärfen, indem wir verschiedene Simulationen durchspielen. So was wie eine virtuelle Realität. Wir sitzen in kleinen Kapseln und auf einem Bildschirm laufen Filmszenarios in 3-D ab."

„Cool", sagte er und schwang sich neben mich auf den Hocker. „Und was sind das für Szenarios?"

„Also, in der Regel gibt es mehrere Akteure, deren Handeln wir beeinflussen sollen. Wir werden nach den Entscheidungen benotet, die wir treffen. Für die Prüfung letzten Freitag mussten wir entscheiden, wen wir von einer überfüllten Plattform evakuieren, bevor sie explodiert."

„Was ist das Ziel?", fragte North.

„Ein positiver Nettoeffekt", sagte ich. „Auf die Gesellschaft als Ganzes. Das beste Ergebnis wird mit hundert Prozent benotet, die anderen dementsprechend abgestuft."

North nickte, als wäre das ganz logisch. „Dann spielt ihr also Lux."

Ich sah ihn an. „Wie bitte?"

„Was du da beschreibst – genau das macht Lux auch", erklärte er. „Es manipuliert den einzelnen Nutzer so, dass ein positiver Nettoeffekt für die Gesamtheit der Nutzer erzielt wird."

„Woher weißt du so viel über Lux? Vom Hacken?"

„Auch, ja. Aber was ich dir gerade erzählt hab, weiß ich, weil ich die Nutzungsbedingungen gelesen habe. Was du, deinem Gesichtsausdruck nach zu urteilen, immer noch nicht getan hast."

„Das steht da wirklich alles drin?"

„In verschwurbelter Juristensprache, ja."

„Und wie funktioniert die App genau?"

„Na ja, Gnosis legt seinen Algorithmus natürlich nicht offen. Und ich kann ihn nicht einsehen, weil er sich geschützt in einem Archiv auf ihren Servern befindet. Aber vermutlich haben sie für sich eine Funktion für positive Nettowirkung erfunden. Sie speichern unsere Daten in einem Ding, das sich SWOT-Matrix nennt – was auf dieses Raster mit den vier Kästchen hinausläuft, in denen die Stärken eines Menschen katalogisiert werden, seine Schwächen, Cha..."

„Chancen und Gefahren", vollendete ich seinen Satz. North sah mich überrascht an. „Damit arbeiten wir auch bei den Simulationen im Praktikum", sagte ich. „Ich dachte, SWOT wäre eine Erfindung unserer Lehrerin."

„Ach was, das ist ein Begriff aus dem Management, den es schon lange gibt", sagte North. „Aber Gnosis hat ihn auf eine neue Ebene geführt. Sie benutzen ihn, um das Äquilibrium zu fördern – so nennen sie es, wenn das Leben rundläuft, wenn alles im Gleichgewicht ist. Du müsstest mal die Benutzerprofile sehen. In welche Details die gehen, ist krank. Das muss wohl so sein, damit Lux funktioniert. Jede Empfehlung von Lux speist sich aus dieser Matrix."

„Ich muss mein Benutzerprofil sehen."

North schüttelte den Kopf.

„Bitte zeig es mir. Ich erzähle auch niemandem davon." Auf einmal fiel mir die Situation wieder ein, als ich mir das Thema für Kognitive Psychologie ausgesucht hatte. Weshalb hatte Lux

APS auf der Empfehlungsliste nach ganz unten gesetzt? Die Diagnose meiner Mutter stand in ihrer Krankenakte, Lux wusste also, dass ich eine Prädisposition dafür hatte. Wieso stand es dann nicht ganz oben?

North zögerte kurz. „Okay", sagte er schließlich. Er knüllte das Cellophanpapier von seinem Sandwich zusammen und warf es in den Müllverbrenner unter dem Waschbecken. „Aber nur weil du Bitte gesagt hast."

Ich dachte, er würde das Tablet vom Küchentisch nehmen. Stattdessen ging er zum Wandschrank neben seinem Bett. „Kommst du?", rief er, bevor er darin verschwand.

Ich sprang vom Barhocker und lief ihm nach. Er stand vor einem lebensgroßen Poster der vermutlich schlechtesten Band der Weltgeschichte. „Huch, du ja hast ein Poster von Five O'Clock Flood", sagte ich. „In deinem Schrank. Das ist ja ein Ding."

„Ja, Norvin ist ein großer F.O.F.-Fan", bemerkte North trocken. Er hockte sich hin und zog die unteren Heftzwecken heraus. Das Poster rollte sich auf wie ein Rollo. In der Wand dahinter kam eine schmale Tür zum Vorschein, die ein Schloss mit Fingerscan hatte.

„Willkommen in meinem Büro." North erhob sich, steckte die Heftzwecken ein und hielt den Daumen an das Schloss. Mit einem Piepsen wurde es deaktiviert.

„Heilige Hightech."

„Gar nicht mal", sagte North und öffnete die Tür. „Der Wandschrank war riesig, deshalb habe ich einen Teil abgetrennt und eine billige Glasfaserwand eingebaut. Wenn jemand reinwollte, könnte er sie locker mit der Faust einschlagen. Hey, mach die Tür zu, ja? Und Abschließen nicht vergessen."

Ich zog die Tür zu und drehte den Knauf herum. Dann folgte ich North in den geheimen Raum. Er war winzig und bot gerade mal Platz für einen Schreibtisch, einen Bürostuhl und zwei Wandbildschirme. In der Ecke gegenüber waren in einem schmalen Regal Laptops übereinandergestapelt. North schob mir den Stuhl zurecht und beugte sich über die Computertastatur auf dem Schreibtisch.

„Du benutzt eine Tastatur?", fragte ich.

„Ja, wenn man schnell tippen muss, sind Touchpads großer Mist." Er drückte die Eingabetaste und die Wandbildschirme leuchteten auf. North nahm die schwarze Maus neben der Tastatur. Sie war groß und unhandlich und passte so gar nicht zu einem Hacker. North bemerkte meinen Blick und grinste. „Was soll ich sagen? Ich bin eben ein altmodischer Typ."

Ich rollte näher an den Bildschirm heran. Ich war gespannt darauf, einen Hacker im Einsatz zu sehen. Aber North klickte nur auf einen Ordner und wählte die erste Datei aus. „Bist du bereit?"

„Moment mal, du hast mein Profil auf dem Desktop? Du hast also schon …"

North sah mich schuldbewusst an. „Ich hab es an dem Tag runtergeladen, als wir uns kennengelernt haben."

„Ist Stalken dein Hobby?"

„Na ja, es ist vielleicht grenzwertig …"

„Grenzwertig?"

„Du hast mir keine Wahl gelassen!", protestierte er. „Du

warst einfach nicht zu durchschauen. Und ich bin normalerweise super darin, Leute zu durchschauen."

„Ein kleiner Stalker", sagte ich, aber ich lächelte. „Wie erfrischend."

Als North das Dokument öffnete, verging mir das Lächeln. Da waren vier Kästen, wie er gesagt hatte. In jedem Kasten stand eine so klein getippte Liste, dass man ein Vergrößerungsglas gebraucht hätte, um die Wörter zu entziffern.

„Die Einträge innerhalb jeder Kategorie sind nach Relevanz geordnet. Was oben steht, wird in dem Algorithmus also stärker gewichtet. Es gibt sicher Nuancierungen, aber vereinfacht kann man sagen, dass die Menschen durch die App hin zu ihren Chancen und weg von den Gefahren gelotst werden. Immer unter Berücksichtigung ihrer Stärken und Schwächen. Würde zum Beispiel eine Chance eine Schwäche offenlegen, die weit oben auf der Liste steht, würde die Chance zu einer Gefahr werden. Verstehst du?"

„Ich weiß nicht", sagte ich. „Ich kann mich gar nicht richtig auf das konzentrieren, was du sagst, weil ich versuche meine Gefahrenliste zu entziffern. Kannst du die ranzoomen?"

North klickte auf ein T und ein neues Dokument öffnete sich. Es sah aus wie eine Tabelle. Oben standen meine Sozialversicherungsnummer und mein Geburtsdatum. Darunter war eine Liste. Ich schaute auf den obersten Eintrag:

Kenntnis ihrer Blutgruppe.

„Das versteh ich nicht", sagte ich langsam, während ich auf den Bildschirm starrte. „Meine Blutgruppe ist A, glaube ich. Aber wofür soll das wichtig sein?"

Er zeigte auf den nächsten Eintrag in der Gefahrenliste. „Weißt du, wer das ist?“ Es war eine Folge von zehn Ziffern in einem 3/2/4-Muster, offensichtlich eine Sozialversicherungsnummer: 033-75-9595.

Ich schüttelte den Kopf. „Ich versteh das nicht“, sagte ich noch einmal. „Es gibt also jemanden, der als Gefahr für mich eingestuft wird?“

„Nicht nur einen“, verbesserte North. „Ein halbes Dutzend.“ Er zeigte auf die nächsten fünf Einträge. Lauter Sozialversicherungsnummern. Das Sandwich, das ich gerade gegessen hatte, lag mir wie Blei im Magen.

„Was sind das für Leute?“, fragte ich. „Kann man das irgendwie rauskriegen?“

„Nicht ohne eine Forum-ID. Gnosis hat seine Daten derart verschlüsselt, dass man nicht in allen Nutzerprofilen suchen kann. Das ist eine verrückte Besonderheit, die ich bisher noch nicht knacken konnte. Ich kann mich durch beliebige Profile klicken, aber ich kann kein bestimmtes Profil aufrufen, ohne die ID des Nutzers zu kennen.“

„Gut, dann schieb sie in meine Chancenliste rüber.“

North schüttelte den Kopf. „Rory …“

„Ich war noch nicht fertig mit dem, was ich dir vorhin erzählen wollte“, fiel ich ihm ins Wort. „Von meiner Prüfung, meine ich.“

„Die Geschichte mit der Plattform“, sagte North.

„Ziel war es, so viele *hochwertige* Menschen wie möglich zu retten, bevor die Kisten mit dem Feuerwerk in die Luft fliegen. Als die Zeit lief, war ich erst mal wie erstarrt. Ich sah die vielen einheimischen Kinder und ich wusste, dass sie als minderwertig eingestuft werden. Ich fand die Vorstellung so grauenhaft, sie sterben zu lassen. Da hörte ich plötzlich eine Stimme, die mir sagte, ich solle warten. Und niemanden evakuieren. So hab ich es jedenfalls verstanden."

„Diese Stimme …"

„Das war der Zweifel", sagte ich entschieden. Ich wollte nicht um den heißen Brei herumreden. „Und ich hab ihn ignoriert, weil es das Vernünftigste war. Aber dann hab ich rausgefunden, dass die Simulation auf einem Unglück basierte, das letzte Woche in Fidschi passiert ist. Nur dass die Plattform in Wirklichkeit gar nicht explodiert ist. Das Höchstgewicht, das sie tragen konnte, wurde überschritten. Und kurz bevor die Raketen Feuer fingen, ist sie zerbrochen und gesunken. Wenn ich abgewartet hätte, wäre niemand ums Leben gekommen."

Das musste North erst mal verdauen. „Und was soll das mit deinem Lux-Profil zu tun haben?", fragte er nach einer Weile.

„Das war nicht das erste Mal, dass ich die Stimme gehört habe", sagte ich. „Es fing schon auf dem Hinflug an. Ich machte mir Sorgen wegen Eden und die Stimme versprach mir, dass ich nicht versagen würde. Am nächsten Tag hörte ich sie wieder. Sogar zweimal. Einmal im Praktikum und dann noch mal, als ich mir ein Forschungsthema für Kognitive Psychologie aussuchen musste. Der Zweifel sagte mir, ich solle Akratische Parakusis-Störung wählen. APS. Das ist der Fachausdruck für die Krankheit, wenn man auf den Zweifel hört. Hätte ich an dem Tag nicht auf den Zweifel gehört und stattdessen auf Lux vertraut, hätte ich nie herausgefunden, dass meine Mutter APS hatte."

„Hatte", wiederholte North. Ich sah etwas in seinem Blick. Nicht gerade Hoffnung, aber so etwas Ähnliches. Dieses *du auch*, das ich empfunden hatte, als er erwähnte, dass er seine Mutter verloren hatte.

„Sie ist bei meiner Geburt gestorben." Ich redete einfach weiter, weil ich merkte, wie meine Stimme brach. Solange ich redete, musste ich nicht weinen. „Sie war nicht ganz neunzehn. Die Krankheit wurde diagnostiziert, während sie hier in Eden war. Sie ist deswegen von der Schule geflogen. Das müsste Lux doch wissen, oder? Es stand ja in ihrer Krankenakte. Warum also hat Lux mich von APS als Forschungsthema weggelotst? Was will Lux vor mir geheim halten?"

„Lux *will* gar nichts, Rory", sagte North. „Lux ist nur eine App, die einem Algorithmus folgt. Und den haben irgendwelche Programmierer geschrieben, nachdem ein paar Pseudo-Sozialwissenschaftler beschlossen hatten, die Gesellschaft zu *optimieren*."

„Schön, aber dieser Algorithmus hat entschieden, dass sechs Leute das Potenzial haben, mein Leben ins Chaos zu stürzen. Das ist gruselig, North. Richtig gruselig. Was sind das für Leute und was hat meine *Blutgruppe* damit zu tun? Würdest du das an meiner Stelle nicht auch wissen wollen?"

„Na klar, aber ..."

Ich fasste ihn am Arm. „Dann schieb sie zu der Chancenliste rüber. Lux lenkt die Leute zu ihren Chancen, oder? Und wenn diese Namen oben auf der Liste stehen ..."

Er legte seine Hand auf meine. „Rory, das kann ich nicht." Er seufzte. „Ich meine nicht, dass ich es nicht tun will. Ich kann es wirklich nicht. Für das, was du dir vorstellst, bräuchte man Zugang zur Datenbank von Lux, die hinter der Gnosis-Firewall liegt. Das ist unmöglich, sogar für mich. Glaub mir, ich hab es schon versucht."

Tränen sprangen mir in die Augen. Ich wandte mich von ihm ab. „Dann bin ich also im Grunde machtlos."

„Du bist alles andere als machtlos, Rory." Er legte mir die Hände um die Taille. „Du hast einen viel besseren Wegweiser als Lux."

Blitzschnell drehte ich mich um. „Willst du damit sagen, ich soll dem *Zweifel* vertrauen?", fragte ich ungläubig, beinahe vorwurfsvoll.

„*Ich* mache das", sagte er leise.

„Du … Du hörst ihn auch?"

Er nickte. „Nicht jeden Tag oder so. Aber manchmal. Er hat mir gesagt, ich soll dich ansprechen."

„Warst du deswegen mal beim Arzt?"

North verzog das Gesicht. „Wozu, damit sie mich mit Antipsychotika ruhig stellen? Nein, danke. Mein Gehirn funktioniert ganz gut."

Dasselbe sagte Beck auch immer.

„Und wenn wir nun … krank sind?" *Krank* klang nicht so schlimm wie *verrückt*.

„Fühlst du dich krank?", fragte North.

„Hm, nein. Aber ich hab die Studien gelesen und …"

„Über was für Studien reden wir hier?", fragte er spöttisch.

„Studien von großartigen *Wissenschaftlern*? Denselben Genies, die behauptet haben, die Erde sei das Zentrum des Universums?“

„Okay, aber was ist es dann? Wenn es keine Halluzination ist, woher kommt die Stimme?“

„Weiß ich nicht“, gab er zu. „Von irgendeiner höheren Macht vielleicht? Früher hielten die Menschen sie für die Stimme Gottes.“

„Aber das ist verrückt“, sagte ich und erschrak, als ich Norths Miene sah. „Nicht auf diese Weise verrückt. Aber warum sollte Gott uns die Fähigkeit zum Denken geben und uns dann sagen, wir sollen nicht denken?“

„Die menschliche Vernunft überredete Eva, von der verbotenen Frucht zu essen“, wandte North ein.

„Und wenn der Zweifel nun die *andere* Stimme ist?“, konterte ich. „Die Schlange?“

Er sah mich an. „Glaubst du das wirklich?“

Ich dachte an alles, was ich über die Stimme in meinem Kopf wusste. Wann sie sich zu Wort gemeldet hatte und was sie gesagt hatte. Ich dachte an die kleinen Kinder auf der Plattform, daran, dass die Stimme versucht hatte, sie zu retten. „Nein, wahrscheinlich nicht. Aber ich bin immer noch nicht ganz überzeugt, dass ich ihr vertrauen sollte. Jedenfalls nicht immer.“

North drehte seinen Arm um und zeigte auf ein Tattoo. *Er ist ein Mann mit zwei Seelen, unbeständig auf all seinen Wegen* stand da in einfachen Blockbuchstaben. Ich fuhr mit den Fingerspitzen über die Worte. Da war etwas dran. Unbeständig fühlte ich mich auch. Nicht geistig, aber irgendwo in der Brust, an der Wurzel meines Selbst.

„Das ist aus der Bibel", sagte North. „Aus dem Brief des Jakobus."

Es gab einen medizinischen Fachausdruck für jemanden mit zwei Seelen: Dipsychos. Das gehörte zum Krankheitsbild der Akratischen Parakusis. „Im Zwiespalt", wie es in meinem Lehrbuch definiert wurde. Vernunft und Zweifel lagen im Kopf des Patienten miteinander im Clinch.

„Es wird immer miteinander konkurrierende Stimmen geben", sagte North. „In deinem Kopf und in der Welt. Du kannst nicht dein Leben lang zwischen ihnen gefangen sein."

Ich schaute zu ihm auf. „Willst du damit sagen, ich soll mich entscheiden?"

„So dumm bin ich nicht, dass ich dir sagen würde, was du tun sollst", sagte North und fuhr den Computer herunter. „Aber wenn du dich nicht entscheidest, trifft die Welt die Entscheidung für dich."

17

Auf dem Rückweg zum Campus rief ich meinen Vater an. Er war mit Kari auf dem Quizz-Abend im Irish Pub und bei dem Tumult im Hintergrund konnte ich ihn kaum verstehen. Deshalb wurde es ein ziemlich kurzes Gespräch. Ich wusste sowieso nicht recht, was ich ihm eigentlich sagen wollte. Ich wollte ihn nach meiner Blutgruppe fragen und herausfinden, ob er eine Idee hatte, wie sie in der Lux-Liste auf Platz eins der möglichen Gefahren landen konnte. Aber natürlich konnte ich ihm nicht verraten, warum ich das fragte, was North mir gezeigt hatte, und weshalb ich so durcheinander war.

Als Nächstes rief ich Beck an, doch er nahm nicht ab.

Als ich in unser Zimmer kam, war Hershey nicht da. Es war schon nach zehn, also ging ich ins Bett und versuchte mich unter dem Gewicht der schweren Decke zu entspannen. Meine Gedanken drehten sich im Kreis und mein Körper schmerzte vor Anspannung. Immer wieder kamen mir Norths Worte in den Sinn: *Wenn du dich nicht entscheidest, trifft die Welt die Entscheidung für dich.* Es erinnerte mich an etwas, was der

Zweifel in jener Nacht in der Arena gesagt hatte. *Entscheide dich heute, wem du dienen willst.* Doch ich hatte mich nicht entschieden. Ich schwankte immer noch, ob ich der Stimme vertrauen oder mir wünschen sollte, dass sie mich in Ruhe ließ.

„Ich will keine zwei Seelen haben", sagte ich zur Zimmerdecke. Dann wartete ich auf eine Antwort. Als keine kam, drehte ich mich auf den Bauch. Ich kam mir bescheuert vor, weil ich überhaupt mit einer Antwort gerechnet hatte, und legte die Hand unters Kopfkissen. Da spürte ich einen Zettel. Computerpapier, mehrfach gefaltet wie eine Nachricht.

Ich faltete den Zettel auseinander und leuchtete mit dem Handy darauf. Erst sah ich das Wort *Zeugnis*, dann Spalten mit Noten, dann ihren Namen: Aviana Grace Jacobs. Es war eine Kopie vom Zeugnis meiner Mutter. Oben war es mit einem Stempel „Frühjahrs-Zwischenprüfung 2013" versehen. Wie zum Teufel kam das unter mein Kopfkissen?

Ich sah es mir genauer an, Note für Note. 1, 1, 1, 1, 1. Lauter Einsen. Wie konnte das sein? Zwei Wochen, bevor das Zeugnis ausgestellt wurde, hatte ein Psychiater ihre schulischen Leistungen als „miserabel" bezeichnet. Aber diese Noten hier waren alles andere als miserabel, sie waren hervorragend. Das war unlogisch. Was wollte derjenige, der mir das unters Kissen gesteckt hatte, damit beweisen? Unbehaglich faltete ich die Kopie wieder zusammen und steckte sie unter das Kopfkissen.

„Ich bin so verwirrt", flüsterte ich in die Dunkelheit und nahm meinen Anhänger in die Hand. „Irgendetwas habe ich bis jetzt übersehen, aber was?"

Lange lag ich so da, vielleicht stundenlang. Ich war zu müde, um auf die Uhr zu sehen. Mein schmerzender, erschöpfter Körper rang mit meinen Gedanken um den Schlaf. Aber in meinem Kopf drehte sich alles und ich kam nicht zur Ruhe. Irgendwann zog ich mir die Decke von meiner Mutter bis ans Kinn und versuchte mir vorzustellen, wie ich die zarte Kreuzstichspirale entlanglief. Gleichzeitig hallten die Zahlen der Fibonacci-Folge in meinem Kopf: 0, 1, 1, 2, 3, 5, 8, 13, 21, 34, 55, 89, 144, 233, 377, 610, 987, 1597. Hinter meinen Lidern wurden die Quadrate auf der Decke zu Steinmauern, die Spirale wurde zu einem erleuchteten Weg im Dunklen. Ein Pfad, dem ich bis in die Mitte folgte, als wüsste ich, dass ich dort etwas Wichtiges finden würde.

Als ich um die letzte Kurve bog, sah ich meine Mutter. Sie trug denselben Pulli wie auf dem Foto der Abschlussklasse, die goldbraunen Haare fielen ihr offen auf die Schultern. Als sie mich sah, lächelte sie und breitete die Arme aus.

„Mama", rief ich und rannte auf sie zu. Ich schlang ihr die Arme um den Nacken und drückte mein Gesicht an ihren Hals.

„Lass dich nicht täuschen", flüsterte sie mir ins Haar. „Wo die Lüge ist, liegt die Wahrheit."

„Was für eine Lüge?" Als sie keine Antwort gab, löste ich mich aus der Umarmung und schaute sie an, aber ihre Augen waren reglos und leer. Die Augen einer Toten.

Entsetzt wich ich zurück und sah, wie meiner Mutter Zweige mit Blättern aus Mund, Augen und Ohren wuchsen, als wäre ein Baum in ihrem Innern, der sie überwucherte. Ich drehte mich um und wollte wegrennen, doch plötzlich war ich von

Mauern umgeben, die mich einschlossen, während der Baumstamm dicker wurde und näher kam, das bisschen Platz ausfüllte und mich zwischen Holz und Stein zerdrückte.

Mit einem Schreck erwachte ich, eiskalt, das Gesicht schweißnass.

Es war 3.33 Uhr. Hersheys Bett war immer noch leer.

Mit keuchendem Atem ging ich ins Bad und spritzte mir warmes Wasser ins Gesicht. Es nützte nichts. Zitternd betrachtete ich mein blasses Gesicht im Spiegel. Die dunklen Haare klebten mir an der Stirn. Ich sah schrecklich aus. Vielleicht hatte Tarsus Recht und der Stress ging mir an die Substanz. Vielleicht stand ich kurz vor einem Zusammenbruch. Von der verwesenden Mutter zu träumen, war wohl kaum ein Anzeichen seelischer Gesundheit.

Ich drehte den Wasserhahn ab und schaltete das Licht aus. Kaum war es dunkel im Zimmer, leuchtete mein Tablet auf.

Lass dich nicht täuschen, flüsterte die Stimme.

Mit einem unheimlichen Kribbeln im Bauch ging ich zu meinem Nachttisch. Die Login-Box für die Krankenakten vom Gesundheitsamt war geöffnet. Aber seit die Hausarbeit fertig war, hatte ich die GA-App überhaupt nicht mehr benutzt. Das war jetzt zwei Wochen her.

Die Härchen auf meinen Armen richteten sich auf, während ich auf das Feld für den Benutzernamen tippte und betete, dass meine Anmeldedaten noch aktiv waren. Die Einstiegsseite öffnete sich und ich seufzte erleichtert.

Ich tippte die Sozialversicherungsnummer meiner Mutter in das Suchfeld ein und wartete.

Keine passenden Einträge.

Ich verglich die Nummer, die ich getippt hatte. Alles richtig. Ich versuchte es erneut.

Keine passenden Einträge.

Jetzt stand mir wieder der Schweiß auf der Stirn. Anscheinend war die gesamte Datei verschwunden.

Oder gelöscht.

„Und schon bin ich paranoid", murmelte ich. Nach dem Traum war ich verunsichert. Ich war misstrauisch, selbst wenn es keinen Grund dafür gab. Die Akte meiner Mutter war die erste, die ich mir angesehen hatte. Wahrscheinlich war sie gelöscht worden, um Speicherplatz freizugeben. Wie dumm von mir, sie nicht herunterzuladen. Aber wenigstens hatte ich ein Foto. Einen Screenshot von der letzten Seite, dem Eintrag von dem Tag, als meine Mutter gestorben war. Das war zwar nicht die ganze Akte, aber besser als nichts. Schnell rief ich das Foto auf.

Diesmal ging ich die Sätze langsam durch, systematisch, um jedes Wort zu verstehen. Ultraschall zeigte Übertragung und ein akutes Oligohydramnion. Ich kopierte den ganzen Satz und gab ihn in GoSearch ein. Der erste Treffer war ein Link zu einer Fachzeitschrift für Geburtskunde mit der Überschrift „Was tun bei Übertragung?"

Ich überflog den Abstract des Artikels. Eine Übertragung über die 41. Schwangerschaftswoche hinaus birgt das Risiko einer Plazentainsuffizienz, die beim Fötus zu einer Einschränkung des Wachstums führen kann.

Das konnte gar nicht sein. Meine Eltern haben am 11. Juni geheiratet. Genau sechsunddreißig Wochen später bin ich zur Welt gekommen, einen Monat vor dem errechneten Termin. Mit einem sauren Geschmack im Hals schaute ich wieder auf den Screenshot und suchte nach einem Hinweis auf den Geburtstermin oder darauf, in der wievielten Woche meine Mutter war. Ich fand nichts.

Da fiel mein Blick auf ein winziges Ultraschallbild, das bei der Einlieferung gemacht worden war. Ich zog es mit den Fingern größer. Mir stockte der Atem.

GA: 43W6T

Ich hatte in der neunten Klasse Anatomie als Wahlfach belegt. In unserem Buch war ein ganzes Kapitel der Entwicklung des Fötus gewidmet, mit Ultraschallbildern wie diesem hier. Ich kannte sämtliche Abkürzungen. SSL bedeutete Scheitel-Steiß-Länge. AB0 hatte irgendwas mit den Blutgruppen zu tun. Und GA stand für Gestationsalter. Wenn der Fötus auf diesem Bild dreiundvierzig Wochen und sechs Tage alt war, konnte ich gar nicht in der Hochzeitsnacht meiner Eltern gezeugt worden sein. Zu dem Zeitpunkt war meine Mutter bereits sechs Wochen schwanger.

Lass dich nicht täuschen, hatte die Stimme gesagt.

Auf einmal fiel mir der Eintrag in der Liste der Bedrohungen wieder ein.

Kenntnis ihrer Blutgruppe.

Ich schaute auf den Rand des Ultraschallbildes.

ABO Mutter: A+

ABO Fötus: AB+

Die Blutgruppe wird vererbt. Auch das hatte ich im Anatomiekurs gelernt. Kennt man die Blutgruppe des Kindes und die eines Elternteils, kann man die des anderen Elternteils bestimmen. Ich wusste, dass mein Vater die Blutgruppe A positiv hatte, genau wie meine Mutter. Er spendete regelmäßig Blut und die Blutgruppe stand auf dem Spenderausweis in seiner Brieftasche. Für das Kind von Eltern mit der doppelten Blutgruppe A gab es genau zwei Möglichkeiten: Typ A oder Typ 0. Diesem Ultraschallbild zufolge war ich keins von beidem.

Mein Vater war nicht mein Vater. Er konnte es nicht sein.

Ich schaltete den Bildschirm aus. Diese Nachricht wollte ich lieber im Dunkeln verdauen. Das Weiße in meinen Augen war in der Fensterscheibe immer noch zu sehen, auf die ein Lichtstreif durch den Spalt zwischen der Jalousie und dem Fenstersims fiel. Es war mir nie zuvor eingefallen, dass mein Vater möglicherweise gar nicht mein Vater war. Nicht ein einziges Mal in sechzehneinhalb Jahren, nicht mal nach dem hunderttausendsten Milchmann-Scherz. Aber jetzt, da ich den Gedanken verarbeitete, war es so, als hätte ich es immer schon gewusst. Und auf einmal kam es mir unglaublich vor, dass ich es nicht früher kapiert hatte. Wir sahen uns kein bisschen ähnlich. Wir waren uns auch kein bisschen ähnlich. „Ich komme nach meiner Mutter", hatte ich immer gesagt, aber das war keine Erklärung für die dunklen Haare, die blauen Augen und das Grübchen am Kinn, das keiner meiner Eltern hatte.

Meine Brust brannte, als hätte jemand eine Kanone hineingefeuert. Mein armer Papa. Jetzt verstand ich, weshalb meine Mutter mich so lange übertragen hatte. Mein Vater sollte denken, dass ich erst später fällig war. Sonst hätte er nicht geglaubt, dass das Baby von ihm war.

Ich legte den Kopf auf den kühlen Tisch. Wer war mein wirklicher Vater? Wusste er, dass es mich gab, oder hatte meine Mutter ihn auch angelogen?

Es war nach sechs, als eine Nachricht auf dem Bildschirm aufleuchtete. Ich hatte stundenlang im Dunkeln gesessen, meine Gedanken schossen wie Tennisbälle aus einer Wurfmaschine. Solange ich nachdachte, empfand ich nichts, und ich wollte nichts empfinden.

Die Nachricht kam von einer unterdrückten Nummer und hatte einen Anhang. Wieder eine Aufgabe vom Geheimbund. Aber diesmal war es kein Rätsel mit Worten.

Verbinde diese neun Punkte miteinander und verwende dabei nur gerade, durchgehende Linien. Du darfst den Finger zwischendurch nicht absetzen und keine Linie zweimal zeichnen.

Wie viele Linien braucht man mindestens?

Du hast zwei Minuten Zeit.

Es schien ganz einfach. Man brauchte fünf Linien, um jeden Punkt zu treffen. Aber so leicht konnte es nicht sein. Die anderen Aufgaben des Geheimbunds waren komplizierter gewesen. Doch ganz gleich, wie ich es auch anstellte, ich kam immer auf fünf.

Hast du keine Augen im Kopf?

Meine Muskeln krampften sich zusammen. Nicht, weil ich die Stimme gehört hatte, sondern weil ich mich über die nutzlose Bemerkung ärgerte. „Augen wofür?", schrie ich das Display an, als der Zähler eine Minute überschritt.

Und da hatte ich plötzlich die Lösung wie aus dem Nichts. Ich war mit meinen Linien immer innerhalb des Punktfeldes geblieben. Wenn ich sie länger zeichnete, über die Punkte hinaus, brauchte ich nur vier.

Ich hatte noch zwanzig Sekunden, als ich die Vier eintippte. Mit angehaltenem Atem wartete ich auf eine Antwort.

Gut gemacht, Zeta.

Mit dem Gemini in der Hand schloss ich die Augen und überließ mich dem betäubenden Nebel. Ich schlief einen traumlosen Schlaf.

18

Ich verschlief das Frühstück und schaffte es nur knapp zum Praktikum. Ich dachte, nach ein paar Stunden Schlaf würde es mir besser gehen. Stattdessen wachte ich zitternd und mit schmerzenden Gliedern auf. Hershey war entweder nicht zurückgekommen oder hatte sich ins Zimmer und wieder hinausgeschlichen, ohne mich zu wecken. Wenigstens musste ich mich nicht auch noch mit ihr auseinandersetzen.

Im Praktikum machten wir Gruppenarbeit. Das war gut so, denn allein hätte ich heute nichts zustande gebracht. In meinem Kopf hämmerte es und meine Augenhöhlen fühlten sich an, als würden sie Hitze ausstrahlen. Wie in einer Endlosschleife schrie es in mir: Mein Vater ist nicht mein Vater! Mein Vater ist nicht mein Vater!

„Rory, könntest du bitte noch kurz hierbleiben?“, sagte Dr. Tarsus am Ende der Stunde. Sie formulierte es als Frage, als könnte ich Nein sagen.

„Klar“, sagte ich und ging zu ihrem Pult, während alle anderen hinausströmten.

„Ich überbringe sehr ungern schlechte Nachrichten“, sagte Tarsus, als wir allein waren. „Aber als deine Vertrauenslehrerin dachte ich mir, du solltest es von mir erfahren.“ Sie sah mich mit ihren undurchdringlichen schwarzen Augen an. „Hershey Clements ist nicht mehr Schülerin dieser Schule.“

Ich konnte das Gesagte nicht erfassen. „Was?“

Tarsus beobachtete mich genau. „Sie wurde heute Morgen ganz früh zu einer psychiatrischen Untersuchung in die Klinik gebracht. Ihre Ärzte haben vor wenigen Stunden empfohlen, sie von der Schule zu verweisen.“

Ich starrte sie an. „Was hat Hershey denn?“

Tarsus presste die Lippen aufeinander. „Ich kann selbstverständlich keine Einzelheiten weitergeben, Rory. Aber es scheint, als hätte der Stress unseres rigiden Lehrplans Hershey ein wenig … *durcheinandergebracht*.“

Dieses eine Wort bewies mir, dass da etwas faul war. Hätte Tarsus ein anderes Adjektiv benutzt, hätte ich ihr vielleicht geglaubt. Aber wenn Hershey eins nicht war, dann „durcheinander“.

„Vertrau mir, wenn ich sage, dass es in unser aller Interesse liegt – auch in deinem –, dass sie nicht mehr auf dem Campus ist. Aus Respekt vor Hersehys Privatsphäre bitte ich dich, es dabei zu belassen.“

Ich sollte ihr vertrauen? Im Leben nicht.

„Wo ist sie jetzt?“, fragte ich. „Ich will mir ihr reden.“

„Ich möchte dich sehr bitten, dich jetzt auf dein eigenes Wohlergehen zu konzentrieren und Hershey sich selbst zu überlassen.“

Wie schaffte die Frau es nur, alles wie eine Drohung klingen zu lassen? Ich erwartete, dass sie sich jetzt abwandte, wie sie es immer tat, wenn sie mit mir fertig war. Stattdessen streckte sie die Hand nach meiner Kette aus und drehte den Anhänger zwischen den Fingern. Ich widerstand dem Drang, ihr die Kette wegzuziehen, weil mir klar war, was für einen Eindruck das machen würde.

„Der pythagoreische Buchstabe“, sagte sie und sah mir in die Augen.

Ich lächelte höflich. Ich wollte ihr nicht die Genugtuung einer Reaktion verschaffen. „Aha.“

„Das Ypsilon“, sagte sie und ließ den Anhänger endlich los. „Pythagoras betrachtete es als Symbol für die Wahl zwischen dem Pfad der Tugend und dem Pfad des Lasters. Der eine führt zum Glück, der andere zu Selbstzerstörung.“ Sie legte den Kopf schief und zog die Mundwinkel ganz leicht nach oben. „Eine passende Wahl für jemanden wie dich.“

„Ich muss jetzt in die nächste Stunde“, sagte ich abrupt. „Bis morgen.“ Am liebsten wäre ich aus dem Raum gerannt, aber ich zwang mich, langsam zu gehen, bis ich im Hof war. Kaum war ich auf dem Rasen, sprintete ich in Richtung Wald.

Schwindlig und außer Atem kam ich am Paradiso an. Meine Augen fühlten sich an wie kleine Feuerbälle.

„Du siehst ja schrecklich aus“, sagte North, als er mich sah.

„Oh, danke.“

Er legte mir eine Hand auf die Stirn. „Du hast Fieber.“

„Hab ich nicht“, sagte ich, schob seine Hand beiseite und fühlte selbst. „Ich bin überhaupt nicht heiß.“

„Das liegt daran, dass deine Hand genauso heiß ist wie deine Stirn, du Schlaukopf."

Ich boxte ihm gegen den Arm und er lachte.

„Was machst du hier?", fragte er. „Hast du keinen Unterricht?"

„Hershey ist von der Schule geflogen."

„*Was?*", sagte er fassungslos.

„Angeblich aus psychologischen Gründen von der Schule verwiesen. Natürlich ist das totaler Schwachsinn. Tarsus wollte Hershey nur loswerden, weil sie aufmüpfig geworden ist."

„Wer war noch mal Tarsus?"

„Die Lehrerin, für die Hershey mich ausspioniert hat. Sie ist der Meinung, wegen meiner Mutter hätte ich in Eden nichts zu suchen. Hershey wollte Tarsus sagen, dass sie damit aufhört. Und das hat sie jetzt davon."

North guckte skeptisch. „Hat diese Frau wirklich die Macht, Hershey einfach rauswerfen zu lassen? Das müsste doch ein längeres Verfahren sein, mit Unterschriften von Ärzten und so weiter."

„Deshalb muss ich unbedingt Hersheys psychologisches Gutachten sehen", sagte ich. „Kannst du das h…" Ich bremste mich, bevor ich „hacken" sagte und senkte die Stimme. „Kannst du mir helfen?"

„Ich werd's versuchen", sagte North. „War sie in der Schulklinik?"

Ich nickte.

Er schaute über die Schulter. „Ich muss mal wieder an die Arbeit", sagte er entschuldigend. „Kate hat die Grippe, wir sind unterbesetzt. Aber um vier hab ich frei, dann kann ich mir die Sache mit Hershey ansehen. Willst du nach der Schule vorbeikommen? Dann machen wir das zusammen."

„Das wär super", sagte ich und schaute auf meinem Handy nach der Uhrzeit. „Ich muss jetzt sowieso los. Analysis hat schon vor fünf Minuten angefangen."

„Geh bitte zur Apotheke und besorg dir was gegen das Fieber. Das dauert nur zwei Minuten. Ich würd dir ja was geben, aber Kate hat gestern Abend unseren Arzneischrank geplündert. Hier", er holte eine kleine Flasche Wasser unter dem Tresen hervor und gab sie mir. „Nimm die mit, dann kannst du gleich etwas einnehmen."

„Machst du dir Sorgen um mich?", fragte ich und lächelte.

„Nein, das ist purer Egoismus. Schließlich will ich dich küssen, ohne mich anzustecken."

Ich boxte ihm wieder gegen den Arm. Er fing meine Faust ab und drückte einen Kuss darauf. „Bis nachher", sagte er, dann lief er rückwärts zur Kasse, als könnte er den Blick nicht von mir wenden. „Und vergiss die Apotheke nicht." Er zeigte zur Tür.

„Zu Befehl", erwiderte ich und salutierte.

Ich ging zur Apotheke um die Ecke, um mir Paracetamol zu besorgen. Vor der Apotheke standen viele Leute für die Grippeimpfung an. Oh, Mist. Ich hatte mich noch nicht impfen lassen. Mein Vater hatte mich per SMS daran erinnert, aber ich hatte es einfach verpennt. Wahrscheinlich, weil ich mich bisher nie selbst darum kümmern musste. In der Roosevelt Highschool war die Schulkrankenschwester zu Beginn der

Grippeperiode immer mit ihrem Rollwagen herumgegangen. Im *Eden Herald* hatte ich irgendwas von einer Grippesprechstunde auf dem Campus gelesen, aber ich hatte das nicht weiter verfolgt. Und jetzt zahlte ich den Preis dafür.

„Für irgendwas ist Lux wohl doch gut", murmelte ich, als ich in der elend langen Schlange anstand. Hätte ich die App mit meinem Kalender synchronisiert wie sonst auch immer, hätte Lux mich an die Impfung erinnert.

Nachdem ich bezahlt hatte, nahm ich gleich zwei Paracetamol ein und spülte sie mit Wasser runter. Dann warf ich die leere Wasserflasche in den Abfalleimer. Sie fiel in den Eimer, ohne die Metallränder zu berühren. In Gedanken hörte ich, wie Beck einen jubelnden Beifall nachmachte, und musste grinsen.

In Seattle war es kurz vor sieben. Um 6.45 Uhr ging Beck immer zur Schule. Ich bog in Richtung Wald ab und wählte seine Nummer. Jetzt schaffte ich es nicht mehr zu Analysis, aber egal. Eine verpasste Stunde brachte mich nicht um. Außerdem war ich ja krank.

Beim dritten Klingeln ging Beck dran. „Ich hab das beste Frühstück entdeckt, das je erfunden wurde."

„Hallo zurück", sagte ich. Meine Nervosität schmolz dahin, sobald ich seine Stimme hörte.

„Eiweiß-Frittata. Schmeckt wie Omelette, aber …", seine Stimme wurde gedämpft, während er einen Bissen aß, „man kann es unterwegs essen. Während man zur Schule geht zum Beispiel."

„Was für eine Offenbarung", sagte ich. „Hey, wieso hast du nicht mal zurückgerufen?"

„Du warst zu beschäftigt."

„Woher willst du das wissen? Du hast ja nie angerufen."

„Nee, aber wenn ich's getan hätte, hätte ich bloß deine Mailbox erreicht. Und das wäre ineffizient gewesen."

Kein einziges Mal in den acht Jahren unserer Freundschaft hatte Beck in meiner Gegenwart das Wort *ineffizient* benutzt. „Wie bitte?"

„Ich hatte Lux auf Rückruf programmiert. Und da wir dich noch nicht zurückgerufen haben, gehe ich davon aus, dass es keinen günstigen Zeitpunkt gab."

Ich dachte, er macht einen Witz, aber die Pointe fehlte. „Du benutzt *Lux*?"

„Ich weiß. Jetzt ist die Welt offiziell erschüttert. Aber eine Bedingung für den Betatest war, dass wir sämtliche vorinstallierten Apps benutzen. Auf dem Gemini Gold ist Lux noch mehr in das Betriebssystem integriert. Es wäre also schwierig, es nicht zu benutzen. Nicht, dass ich es vermeiden wollte. Wie konnte ich je ohne das Ding leben? Ich nehme es dir echt ein bisschen übel, dass du mich nicht früher schon überredet hast, es anzuwenden."

Das *musste* ein Witz sein. Einmal hatte ich Beck sogar angeboten, seinen Spind aufzuräumen, wenn er im Gegenzug Lux nur mal eine Woche ausprobieren würde. Aber er hatte abgelehnt.

„Moment, heißt das jetzt, du benutzt es und es *gefällt* dir?"

„Wie sollte es mir nicht gefallen? Mein Leben ist wie eine gut geölte Maschine. Seit einem Monat komme ich nicht mehr zu spät zur Schule. In allen Kursen bin ich einen Tag voraus.

Und ich kriege nach dem Mittagessen keinen Dünnpfiff mehr.“ Beck hatte früher trotz seiner starken Laktoseintoleranz jeden Tag ein Schinken-Käse-Sandwich vom Kaffeewagen gegessen. „Es ist verblüffend. Ich bringe eine Leistung von, sagen wir, hundertachtundvierzig Prozent. Ich brauche nicht mal mehr zu denken.“

Ich brauche nicht mal mehr zu denken. Früher fand ich es nicht schlimm, wie wenig die Benutzer von Lux denken mussten. Wie wenig sie denken *wollten.* Deswegen benutzten wir die App ja schließlich. Sie nahm uns die Arbeit ab. Aber wann war das Treffen von Entscheidungen zu einer lästigen Pflicht verkommen? Ich zitterte und schlang die nackten Arme um den Oberkörper.

„Hey, Beck“, unterbrach ich ihn. „Ich … ich muss dir was erzählen. Es hat mit meinem Vater zu tun.“ Ich holte nervös Luft.

„Das will ich unbedingt hören, Rory, aber ich hab in zwei Minuten Trigonometrie und Lux drängelt schon. Reden wir später, ja?“

„Okay“, sagte ich und verbarg meine Enttäuschung. Es machte klick und weg war er.

Als Nächstes rief ich Hershey an. Es schaltete sich direkt die Mailbox ein. Deshalb ging ich auf Forum, um nachzusehen, wo sie war. Sogar die Klos sind in der ersten Klasse besser, war ihre letzte Statusmeldung. Die hatte sie vor zehn Minuten irgendwo über Nebraska abgeschickt. Ich schrieb ihr: Rumian, wenn du gelandet bist.

Im Wohnheim war es ruhig, als ich die Treppe zu unserem

Zimmer hochging. Unser Zimmer. „Uns“ gab es jetzt nicht mehr. Das Zimmer sah noch genauso aus wie vorher, mit Hersheys Sachen überall. Auf einmal senkte sich die Realität der letzten vierundzwanzig Stunden wie ein schwerer Mantel auf mich. Mein Vater – der Mann, der mir das Radfahren beigebracht und sich zu meinem neunten Geburtstag eine Krone aufgesetzt hatte, weil ich ihm gesagt hatte, nur Prinzessinnen dürften dabei sein – war gar nicht mein Vater. Meine Mutter war schwanger aus der Schule geflogen. Und sie hatte gelogen. Meine Vertrauenslehrerin hatte es auf mich abgesehen. Meine Zimmergenossin hatte mich verraten, was schon schlimm genug war. Und als sie es wiedergutmachen wollte, war sie von der Schule geflogen, was noch zehnmal schlimmer war. Und obendrein hatte ich die verdammte Grippe.

Die Tränen, die ich so lange zurückgehalten hatte, brachen jetzt aus mir heraus. Ich schluchzte, drückte das Kissen ans Gesicht und schrie hinein. Mit rauer Kehle setzte ich mich auf, wischte mir die Augen am Ärmel meines Pullis ab und nahm mir vor, nicht mehr zu weinen. Ich hatte die Wahrheit wissen wollen und nun wusste ich sie. Jedenfalls zum Teil. Und wenn ich den Rest auch noch erfahren wollte, konnte ich jetzt nicht kneifen.

„Ich höre“, sagte ich zu der Stimme. Aber es blieb still. Ich rollte mich zusammen wie ein Fötus und schlief ein.

Ich starrte North an. „Wie meinst du das, sie war gar nicht in der Klinik?“ Nach einem zweistündigen Nickerchen und zwei weiteren Paracetamol saß ich, in eine Decke gewickelt, auf

Norths Sofa, während er neben mir am Laptop arbeitete. Es war ihm gelungen, sich in die Datenbank der Patienten der Klinik einzuhacken, aber in Hersheys Akte fand sich kein psychologisches Gutachten. Als Nächstes hatte er das GPS ihres Handys zurückverfolgt.

„Sie war die ganze Nacht in eurem Wohnheim“, sagte er und zeigte auf das GPS-Protokoll auf dem Bildschirm. „Heute Früh ist sie zu einem Haus in der High Street gegangen. Von dort ist sie eine knappe halbe Stunde später zum Flughafen gefahren.“

„Aber sie war letzte Nacht nicht in unserem Zimmer“, sagte ich. „Es sei denn, sie hat sich reingeschlichen, während ich geschlafen hab.“ Ich überlegte, dann schüttelte ich den Kopf. „Ihr Bett war heute Morgen unberührt.“

„Dann hat sie vielleicht nur ihr Handy dagelassen und es schnell geholt, bevor du aufgewacht bist“, sagte North.

Das klang plausibel. Jedesmal, wenn Hershey sich rausgeschlichen hatte, um ihren geheimnisvollen Lover zu treffen, hatte sie das Handy im Zimmer gelassen. „Und wo ist sie danach hin?“

North nahm das Tablet vom Couchtisch. „Dafür braucht man gar kein Hacker zu sein. Das ist allgemein zugänglich.“ Er startete eine Immobilien-Such-App und tippte die Adresse ein. „Wow“, sagte er, als das Ergebnis erschien. Er reichte mir das Tablet.

Ich staunte nicht schlecht, als ich den Namen des Eigentümers sah: Tarsus.

„Sie ist zu ihr gegangen, um Klartext zu reden“, sagte ich.

„Genau wie ich's mir gedacht habe. Und es gibt keine Aufzeichnungen darüber, dass sie in der Klinik war? Und auch kein psychologisches Gutachten in ihrer Akte?"

„Nein, von dieser Adresse aus ist sie direkt zum Logan Airport gefahren."

„Dann hat Tarsus gelogen."

„Wundert dich das, nach allem, was du mir über die Frau erzählt hast?"

Da hatte er Recht.

„Aber wieso ist sie abgereist? Wie hat Tarsus sie dazu gebracht?" Es war mir ein Rätsel. Hershey hätte Eden niemals freiwillig aufgegeben. Nicht nachdem sie die Prüfungen bestanden und den Vorsatz gefasst hatte, in Zukunft am Ball zu bleiben. Ich erinnerte mich an ihr tränenüberströmtes Gesicht am Abend des ersten Prüfungstags. Nein, sie hätte sich nicht kampflos wegschicken lassen. Was hatte Tarsus gegen sie in der Hand?

„Mann", murmelte ich frustriert. „Jedes Mal, wenn ich denke, ich bin der Wahrheit ein Stück nähergekommen, merke ich, wie weit ich noch davon entfernt bin." Ich schlug die Decke zurück und stand auf. Sofort wurde mir schwindlig. Ich hielt mich an der Sofalehne fest. „Warum hasst die Frau mich so sehr?"

„Glaubst du, das hängt alles miteinander zusammen?", fragte North. „Deine Mutter, Tarsus, dein Lux-Profil?"

Von der Sache mit meinem Vater hatte ich North nichts erzählt. Die Wunde war noch zu frisch, um darüber zu sprechen. „Ich weiß es nicht", sagte ich. „Wenn wir nur irgendwie rauskriegen könnten, zu wem die Sozialversicherungsnummern gehören."

„Ich kann versuchen in die Datenbank der Sozialversicherungsanstalt reinzukommen", bot North an.

„Ich dachte, das hättest du schon versucht."

„Nicht direkt bei der Verwaltung. Normalerweise geben mir meine Kunden ja ihre Sozialversicherungsnummer. Ich hacke mich nirgendwo ein, wenn es nicht unbedingt notwendig ist. Das erhöht das Risiko, erwischt zu werden."

„Ich will nicht, dass du für mich ein Risiko eingehst", sagte ich schnell.

„Dann ist es ja gut, dass ich es nicht für dich mache." Er rief die Website der Sozialversicherungsanstalt auf.

„Kannst du das von hier aus machen?", fragte ich.

„Nein, ich recherchiere nur", sagte er und scrollte nach unten. „Siehst du das G? Das bedeutet, dass sie eine Gnosis-Firewall benutzen."

„Und das ist schlecht?"

„Das macht es schwieriger, aber nicht unmöglich. Ich brauche ein paar Tage." Er legte das Tablet auf den Couchtisch und nahm meine Hand. Dann sprang er erschrocken auf. „Du glühst ja, Rory!" Er legte mir eine Hand auf die Stirn. „Wann hast du zuletzt was eingenommen?"

„Vor einer Stunde", sagte ich. „Hast du dich gegen Grippe impfen lassen? Wenn nicht, stecke ich dich bestimmt an."

„Ich lasse mich nie impfen", sagte er. „Ich habe ein übermenschliches Immunsystem. Mir passiert schon nichts. Aber um dich mach ich mir Sorgen. Du brauchst Medikamente."

„Mir geht es gut“, sagte ich. In Wahrheit ging es mir überhaupt nicht gut. Ich fühlte mich hundeelend.

„Wenn du gegen die bösen Mächte kämpfen willst, brauchst du deine Kräfte.“ Er sagte es, ohne die Miene zu verziehen.

Ich lachte auf. „Tue ich das denn?“

„Ich würde es nicht ausschließen“, sagte er und half mir auf.

19

Schließlich machten wir uns auf den Weg zur Schulklinik. Ich sagte North, ich könne gut allein gehen, aber er verdrehte nur die Augen und zog sich eine Jacke über.

Das Wartezimmer war leer. „Da hat wohl jemand die Grippe“, sagte die Schwester an der Anmeldung, als wir durch die Schiebetür kamen.

„Sieht man mir das so sehr an?“

„Du siehst aus, als wärst du von einem Laster angefahren worden. Bist du Schülerin?“

Ich nickte.

„Schließ dein Handy hier an.“ Sie zeigte auf einen Sensor auf ihrem Tisch. In dem Moment, als ich es tat, erschien eine neue Nachricht auf dem Display.

„Nimm im Wartezimmer Platz“, sagte die Schwester.

„Hm-hm“, machte ich, den Blick auf das Handy geheftet.

Ich bin der Anfang von jedem Ende
Und das Ende aller Tage und Nächte.

Ich bin bedeutend für die Welt
Und umgebe die Erde.
Was bin ich?

Ich las das Rätsel erneut, während ich ins Wartezimmer schlurfte, wo North auf einem der Tablets eine *Wired* durchblätterte.

„Alles okay?", fragte er.

„Hm-hm." Ich setzte mich neben ihn auf die Stuhlkante und las mir das Rätsel ein drittes Mal durch. *Ich bin der Anfang von jedem Ende und das Ende aller Tage und Nächte. Ich bin bedeutend für die Welt und umgebe die Erde.* Schweißperlen traten mir auf die Stirn. Ich hatte keinen Schimmer.

„Es muss ein Element sein", murmelte ich. „Luft, kann es Luft sein? Aber wieso ist Luft der Anfang von jedem Ende? Gott. Es ist Gott. Es muss Gott sein."

„Wovon redest du da?" North starrte mich an. „Du brabbelst vor dich hin."

„Ich versuche ein Rätsel zu lösen."

„Ein Rätsel?"

„Ja."

„Warum?"

„Nur so."

„Okay, wie lautet das Rätsel?"

„Ich glaub nicht, dass ich dir das sagen darf. Das wäre Betrug." Allerdings hatte ich für diese Prüfung gar keine Anweisungen bekommen. Vielleicht war es diesmal in Ordnung, jemanden zu fragen oder in GoSearch nach der Antwort zu suchen. Aber das bezweifelte ich. Und bestimmt würde der Geheimbund davon erfahren.

„Betrug? Gibt's dafür Noten?"

„So ähnlich", sagte ich. Was ja nicht ganz gelogen war. „Es ist für einen Verein, in den ich aufgenommen werden möchte. Etwas außerhalb des Unterrichts."

„Was denn für ein Verein?"

„Nur ein Verein, okay?", erwiderte ich gereizt. „Und ich muss ein Rätsel lösen, um aufgenommen zu werden. Also lass mich mal nachdenken." Ich holte das Handy wieder hervor. Vielleicht brachten mich die Worte selbst auf die Lösung. „Ich glaub, es ist Gott", sagte ich wieder und versuchte mich zu überzeugen, dass es richtig war. Aber „der Anfang von jedem Ende" passte nicht so richtig.

North beugte sich vor und las mit. „Es ist der Buchstabe E." Selbstzufrieden lehnte er sich wieder zurück. „Meinst du, sie lassen *mich* in ihren Verein?"

Ich las das Rätsel noch einmal. Er hatte Recht.

Schnell gab ich die Antwort ein und schickte sie ab. Mein ganzer Körper entspannte sich, als die Standardantwort kam. Ich lehnte den Kopf an die Wand und schloss die Augen. Mir taten alle Knochen weh.

„Warum möchtest du unbedingt in diesen Verein?", fragte North.

„Meine Mutter war drin", sagte ich.

„Aurora Vaughn?", rief eine Schwester.

„Ich warte hier auf dich", sagte North.

„Du musst aber echt nicht bleiben."

„Hm-hm. Bis gleich.“

Während ich auf den Arzt wartete, holte ich das Foto hervor, das ich am Abend des Maskenballs von meiner Mutter gemacht hatte. Seitdem hatte ich es mir nicht mehr angesehen. Ich betrachtete ihre Augen, die auf dem Foto fast schwarz waren, als könnte ich darin eine Antwort finden. Wer war Aviana Jacobs gewesen?

Ich schaute immer noch auf mein Handy, als die Tür zum Sprechzimmer aufging.

„Guten Tag“, sagte der Arzt.

Ich wollte das Handy einstecken. Aber da fiel mein Blick auf etwas am Bildrand, was ich zuvor nicht registriert hatte. Meine Mutter hielt jemanden an der Hand.

„Ich bin Doctor Ryland. Was führt dich …?“

„Warten Sie mal kurz“, sagte ich und zoomte das Foto heran. Es war die Hand eines Jungen, die meine Mutter hielt, und er trug einen Ring, den ich schon mal gesehen hatte. Vier Symbole in Silber eingraviert. Auf einmal wusste ich wieder, wer auf dem Foto neben ihr stand.

Griffin Payne … *Der* Griffin Payne. Der Firmenchef von Gnosis.

Hammer!

Zitternd rief ich GoSearch auf, gab seinen Namen ein und fügte „mit 18“ hinzu. Auf meinem Handy erschien Griffins Abschlussfoto. Ich schaute den Jungen an, der er einmal gewesen war: die meerblauen Augen, das gewellte kastanienbraune Haar, das entschlossene Grübchen am Kinn – Gesichtszüge, die ich jeden Morgen im Spiegel sah.

Mehr Beweise brauchte ich nicht. In diesem Augenblick wusste ich es einfach.

Griffin Payne war mein Vater.

Ich legte den Kopf an die Rückenlehne. Mir war schwindlig.

„Alles in Ordnung?“, fragte der Arzt.

Ich zuckte zusammen. Ich hatte ihn ganz vergessen. „Nein“, sagte ich nur. Nichts war in Ordnung.

„Ich brauche deine Hilfe“, sagte ich zu North, als ich zwanzig Minuten später zurück ins Wartezimmer kam. Er stand sofort auf. Etwas unbeholfen hielt er meine Jacke im Arm.

„Und?“, fragte er. „Was meint der Arzt?“

„Grippe.“ Ich reichte ihm die Tüte mit antiviralen Medikamenten, die die Schwester mir mitgegeben hatte, und nahm meine Jacke. „Ich brauche einen Kontakt zu Griffin Payne.“

„Hm, okay. Und mit Kontakt meinst du …?“

„Ich muss mit ihm reden. Allein.“

North beugte sich vor und legte mir eine Hand auf die Stirn.

„Ich hab schon fast kein Fieber mehr“, sagte ich und wich zurück. „Sie haben mir Aspirin gegeben, damit es runtergeht.“

„Du willst also mit Griffin Payne reden“, wiederholte North. „Allein.“

„Ja.“ Ich machte den Reißverschluss meiner Jacke zu. „Persönlich.“

„Ist dir klar, dass wir hier über *Griffin Payne* sprechen? Da hättest du ja noch bessere Chancen, den Präsidenten zu treffen.“

„Ich hab ihn schon mal getroffen. Auf dem Maskenball in

Eden. Er ist nett." Ich ging an North vorbei zum Ausgang. Draußen hingen die Wolken tief am Nachthimmel, sie leuchteten in einem unheimlichen Grün.

„Bestimmt ist er ganz reizend", sagte North und lief mir nach. „Aber das heißt noch lange nicht, dass er ein Meeting mit einer Schülerin abhält."

Außer uns war niemand unterwegs. Ich lief auf dem Gehweg, North daneben, sodass wir auf einer Höhe waren.

„Rory, was hat das alles zu bedeuten? Du gehst zum Arzt, kommst wieder raus und sagst, du musst den Chef des größten Technologieunternehmens der Welt höchstpersönlich treffen."

„Er ist mein Vater", sagte ich leise.

North sah geschockt aus. Verständlich, ich war ja selbst geschockt.

„Das verstehe ich nicht. Seit wann das?"

„Seit er und meine Mutter vor siebzehn Jahren Sex hatten, schätze ich", sagte ich. „Tut mir leid", fügte ich schnell hinzu. „Ich hab das alles selbst noch nicht verarbeitet."

„Aber wie hast du das rausgefunden? Ich meine, du bist doch mit einem Vater aufgewachsen, oder? Du hast von ihm erzählt."

Ich nickte und holte tief Luft. „Als ich vor einem Monat an einer Hausarbeit für Kognitive Psychologie gearbeitet habe, bin ich in der Datenbank des Gesundheitsamtes auf die Krankenakte meiner Mutter gestoßen. Gestern Nacht hab ich sie mir noch mal genau angeschaut. Da hab ich gelesen, dass ich nicht drei Wochen vor dem Termin geboren wurde, wie ich bisher dachte, sondern fast einen Monat zu spät. Das heißt, meine Mutter war schon schwanger, als sie Eden verlassen hat."

„Die Sache mit der Blutgruppe", sagte North. „Du meinst, das bedeutet, dass dein Vater gar nicht dein Vater ist."

„Ich meine es nicht, ich weiß es." Meine Stimme bebte. Ich wollte nicht weinen. „In der Akte meiner Mutter war ein Ultraschallbild. Ihre Blutgruppe war A positiv und meine ist AB positiv. Mein Vater – der Mann, den ich bisher für meinen Vater gehalten habe – ist auch A positiv."

North pfiff durch die Zähne. „Warum hast du nichts davon erzählt?"

„Ich wusste nicht, wie", sagte ich. „So eine heftige Geschichte jemandem zu erzählen, den man kaum kennt …"

„Du kennst mich doch etwas mehr als kaum, Rory." North nahm meine Hände. „Und ich komme mit heftigen Geschichten schon klar."

Ich nickte nur, weil ich nicht wusste, ob ich sprechen konnte.

„Und wie kommst du darauf, dass Griffin Payne dein richtiger Vater ist?", fragte North.

„Sie halten Händchen. Auf dem Klassenfoto. Meine Mutter und Griffin."

„Das heißt doch noch lange nicht …"

„Guck ihn dir an", sagte ich und hielt ihm mein Handy vor die Nase. Darauf war immer noch das Foto von Griffin Payne mit achtzehn zu sehen. „Und dann guck mich an."

„Da ist eine Ähnlichkeit", gab er zu. Er fuhr mit den Händen über seinen Irokesen. „Wow, absolut."

Einen Moment schwiegen wir beide.

„Dann nehme ich zurück, was ich vorhin gesagt habe", meinte North schließlich. „Es ist ganz leicht, einen Termin bei ihm zu bekommen. Sag ihm einfach, wer du bist."

„Das geht nicht. Wenn ich erfahren will, was vor siebzehn Jahren wirklich passiert ist, darf er nicht vorbereitet sein. Ich darf ihm keine Gelegenheit geben, sich irgendeine Geschichte zurechtzulegen."

„Gehst du davon aus, dass er das tun würde?"

„Ich möchte es nicht drauf ankommen lassen. Ich muss es ihm persönlich sagen. Und es muss überraschend kommen. Ich will sein Gesicht sehen."

„Meinst du, deine Mutter hat die Schule seinetwegen abgebrochen?"

„Sie hat die Schule nicht abgebrochen", erinnerte ich ihn. „Sie ist geflogen."

„Könnte die Schwangerschaft etwas damit zu tun haben?"

„Vielleicht, aber in der Krankenakte war von einer Schwangerschaft nicht die Rede. Keine Testergebnisse, auch in den psychologischen Gutachten kein Hinweis auf ein Baby. Falls sie überhaupt wusste, dass sie schwanger war, hat sie es dem Arzt nicht gesagt."

„Kannst du mir die Datei zeigen?"

Ich schüttelte den Kopf. „Ich habe keinen Zugang mehr dazu. Ich hab nur einen Screenshot von der letzten Seite."

„Ich schau mal, ob ich da rankomme", sagte North. „Du hast doch die Sozialversicherungsnummer deiner Mutter, oder?"

„Ja, aber ihre Akte wurde aus dem System gelöscht. Die findest du nicht mehr."

„Im Gegenteil", sagte North. „Gelöschte Dateien lassen sich umso leichter finden. Bevor sie dauerhaft vom Server entfernt werden, landen sie fast immer in diesen kleinen Papierkörben. So wird verhindert, dass man etwas versehentlich für immer löscht. Da die Papierkörbe vor den Benutzern verborgen sind, denken die Firmen, sie bräuchten sie nicht zu schützen."

„Können wir jetzt gleich nachsehen?", fragte ich.

„Klar. Es dauert vielleicht ein paar Stunden, aber du darfst gern dabei sein. Auch über Nacht." Seine Augen funkelten. „Dann pflege ich dich gesund."

„Ich kann nicht über Nacht bleiben", sagte ich, obwohl ich für mein Leben gern bei ihm geblieben wäre. „Ich fürchte, ich muss jetzt zurück ins Wohnheim", fügte ich widerstrebend hinzu. „Um zehn müssen wir in unseren Zimmern sein." Jetzt, da ich wusste, wozu Tarsus fähig war, musste ich mich wie eine Musterschülerin benehmen. „Kann ich morgen vorbeikommen?"

„Klar", sagte North. „Ich hab Frühschicht, also komm erst beim Café vorbei. Gib mir den vollen Namen und die Sozialversicherungsnummer deiner Mutter, dann versuche ich heute Nacht noch was rauszufinden."

Ich nahm seine Hand und flocht meine Finger in seine. „Danke."

Er küsste meine Fingerspitzen. „Es wird alles gut. Das weißt du doch, oder? Du kriegst das schon raus."

„Ja." Alles verschwamm vor meinen Augen. Ich konnte die Tränen nicht länger zurückhalten. Ich blinzelte, aber zu spät. Sie liefen mir schon über die Wangen. „Mist", murmelte ich und rieb mir die Augen. So viel zu meinem Vorsatz, nicht zu weinen.

Mit einem Finger hob North mein Kinn an. In seinen Augen sah ich das Vertrauen, das ich nicht hatte. Obwohl ich wahrscheinlich total ansteckend war und nach Krankenhaus roch und mir seit zwölf Stunden die Zähne nicht geputzt hatte, küsste er mich – und für einen Moment vergaß ich alles. Ich spürte nur, dass ich nicht allein war.

20

Ich stellte mir dann doch noch den Wecker. Das war auch gut so, denn sonst wäre ich wohl kaum vor zwölf Uhr aufgewacht. Ich schlief tief und traumlos und erwachte in derselben Position, in der ich mich hingelegt hatte. Mein Mund fühlte sich an, als hätte ich Watte darin. Aber davon abgesehen ging es mir ganz gut. Jedenfalls besser als vorher.

Ich hielt mir das Handy an die Stirn. „Körpertemperatur normal", lautete Lux' Befund. Ich hatte Lux' Stimme seit über einer Woche nicht mehr gehört. Es gab Zeiten, da hatte ich mehr mit Lux geredet als mit jedem anderen.

Diese Zeiten waren vorbei. Ich hatte Lux so unregelmäßig konsultiert, dass ich es Freitag versäumt hatte, meine schmutzigen Klamotten beim Waschdienst abzugeben. Ich hatte nichts Sauberes mehr anzuziehen. Nur kurz zögerte ich vor Hersheys Wandschrank, dann zog ich ihre Stretchsamthose an. Sie war mir zu lang, aber wenn ich sie in die Stiefel steckte, sah sie ganz gut aus. Dazu suchte ich mir einen von vier grauen Kaschmirpullovern aus, die ins Regal gestopft waren.

Als ich das Wohnheim verließ, saß Izzy im Hof. Sie trank Kaffee aus einem Pappbecher und las etwas auf ihrem Tablet. Ihre Wangen waren von der Kälte gerötet. Sie trug keine Jacke.

„Hey", sagte ich und ging zu ihr. „Was machst du hier?"

„Ich versuche noch drei Kapitel zu schaffen, bis wir Literatur haben. Wir schreiben doch heute den Test über die erste Hälfte von *Der Streik*." Sie sah mich mit müden Augen an. „In meinem Zimmer bin ich immer wieder eingeschlafen. Ich hab mir gedacht, die Kälte hält mich wach."

Ich schlug mir die Hand vor den Mund. Wir waren im selben Kurs. Den Test hatte ich total vergessen.

Izzy sah mich an. „Bist du auch noch nicht durch?"

„Ich hab noch nicht mal angefangen."

Sie rückte ein Stück zur Seite. „Na komm, wir haben noch eine Stunde bis zum Praktikum und dann noch die ganze Mittagspause. In der Zeit kannst du es querlesen."

„Ich kann jetzt nicht", sagte ich. „Ich hab eine Verabredung." Ich musste wissen, was North über meine Mutter herausgefunden hatte. Um den Test konnte ich mich später kümmern.

„Oh, ein Junge?" Izzy legte ihr Tablet hin und begutachtete mich kurz. „Siehst du deshalb so hübsch aus?"

„Kann sein."

„Kann sein, dass es ein Junge ist, oder kann sein, dass du deshalb so hübsch aussiehst?"

„Ich kann nicht darüber reden." Weil das zu rätselhaft klang, fügte ich hinzu: „Wir haben noch niemandem erzählt, dass wir zusammen sind."

„Was habt ihr bloß, du und Hershey, mit euren heimlichen Freunden?“ Izzy guckte beleidigt. „Kannst du mir wenigstens verraten, wo ich einen Verehrer finde? Hey, wo steckt Hershey überhaupt? Ich hab sie seit Tagen nicht gesehen.“

„Sie, hm, sie ist von der Schule gegangen.“

Izzy sah mich verwirrt an. „Wie meinst du das, sie ist von der Schule gegangen? Um was zu tun?“

„Sie nimmt eine Auszeit“, antwortete ich unbestimmt. Ich wollte nicht zu viel verraten. „Genaues weiß ich auch nicht. Bis später, ja?“ Bevor Izzy noch weitere Fragen stellen konnte, ging ich mit langen Schritten davon.

Als North mich vor dem Erkerfenster des Paradiso sah, winkte er mich herein. Ich sah ihm sofort an, dass er etwas herausgefunden hatte. Er zeigte auf einen Ecktisch. „Ich mache in fünf Minuten Pause“, rief er. „Möchtest du etwas?“

„Kaffee“, sagte ich. „Und eins davon.“ Ich zeigte auf die dicksten, klebrigsten Teilchen in der Vitrine.

Ein paar Minuten später setzte sich North zu mir.

„Du hast die Datei gefunden“, sagte ich und brach ein Stück von dem Teilchen ab. Es war weich und süß und schmolz in meinem Gaumen. Ich hatte seit Jahren kein süßes Gebäck gegessen. Mit Lux hatte ich zum Frühstück die Wahl zwischen Haferflocken mit Mandeln und Eiweißrührei mit Toast. Ein Achthundert-Kalorien-Berg aus Zucker, Butter und Mehl war keine vernünftige Frühstücksoption. Ich brach noch ein Stückchen ab.

„Ja, und du hattest Recht. Von einer Schwangerschaft ist nirgends die Rede. Aber ich hab die Metadaten in allen Einträgen über ihre psychische Erkrankung geknackt. Und jetzt kommt's! Die wurden erst im Juni hinzugefügt."

„Das versteh ich nicht. Sie ist im Mai von der Schule geflogen."

„Ja, einem Eintrag über den Schulverweis zufolge, der einen ganzen Monat nach dem angeblichen Datum hinzugefügt wurde."

„Was willst du damit sagen?"

„Ich weiß nicht. Vielleicht gibt es eine logische Erklärung für die Verzögerung. Vielleicht hat der Arzt einfach mit den Aufzeichnungen geschlampt." Er zögerte. „Oder jemand hat versucht, sie als verrückt hinzustellen."

Ich starrte ihn an. Das Gebäck lag vergessen auf dem Teller. „Wer sollte das gewesen sein?"

„Keine Ahnung", sagte North. „Aber vielleicht fällt Griffin etwas dazu ein."

„Hast du eine Möglichkeit gefunden, Griffin zu kontaktieren?"

„Diesen Freitag ist die Gemini-Gold-Party. Griffin hält die Festrede."

„Die Karten dafür kosten bestimmt tausend Dollar."

„Schlimmer, sie sind überhaupt nicht verkäuflich." Er grinste. „Wie gut, dass wir auf der Gästeliste stehen."

21

„Und wenn uns jemand fragt, wer uns eingeladen hat?"

„Es fragt uns aber keiner", sagte North. „Wir sind in einem riesigen Festsaal. Da fallen wir nicht weiter auf."

In den getönten Fensterscheiben des Zuges sah ich mein Spiegelbild. Ich war kaum wiederzuerkennen. Noelle, das Mädchen vom Computerladen, hatte mir ihr Homecoming-Kleid geliehen, ein wadenlanges Bustierkleid, völlig unpassend für einen Highschool-Ball. Kate hatte mich geschminkt. Die dunklen Sommersprossen auf der Nase hatte sie mit Grundierung abgedeckt und meine Augen mit einem Hauch Kajalstift umrahmt. Die Haare hatte ich selbst frisiert. Ich trug sie offen für den Fall, dass ich mich dahinter verstecken musste.

North war völlig inkognito. Er hatte den Irokesen glatt gekämmt und die Tattoos unter den Ärmeln eines grauen Fischgrätenjacketts versteckt. Mit dem Anzug, der Wayfarer-Sonnenbrille und dem Bluetooth-Ohrhörer sah er aus wie ein Eliteschüler auf dem Weg zu einer Party. Genau die Rolle, die er heute spielte.

Jetzt schaute er auf dem Handy nach, wie wir vorankamen. Die Zeit war knapp: Wir mussten nach Boston, Griffin auf dem Fest irgendwie allein erwischen, dann zurück zum Zug und zum Campus, bevor die Bibliothek um Mitternacht zumachte. Dort hatte ich mein Gemini mit eingeschalteter Ortung versteckt. Für den Fall, dass jemand nach mir suchte, hatte North ein Programm geschrieben, das während der mindestens sechs Stunden unserer Abwesenheit zweimal automatisch Status-Updates posten würde. Falls dann jemand wirklich in der Bibliothek nachschaute, sah es schlecht für mich aus. Aber solange das nicht passierte, war alles gut. Was das Verlassen des Schulgeländes anging, waren die Vorschriften in Eden nicht sehr streng. Man durfte sich nur nicht zu weit entfernen. Ohne schriftliche Genehmigung des Schulleiters konnten wir uns nur in einem Umkreis von fünf Kilometern aufhalten. Wenn sie mich heute Abend erwischten, flog ich von der Schule.

Um den Wirbel in meinem Magen zu beruhigen, sah ich North an und prägte mir seine Gesichtszüge ganz genau ein. Selbst in dem harten Neonlicht des Zuges sah er gut aus. Er hatte ein klassisch schönes Gesicht. Seine Haut war zimtfarben und die Augenwinkel wiesen leicht nach unten. Die Nase war gerade, das Kinn kräftig und alles fügte sich harmonisch zusammen.

Er drehte sich um und ertappte mich dabei, wie ich ihn anschaute.

„Du siehst so hübsch aus", sagte er und tippte mir mit dem Finger auf die Nasenspitze. „Nur deine Sommersprossen vermisse ich."

Ich küsste seine Handfläche. Er ließ den Finger meinen Hals hinabwandern und zeichnete die Konturen meines Schlüsselbeins bis zur Schulter nach. Er hob den Spaghettiträger meines Kleids leicht an, dann fuhr er über die Haut darunter und über meinen Arm. Meine Haut knisterte.

„Du siehst aber auch nicht schlecht aus“, sagte ich leichthin. Ich fühlte noch die Spur seines Fingers und konnte mir nur zu gut vorstellen, wie es wäre, wenn er die Träger abstreifen und den Reißverschluss öffnen würde. Vor North hatte ich erst einen Jungen geküsst und jetzt ließ ich in Gedanken schon die Hüllen fallen. Lux und die Stimme in meinem Kopf würden mir bestimmt raten, ihn nicht mehr vom Haken zu lassen, aber ich konsultierte sie nicht. Ich hielt mich an meinem Plastiksitz fest und führte mir vor Augen, wohin solche Fantasien meine Mutter geführt hatten.

„Es gibt einen Zug zurück um 21.15 Uhr und einen um 22.05 Uhr“, sagte North. „Wenn wir den späteren nehmen, kommen wir erst um 23.50 Uhr in Eden an.“

„Das ist zu knapp“, sagte ich, obwohl ich keine Ahnung hatte, ob zehn Minuten für die Strecke vom Bahnhof Eden zum Campus mit Norths Motorrad wirklich zu knapp waren. Ich hatte mich so viele Jahre auf Lux verlassen, dass ich überhaupt nicht mehr einschätzen konnte, wie lange ich von A nach B brauchte. Auf solche Kleinigkeiten hatte ich nie geachtet. Ich hatte einfach darauf vertraut, dass Lux mich überallhin führte. Und das hatte die App auch ausnahmslos getan.

„Viel Zeit ist es nicht“, sagte North. „Aber notfalls schaffen wir das. Trotzdem sollten wir den Zug um Viertel nach neun anpeilen." Er schaute auf sein Handy. „Beim nächsten Halt müssen wir raus."

Sofort schlug mein Herz schneller. Seltsamerweise machte ich mir mehr Sorgen über den Einlass, als darüber, mit dem berühmten Gastgeber zu sprechen. Ich war mir zwar nicht sicher, ob die Begegnung gut laufen würde, aber ganz bestimmt würde er mir glauben, was ich ihm zu sagen hatte. Selbst in diesem Aufzug und mit dem Make-up sah ich meiner Mutter unverkennbar ähnlich.

„Bist du bereit?", fragte North, als der Zug in den Bahnhof einfuhr.

Ich nickte. Ich hatte keine Wahl. Und mit North an meiner Seite würde es schon klappen.

Er nahm meine Hand, als wir ausstiegen und durch das Bahnhofsgebäude zum Taxistand gingen.

„Copley Square", sagte North zu dem Taxifahrer. „Zur Boston Public Library." Der Mann knurrte mürrisch und fuhr los. Der Bahnhof war nicht mal einen Kilometer von der Bibliothek entfernt, wo das Fest stattfand. Wir hätten auch zu Fuß gehen können, aber nicht mit meinen hochhackigen Schuhen. Die Taxifahrt gab mir also kaum Zeit, mich zu sammeln. Zwei Minuten, nachdem wir eingestiegen waren, hielt der Wagen vor einem beeindruckenden Gebäude mit Arkadenfenstern.

Die Bibliothek sah aus wie ein Palast und hatte nichts mit der Glas-und-Stahl-Bibliothek von Seattle gemein. An diesem Abend war sie erleuchtet wie ein Schloss. Zahlreiche Strahler warfen warmes, gelbes Licht auf die Steinfassade. Über den Lichtern und den Arkadenfenstern war das Wort GOLD in 3D projiziert. Ein roter Teppich führte zur Eingangstreppe und auf dem Platz davor lauerte hinter der Samtkordel eine Schar von Fotografen. Es war ein seltsamer Veranstaltungsort für diese Launch-Party, wenn man bedachte, dass Gnosis mit der Einführung der Gratis-Ausleihe von E-Books öffentliche Bibliotheken überflüssig gemacht hatte. In keinem der alten Gebäude fand man noch Bücher – jedenfalls keine aus Papier. Im Grunde waren die Bibliotheken nur noch große Tablet-Stationen. Es gab viele Tischreihen mit eingebauten Bildschirmen und Medienräume, in denen man im Netz surfen und fernsehen konnte.

Mit zitternden Händen öffnete ich die Wagentür und stieg aus.

„Hier", sagte North leise, nahm ein zweites Handy aus der Tasche und ließ es in meine kleine Handtasche gleiten. „Wenn sie es am Eingang scannen, zeigt es den Namen an, den ich auf die Gästeliste gesetzt habe. Jessica Sizemore. Sie ist eine Harvard-Studentin. Ihr Vater ist Aktionär."

„Und wenn sie hier auftaucht?", zischte ich. Wir näherten uns einer Traube von Menschen, die auf den Einlass warteten.

„Wird sie nicht. Als die Einladung kam, hat sie noch am selben Tag abgesagt, und laut Forum ist sie gerade auf dem Campus." Er legte mir einen Am um die Schultern. „Benimm dich ganz natürlich. Wenn wir erst mal drin sind, spielt es keine Rolle mehr."

Ich lehnte mich an ihn und versuchte mich zu entspannen. In der Schar der gut gekleideten jungen Leute, die in ihre Handys vertieft waren, fielen wir gar nicht weiter auf.

Das Mädchen, das die Gästeliste kontrollierte, lächelte, als wir den roten Teppich betraten. „Willkommen in der Zukunft“, sagte sie und nahm unsere Handys. Ich hielt den Atem an, als sie gescannt wurden. „Viel Spaß auf der Party!“ Sie gab uns die Handys zurück und hob die Samtkordel hoch.

Wir waren drin.

Der Hauptteil der Veranstaltung fand unter freiem Himmel im Innenhof des Gebäudes statt, den Gnosis in einen metallischen Garten verwandelt hatte. Der Springbrunnen in der Mitte wurde von unten angestrahlt und schien flüssiges Gold zu verströmen. Kellner mit schwarzen Krawatten machten mit goldglänzenden Champagnertabletts die Runde und an die Steinwände um uns herum wurden überall kleine goldene Gs projiziert. Die Stehtische waren aus goldenen Legosteinen gebaut, darauf standen Kerzenleuchter aus glänzenden Goldmünzen.

„Wow“, sagte ich.

North schnappte sich zwei Champagnerflöten von einem Tablett und reichte mir eine. „Nur zur Deko“, scherzte er.

Der nächste Kellner brachte so etwas wie Ahi-Thunfisch-Cupcakes mit Avocado-Glasur. Ich nahm mir einen.

„Nur ein Snack“, sagte ich und biss hinein. „Oh, Wahnsinn, die musst du probieren.“

„Konzentration, Jessica Sizemore, Konzentration. Wir haben nur eine Stunde, deinen Vater zu finden.“ Doch bevor der Kellner verschwand, schnappte North sich einen Thunfisch-Cupcake und steckte ihn auf einmal in den Mund.

Jetzt, da wir uns auf der anderen Seite der Samtkordel befanden, wurde ich ruhiger. Niemand achtete auf uns und ich konnte einfach am Rand der Party mitlaufen. Wir flanierten um den Hof herum und hielten unauffällig nach Griffin Ausschau. Während wir langsam an der östlichen Mauer entlanggingen, bildete ich mir ein, wir hätten uns nicht auf diese Party geschlichen, sondern wären geladene Gäste wie all die anderen. So abwegig war das auch gar nicht – wenn man den Eden-Abschluss in der Tasche hatte. Ich musste mich nur ranhalten, dann brauchte ich mich nicht mehr auf Partys wie diese hier zu schmuggeln. Dann gehörte ich dazu.

Als wir an der südöstlichen Seite des Hofs um die Ecke bogen, sah ich sie am Springbrunnen stehen. Eine bildschöne dunkelhäutige Frau in einem winterweißen Hosenanzug. Niemand stand zwischen ihr und mir. Wenn sie sich nur ein kleines bisschen nach links drehte, würde sie mich sehen.

North hörte meinen Schreckenslaut. „Was ist?", fragte er leise.

„Küss mich", flüsterte ich. „Jetzt sofort."

Das ließ er sich nicht zweimal sagen. Er legte mir die Hände auf die Hüften und drückte mich sanft an die Mauer. Der Rand meiner Kristallflöte klirrte leicht dagegen. Ich schlang den freien Arm um seinen Nacken, presste meinen Körper gegen seinen, als könnte ich in ihm verschwinden. Als seine Lippen meine berührten, schloss ich die Augen. Hatte sie mich gesehen? Ich glaubte es nicht, aber ich war mir nicht sicher. North hatte die Ellbogen jetzt an die Mauer gestützt und mein Gesicht war dazwischen verborgen. Während er mich küsste, hielt er irgendwie sein Champagnerglas, ohne etwas zu verschütten.

Eine Weile gab ich mich dem Kuss hin. Ich dachte nichts und fühlte alles, von dem Flattern in meiner Brust bis zu dem Kribbeln in meinem Bauch und dem Kitzeln auf der Zunge, wenn er sie berührte. Aber dann knallte das Bild von Tarsus wieder in meinen Kopf und ich erstarrte. North spürte es und wich zurück.

„Ich hab das dumpfe Gefühl, dieser Kuss hat nicht nur den Zweck, eine meiner Fantasien Wirklichkeit werden zu lassen." Sein Gesicht war immer noch ganz nah an meinem.

„Sie ist hier", flüsterte ich. „Dr. Tarsus."

„Mist. Hat sie dich gesehen?"

„Ich glaub nicht. Du hast mich gut versteckt." Ich hatte die Arme immer noch um seinen Hals gelegt und streichelte sein Ohrläppchen mit dem Daumen. Ich hielt mich dicht hinter ihm, während ich mich an der Wand entlang hinter eine Säule schob.

„Wo ist sie jetzt?" Er beugte sich ganz leicht nach links, als würde er meinen Hals liebkosen, und gab den Blick für mich frei. Eine Gruppe neuer Gäste stand zwischen uns und dem Springbrunnen, sodass ich nichts sehen konnte.

„Ich seh sie nicht mehr", sagte ich. „Eben stand sie noch am Brunnen."

„Was macht sie hier?"

„Keine Ahnung. Gnosis ist ein wichtiger Förderer von Eden, vielleicht liegt da die Verbindung." Trotzdem war es merkwürdig, sie hier auf einer schicken Launch-Party zu sehen. Merkwürdig und sehr schlecht für uns.

„Willst du lieber gehen?"

„Nein", sagte ich. „Das ist unsere beste Chance, an Griffin ranzukommen. Jetzt haben wir es so weit geschafft, da kann ich nicht aufgeben. Wir müssen einfach aufpassen, dass sie uns nicht entdeckt." Ich fühlte mich unerschrocken. Das war ein neues Gefühl, aber kein unangenehmes. Ich war es nicht gewohnt, mir meiner Sache so sicher zu sein. Jedenfalls nicht, ohne dass Lux mir sagte, wo es langging.

North nahm meine Hand. „Falls das weitere Küsse erforderlich macht, stehe ich gern zur Verfügung." Er schaute auf seine Armbanduhr. „Wir haben noch eine Stunde, bevor Griffins Rede beginnt, also ist er wahrscheinlich irgendwo im Menschengewirr. Wenn wir ihn finden, kommt es darauf an, ihn von den anderen wegzulotsen."

„Das ist sicher kein Problem, wenn er mich erst mal gesehen hat", sagte ich zuversichtlich.

Es war sogar noch leichter, als erhofft. Während ich mit gesenktem Kopf neben North durch die Menge ging, kamen wir direkt an Griffin vorbei. Er redete mit einem Grüppchen von Frauen in schicken Cocktailkleidern. North stupste mich an, ich blickte auf und da stand er, einen halben Meter von mir entfernt, als hätte man ihn in den Raum hineinretuschiert. Wie kann aus der Verbindung zwischen zwei so schönen Menschen etwas wie ich herauskommen? Das war das Erste, was mir in den Sinn kam. Gleich darauf dachte ich: Er lächelt, aber sein Blick ist traurig.

Ich machte schon den Mund auf, um etwas zu sagen, aber das war gar nicht nötig. Griffin starrte mich an. „Entschuldigen Sie mich", sagte er zu den Frauen und schnitt einer von ihnen einfach das Wort ab. Er ging durch sie hindurch, als wären sie gar nicht da. Sie drehten die Köpfe herum und sahen mich an.

„Ich glaube, Sie haben meine Mutter gekannt“, sagte ich. „Av…“

„Du bist ihre Tochter.“ Er stieß so etwas wie ein raues Lachen aus. „Natürlich! Einen kurzen Moment dachte ich… Aber das konnte ja gar nicht sein.“ Er schaute an mir vorbei, dann sah er mich wieder an. „Ist… ist deine Mutter auch hier?“ Wilde Hoffnung lag in seiner Stimme.

Ich konnte nur den Kopf schütteln.

„Rory muss mit Ihnen sprechen“, sagte North.

Griffin schaute North an, als sähe er ihn erst jetzt.

North reichte ihm die Hand. „Gavin West“, sagte er. Das war der Name, unter dem er heute hier war. Wir hatten uns geeinigt, meinen Namen nicht zu erwähnen.

Griffin schüttelte ihm die Hand, doch die Augen hatte er schon wieder auf mich gerichtet. Er lächelte freundlich, aber sein Blick wurde jetzt noch trauriger, fast wehmütig. „Rory. Sind wir uns schon mal begegnet? An dein Gesicht würde ich mich erinnern, aber deine Stimme kommt mir bekannt vor. Und auch dein Name.“

„Wir haben uns auf dem Maskenball in Eden getroffen“, sagte ich. „Auf dem Balkon.“

„Du warst das Mädchen mit der Pfauenmaske“, sagte Griffin und ich nickte. „Schön, dich wiederzusehen, Rory.“

„Gleichfalls“, erwiderte ich. Vor lauter Aufregung konnte ich kaum lächeln.

Griffin schien es zu merken. Er schaute kurz zu North, dann wieder zu mir. „Drinnen ist es leiser. Sollen wir uns dort unterhalten?“

Wir folgten ihm durch eine Tür in das kleine Café der Bibliothek. Die Stühle waren auf den Tischen gestapelt und ein Schild versperrte den Eingang, doch Griffin ging einfach vorbei und nahm zwei Stühle herunter.

„Ich warte drüben“, sagte North und zeigte auf eine Bank neben der Treppe.

Ich nickte und schaute Griffin an. Er wirkte halb neugierig, halb verwirrt. Ich musste unbedingt etwas sagen, bevor sein Leibwächter ankam. Lass es mich nicht vermasseln, betete ich. Ich durfte ihn nicht mit meinem Wissen überfallen, wenn ich die Wahrheit erfahren wollte. Aber ich hatte auch keine Zeit, lange um den heißen Brei herumzureden. Seine Festrede begann um zwanzig Uhr und es war schon fünf vor halb.

„Danke, dass Sie mit mir reden wollen“, begann ich. „Ich … ich habe viele Fragen und niemanden, der sie mir beantworten kann.“

„Deine Mutter … Ihr ist irgendetwas zugestoßen, nicht wahr.“ Er sagte es nicht wie eine Frage, denn es war keine.

Ich nickte leicht. „Sie ist bei meiner Geburt gestorben.“

Er vergrub das Gesicht einen Moment in den Händen und als er sie sinken ließ, sah man ihm sein Alter zum ersten Mal an. In den Augenwinkeln hatte er feine strahlenförmige Fältchen. Traurige Augen mit Lachfalten.

„Und dein Vater?“

Ich betrachtete ihn aufmerksam. Versucht er herauszufinden, was ich weiß, oder hat er wirklich keine Ahnung, dass ich seine Tochter bin? „Mein Vater?"

„Ja, ich meine, gibt es ihn? Ist er da?" Das Thema schien ihm unangenehm zu sein.

„Ich habe meinen Vater nie kennengelernt."

Das schien ihn nicht zu überraschen. So etwas wie Erleichterung blitzte in seinen Augen auf. Also wusste er es doch. Er versuchte nur herauszufinden, ob ich es wusste. Ich biss die Zähne zusammen. Es nützte nichts, wenn ich wütend auf ihn war. Am besten drängte ich ihn schnell in die Defensive. „Ich weiß, dass Sie gleich Ihre Rede halten müssen, ich will Sie also nicht zu lange aufhalten. Aber ich hatte gehofft, Sie könnten mir erzählen, was zwischen Ihnen und meiner Mutter war."

Griffin seufzte. „Ich habe seit fünfzehn Jahren nicht mehr über deine Mutter gesprochen." Er zupfte an seiner Krawatte. „Nein, noch länger. Seit sie gegangen ist, nicht mehr." Er fasste in sein Jackett und holte sein Handy heraus. Es war aus glänzendem Metall und klein wie eine Streichholzschachtel. Das Gemini Gold. Er tippte auf das Display. Es leuchtete auf und zeigte 19.35 Uhr an. „Um Viertel vor acht soll ich im Vorbereitungsraum sein. Das hier ist keine Zehn-Minuten-Geschichte, aber ich versuche es kurz zu machen." Er steckte sein Gemini in das Metallband an seinem Arm und fuhr sich durchs Haar. Er hatte genau die gleiche Haarfarbe wie ich, ein dunkles Kastanienbraun. Und anders als die Haare meines Vaters, die grau meliert waren, zeigte Griffins Haar noch keine Spur von Grau.

„Deine Mutter und ich haben uns in unserem ersten Jahr in

Eden kennengelernt“, begann er und zum ersten Mal an diesem Abend leuchteten seine Augen. „Ich habe mich sofort in sie verliebt. Wir waren zusammen im Praktikum und am ersten Tag saß sie neben mir. Damals hatten wir keine Kapseln, nur Tische mit Dockingstationen. Sie hatte Probleme, ihren Laptop einzuschalten. Unser Lehrer war so ein schrecklicher, schrulliger alter Mann – Mr Siegler – und Aviana hatte Angst, dass er sie anschreien würde, wenn sie ihn um Hilfe bat. Also half ich ihr – und schon nach fünf Sekunden war ich verrückt nach ihr.“

Mein Herz zog sich zusammen. Ich konnte mir die Situation nur zu gut vorstellen: meine Mutter so aufgeregt und nervös an ihrem ersten Tag, wie ich es auch gewesen war, und Griffin selbstsicher und charmant. Das war der Anfang und es hätte auf tausend verschiedene Weisen weitergehen können, mit tausend möglichen Happy Ends. Aber hier saßen wir nun.

„Ich hätte nie gedacht, dass ich Chancen bei ihr hätte“, erzählte Griffin weiter. „Sie war einfach eine Nummer zu groß für mich. Ich hatte ja nicht mal den notwendigen IQ für Eden. Meine Familie hatte ihre Beziehungen spielen lassen, damit ich reinkam.“ Sein Blick verdüsterte sich. „Meine Eltern konnten Aviana nie leiden“, erklärte er. „Mein Stiefvater hat sie sogar gehasst.“

„Warum?“

„Sie war … anders. Sie hat das Spiel nicht so mitgespielt wie alle anderen.“

„Was für ein Spiel?“

„Sie hatte nicht den Ehrgeiz, die Leiter nach oben zu klettern“, sagte Griffin. „Bestimmt ist das heute nicht anders als damals. Dieses Konkurrenzdenken, der Kampf um die besten Noten. Aviana war das alles egal. Und trotzdem war sie die Jahrgangsbeste.“

„Das verstehe ich nicht. Sie ist doch von der Schule geflogen. Wie kann es dann sein, dass …?“

„Geflogen? Aviana?“ Griffin lachte. „Sie war der Liebling des Campus.“ Er sah mich neugierig an. „Wer hat dir erzählt, sie wäre geflogen?“

„Ich habe den Eintrag über den Schulverweis gelesen“, sagte ich langsam. In ihrer manipulierten Krankenakte, dachte ich.

„Also, ich kann dir versichern, dass Aviana nicht von der Schule geflogen ist“, sagte Griffin. „Sie hat die Abschlussprüfung gemacht und dann ist sie abgehauen.“

„Wieso?“

„Dazu komme ich noch. Erst will ich dir erzählen, was sie mitmachen musste. Es ist keine Entschuldigung für das, was sie getan hat. Aber ich weiß, dass die ganze Sache sie mehr mitgenommen hat, als sie sich anmerken ließ.“

„Ihre Eltern.“

Er nickte. „Sie haben sie schrecklich behandelt. Und je enger unsere Verbindung wurde, desto härter wurden sie. Sie haben gedroht, mich zu enterben, nicht fürs College zu zahlen, das volle Programm. Es war mir so was von egal. Das alles bedeutete mir nichts. Also bat ich Aviana, mich zu heiraten. Und ich sagte meinem Stiefvater, er könnte sein Geld behalten und es sich sonst wohin stecken.“

„Dann waren Sie mit meiner Mutter verlobt?“

Griffin schien zu zögern. „Wir waren mehr als verlobt", sagte er dann. „Rory, deine Mutter und ich waren verheiratet."

Ich starrte ihn an. „Was?"

„Eine Woche vor dem Abschluss haben wir geheiratet", sagte er leise. „Auf dem Standesamt von Albany. Niemand wusste davon. Die zwei Tage danach verbrachten wir in einer kleinen Hütte in Kanada, völlig abgeschieden vom Rest der Welt. Nur wir zwei und ein Kamin." Er wurde ein bisschen rot. „Das ganze Wochenende haben wir Pläne geschmiedet. Aviana wollte möglichst weit weg von meiner Familie und ich wollte sie nur glücklich machen. In Großbritannien hatte Eden einen ziemlich guten Ruf. Deshalb beschlossen wir, nach London zu gehen, uns in Oxford und Cambridge zu bewerben und uns dort ein Leben aufzubauen. Ich hatte ein bisschen Geld zur Seite gelegt. Damit wollten wir uns über Wasser halten, bis wir eine Stelle finden. Gleich nach dem Abschluss wollten wir weg."

„Aber dann wurde sie schwanger", sagte ich. Es klang bitter, ich konnte es nicht ändern. Es war unfair, dass er seine Pläne und seine Gefühle geändert hatte, obwohl sie beide schuld daran gewesen waren. Er hatte mit ihr leben wollen, aber nur mit ihr. Ein Baby passte nicht in seinen Plan.

„Es gab kein *dann*", sagte er düster. „Sie war schon schwanger, als wir heirateten. Daher wusste ich, dass das Kind nicht von mir war."

Ich war zu verwirrt, um den nächsten Gedanken zu denken. „Was?"

Griffin zögerte. „Ich will sie nicht schlechtmachen, Rory.

Wir waren beide so jung. Wir mussten erst erwachsen werden. Ich kann ihr nicht vorwerfen, dass sie mich belogen hat. Jetzt nicht mehr."

Ich schüttelte den Kopf. „Ich verstehe nicht. Inwiefern hat sie Sie belogen?"

„Aviana und ich, wir hatten nie ... Sie wollte bis zur Hochzeit warten." Er räusperte sich. „Für andere Jungs galt diese Regel wohl nicht."

„Sie hat Sie betrogen?"

Er nickte. „Als ich in den Frühjahrsferien in Nantucket war. Am Morgen des Schulabschlusses habe ich es erfahren. Da hat mir jemand eine Kopie des Schwangerschaftstests gemailt. Der Test war am 14. April gemacht worden, lange bevor wir überhaupt ..." Er ließ die Worte in der Luft hängen. Sein Blick war leer. „In dem Moment, als ich das Testergebnis schwarz auf weiß vor mir hatte, fügte sich alles zusammen. Die Stimme, auf die ich gehört und die mich zu ihr geführt hatte, war gar keine höhere Macht, die mich leitete. Das war nur kognitive Dissonanz. Mein Verstand ahnte, dass sie nicht die Richtige für mich war, aber mein Herz konnte es nicht akzeptieren. Deshalb erfand ich eine Fiktion, eine Stimme, die mehr wusste als ich."

Ich dachte an den Jungen ein paar Meter links von mir. War es besser, Liebeskummer zu vermeiden, wenn man damit auch das Gegenteil vermied? Das Gefühl, das Herz könnte vor Glück zerspringen?

„Mr Payne." Wir fuhren beide zusammen. Ein Hüne von einem Mann in schwarzem Anzug mit einem Ohrhörer im

Ohr hatte den Raum betreten. Derselbe Mann, an dem ich beim Maskenball auf der Treppe vorbeigegangen war, Griffins Leibwächter. „Es ist Viertel vor acht."

Griffin nickte ihm zu und wandte sich wieder zu mir. „Ich muss eine Rede halten", sagte er entschuldigend.

„Sie war nicht schwanger, als Sie geheiratet haben", platzte ich heraus. Ich musste es ihm sagen, jetzt oder nie. „Wer auch immer Ihnen das Testergebnis geschickt hat, wollte, dass Sie das denken. Aber es stimmte nicht."

„Was?" Griffin starrte mich so erschrocken an, als hätte ich ihn geohrfeigt.

„Ich bin am 21. März geboren", erklärte ich. „Wäre sie zu dem Zeitpunkt schwanger geworden, den Sie annehmen, hätte ich Anfang Dezember auf die Welt kommen müssen. Aber der Geburtstermin war für Februar ausgerechnet und ich kam im März zur Welt. Drei Wochen und fünf Tage zu spät." Jetzt purzelten die Worte durcheinander, aber ich redete einfach weiter. Ich hatte Angst, dass er sonst wegging. „Ich habe ein Foto vom letzten Ultraschall gesehen. Es kommt genau hin. Sie ist in der Hochzeitsnacht schwanger geworden."

Griffin schüttelte den Kopf.

Ich fasste ihn am Arm. „Sehen Sie sich meine Augen an, meine Hände …" Ich streckte einen Arm aus. „Und mein Kinn. Ich habe genau das gleiche Grübchen wie Sie. Und wir haben die gleiche Haarfarbe. Und …"

Ich merkte, dass Griffin nicht mehr zuhörte. Er sah erschüttert aus. Ich verstummte und ließ seinen Arm los. Es dauerte eine ganze Weile, bis er wieder etwas sagte. Seine Stimme war rau, als hätte er sich heiser geschrien. „Willst du damit sagen, ich bin dein …" Er sprach nicht weiter.

„Mein Vater", sagte ich leise.

Da fing Griffin an zu weinen. Erschrocken über diesen plötzlichen Ausbruch wich ich zurück. Er wischte sich die Augen mit dem Handrücken ab. „All die Jahre habe ich geglaubt, sie hätte mich betrogen", sagte er mit erstickter Stimme. „Der Zweifel sagte mir immer wieder, ich solle ihr vertrauen und nach ihr suchen. Monatelang konnte ich ihn nicht zum Schweigen bringen. Und dann war er eines Tages still." Er rieb sich die Augen mit den Fäusten. „Alles, was ich seitdem getan habe …"

„Mr Payne", sagte der Mann im schwarzen Anzug.

„Einen Moment noch, Jason." Griffin sah mich an. „Wenn ich der Vater war, warum ist sie dann gegangen? Sie sollte die Rede auf der Abschlussfeier halten. Wochenlang hat sie sich darauf vorbereitet. Aber als ich an dem Morgen in ihr Zimmer trat, um sie mit der Mail zu konfrontieren, war sie weg. Das passt doch nicht zusammen."

„Wissen Sie … weißt du, ob meine Mutter in dem Frühjahr zu einem Psychiater gegangen ist?"

„Zu einem Psychiater? Weswegen? Wegen des Zweifels?" Er schüttelte den Kopf. „Das hätte sie nie gemacht. Wieso, hat das jemand behauptet?"

„Das ist eine lange Geschichte", sagte ich. „Aber ich glaube, jemand hatte es auf sie abgesehen. Ich weiß nur noch nicht, wer und warum. Ich hatte gehofft, du könntest mir ein paar Antworten geben."

„Leider weiß ich auch nicht mehr als du. Aber vielleicht können wir gemeinsam etwas herausfinden. Können wir uns nach meiner Rede noch mal treffen? Wie lange bleibst du?" Er fuhr sich über die Haare und über die Augen.

„Eigentlich dürfte ich gar nicht hier sein", gestand ich. „Ich muss um Viertel nach neun mit dem Zug zurück nach Eden."

„Ich bestelle dir einen Wagen", sagte Griffin. „Wenn du gegen zehn fährst, kommst du noch rechtzeitig. Und die Rede dauert nicht so lange. Ich würde sie ja canceln, aber sie wird live übertragen und ich muss ein paar Takte sagen, bevor diese Sache noch weitere Kreise zieht." Auf einmal sprach er mit einem entschlossenen Unterton.

Bevor welche Sache noch weitere Kreise zieht?, hätte ich gern gefragt, aber der Mann in Schwarz war schon an Griffins Seite.

„Also bleibst du noch?", fragte Griffin.

„Gern", sagte ich.

Mein Vater lächelte und für einen kleinen Moment sah er überhaupt nicht traurig aus. „Ich bin so froh, dass ich dich kennengelernt habe, Rory." Er nahm meine Hand.

„Was bedeuten die Symbole?", fragte ich und zeigte auf den Ring.

„*Timshel*", sagte Griffin. „Das ist hebräisch. Steinbeck verwendet es in *Jenseits von Eden*. Es bedeutet ‚du darfst'. Die Idee ist, dass wir alle die Wahl haben, Gutes zu tun und gut zu leben."

„*Timshel*", wiederholte ich. „Das gefällt mir."

„Mir auch." Er betrachtete den Ring, als sähe er ihn zum ersten Mal. „Deine Mutter hat ihn zu meinem achtzehnten Geburtstag für mich anfertigen lassen. Als sie mich verlassen hat, bewahrte ich ihn als mahnende Erinnerung daran auf, nie wieder jemand anderem als mir selbst zu vertrauen." Er schaute zur Decke. „Da habe ich wohl das Wesentliche nicht verstanden."

„Mr Payne, die Liveübertragung beginnt in fünf Minuten", drängte Jason. In seinem Ohrhörer rauschte es. „Sie müssen zur Mikrofonprobe kommen."

Durch das Fenster sah ich, dass sich die Gäste im Halbkreis um den Springbrunnen sammelten. Alle hatten den Blick auf die Bühne an der Südseite des Hofs gerichtet, wo Griffin seine Rede halten sollte. An der Wand dahinter war ein papierdünner Bildschirm, auf dem der neuste Werbespot für das Gemini Gold lief.

„Wir treffen uns, sobald ich fertig bin", sagte Griffin.

Dann verschwand er durch die Tür und wurde von der ausgelassenen Menge draußen verschluckt. Wenige Sekunden später war North an meiner Seite.

„Wie war es?"

„Er wusste nicht, dass meine Mutter von ihm schwanger war", sagte ich, während wir das Bibliothekscafé verließen. „Er hat eine E-Mail mit einem Schwangerschaftstest bekommen, der falsch datiert war. Er wurde zwei Monate, bevor Griffin überhaupt mit meiner Mutter geschlafen hatte, ausgestellt. Deshalb dachte er, meine Mutter hätte ihn betrogen. Als er sie zur Rede stellen wollte, war sie weg." Ich nagte an meiner Unterlippe. „Warum sollte jemand wollen, dass er denkt, das Kind sei nicht von ihm?"

„Keine Ahnung. Glaubst du, die Mail wurde von derselben Person geschickt, die auch die Krankenakte deiner Mutter manipuliert hat?“

„Ich glaub schon. Aber es ist verrückt, oder? Das mit dem falschen Testergebnis passt ja noch, aber Griffin hätte ihre Krankenakte doch nie zu sehen bekommen. Wozu der ganze Aufwand?“

„Rory?“ Ich fuhr herum, als ich die vertraute Stimme hörte. Es war Beck. Er trug einen marineblauen Anzug, der perfekt saß und trotzdem albern aussah. Das glatte Gegenteil von dem, was Beck normalerweise tragen würde. Der Anzug hätte eher zu Liam gepasst.

„Was machst du denn hier?“ Ich lief auf ihn zu und umarmte ihn, wobei ich fast über meine Absätze gestolpert wäre. „Noch eine Vergünstigung für Betatester?“ Ich fasste ihn an den Ellbogen und sah ihn von oben bis unten an. Er sah gut aus. Die Pickel, gegen die er immer gekämpft hatte, waren fast verschwunden. Und seine Arme waren kräftiger geworden, als hätte er trainiert.

„Viel besser“, sagte Beck. Er schaute zu North und dann wieder zu mir, was mich daran erinnerte, dass ich ihn nicht vorgestellt hatte. „Meine Fotos werden hier in einer Ausstellung junger Künstler gezeigt, die Gnosis sponsert. Anschließend geht sie zum Museum of Fine Arts in Boston.“

„Das gibt’s doch nicht. Wahnsinn!“

„Ja, es ist ziemlich geil. Gnosis hat alle Künstler einfliegen lassen. Morgen Abend gibt es noch eine Veranstaltung im Museum.“

„Ist ja der Hammer." Ich boxte ihm gegen den Arm. „Warum hast du mir nichts davon erzählt?"

„Ist einfach so passiert. Und was machst du hier? Schulausflug?"

„So ähnlich", sagte ich. Das Wissen, das sich in den letzten Wochen bei mir angesammelt hatte – über die Stimme, meine Mutter und jetzt meinen richtiger Vater –, wollte hinaus. Wieso hatte ich Beck nichts davon erzählt? Es versetzte mir einen Stich, als mir einfiel, dass ich es mehr als einmal versucht hatte.

Beck sah North an. „Am besten, wir machen uns mal selbst bekannt, da Rory das offenbar nicht übernehmen will."

North lachte. „Gute Idee. Ich bin North."

Ich trat einen Schritt zurück, damit sie sich die Hand schütteln konnten. Beck trug sein Gemini Gold an einem braunen Lederarmband. Genau wie der Anzug war es viel zu spießig für Becks Geschmack. Aber das hier war ja ein Fest und er war auf Kosten des Veranstalters hier. Das war wohl sein Versuch, sich für den Anlass passend zu kleiden.

„Beck ist mein bester Freund", klärte ich North auf. „Aus der Heimat." Ich wandte mich wieder zu Beck. „Und wo sind deine Fotos? Ich möchte sie sehen!"

„Sie sind im Ausstellungsraum", sagte Beck. „Ich checke gleich mal, ob wir noch genug Zeit haben." Er hielt das Handgelenk vor den Mund. „Lux, haben wir vor der Festrede noch Zeit, die Ausstellung zu sehen?"

Es war, als hätte ich es mit einem Fremden zu tun. Beck hatte mir zwar erzählt, dass er Lux benutzte, aber ihn so zu sehen, kam mir ziemlich albern vor. Mit einem seltsamen kleinen Lächeln starrte er auf das winzige Display und wartete ernsthaft auf eine Antwort.

„Die Rede ist verschoben", antwortete Lux mit einer Stimme, die Becks so ähnlich war, dass ich im ersten Moment dachte, er hätte es gesagt. Die Stimme auf dem alten Gemini klang zwar auch wie ihr Besitzer, nur viel blecherner, sodass sie trotzdem gut zu unterscheiden war. „Du hast ausreichend Zeit, die Ausstellung zu besichtigen", fuhr Lux fort. „Ich werde dich benachrichtigen, wenn es Zeit ist, in den Hof zurückzukehren."

„Danke", sagte Beck zu seinem Handy. Er zupfte den Ärmel zurecht und lächelte uns an. „Gehen wir."

Ich folgte ihm und blieb kurz stehen, um noch mal in den Hof zu schauen. Diesmal war Tarsus leicht zu entdecken. Sie wirkte wie ein Lichtblitz aus schillernder weißer Seide zwischen all den verschwommenen dunklen Farben. Zum Glück stand sie auf der anderen Seite des Springbrunnens und hatte mir den Rücken zugewandt. Ihre aufgeregten Kopfbewegungen verrieten, dass sie in eine hitzige Diskussion vertieft war.

„Kommst du?", fragte Beck.

„Yep", sagte ich und schaute noch einmal kurz zu Tarsus. Sie hatte sich ein wenig zur Seite bewegt, sodass ihr Gesprächspartner zu sehen war. Sie legte ihm eine Hand auf den Arm, doch er schüttelte sie ab. Sein Gesicht war vor Wut verzerrt.

Es war Griffin.

„Oh nein", flüsterte ich. „North, er spricht mit Dr. Tarsus."

Das Herz rutschte mir in die Hose. „Stell dir vor, er erzählt ihr, dass ich hier bin …"

„Keine Panik", sagte North leise und führte mich hinter Beck her, der auf den Austellungsraum zusteuerte. „Sie könnten über alles Mögliche reden."

Bevor wir hineingingen, schaute ich über die Schulter zurück zu der Stelle, wo die beiden gestanden hatten. Griffin entfernte sich gerade mit großen Schritten von Tarsus und lief zum Rednerpult. Sie nahm ihr Gemini Gold vom Armband an ihrem Handgelenk. Es leuchtete im Dämmerlicht. Ich wertete es als gutes Zeichen, dass sie sich nicht nach mir umschaute. Vielleicht hatten sie wirklich über etwas anderes geredet. Vielleicht hatte Griffin mich gar nicht erwähnt. Vielleicht rief sie aber auch gerade den Schulleiter an und meldete mein Vergehen.

„Meine Bilder hängen auf der linken Seite", sagte Beck. Der Raum grenzte direkt an den Hof. Gnosis hatte ihn in eine schicke Galerie mit modernen weißen Glasfaserwänden verwandelt. Vom Aquarell bis zu digitalen Drucktechniken waren Bilder in fast allen Ausführungen vertreten, aber Fotografien sah ich nur drei. Alle zeigten Segelboote.

„Und wo sind deine Fotos?", fragte ich und schaute mich um.

„Hier sind sie doch. Du hast sie gerade schon angeguckt." Beck fasste mich bei den Schultern und drehte mich zu der Wand mit den Booten.

„Aber das sind Segelboote." Ich sah North an, weil ich Beck nicht ansehen konnte. Die Bilder waren nicht schlecht, aber sie hätten auch in einer Arztpraxis oder der Lobby eines Kettenhotels hängen können. Sie waren kommerziell. Nett. Unbedeutend.

„Das ist jetzt mein Ding", sagte Beck, als wäre es das Normalste auf der Welt. „Boote und Brücken. Mir ist klar geworden, dass meine früheren Arbeiten zu deprimierend waren. So was lässt sich nicht verkaufen."

Ich machte den Mund auf, aber es kam kein Wort heraus. Becks Arbeiten waren verstörend, kraftvoll und rau. Manchmal konnte man kaum hinsehen, aber gerade darum ging es ja. „Zu *deprimierend*?"

„Leider müssen auch Künstler essen, Rory", erwiderte Beck freundlich.

North räusperte sich. „Ich finde sie sehr schön", sagt er zu Beck und ging näher heran. „Mit der glänzenden Oberfläche sehen sie richtig poppig aus." Das stimmte, aber es war kein Kompliment. Die Bilder sahen aus wie abgedroschene Bildschirmschoner. „Hast du die alle in Seattle aufgenommen?"

„Yep", sagte Beck. „An drei aufeinanderfolgenden Tagen. Zu dem Gemini Gold gehört eine Foto-App, die sich mit Lux verbindet. Man gibt einfach ein, was für eine Art Foto man machen will. Lux nennt dann eine Auswahl von Locations und die mögliche Tageszeit. Total praktisch."

„Und was ist mit *Lux denkt wie ein Computer, nicht wie ein Künstler*?", fragte ich. Ich konnte ihn immer noch kaum ansehen.

„Jeder Künstler braucht ein Werkzeug für seine Kunst", sagte Beck. „Und Lux ist meins."

„Und der Zweifel?“, fragte ich leise. Aus dem Augenwinkel sah ich, dass North den Kopf wegdrehte.

„Endlich verstummt“, antwortete Beck, als wäre das ein Grund zum Feiern.

Mir drehte sich der Magen um. „Du nimmst Evoxa.“

„Nee, ich glaub immer noch, dass das Zeug einem das Gehirn vernebelt. Ich hab nur Lux' Rat befolgt und der Stimme gesagt, dass ich sie nicht mehr brauche. Kurz darauf war sie still.“

Ich wusste nicht, was ich darauf sagen sollte. Es kam mir vor, als hätte ich es mit einem Klon meines besten Freundes zu tun. Ich starrte auf die Fotos, die ich jetzt noch scheußlicher fand. Am liebsten hätte ich sie von der Wand gerissen und in den Springbrunnen geworfen.

„Bitte begib dich jetzt in den Hof“, hörte ich Beck sagen. Aber natürlich war es nicht Beck, sondern sein elektronischer Kumpel. Ich musste mich beherrschen, um ihm das Gold-Ding nicht vom Arm zu reißen und an die Wand zu klatschen.

„Lasst uns mal gehen“, sagte der echte Beck.

North nahm mich bei der Hand. In diesem Moment war ein Klirren zu hören, als würde jemand mit einem Messer an ein Glas schlagen, nur dass es lauter war und aus den Lautsprechern über uns kam. Das Zeichen, dass die Rede begann. Wir folgten Beck in den Hof.

„Meine Damen und Herren“, erklang eine vertraute Stimme. An dem goldüberzogenen Rednerpult stand Dr. Tarsus. *Sie* stellte ihn vor? Schnell versteckte ich mich hinter North. Beck sah mich fragend an.

„Mir und dem gesamten Vortand von Gnosis ist es eine große Ehre, Ihnen einen Mann anzukündigen, den Sie alle kennen. Den Visionär und Architekten des bahnbrechenden neuen Geräts, das wir heute Abend mit Ihnen feiern möchten. Es spricht zu Ihnen Griffin Payne, der Firmenchef und das Gesicht von Gnosis."

Alle applaudierten begeistert, als Griffin zu ihr auf die Bühne trat. „Danke, Esperanza." Griffin trat ans Mikrofon, sein Lächeln wirkte gezwungen. „Und Ihnen allen danke ich für Ihr Kommen und dafür, dass Sie mitgeholfen haben, Gnosis zu dem zu machen, was es heute ist." Er schaute kurz nach oben und fuhr dann fort: „Als ich im Sommer nach der Highschool als Praktikant in der Firma anfing, dachte ich, ich hätte das große Los gezogen. Hier war eine Firma, die mit der Entwicklung technischer Innovationen Gutes in der Welt bewirken wollte. Ich war ein junger Mann mit gebrochenem Herzen und bekam die Gelegenheit, eine App mitzuentwickeln, die dafür sorgen würde, dass so etwas nie wieder geschah."

Im Publikum wurde hier und da getuschelt. Noch nie hatte Griffin sich in der Öffentlichkeit derart geäußert. Er achtete nicht auf die Reaktion des Publikums und redete weiter. „Es war ein hochmütiger Gedanke, man könnte die Gesellschaft mit einer Handy-App verbessern." Griffin schien ein wenig zu zögern. Er wischte sich mit dem Handrücken über die Stirn. „Ein hochmütiger Gedanke", wiederholte er. „Und ein irriger." Er stockte und hielt sich am Rednerpult fest. Auf einmal war er aschfahl. Wieder wischte er sich über die Stirn und blinzelte mehrmals, als könnte er nicht geradeaus gucken. „In Wahrheit …“ Er redete weiter, doch seine Worte waren auf einmal wirr und unverständlich.

Eine Frau neben mir flüsterte: „Er redet dummes Zeug.“

Mit einem Schritt war Tarsus auf der Bühne – gerade rechtzeitig, um Griffin aufzufangen, als er fiel.

22

„Rory, wir müssen gehen“, drängte North.

Rettungssanitäter schnallten Griffin auf einer Trage fest und riefen einander Anweisungen zu. Seit Griffin vor neunzehn Minuten zusammengebrochen war, hatte ich mich nicht gerührt. Und auch kein Wort gesagt. Ich hatte das Gefühl, als hätte man mir den Boden unter den Füßen weggezogen. Es konnte nicht wahr sein. Und bis jetzt wusste ich nicht mal, was „es“ genau bedeutete. War Griffin tot?

„Rory“, sagte North wieder.

Ich zwang mich ihn anzusehen. „Okay“, presste ich hervor.

Beck hatte sein Gemini Gold eingeschaltet und verfolgte die Diskussionen über Griffins Zusammenbruch auf Forum. Neue Posts erschienen so schnell hintereinander, dass das Display fortwährend in Bewegung war.

„Komm mit uns“, sagte ich zu Beck. „Fahr mit uns nach Eden. Du kannst bei North übernachten.“ Ich schaute zu North. „Oder?“

„Klar“, sagte er. „Ich hab genug Platz.“

Beck schüttelte den Kopf. „Das geht nicht. Morgen ist die Veranstaltung im Museum."

„Bis dahin bist du wieder hier. Die Züge fahren fast jede Stunde."

Beck überlegte. Er schien unsicher zu sein. „Ich frage Lux", sagte er schließlich.

„Du kannst Lux nicht fragen", zischte ich. „Ich dürfte gar nicht auf der Party sein, also darf Lux auch nichts davon erfahren."

Beck sah mich argwöhnisch an. „Wie meinst du das, du dürftest nicht auf der Party sein?"

„Das ist eine lange Geschichte." Ich ballte die Fäuste, weil ich ihn sonst vielleicht gepackt und geschüttelt hätte. „Mensch, Beck, komm doch einfach mit. Du hast jede Menge Zeit, wieder zurückzufahren."

„Wir müssen jetzt echt los", sagte North. „Es wird sicher nicht leicht, ein Taxi zu kriegen, und wir dürfen den Zug nicht verpassen."

Ich sah Beck an. „Kommst du jetzt mit?"

Er ging einen Schritt zurück.

„Vergiss es", schrie ich und drehte mich auf dem Absatz um. Tränen der Wut traten mir in die Augen. „Komm, North, wir gehen."

„War nett, dich kennenzulernen", hörte ich North hinter mir sagen. „Viel Glück mit der Ausstellung."

„Rory!", rief Beck.

Ich schaute mich nicht um.

Als wir den Zug erreicht hatten, war die Story schon in allen Nachrichten. Die ganze Fahrt über sahen wir uns die Berichterstattung an. Kurz nach dreiundzwanzig Uhr gab Gnosis eine Erklärung heraus. Griffin hatte einen Schlaganfall erlitten.

„Einen Schlaganfall?" Meine Stimme zitterte. „Er ist fünfunddreißig. Letzten Monat war er auf der Titelseite von *Men's Health.* Wie kann jemand wie er einen Schlaganfall bekommen?"

North schüttelte nur den Kopf. „Er wird bestimmt wieder gesund. Er hat die weltbesten Ärzte."

Ich presste mir die Handballen an die Stirn. „Verdammt! Gerade dachte ich, wir wären einen Schritt weitergekommen. Und schon wirft es uns wieder mindestens zehn Schritte zurück." Urplötzlich brach ich in Tränen aus. Diesmal versuchte ich nicht sie zurückzuhalten. North zog mich an sich und nahm mich in die Arme. Ich schniefte in sein Jackett, das überhaupt nicht nach North roch, sondern nach irgendeinem Aftershave mit holziger Note.

„Es ist alles so unlogisch." Meine Stimme wurde vom Stoff des Jacketts gedämpft. „Griffin hat gesagt, meine Mutter war die Jahrgangsbeste und sollte die Abschlussrede halten. Wieso ist sie dann ein paar Stunden vorher verschwunden?"

„Vielleicht hatte sie Angst", meinte North. „Vielleicht wusste sie, dass jemand es auf sie abgesehen hatte. Jemand, der ihr mehr antun konnte, als bloß ein paar Krankenakten zu fälschen."

„Wer soll das gewesen sein? Und wieso ist sie nicht einfach zur Polizei gegangen? Oder wenigstens zu Griffin. Sie hätte ihm beweisen können, dass das Testergebnis falsch war." Es sei denn, sie selbst hätte es ihm geschickt, schoss es mir durch den Kopf. Aber warum hätte sie das tun sollen?

In diesem Moment leuchtete etwas vor dem Fenster auf. Es war eine Sternschnuppe, die durch die Nacht sauste. Erst dachte ich, es wären zwei, eine oben und eine unten. Aber dann merkte ich, dass die eine die Spiegelung der anderen war. Sie spiegelte sich im Wasser des Stausees, an dem wir gerade vorbeifuhren. Gleich waren wir da.

„Eden", gab eine Computerstimme durch. „Nächster Halt Eden Hauptbahnhof."

Ich rieb mir die Augen und setzte mich auf.

„Tja, für ein Date war das hier nicht gerade aufregend", sagte North, ohne eine Miene zu verziehen.

„Ziemlich öde", stimmte ich zu.

North wurde wieder ernst. „Es freut mich, dass du mit Griffin reden konntest."

„Mich auch."

Keiner von uns sprach aus, was wir beide dachten. Dass es hoffentlich nicht die letzte Gelegenheit gewesen war.

Der Zug hielt und wir standen auf. Meine Füße schmerzten in Hersheys Schuhen mit den hohen Absätzen.

„Dann treffen wir uns morgen wieder?", fragte North, als wir auf dem verlassenen Bahnsteig standen.

„Ja, ich denke schon." Es war Samstag, also hatte ich keine Schule, aber ich hatte mir für das Wochenende vorgenommen, alle versäumten Hausaufgaben nachzuholen. Ich hatte gehofft, ein Gespräch mit Griffin würde meine Fragen beantworten, anstatt hundert neue aufzuwerfen. Jetzt bezweifelte ich, dass ich vor Montag irgendwas schaffen würde oder dass diese Woche anderes laufen würde als die letzte. Der Unterricht würde an mir vorbeirauschen und die Hausaufgaben würden liegen bleiben.

Jeans, Sweatshirt und Sneakers hatte ich in dem Fach unter Norths Motorradsitz verstaut. Er hatte vor dem Bahnhof geparkt. North zog das Jackett aus, hielt es wie einen Vorhang hoch und schaute in den Himmel, während ich mich umzog. Als ich die Jeans anhatte, aber noch nicht das Sweatshirt, schob ich das Jackett beiseite. Dann trat ich einen Schritt auf ihn zu, sodass meine nackte Brust sein weißes Anzughemd berührte.

Überrascht schaute er mich an.

„Hi", sagte er.

„Hi", sagte ich. Ich stellte mich auf die Zehenspitzen und küsste ihn. Als sich unsere Lippen trafen, schloss ich die Augen, schaltete alle Gedanken ab und stellte mir vor, wir wären bloß ein Junge und ein Mädchen, die sich auf einem Parkplatz küssten. Ein Junge, der kein Cyber-Krimineller war, und ein Mädchen mit einem geordneten Leben.

Seine Arme rutschten weiter nach unten.

„Hey!", rief ich.

„'tschuldigung", sagt er. „Ich hab mich hinreißen lassen."

Ich kicherte. „Okay, jetzt wieder weggucken. Ich muss das Sweatshirt anziehen." Gehorsam legte er den Kopf in den Nacken und blies warme Luft in den kalten Nachthimmel. Ich zog mir das Sweatshirt über den Kopf und bekam Gänsehaut an der Brust. „Okay, fertig." Ich legte das Kleid zusammen und reichte es North. „Richte Noelle vielen Dank aus."

North verstaute das Kleid und sein Jackett unter dem Sitz. Dann gab er mir einen Helm.

„Ich muss bald meinen Vater anrufen", sagte ich, während ich den Helm zuschnallte. „Es war idiotisch zu denken, ich könnte das vor ihm geheim halten. Er hat ein Recht, die Wahrheit zu erfahren." Meine Stimme brach ein wenig. Ich wusste, dass es das Richtige war, aber ich konnte mir nicht vorstellen, die Worte wirklich auszusprechen. Mom hat dich angelogen. Ich bin gar nicht deine Tochter.

„Wie kann ich dir helfen?"

„Lad Becks Lux-Profil runter", bat ich ihn.

„Wonach suchen wir?"

„Nach einer Erklärung. Kaum benutzt er Lux, macht er auf einmal Scheißfotos und ruft nicht mehr zurück. Das kann kein Zufall sein."

„Zufriedenheit verändert die Menschen", sagte North. Er schwang sich auf das Motorrad und hielt es so, dass ich aufsteigen konnte. „Offenbar bekommt er eine Menge Bestätigung für diese Fotos – die im Übrigen gar nicht so schlecht sind ..."

„Ja, klar."

„Und er hat das Gefühl, dass sein Leben im Gleichgewicht ist. Genau deshalb treffen achtundneunzig Prozent der Leute in diesem Land keine Entscheidung ohne Lux. Es vereinfacht das Leben enorm."

Ich starrte ihn an. „Du verteidigst Lux?"

„Quatsch“, sagte North. „Ich versuche es nur zu erklären.“

Ich schüttelte den Kopf, der Helm stieß gegen meine Schläfen. „Nein, da ist irgendwas anderes im Gange.“

„Zum Beispiel?“ North ließ den Motor an.

„Keine Ahnung“, gab ich zu. Ich schlang meine Arme um seine Taille. „Aber vielleicht hat es mit dem zu tun, was Griffin heute Abend verkünden wollte. Vor der Rede hat er zu mir gemeint, er müsste ein paar Takte sagen, bevor *diese Sache* noch weitere Kreise zieht.“

„Und dann ist er zusammengebrochen, bevor er darüber sprechen konnte.“

„Merkwürdiger Zufall, oder?“

North drehte sich zu mir um, während der Motor aufheulte. „Moment mal. Glaubst du etwa, das mit Griffin war gar kein Unfall?“, schrie er über den Krach hinweg.

„Ich glaube, dass wir eine ganze Menge noch nicht wissen.“

Zehn Minuten vor Mitternacht kam ich in der Bibliothek an. Mein Gemini war noch genau da, wo ich es versteckt hatte, unter einem Kissen in einem der oberen Lesesäle. Während wir weg waren, hatte „ich“ zwei banale Statusmeldungen gepostet, und bis auf ein paar Likes hatte meine nächtliche Lernsitzung auf Forum keine großen Reaktionen hervorgerufen. Es war also alles gut gegangen. Es sei denn, Tarsus hatte von Griffin erfahren, dass ich auf dem Fest war, oder sie hatte mich selbst gesehen, was noch schlimmer wäre. Da ich das nicht wusste, musste ich einfach abwarten.

Auf dem Weg zum Wohnheim rief ich meinen Vater an. In

Seattle war es noch nicht mal einundzwanzig Uhr, also waren er und Kari noch wach. Beim zweiten Klingeln hob er ab.

„Hi, Dad", sagte ich und hatte sofort einen Kloß im Hals.

„Was ist denn, mein Schatz?"

Ich fing an zu weinen. Er kannte mich so gut, dass er mir schon nach zwei Wörtern anmerkte, dass etwas nicht stimmte. Wie konnte es sein, dass er nicht mein richtiger Vater war?

„Es geht um Mom ...", setzte ich an.

„Aha", sagte er vorsichtig. Ich hörte, wie eine Tür geöffnet wurde und stellte mir vor, wie er auf die winzige Veranda vor der Küche hinaustrat. Sie bot kaum ausreichend Platz für den Grill, der dort stand.

Ich begann mit der simplen Wahrheit. „Mom war ... sie war schon schwanger, als ihr beide geheiratet habt."

Mein Vater seufzte. „Das weiß ich, Liebes."

„Und ...", ich atmete zittrig ein, „du warst nicht der Vater. Du bist nicht ... mein Vater."

Am anderen Ende war es lange still. Ich blieb kurz stehen, kniff die Augen zusammen und machte mich auf seine Reaktion gefasst.

„Auch das weiß ich", sagte er schließlich. So ernst hatte seine Stimme noch nie geklungen.

Ich riss die Augen auf. „Du weißt es?"

„Ich hab es immer gewusst", erwiderte er traurig. „Rory, deine Mutter und ich, wir ... wir waren nie ein Paar. Jedenfalls kein Liebespaar. Deine Mutter war in einen anderen verliebt. Aber mein Schatz, das ändert nichts an meiner Liebe zu dir. Oder an der Tatsache, dass ich immer dein Dad sein werde."

Wieder stiegen mir Tränen in die Augen. „Ich hab dich auch lieb, Dad", sagte ich. „Ganz doll."

„Vielleicht komm ich mal zu dir rüber", meinte er dann. „Ich könnte ..."

„Nein, lass mal", sagte ich schnell. Fliegen war teuer und die beiden waren sowieso knapp bei Kasse. Außerdem hatte ich das Gefühl, dass North und ich der Wahrheit immer näher kamen. Mein Vater würde das alles nur verkomplizieren. „Ich hab so viel Unterricht und Hausaufgaben, dass wir kaum Zeit füreinander hätten."

„Wenn du meinst", sagte er. Es klang jedoch nicht überzeugt. „Aber es ist nicht schön, dass du damit jetzt allein bist."

Allein. Meine Mutter war tot, mein biologischer Vater lag im Koma, mein bester Freund benahm sich, als hätte man ihn geklont, meine Zimmergenossin war verschwunden und mein Dad und meine Stiefmutter waren fünftausend Kilometer weit weg. Ich fühlte mich wie eine dieser orangefarbenen Bojen, die weit draußen auf dem Ozean schwimmen. Aber die Bojen waren mit einer Kette am Grund befestigt. Ich war ganz auf mich selbst gestellt.

Du bist nicht allein, flüsterte eine Stimme.

Die Stimme hatte Recht. Ich hatte North.

„Dad?"

„Ja, mein Schatz?"

„Weißt du ... wer es ist?" Ich konnte nicht *mein Vater* sagen. Nicht zu meinem Dad. Ich hatte beschlossen, ihm nichts von Griffin zu erzählen. Zumindest noch nicht. Es sei denn, er wüsste es bereits.

„Nein", sagte er. „Deine Mutter wollte nicht darüber reden. Sie war der Meinung, es sei besser, wenn ich es nicht wüsste. Wörtlich sagte sie sogar, es sei sicherer."

Ich betrat das Wohnheimzimmer. Hier drin war es warm, aber auf einmal fror ich. „Sicherer", wiederholte ich.

„So hat sie es ausgedrückt. Sie bestand darauf, dass ich nicht versuche es herauszufinden. Und ich musste ihr versprechen, dir niemals zu erzählen, dass ich nicht dein Vater bin."

„Warum? Wovor hatte sie Angst?" Oder vor wem, dachte ich bei mir.

„Das hab ich mich auch schon hunderttausendmal gefragt. Ich weiß es nicht. Deine Mutter hat nur gesagt, dass sie glaubt, ihr Leben sei in Gefahr und damit auch deins. Ich sollte sie heiraten und dich großziehen, falls ihr je etwas zustieß. Du solltest nie erfahren, dass ich nicht dein Vater bin. Es sei denn, du fändest es selbst heraus."

Es war schwer, sich vorzustellen, dass mein Vater so etwas mit achtzehn Jahren auf sich genommen hatte. „Und du hast zu allem Ja gesagt?"

„Ich hätte alles für sie getan." Er stockte. „Worum sie mich da bat, hatte ich mir sowieso immer gewünscht. Mit ihr zusammen zu sein. Ich dachte, wir würden den Rest unseres Lebens miteinander verbringen. Nie hätte ich gedacht, dass sie …" Wieder stockte er. Er hätte nie gedacht, dass sie *sterben* würde. Aber sie starb, nur wenige Stunden nach meiner Geburt.

Sie hatte geglaubt, ihr Leben sei in Gefahr, und neun Monate später war sie tot. Wenn ihr Tod nun gar kein Unfall gewesen war?

In dieser Nacht schlief ich nicht. Ich grübelte. Es kam mir unwahrscheinlich vor, aber ich wusste ja nicht, von wem meine Mutter sich bedroht gefühlt hatte. Und Griffin wusste es auch nicht. Ein großes Puzzleteil fehlte und ich hatte keine Ahnung, wo es zu finden war.

Um zwei Uhr nachts schaltete ich das Licht ein. Ich ertrug es nicht länger, im Dunkeln zu liegen und die Babydecke festzuhalten, die meine Mutter unbedingt zu Ende sticken wollte. Aber auf die vielen Hausaufgaben, die ich zu erledigen hatte, konnte ich mich jetzt auch nicht konzentrieren. Auf meinem Nachttisch lag *Das verlorene Paradies.* Die Karte, die meine Mutter mir hinterlassen hatte, steckte als Lesezeichen an der Stelle, wo das Zitat stand. Mit dem Buch in der Hand legte ich mich wieder hin. Ich fuhr mit den Fingern über die Stickerei meiner Decke, während ich laut las:

Urheber, wie sie richten oder wählen;
Denn frei erschuf ich sie, und frei denn auch
Sollen sie bleiben, bis sie selbst sich knechten;
Sonst müsste ich die Schöpfung gar verwandeln,
Den hohen unabänderlichen Schluss,
Auf Ewigkeit verordnet, widerrufen,
Der ihnen Freiheit gab; sie haben selbst
Den eignen Fall bestimmt.

North hatte Recht. Wenn ich die Worte laut aussprach, wurde die Bedeutung klarer. *Urheber, wie sie richten oder wählen.* Milton zufolge haben wir immer die Macht, die richtige Entscheidung zu treffen, selbst wenn wir es selten tun. Das erinnerte mich an das Ypsilon des Pythagoras. Und Griffins *Timshel*-Ring. Tugend oder Laster, du darfst oder du sollst nicht, immer haben wir die Wahl.

Ich legte das Buch in den Schoß, nahm mein Gemini und drehte es in den Händen. Zum ersten Mal spürte ich den Zweifel, ehe ich ihn hörte. Als hätte mein Geist sich darauf vorbereitet, dass er sprach.

Du nimmst es, du trägst es, du legst es an seinen Platz und dort bleibt es. Es kann sich nicht bewegen. Wenn du nach ihm rufst, kann es dir weder antworten noch dich retten.

Die Worte und der eigenartige Stil erinnerten an die Rätsel des Geheimbunds. Doch bei diesem brauchte ich nicht zu überlegen, was es war. Ich hielt es in der Hand. Auf einmal kam es mir lächerlich vor, wie ehrfürchtig ich dieses rechteckige kleine Gerät immer behandelt hatte. Als steckten in diesem kleinen Ding aus Programmcodes und Metall die Geheimnisse des Universums.

Ich legte das Gemini wieder auf den Nachttisch und schaute in Norths Buch. Auf der nächsten Seite war am oberen Rand in dunkelroter geschwungener Schrift der Name *Kristyn* mit einer Telefonnummer notiert. Die Vorwahl war von Boston.

„Na, toll“, murmelte ich. Da wollte ich mich mit Dichtung von den Gedanken an meine Mutter ablenken und stieß auf eine Telefonnummer, die irgendein Mädchen in Norths Buch geschrieben hatte. Eine, mit der er früher in Boston zusammen gewesen war? Kristyn mit y war bestimmt ein heißes Mädchen. Soweit ich wusste, hatte North schon eine ganze Reihe heißer

Dates gehabt. Ob er auch mit einer geschlafen hatte? Auf jeden Fall war er nicht ganz unerfahren. Das merkte ich daran, wie er küsste. Ich bekam rote Wangen, als ich daran dachte, wie *ich* küsste. Ob er mir anmerkte, wie unerfahren ich war?

Mit einem Seufzer klappte ich das Buch zu, legte es auf den Nachttisch und nahm stattdessen mein Gemini. Es war schon eine Weile her, seit ich das letzte Mal Griffins Status verfolgt hatte. Also ging ich auf Forum und filterte meinen Newsfeed mit dem #GriffinPayne-Hashtag. Das letzte offizielle Update war kurz nach Mitternacht gepostet worden.

@Gnosis: @GriffinPayne wird für Notfall-Hirn-OP vorbereitet. Folgen Sie @GnosisNews, um das Neueste über seinen Zustand zu erfahren. #GriffinPayne #Gnosis

Hirn-OP. Ich hatte keine Tränen mehr, also starrte ich mit trockenen Augen auf das Display, bis ich einschlief.

Der Lärm im Hof weckte mich. Ein paar Jungs spielten Frisbee und wie es sich anhörte, waren auch einige Cheerleader dabei. Ich hielt immer noch mein Gemini fest. Also schaute ich schnell nach Griffins Status, bevor ich aufstand. Vor etwas mehr als zwei Stunden, um sieben Uhr, hatte es ein offizielles Griffin-Update gegeben. Darin hieß es, er sei immer noch im OP, doch alles verlaufe gut.

Gestärkt durch die guten Nachrichten spritzte ich mir ein bisschen Wasser ins Gesicht und suchte mir in Hersheys Wandschrank etwas zum Anziehen aus. In den hektischen Vorbereitungen auf die Gnosis-Party war der Waschtag schon wieder untergegangen. Wenn ich also nicht wie eine Obdachlose herumlaufen wollte, musste ich etwas von Hersheys Klamotten anziehen. Der stellvertretende Schulleiter hatte mich gebeten, Hersheys Sachen zusammenzupacken, weil sie an ihre Eltern verschickt werden sollten. Aber ich schob es vor mir her. Damit würde ich ja akzeptieren, dass Hershey nicht zurückkam. Über Forum hatte ich mit ein paar ihrer Freundinnen aus Seattle Kontakt. Am Freitag hatte eine von ihnen geschrieben, ihre Eltern hätten von Hersheys Eltern gehört, dass Hershey am Bostoner Flughafen tausendsechshundert Dollar abgeholt habe, bevor sie in die Maschine nach Seattle gestiegen sei. Die Clements gingen davon aus, dass ihre Tochter nach Hause kommen werde, sobald das Geld aufgebraucht sei. Ich konnte nicht fassen, dass sie so gleichgültig waren. Hershey schlug sich bestimmt irgendwie durch, aber trotzdem machte ich mir Sorgen um sie. Und ich fand, das sollten auch ihre Eltern tun, zumal seit Hersheys Verschwinden keine ihrer Freundinnen etwas von ihr gehört hatte.

Ich ging die Straße entlang in die Stadt, weil ich Hersheys Schuhe nicht verdrecken wollte. Unterwegs las ich den Panopticon-Eintrag über Griffin, der schon aktualisiert worden war und den Schlaganfall erwähnte. Über meine Mutter stand natürlich nichts darin. Es war eigentlich komisch, dass niemand ihre Heiratsurkunde gefunden hatte. Journalisten waren doch berüchtigt dafür, solche Leichen im Keller auszugraben. Ich klickte auf den Link zu der Seite für das Gemini Gold. Das Gerät sollte Montag in den Handel kommen. Es war nur gut halb so groß wie sein Vorläufer, hatte jedoch doppelt so viel Speicherkapazität und einen nahezu unendlichen Akku. Es wurde durch die Bewegungen des Benutzers am Handgelenk betrieben und hielt, wenn es nicht am Armband steckte, etwa eine Stunde. Vor wenigen Minuten war ein Aufruf des Geschäftsführers von Gnosis hinzugefügt worden. Die Gemini-Nutzer sollten Griffin bei seiner Genesung unterstützen, indem sie das neue Gerät vorbestellten, an dessen Vermarktung er so hart gearbeitet habe. Diese durchsichtige Marketingstrategie machte mich wütend, zumal ich wusste, dass sie aufgehen würde. Dabei brauchten die Leute nicht mal einen besonderen Anreiz, denn der Preis für das Gemini Gold lag sogar unter dem für das ältere Modell.

Ich ging ins Paradiso und bestellte zwei Kaffee.

„Schon die zweite Runde?", fragte der Typ an der Kasse.

North hatte ihn mir einmal vorgestellt, aber ich wusste nicht mehr, wie er hieß. Blake vielleicht? Ich sah ihn fragend an. „Zweite Runde?"

„North war vor ein paar Minuten mit derselben Bestellung hier", erklärte er.

„Ach so, dann lassen wir das." Ich steckte das Handy ein, ging hoch zu Norths Wohnung und grinste in mich hinein. Er hatte mir schon einen Kaffee geholt.

Als seine Tür aufging, wurde mir klar, dass der Kaffee nicht für mich gewesen war. Perplex starrte ich das Mädchen im Türrahmen an. Hershey stützte eine Hand in die Seite. „Nettes Outfit, du Biest."

23

„Hershey! Was machst du denn hier?“

Sie grinste. „Hattest du etwa gehofft, ich wär tot, damit du über meine Garderobe herfallen kannst?“

„Nein! Qua...“

„Kleiner Scherz.“ Sie umarmte mich lachend.

„Ich bin froh, dass es dir gut geht“, sagte ich.

Hinter Hershey tauchte North auf. „Lasst uns mal die Tür zumachen“, sagte er und führte mich in die Wohnung. Hershey ließ sich aufs Sofa sinken, zog die Beine hoch und nahm einen Pappbecher vom Beistelltisch. Ich setzte mich auf den Couchtisch. Hershey war blasser als gewöhnlich, nicht kränklich blass, eher ungeschminkt blass, und sie hatte abgenommen.

„Wie bist du zurückgekommen?“, fragte ich.

„Ich war gar nicht weg.“ Sie warf die Haare über die Schulter. „Ich hab ein Mädchen dafür bezahlt, dass sie mit meinem Erste-Klasse-Ticket fliegt und von meinem Handy aus Statusmeldungen postet.“ Sie trank einen Schluck Kaffee. „Ziemlich genial, oder?“

„Und dann?“

„Dann hab ich in einem Motel ein paar Kilometer von hier gepennt und ein bisschen Dreck über die böse Königin ausgegraben.“

„Tarsus?“

„Sie ist so eine Zicke“, schimpfte Hershey. „An dem Morgen bin ich zu ihr nach Hause gegangen und habe ihr gesagt, dass ich nicht mehr für sie spioniere. Ich wäre besser gleich zum Schulleiter gegangen. Ich war darauf gefasst, dass sie dagegenhält oder mich zum Weitermachen überredet. Aber sie tat so, als wüsste sie gar nicht, wovon ich rede. Als ob ich so was erfinden würde. Da sagte ich, wir sollten den Schulleiter entscheiden lassen. An der Stelle schlug sie vor, mich zu einem psychologischen Gutachter zu schicken. Er würde ihrer Meinung nach beweisen, dass ich einen seelischen Zusammenbruch erlitten hätte.“ Hershey schüttelte empört den Kopf. „Sie ist eine richtig gute Schauspielerin. Ich konnte nichts machen. Und da hab ich gesagt, ich reise freiwillig ab.“

„Es tut mir so leid, Hershey. Was hast du seitdem gemacht?“

„Die Hexe mit ihren eigenen Waffen geschlagen!“ Hershey holte einen Datenchip aus der Ledertasche zu ihren Füßen und reichte ihn mir. „Dateien von ihrem Tablet. Alle enthalten Informationen über dich. Deine Geburtsanzeige, alte Zeitungsartikel darüber, dass du den Naturwissenschaftswettbewerb gewonnen hast und so Zeugs, Screenshots von deiner Forumseite, ein paar Fotos. Was auch immer sie gegen dich hat, es hat schon lange vor deiner Zeit hier angefangen.“

Ich bekam Gänsehaut. „Wie bist du da rangekommen?“

„Mach dir darüber mal keine Sorgen. Ich bin dir was schuldig."

„Das weiß ich zu schätzen, Hershey. Aber wenn du erwischt worden wärst, als du in ihr Büro eingebrochen bist ..."

„Ich bin nicht eingebrochen", sagte sie. „Und ich hab mich nicht erwischen lassen." Sie trank noch einen Schluck Kaffee. „Ich an deiner Stelle würde mir weniger Gedanken darüber machen, woher das Ding kommt, als darüber, was drauf ist."

Ich starrte auf den Chip in meiner Hand. Dr. Tarsus hatte mich seit meiner Geburt im Auge behalten. Warum?

Auf einmal durchfuhr es mich wie ein Blitz. „Sie kannte meine Mutter!" Ich zog das Handy aus der hinteren Hosentasche und öffnete meine Fotosammlung. „Sie muss in ihrer Klasse gewesen sein. Genau! Das würde auch erklären, woher sie Griffin kennt." Ich hätte mich ohrfeigen können, weil ich darauf nicht früher gekommen war.

Ich wischte den Screenshot von dem psychologischen Gutachten meiner Mutter weg und betrachtete das Klassenfoto. Jetzt, da ich nach Tarsus suchte, war sie leicht zu erkennen. Sie stand in der letzten Reihe, direkt hinter meiner Mutter. Sie war einige Zentimeter größer als die Jungen links und rechts von ihr. Es gab keinen Zweifel, dass sie es war. Das Mädchen auf dem Foto war jung und ihre Afrofrisur etwas weniger gepflegt, aber sie hatte dieselben markanten Gesichtszüge, dieselbe makellose Haut. Der einzige Unterschied war, dass dieses Mädchen ein warmes, breites Lächeln im Gesicht hatte. Dr. Tarsus hatte ich bisher immer nur eiskalt lächeln sehen.

„Sie war es", sagte ich atemlos. „Sie hat die Krankenakte

meiner Mutter getürkt und Griffin den gefälschten Schwangerschaftstest geschickt."

„Glaubst du echt?" North klang skeptisch.

„Sie hat die Krankheit meiner Mutter erwähnt", sagte ich hastig. „Einmal nach dem Unterricht. Aber wenn es stimmt, was Griffin gesagt hat, hatte meine Mutter überhaupt keine Akratische Parakusis. Oder jedenfalls war die Störung nicht diagnostiziert worden. Wie sollte Tarsus von der gefälschten Diagnose wissen, wenn sie nicht selbst die Finger im Spiel gehabt hatte?" Irgendetwas störte mich daran, aber ich kam nicht darauf, was es war.

„Ich verstehe nur Bahnhof", sagte Hershey. „Was für ein Griffin?"

„Griffin Payne", sagte ich. „Er ist … er ist mein Vater."

Hershey sah mich mit offenem Mund an. „Du willst mich verarschen. Echt?"

„Er und meine Mutter waren auf der Highschool verheiratet. Aber das darfst du keinem weitererzählen. Wirklich, Hershey."

„Wem sollte ich schon irgendwas erzählen? Ich bin auf der Flucht." Sie lehnte sich ins Sofakissen. „Griffin Payne ist dein Vater. Wow! Wenn er hopsgeht, bist du Milliardärin."

Ich sah sie scharf an. „Sehr mitfühlend, Hershey." Ich schaute wieder zu North. „Tarsus steckt dahinter, ganz sicher. Die Frage ist nur, warum."

In diesem Moment summte mein Handy. Es war eine Nachricht vom stellvertretenden Schulleiter.

@AtwaterStellv.: Bitte melde dich sofort im Büro des Schulleiters.

„Scheiße."

„Was ist?", fragte North.

„Mr Atwater hat mich zu sich zitiert", antwortete ich niedergeschlagen. „Garantiert weiß er wegen gestern Abend Bescheid."

„Vielleicht sagst du ihm einfach die Wahrheit", schlug North vor. „Über Tarsus, deine Mutter und Griffin. Er hat schon einmal für dich gekämpft, vielleicht macht er es noch mal."

„Ja", sagte ich ohne großen Optimismus. So dreist gegen eine Regel zu verstoßen, bedeutete hundertprozentig den Rauswurf. Wenn Tarsus mich gesehen hatte, waren Mr Atwater die Hände gebunden.

North begleitete mich zum Campus. „Bereust du, dass du auf dem Fest warst?", fragte er.

Ich schüttelte den Kopf. „Nein. Wenn wir nicht hingegangen wären, hätte ich mir wegen Griffin nicht sicher sein können."

North lächelte. „Und er wüsste nichts von dir. Ich habe sein Gesicht gesehen, als du es ihm erzählt hast. Erst war er geschockt und dann total happy."

Eine Weile gingen wir schweigend nebeneinander her.

„Was mache ich, wenn sie mich rauswerfen?", fragte ich leise, als das Schultor in Sichtweite kam. „Eden bedeutet mir alles."

„Weil es dich mit deiner Mutter verbindet?"

„Es ist nicht nur das. Zu Hause habe ich nie richtig dazugehört. Ich war immer das komische Mädchen, das sich zu sehr für die Schule interessiert. Und ich war nicht cool genug, um so zu tun, als wäre es mir egal. Hier kann ich endlich ich selbst sein, verstehst du?“

„Es gibt auch noch andere Privatschulen“, sagte North. „Die würden sich bestimmt um dich reißen.“

„Aber keine ist wie Eden“, erwiderte ich. „Nicht mal ansatzweise.“ Ich hatte einen Kloß im Hals und versuchte ihn runterzuschlucken. Weinen half mir beim Schulleiter jetzt auch nicht weiter.

„Was auch passiert, du hast immer noch mich“, sagte North. „Auch wenn ich weiß, dass das nur ein schwacher Trost ist.“

Ich verschränkte meine Finger mit seinen. „Nein, ist es nicht. Es ist sehr viel.“ Ich biss mir auf die Lippe. Es war albern, aber ich bekam das Bild von dem Namen und der Telefonnummer nicht aus dem Kopf. Die verschnörkelte Mädchenschrift. Der rote Stift. „Kann ich dich was fragen?“

„Klar“, sagte er.

„Wer ist Kristyn?“, fragte ich so locker wie möglich.

North sah mich verständnislos an. „Kristyn wer?“

„Der Name und die Telefonnummer in *Das verlorene Paradies.* Kristyn mit y. Warst du früher mal mit ihr zusammen?“

North blieb abrupt stehen. „Ich war nie mit einer Kristyn zusammen und in dem Buch stand ganz sicher kein Name, als ich es dir gegeben hab.“

„Aber das kann nicht sein“, sagte ich. „Ich hab ihn jedenfalls nicht reingeschrieben.“

„Ich sage dir, Rory, ich hab das Buch in fast einwandfreiem Zustand gekauft. Keine Einträge, keine Risse. Darüber habe ich sogar ein Zertifikat. Und bevor ich es dir gegeben habe, hat es meine Wohnung nie verlassen."

„Woher stammt dann die Notiz?"

„Keine Ahnung", sagte North. „Kannst du dich an die Nummer zufällig erinnern?"

Ich ratterte sie herunter und schämte mich dafür, dass ich sie mir gemerkt hatte.

North gab sie in sein Handy ein. „Ich schau mal, was ich rausfinden kann." Wir waren am Eingang zum Campus angelangt. „Viel Glück beim Schulleiter."

Wie sich herausstellen sollte, konnte ich Glück gebrauchen. Aber nicht aus dem Grund, den ich angenommen hatte.

„Jedes Jahr wird etwa ein Dutzend unserer intelligentesten Schüler von einer Gruppe kontaktiert, die vorgibt, zu einem Geheimbund zu gehören", sagte Mr Atwater ernst. Er saß mir in seinem Büro gegenüber. Ich hockte auf der Kante eines übergroßen Ledersessels. „Diese Gruppe ist keine offizielle Studentenorganisation und daher nicht befugt, Versammlungen auf dem Schulgelände abzuhalten."

„Ein Geheimbund?"

„Du gehörst zu unseren vielversprechendsten Schülerinnen, Rory", fuhr Mr Atwater fort. „Nicht nur wegen deiner natürlichen Begabung, sondern auch wegen deiner akademischen Leistungen. Wenn du auf diesem Weg bleibst, kannst du als eine der Besten deines Jahrgangs abschließen."

Ich spürte Schweißtropfen über der Oberlippe. „Das habe ich auch vor“, sagte ich schwach.

„Solltest du dich jedoch in diesem Geheimbund engagieren, bleibt mir nichts anderes übrig, als dich von der Schule zu verweisen.“ Er lächelte freundlich. „Aber wenn du noch nicht zugesagt hast, kannst du alles wieder geraderücken.“

„Ich weiß nichts von einem Geheimbund“, sagte ich und wünschte, meine Stimme würde nicht so zittern. „Ich bin nicht kontaktiert worden.“

„Nun ja, ich weiß, dass diese Sache hohes Ansehen genießt. Man fühlt sich, als wäre man erwählt, zu einer Elitegruppe zu gehören. Ich kann verstehen, dass so etwas verlockend ist.“ Sein Blick war mitfühlend. „Aber du musst an deine Zukunft denken, Rory. Eine leuchtende Zukunft, die eine Zugehörigkeit zu dieser Gruppe schnell zunichtemachen würde.“

Ich zögerte, fast hätte ich ihm die Wahrheit gesagt. Aber der Geheimbund war die engste Verbindung, die ich zu meiner Mutter hatte.

„Ich verstehe“, sagte ich schließlich. „Falls ich kontaktiert werde, lasse ich es Sie wissen.“

„Wunderbar.“ Er erhob sich. „Und ich vertraue darauf, dass dieses Gespräch unter uns bleibt. Diskretion ist äußerst wichtig, damit dieser selbst ernannte Geheimbund durch meine Nachforschungen nicht weiter in den Untergrund getrieben wird.“ Er drückte einen Knopf an seinem Schreibtisch und die Tür hinter mir ging auf.

Ich nickte. „Natürlich.“

Auf dem Weg zu North hüpfte ich fast.

„Du strahlst ja", sagte er, als er mich hereinließ. „Du bist nicht rausgeflogen."

„Nein", sagte ich glücklich. „Er hat keine Ahnung von gestern Abend."

„Was wollte er dann?"

„Er hatte nur ein paar Fragen zu meinen außerschulischen Aktivitäten", sagte ich und wich Norths Blick aus. Ich fand es schrecklich, ihn zu belügen, aber ich war mir sicher, dass der Geheimhaltungsschwur meinen Freund mit einschloss.

„Ist ja super", sagte er. „Ich hab auch gute Nachrichten. Die Telefonnummer, die du mir gegeben hast, passt zu dem Namen. Sie gehört zu Kristyn Hildebrand, einer Psychiaterin in Harvard. Schreibt sich auch mit Y."

Ich erstarrte. Den Namen kannte ich. „Die taucht in der Krankenakte meiner Mutter auf! Dr. K. Hildebrand. Ihre Unterschrift steht auf jedem gefälschten Eintrag über die angebliche Krankheit meiner Mutter." Ich drückte seinen Arm. „Und wer hat ihren Namen in mein Buch geschrieben?"

„Ich weiß es nicht. Vielleicht dieselbe Person, die mir die Zeugniskopie meiner Mutter unter das Kopfkissen geschoben hat. Egal, wer es war, wir müssen mit dieser Psychiaterin reden." Ich holte mein Gemini heraus und tippte die Nummer ein.

North hielt mich am Handgelenk fest. „Sag ihr nicht, wer du bist", warnte er. „Wenn sie eine der Personen auf deiner Gefahrenliste ist, stehst du auch auf ihrer. Lux wird ihr von einem Treffen mit dir abraten."

Ich ließ das Handy sinken. „Du hast Recht. Es ist besser, wenn ich persönlich hingehe und sie kalt erwische. Können wir jetzt gleich fahren?"

„Das geht nicht", sagte North. „Ich muss ab zwölf arbeiten. Kate hat sich krankgemeldet."

Ich schaute Hershey an.

„Mich brauchst du gar nicht anzugucken. Ich darf mich nicht in der Öffentlichkeit blicken lassen."

„Hör mal, ich weiß, dass du jetzt unbedingt mit dieser Frau sprechen willst", sagte North sanft. „Aber findest du nicht, dass du besser bis Montag warten solltest, wenn sie in ihrem Büro ist? Wenn du bei ihr privat auftauchst, wird sie doch sofort misstrauisch. Ganz zu schweigen davon, dass wir ihre Adresse nicht haben."

Er hatte Recht, aber bis Montag kam mir wie eine Ewigkeit vor. „Okay", sagte ich seufzend. „Dann warten wir bis Montag." Als ich mein Handy wieder einsteckte, kam eine SMS von einem unbekannten Teilnehmer. Griechische Buchstaben verwandelten sich in lateinische:

Du hast die Prüfung bestanden, Zeta. Gut gemacht. Finde dich heute um 22.25 Uhr am Osteingang des Friedhofs Garden Grove ein. Komm nicht zu früh und nicht zu spät.

Ich strahlte.

„Noch mehr gute Nachrichten?", fragte North.

„Hm ... ja", sagte ich und steckte das Handy schnell ein. „Hat mit der Schule zu tun."

Hershey sah mich misstrauisch an. Sie kaufte mir das nicht ab, sagte jedoch nichts.

„Apropos Schule“, sagte ich. „Ich muss jetzt los. Ich hab einen Berg Hausaufgaben zu …“

„Hey, Griffin hat die Operation überstanden.“ Hershey zeigte auf den Fernseher. Der Ton war abgeschaltet, aber unten lief ein Newsticker: Gnosis-Chef Griffin Payne nach neunstündiger Hirnoperation voraussichtlich auf dem Weg der Besserung.

„Er wird wieder gesund“, sagte ich atemlos. Was für ein Glück. „Sag mal, was hast du eigentlich über Beck rausgefunden?“, fragte ich North dann. Vor lauter Aufregung hatte ich ganz vergessen, weshalb ich hergekommen war. „Konntest du sein Profil hacken?“

Hershey schaute zu North. „Moment, du bist ein *Hacker*?“

Ich zuckte zusammen.

„Was ist denn? Ich erzähl es doch keinem“, sagte Hershey.

„Er ist kein Hacker“, sagte ich schnell. „Ich hab ihn nur gebeten …“

„Rory, ist schon gut“, mischte sich North ein. „Ich vertraue ihr. Aber nein, ich kriege keinen Zugang zu Becks Profil. Das heißt, ich bin reingekommen, aber es war nur ein Platzhalter. Alle Daten waren auf einen anderen Server geschoben worden.“

„Das ist doch komisch, oder?“

„Nee. Ich schätze, dass Gnosis für das Gemini Gold eine neue Infrastruktur erstellt hat. Becks Profil wurde wahrscheinlich verschoben, als er den Betatest gemacht hat. Ich komm bestimmt irgendwie rein. Ich muss sein Profil nur erst mal finden.“

„Ooooh, dein Freund ist echt scharf, wenn er fachsimpelt", sagte Hershey.

Ich verdrehte die Augen.

„Jetzt komm schon, Rory Vaughn", sagte sie und stemmte eine Hand in die Hüfte. „Ich weiß genau, dass du mich vermisst hast."

Gegen meinen Willen musste ich lächeln. Sie hatte Recht.

Um Punkt 22.25 Uhr kam ich am Friedhof an. Zum ersten Mal seit Wochen benutzte ich Lux. Ich wollte nicht riskieren, zu früh oder zu spät zu kommen.

Am Eingang stand eine verhüllte Gestalt wie ein unheimlicher Sensenmann. Ich zitterte unter der Daunenjacke.

„Hey", sagte die Gestalt, als ich näher kam. Durch die bekannte Stimme wurde ich gleich ruhiger. Es war Liam. „Bist du bereit?"

„Ja", sagte ich und öffnete den Mund.

In der Arena war es kalt und still. Ich blinzelte, meine Augen mussten sich erst an die Dunkelheit gewöhnen. Da waren noch andere. Ich hörte es rascheln, aber um mich herum war alles pechschwarz. Minuten vergingen in fast völliger Stille. Ich wartete und allmählich konnte ich Gestalten in der Dunkelheit ausmachen. Alle kamen zu zweit, einer führte den anderen zur Steintreppe. Immer mehr Leute trafen ein und das Rascheln wurde lauter. Doch niemand sagte ein Wort.

Dann kam ein Ruf aus der Stille: „Gratuliere! Die Prüfung ist vorbei! Ihr elf habt bestanden."

Ich erkannte die Stimme der Schlange. Sie war wie beim letzten Mal mechanisch verzerrt, klang aber nicht mehr so formell. Die Stimme war freundlich und lässig und trotz der Verzerrung irgendwie vertraut.

„Wir wissen, dass ihr Fragen habt. Wer wir sind, wo wir sind, was es mit den Masken auf sich hat." Nervöses Gekicher wurde hier und da laut. „Ich verspreche euch, dass alle eure Fragen sehr bald beantwortet werden. Für heute kann ich euch sagen: Wir sind *hoi oligoi sophoi.* Die weisen Auserwählten. Oder einfach die Auserwählten."

In diesem Moment flammte die Bühne als Feuerring auf. In der Mitte stand die Schlange mit einer übergroßen goldenen Krone auf dem Kopf. Sie erinnerte mich an Prinz John aus dem alten Robin-Hood-Comic. Ich musste mir auf die Lippe beißen, um nicht loszuprusten.

„Ihr seid auserwählt", verkündete die Schlange und erhob die Stimme über das knisternde Feuer. „Jetzt müsst ihr wählen. Wenn ihr euch unserem Bund anschließt, seid ihr verpflichtet, euer Leben in den Dienst anderer zu stellen und eure Gaben zur Besserung der Menschheit einzusetzen. Ihr werdet zu einer größeren, bedeutsameren Aufgabe gerufen. Ihr werdet die Welt nicht so sehen, wie sie ist, sondern, wie sie sein könnte."

Die Welt so sehen, wie sie sein könnte. Genau das tat auch der Zweifel. Er gab uns Augen, mit denen wir über den Moment hinausblicken konnten. Eine größere, bedeutsamere Aufgabe. Ja, genau das wollte ich. Für etwas anderes als nur mich selbst leben.

„In zwei Tagen ist die Initiation", sagte die Schlange. „Bis dahin habt ihr Zeit, euch zu entscheiden. Wählt weise, Freunde."

Mein rechtes Knie pochte. Ich stand am Fuß meines Bettes und hatte einen schwarzen Samtrucksack in den Händen, der mit einem goldenen Band verschnürt war. Mein Gemini lag auf dem Bett. Eine Nachricht war geöffnet:

Leg dir Eis aufs Knie. – L

Ich schaute an mir herunter auf Hersheys Jeans. Das rechte Hosenbein war matschverschmiert. Ich zog die Schuhe aus und riss den Rucksack auf. Darin lag ein Gewand aus purpurrotem Samt. Am Revers war ein Zeta-Symbol mit der Zahl dreißig eingestickt.

„Juhuuu!", rief ich und vollführte einen uneleganten Freudentanz.

Ich war drin.

24

Der Sonntag schlich voller Sorge, Aufregung und Hoffnung vorüber. Besorgt war ich wegen Griffin, aufgeregt wegen der Initiation und hoffnungsvoll, dass Dr. Hildebrand die Antworten hatte, die ich so dringend brauchte. Ich verbrachte den Tag auf Norths Sofa, kämpfte mich durch meine Hausaufgaben und wunderte mich darüber, dass Hershey ihre schon erledigt hatte. Sie sagte, wenn sie wieder aufgenommen werde, wolle sie nicht im Rückstand sein. In Hersheys Gedanken gab es kein „falls". Sie war wild entschlossen, rechtzeitig zu den Jahresabschlussprüfungen wieder in Eden zu sein.

Für mich war es etwas gewöhnungsbedürftig, dass sie bei North untergekommen war, wo ich doch wusste, wie sie ihn damals angebaggert hatte. Aber sie hatte kein Geld und keine andere Bleibe. Gutmütig, wie North war, hatte er sie bei sich aufgenommen. Vorläufig gehörte sie in seinem Wohnzimmer zum festen Inventar.

Sonntagabend zwang ich mich, zum Abendessen zurück zum Campus zu gehen. Beim Brunch hatte ich Rachel und Izzy getroffen und sie hatten sich beklagt, wie selten wir uns sähen. Da erst wurde mir bewusst, wie viel Zeit ich bei North verbrachte. Ich war die ganze Woche nicht zum Abendessen in der Mensa gewesen. Wir mussten die Mahlzeiten nicht auf dem Campus einnehmen. Aber die Eden-App registrierte unsere Mensabesuche und bestimmt nahm das Sekretariat sie auch zur Kenntnis. Ich hatte keine Lust, darüber ausgefragt zu werden, wo ich meine Zeit verbrachte. Seit ich wusste, dass Tarsus jeden meiner Schritte kontrollierte, achteten North und ich sorgsam darauf, unsere Beziehung vor ihr verborgen zu halten. Niemand durfte Norths Leben zu genau unter die Lupe nehmen. Zu dünn war die Fassade, die er aufgebaut hatte.

An der Pasta-Ausgabe kam Liam zu mir. „Hi", sagte er und nahm sich einen Teller. „Ich muss dich was fragen."

Ich schob mein Tablett weiter, damit er seins abstellen konnte. „Was denn?"

„Diese Decke auf deinem Bett", sagte er leise, „die mit der Stickerei. Wo hast du sie her?"

„Meine Mutter hat sie für mich gemacht. Wieso?"

„Deine Mutter", wiederholte er.

Ich nickte. „Es war meine Babydecke", erklärte ich.

„Das ist eine Fibonacci-Spirale."

„Ich weiß", sagte ich, etwas überrascht, dass Liam es wusste.

„Warum hat deine Mutter dir eine Fibonacci-Spirale auf die Decke gestickt?"

„Keine Ahnung", sagte ich. „Sie ist bei meiner Geburt gestorben. Warum interessierst du dich so dafür?"

„Weil das Muster auf deiner Decke die Karte unserer Gruft ist“, sagte Liam. Er sprach jetzt noch leiser.

Ich sah ihn verständnislos an. „Was?“

„Die Gruft des Geheimbunds. Unter dem Friedhof. Sie besteht aus zehn Räumen in Fibonacci-Proportionen. Sieht genau aus wie deine Decke.“

Mir fiel die Servierzange aus der Hand. Klirrend fiel sie auf die Stahltheke. „Echt?“

„Ja! Von allen denkbaren Mustern sucht sie für deine Decke ausgerechnet dieses aus?“

„Meine Mutter war in Eden. Und auch im Geheimbund.“

Liam trat einen Schritt zurück. „Deine Mutter war eine der Auserwählten?“

Ich nickte. „Ypsilon 13.“ Ich zeigte ihm den Anhänger. „Das war ihrer. Sie hat ihn mir hinterlassen. Sie hat nicht ihren Schwur gebrochen oder so“, fügte ich schnell hinzu.

„Warum hast du davon bis jetzt nichts er…“ Liam verstummte, als Izzy dazukam.

„Hi.“ Izzy nahm die Zange, die ich fallen gelassen hatte. „Was habt ihr denn da zu tuscheln?“

„Nichts“, sagten Liam und ich wie aus einem Mund.

Izzy lächelte wissend.

„Ich schreib dir nachher.“ Liam ging davon.

„Das ist also dein heimlicher Freund“, meinte Izzy.

„Nein, ganz bestimmt nicht.“

„Menno“, sagte sie beleidigt. „Wer denn dann?“

„Immer noch geheim“, antwortete ich schnell und fragte mich, wie lange ich das noch durchziehen konnte.

Izzy häufte sich Fettuccine Alfredo auf den Teller. Die hatte Lux ganz bestimmt nicht abgesegnet.

„Hey, hast du das Gemini Gold schon vorbestellt?", fragte ich sie. Die ersten Lieferungen sollten am nächsten Morgen auf dem Campus eintreffen.

„Hat das nicht jeder?"

Die Antwort war Nein. Ich hatte keins bestellt. Ich wollte es nicht haben.

Am nächsten Tag beim Mittagessen gehörte ich zu einer sehr kleinen Minderheit. Ich hatte noch niemanden auf dem Campus gesehen, der *kein* Gemini Gold am Handgelenk trug. Den neuesten Verkaufzahlen zufolge hatte das kleine Gerät bereits sämtliche Rekorde gebrochen. Zweihundert Millionen Stück waren schon ausgeliefert worden und für die nächsten zwei Tage wurde noch einmal das Doppelte erwartet. Das bedeutete, dass bis Ende der Woche mehr als eine halbe Milliarde Menschen das Gemini Gold benutzen würde.

Griffin lag nach dem Eingriff immer noch im Koma und Gnosis schlachtete das mit allen Mitteln aus. Der Hashtag #GoldsFürGriffin war seit Freitagabend ein Trend in Forum – seit Gnosis versprochen hatte, einen Teil der Einnahmen für die Prävention von Schlaganfällen zu spenden.

Nach der Geschichtsstunde war ich mit North verabredet. Wir wollten um Viertel nach eins den Zug nach Cambridge nehmen und hofften, Dr. Hildebrand nach ihrer Mittagspause zu erwischen. Als ich an Norths Tür klopfte, öffnete mir Hershey in einer engen schwarzen Hose und einem V-Pulli, unter den eigentlich ein Top gehört hätte. Hershey hatte sich stattdessen für einen schwarzen Spitzen-BH entschieden.

„Keine Sorge“, sagte sie, als sie meinen Blick sah. „Das ist für *meinen* Freund, nicht für deinen.“ Sie ließ mich herein. „Deiner ist in seiner Geheimkammer.“

Ich zog meine schäbige blaue Jacke aus und bereute, dass ich nichts Hübscheres darunter trug. Hershey hatte gesagt, ich könnte alle ihre Sachen anziehen. Aber jetzt, wo sie wieder da war, kam ich mir dabei komisch vor. Ich war auf meine eigenen Klamotten angewiesen, dazu noch auf die weniger guten, weil die besseren in meinem Wäschekorb lagen.

„Immer noch derselbe Freund?“

Hershey lächelte schelmisch. „Kann schon sein. Hey, ich hab ein Geschenk für dich.“ Sie ging zum Sofa, fasste unters Kissen und zog ein riesiges Hardcover-Buch heraus.

„Was ist das?“, fragte ich.

„Das Jahrbuch der bösen Königin. Das von 2013 war das letzte, das auf Papier erschienen ist.“

„Wo hast du es her?“, fragte ich.

„Ich dachte mir, dass du darin vielleicht ein paar Hinweise findest“, sagte sie, ohne meine Frage zu beantworten.

„Hershey, das ist kein Spiel. Wir wissen nicht, wozu diese Frau fähig ist.“

„Ich hab keine Angst vor ihr.“ Hershey nahm ihre Jacke und eine dunkle Sonnenbrille. „Sie ist bloß eine Tyrannin, die man mal in ihre Schranken weisen muss.“ Sie warf die Haare zurück und machte die Tür auf. „Ach ja“, sagte sie und drehte sich noch einmal um. „North wartet auf das hier.“ Sie zeigte auf ein

Päckchen mit dem Gnosis-Logo auf dem Couchtisch. „Das ist vor ein paar Minuten angekommen." Sie blies mir einen Kuss zu und weg war sie.

Ich nahm das Päckchen und ging damit zum Wandschrank im Schlafzimmer. Die Tür zu Norths Geheimzimmer stand einen Spalt offen. Er saß zurückgelehnt und mit geschlossenen Augen auf seinem Schreibtischstuhl und wippte leicht mit dem Kopf, als ob er Musik hörte. Aber im Zimmer war es still.

„Hi", sagte ich und ging hinein. North blickte nicht auf, als hätte er mich nicht gehört. „Hi!", wiedeholte ich lauter. Diesmal riss er die Augen auf.

„Komm her", sagte er, beugte sich vor und nahm meine Hand. „Das musst du dir anhören." Er zog mich auf seinen Schoß. Da hörte ich das charakteristische Wimmern von Nicks Mandoline aus einer Box über uns. Ich sah nach oben.

„Lief das die ganze Zeit?"

„Cool, oder? Das nennt man einen Audiostrahler. Nur wer auf diesem Stuhl sitzt, kann die Musik hören. Obwohl der Klang eigentlich nicht aus der Box da kommt, sondern von Ultraschallwellen, die sich davor befinden. Aber frag mich nicht, wie das funktioniert. Ich hab die Anleitung vierzigmal gelesen und kapiere es immer noch nicht." Er drehte an dem Knopf des kleinen grauen Kastens auf dem Schreibtisch und stellte die Musik noch lauter. „Das Stück ist der Wahnsinn, oder? Die Jungs haben heute ihr neues Album rausgebracht. Das ist der erste Song."

Es war eins der Stücke, die wir im Mausoleum aufgenommen hatten. Ich lehnte mich an North und schloss die Augen.

„Ich fass es nicht, wie gut die sind“, sagte ich, als der Song zu Ende war. Ich hatte immer noch das Päckchen in der Hand und rutschte von Norths Schoß. „Hey, das hier ist für dich angekommen“, sagte ich und stellte es auf den Schreibtisch.

„Du meinst für Norvin.“ North schlitzte das Paketband mit dem Taschenmesser auf. In dem Päckchen war eine kleine, glänzende schwarze Schachtel. Sie war schlicht bis auf ein Bild vom Gemini Gold und den Worten *Verneigt euch* in glänzender Goldfolie.

„Haben sie auch einen Altar mitgeliefert?“, bemerkte North und hob den Deckel.

Ich spähte in die Schachtel. Das glänzende Gerät war an einem durchsichtigen Silikonarmband befestigt.

North legte sich das Armband um und verzog das Gesicht. „So was Stilloses.“

Ich kicherte. „Jetzt brauchst du nur noch das passende Goldkettchen für den Hals.“

North tippte auf das winzige Display und es leuchtete auf. Es war 12.35 Uhr.

„Lass uns mal langsam los“, sagte ich. „Ich will den Zug nicht verpassen.“

„Erst zeig ich dir noch was. Ich habe Becks Lux-Profil gefunden.“

„Und?“, fragte ich gespannt.

„Das musst du dir ansehen.“ North rollte mit dem Stuhl zum Tisch rüber. „Du …“

Auf einmal verstummte die Musik, als hätte jemand den Lautsprecher ausgeschaltet. Aber das Lämpchen am Bedienfeld leuchtete noch. North schaute verwundert zur Decke. Er drehte den Lautstärkeregler voll auf. Aus der Box kam ein lautes Knacken, aber immer noch keine Musik.

„Ist die Sicherung rausgeflogen?"

„Glaub ich nicht", sagte North. „So laut war es doch gar nicht."

Er beugte sich über den Schreibtisch zu der Seite, wo der Stecker war, und die Musik dröhnte los. Ich hielt mir die Ohren zu und North wollte schnell die Lautstärke herunterdrehen. Doch noch ehe er den Regler berührte, schaltete sich die Musik wieder aus. North schaute auf das Gemini Gold an seinem Handgelenk. Langsam streckte er den Arm aus. Die Musik ging wieder an. Er führte das Handgelenk zum Körper und die Musik ging aus.

„Das verstehe ich nicht. Was passiert da?"

„Offenbar schalten sie sich gegenseitig aus", sagte North langsam. „Aber das würde bedeuten, dass das Gold Schallwellen ausstößt, die auf derselben Frequenz liegen wie die aus der Box. Ganz hohe Frequenzen, die wir nicht hören können. Die wir nicht hören *sollen*."

„Wer sollte so was machen?"

North schüttelte den Kopf. Er sah ratlos aus. „Ich hab keine Ahnung. Zumal davon nichts in den neuen Nutzungsbedingungen steht." Er riss das Gemini Gold vom Armband und warf es auf einen Haufen Klamotten im Wandschrank. Die Musik ging wieder an. Er schüttelte noch einmal den Kopf und rollte zurück zum Schreibtisch.

Der Computer war hochgefahren. North klickte auf ein

Dokument mit dem Namen *Beck*, das er auf dem Rechner gespeichert hatte.

„Zeig mir als Erstes die Gefahren", bat ich ihn.

North zoomte auf das Quadrat unten rechts.

Ich überflog die Liste. Überraschungen. Sonnenuntergänge. Stürme. Sonnenfinsternis. „Nein, erst die Gefahren", sagte ich.

„Das *sind* die Gefahren."

„Aber Beck liebt die Sonnenfinsternis", widersprach ich. „Das ist für ihn das Schönste auf der Welt. Und die besten künstlerischen Ideen hat er bei Sonnenuntergang."

North ging mit dem Mauszeiger auf ein anderes Quadrat und zoomte die Chancen heran. Vorhersehbarkeit. Monotone Routine. Gemäßigtes Wetter. Erfolgreiche Leute. Homogene Viertel. Regelmäßiges Einkommen. Krisenfester Job.

Meine Brust zog sich zusammen. „Nein." Ich schüttelte heftig den Kopf. „Das ist nicht Beck." Irgendwie war ich auch erleichtert. Ich hatte Becks Verhalten auf dem Fest nicht mit dem Jungen in Einklang bringen können, den ich schon ewig kannte, dem Freigeist, der seinen eigenen Weg ging. Jetzt wurde mir alles klar. „Lux manipuliert ihn."

„Logisch", sagte North. „Dafür ist Lux da. Die App lenkt die Menschen in das Leben, das sie sich wünschen – das *Glück*, das sie ihrer Meinung nach verdienen."

„Aber das ist nicht das Leben, das Beck sich wünscht", widersprach ich. „Du kennst ihn nicht so wie ich."

„Ich kenne ihn überhaupt nicht", sagte North. „Aber wenn er auf Lux vertraut, ist das seine Entscheidung. Das kannst du der App nicht zum Vorwurf machen."

Ich machte es ihr aber zum Vorwurf. Beck würde nicht einfach beschließen, ein völlig anderer Mensch zu werden – eine Nullnumer –, bloß weil er glaubte, dass sein Leben dadurch leichter würde. So oberflächlich war er nicht.

Hilf mir, bat ich die Stimme innerlich. Hilf mir, das rauszukriegen. Irgendetwas übersah ich, vielleicht weil ich es gar nicht sehen konnte. Aber wenn ich irgendetwas über den Zweifel gelernt hatte, dann eins: dass er alles sehen konnte, was ich nicht sah. Diese Vision brauchte ich jetzt.

„Es ist schwer zu akzeptieren, ich weiß", sagte North. „Aber der Einzige, der hier einen Fehler macht, ist Beck. Er hat sich entschieden, auf die App …"

In diesem Moment fror der Bildschirm ein.

„Mist", sagte North und gab schnell eine Reihe von Befehlen ein. Auf dem Bildschirm bewegte sich nichts.

„Was ist los?"

„Weiß nicht." North hielt den Einschaltknopf gedrückt. Nach einigen Sekunden wurde der Bildschirm schwarz und dann blau. Und so blieb er.

„Oje, das sieht schlecht aus", sagte ich. Ich hatte Geschichten über einen Defekt bei alten Computern gehört, den gefürchteten Blue Screen. Die Geräte von Gnosis gingen fast nie kaputt.

„Ich mache alle zehn Minuten eine Sicherheitskopie. Es wäre also kein Drama, wenn er im Eimer wäre. Aber ich würde ungern zehntausend für so ein Ding ausgeben, wenn's nicht unbedingt sein muss."

„Diese Computer kosten zehntausend Dollar?"

„Ursprünglich nicht. Aber heutzutage baut niemand mehr

Computer mit Festplatten. Alles ist in der Cloud. Das hier ist eine Spezialanfertigung von ein paar Leuten, die früher bei Apple gearbeitet haben, bevor die Firma pleiteging." Er schaute auf die Armbanduhr. „Wir haben noch fünfundzwanzig Minuten. Macht's dir was aus, wenn wir auf dem Weg zum Bahnhof schnell beim Computerladen vorbeischauen und den Kasten abgeben?"

Noelle saß an der Kasse. Deshalb ging ich mit North rein und dankte ihr noch mal für das Kleid. Diesmal war auch ein älterer Mann da. Ihr Großvater, nahm ich an. Er lächelte, als North mit seinem Laptop reinkam.

„Schon wieder einen abgeschossen?", fragte der alte Mann.

„Ich hoffe, er braucht nur deine heilenden Hände, Ivan." North stellte den Laptop auf die Ladentheke.

Ivan schaute zu mir. „Und wer ist das?", fragte er.

„Ich bin Rory", sagte ich. „Freut mich, Sie kennenzulernen."

Der Mann langte über die Theke und nahm meinen Anhänger in die Hand. „So einen hab ich ja seit Jahren nicht gesehen", sagte er. „Wo hast du den her?"

„Er hat meiner Mutter gehört", sagte ich.

„Was hast du da drauf?"

Ich guckte verwundert auf den Anhänger. „Was ich auf meinem Anhänger habe? Ich verst..."

Er hielt ihn zwischen Daumen und Zeigefinger und schob den Daumen nach oben. Der Deckel öffnete sich und ein kleines Metallteil kam zum Vorschein. „Das ist ein USB-Stick. Hast du das nicht gewusst?"

„Ich weiß nicht mal, was ein USB-Stick ist", sagte ich, während ich immer noch auf den Anhänger starrte.

„Eine kleine Festplatte", sagte North ehrfürchtig.

„Das heißt also …"

„Dass darauf etwas gespeichert ist", beendete North meinen Satz.

25

Es war Glück, dass Norths Laptop ausgerechnet jetzt kaputtgegangen war. Erstens, weil uns das in den Computerladen geführt hatte, während Ivan da war. Zweitens, weil Ivan uns ein klobiges Leihgerät mitgab, das zwar lahm war, aber etwas besaß, was Norths sämtliche Computer nicht zu bieten hatten: einen USB-Zugang.

Aber ich glaubte nicht mehr an Glück. Ich hatte den Zweifel gebeten, mir zu helfen, und er hatte es getan. Als Hershey gesagt hatte, mit der Stimme sei das Leben einfacher, hatte sich alles in mir gesträubt. Aber sie hatte Recht behalten. Schwierig war nur das Hin und Her gewesen, das Schwanken zwischen Vernunft und Glauben. Seit ich mich entschieden hatte, der Stimme in meinem Kopf zu vertrauen, hatte sich der Sturm in meinem Innern beruhigt.

„War ja klar, die Dateien sind verschlüsselt“, sagte North. Er tippte wild auf dem Laptop, den er auf den Knien balancierte. Nicht mal eine Minute vor der Abfahrt unseres Zuges waren wir am Bahnhof angekommen und zum Gleis gerannt.

„Kannst du sie öffnen?“

„Weiß ich noch nicht.“ Er schaute konzentriert auf den Bildschirm und nagte an der Unterlippe.

Ich legte die Stirn an das kühle Fenster im Zug und sah die leuchtenden Blätter vorbeirauschen. Zwischen den Bäumen blitzte ein hoher doppelter Zaun auf, der an ein Gefängnis oder eine Grenze erinnerte. In unregelmäßigen Abständen waren Metalltafeln aufgestellt: *Achtung Elektrozaun.*

„Was ist das da hinten?“, fragte ich North. In dem Moment kamen eine Bewachungsstation und eine bewachte Einfahrt ins Blickfeld. Dahinter sah ich ein großes Gewässer. „Ach so“, sagte ich als Antwort auf meine eigene Frage. „Da ist der Stausee. Aber warum der Elektrozaun und bewaffnete Wachposten?“

„Wahrscheinlich werden die Wasservorräte bewacht.“ North starrte immer noch auf den Laptop. „Mann, wenn deine Mutter diese Verschlüsselung geschrieben hat, war sie verdammt gut.“

Ich lächelte. Er war zwar genervt, aber es war ein großes Lob.

Ich schaute wieder aus dem Fenster. Wir fuhren jetzt am Eingang des Stausees vorbei und ich sah die Steintafel von vorn. *Enfield-Stausee* stand da. Neben den Worten war etwas eingemeißelt: ein Baum, der aus zwei Händen wuchs. Der Baum sah genauso aus wie der an meiner Anstecknadel von Eden.

Ich nahm mein Gemini und ging auf Panopticon. Der Eintrag für den Enfield-Stausee war erstaunlich dürftig.

Der Enfield-Stausee ist ein Binnengewässer, das durch den Enfield-Damm auf dem Connecticut River östlich von Eden, Massachusetts errichtet wurde. Der Stausee hat ein Fassungsvermögen von bis zu zwei Millionen Kubikmeter Wasser. Er ist die einzige Wasserquelle in Massachusetts, die sich in Privatbesitz befindet. Vor dem Bau des Enfield-Damms war an der Stelle des Stausees der Enfield-Steinbruch beheimatet, eine Pyritmine von einem Kilometer Tiefe und einem Kilometer Breite, die traurige Berühmtheit erlangte, als sie in den später 1980er-Jahren einstürzte und zwölf Bergarbeiter verschüttet wurden. 1998 erwarb die Eden-Initiative den Steinbruch, um dort den Damm zu errichten, der den Stausee gebildet hat.

Die Eden-Initiative. Davon hatte ich noch nie gehört, doch das Baum-Logo ließ vermuten, dass sie irgendwie mit meiner Schule in Verbindung stand. Ich klickte auf den Link.

Die Eden-Initiative, gegründet 1805, ist eine private Organisation zur Verwaltung der Stiftung der Eden Academy, die auf rund zwei Milliarden Dollar geschätzt wird. Die weiteren Vermögenswerte der Gesellschaft umfassen beträchtlichen Grundbesitz im westlichen Massachusetts, das Enfield Reservoir und die Mehrheitsbeteiligung an der Gnosis GmbH.

Es dauerte einen Moment, bis ich die Zusammenhänge begriff. Die Organisation, die die Eden-Stiftung verwaltete, besaß die Mehrheitsbeteiligung an Gnosis? Wieso hatte ich das nicht gewusst? Das erklärte einiges. Die Gnosis-Gadgets überall auf dem Campus. Dr. Tarsus' Position im Vorstand von Gnosis. Die Tatsache, dass unsere Simulationen ähnlich funktionierten wie Lux. Der Stausee war das größere Rätsel. Wie passte er ins Bild?

Irgendetwas an der Sache kam mir komisch vor. Ich ging zurück zu dem Eintrag über den Staussee.

Der Stausee hat ein Fassungsvermögen von bis zu zwei Millionen Kubikmeter Wasser.

In einem Kubikkilometer steckten eine Milliarde Kubikmeter. Der Steinbruch könnte viel, viel mehr fassen als zwei Millionen Kubikmeter Wasser. Warum bauten sie den Stausee nicht größer?

Ich klickte zu der Seite über den Enfield-Steinbruch und überflog ihn auf der Suche nach Hinweisen, fand jedoch keine. An der Passage über den Einsturz der Mine blieb ich hängen.

Acht Tage lang kommunizierten Rettungsarbeiter mit den zwölf verschütteten Bergleuten durch ein fünfzehn Zentimeter großes Bohrloch, das durch fast tausend Meter Felsen ging. Durch diesen Tunnel wurden Hilfsgüter in schmalen, raketenförmigen Päckchen hinabgelassen, die als Tauben bezeichnet wurden. Mithilfe eines Seilrollensystems durch einen fünfzig Zentimeter großen Schacht zu dem Raum, in dem die Bergleute gefangen waren, konnten schließlich alle zwölf Männer geborgen werden. Nach dem Unglück wurde die Mine geschlossen.

Ich verließ die Panopticon-Seite, lehnte den Kopf nach hinten und dachte an die zwölf Bergarbeiter. Ich konnte mir nicht vorstellen, was sie durchgemacht hatten, als sie unter der Erde verschüttet waren.

Ich musste darüber eingeschlafen sein, denn irgendwann rüttelte North mich an der Schulter wach und sagte mir, wir seien da.

Das Büro von Dr. Hildebrand lag in der William James Hall auf dem Campus von Harvard. Als ich durch Harvard Yard ging, kam ich mir vor wie eine Hochstaplerin, aber an den Toren des Campus fragte niemand nach dem Studentenausweis. Mühelos fanden wir das Gebäude.

„Dein Plan ist also, dass du ihre Diagnose akzeptierst, oder?", flüsterte North, als wir mit dem Aufzug zu Hildebrands Büro im fünften Stock fuhren. „Als würdest du die Einträge für echt halten."

„Genau. Ich erzähle ihr, durch die Krankheit meiner Mutter sei mein Interesse an Psychologie geweckt worden. Und dass ich mir dachte, es gäbe keine bessere Adresse für ein Praktikum als die Frau, die meine Mutter behandelt hatte. Wenn sie diese Berichte tatsächlich geschrieben hat, muss sie so tun, als hätten die Termine wirklich stattgefunden."

„Und welche Rolle spiele ich?", fragte North.

„Du darfst meinen Freund spielen", sagte ich und lächelte. „Ich bin schließlich sechzehn. Da ist es nicht so abwegig, dass ich dich mitbringe."

Ich klopfte an die Tür.

„Herein“, rief eine weibliche Stimme. Ich holte Luft und drehte den Knauf herum.

Wir betraten einen beengten Büroraum. Die Frau am Schreibtisch trug eine altmodische Hornbrille und hatte eine feuerrote Lockenmähne, die ihr bis auf den Rücken fiel. Ihre Haare hätten bei einem Mädchen in meinem Alter super ausgesehen, aber Kristyn Hildebrand war mindestens fünfzig Jahre älter und hatte bestimmt ebenso viele Kilo Übergewicht. Sie war nicht unattraktiv, nur passte bei ihr alles nicht recht zusammen. Sie saß an einem einfachen Metalltisch. Neben ihr auf dem Tisch lag ein älteres Gemini, hinter ihr im Regal ein noch originalverpacktes Gemini Gold.

„Kann ich euch helfen?“, fragte sie und schaute uns durch ihre dicken Gläser an. „Ich kann mich nicht an euch erinnern. Seid ihr Studenten von mir?“

„Äh, nein“, sagte ich. „Ich, äh … ich glaube, Sie haben meine Mutter behandelt.“

„Ach ja?“ Dr. Hildebrand schob die Brille auf die Stirn. „Wie heißt sie?“

„Aviana Jacobs“, sagte ich. „Sie war Schülerin in Eden. Ich glaube, Sie haben sie in der dortigen Klinik behandelt. Das müsste im April 2013 gewesen sein.“

„Nein“, sagte die Frau mit Gewissheit. „Ich habe nie Patienten in Eden behandelt. Tatsächlich habe ich dort 2013 Forschungen in einem Labor durchgeführt. Eine Schülerin aus Eden war meine Assistentin, aber sie hieß nicht Aviana.“

„Dann sind Sie ganz sicher, dass Sie meine Mutter nicht behandelt haben? Sie litt an Akratischer Parakusis.“

Dr. Hildebrand sah mich scharf an. „Bist du auch daran erkrankt?"

Damit hatte ich nicht gerechnet. Ich schaute erst zur Decke, dann zum Boden. „Ich? Nein."

„Was machst du dann hier?" Es klang nicht unfreundlich. Der Blick ihrer braunen Augen war neugierig.

Ich schwankte. Ich hatte die Psychologie-Geschichte schon auf den Lippen, aber etwas hielt mich zurück.

Sag ihr die Wahrheit, meldete sich die Stimme.

Ich zögerte. Die Wahrheit. Ich wusste so wenig davon.

„Vor ein paar Wochen bin ich auf die Krankenakte meiner Mutter gestoßen", erzählte ich. „Und da gab es eine Reihe von Einträgen, psychologische Gutachten, die von einem Arzt oder einer Ärztin namens K. Hildebrand in der Eden-Klinik unterzeichnet wurden. Bei meiner Mutter wurde APS diagnostiziert und es wurde empfohlen, sie einzuweisen." Dr. Hildebrand sah mich verblüfft an. Ich erzählte weiter. „Aber ich glaube, in Wirklichkeit litt meine Mutter gar nicht an APS. Ich glaube, die Einträge waren gefälscht."

„Also, ich kann dir jedenfalls mit Gewissheit sagen, dass *ich* sie nicht unterzeichnet habe. Wann, sagtest du, war das?"

„Im April 2013."

„Na, da haben wir die Erklärung. In dem Frühjahr wurde mein Computer gehackt." Sie zuckte die Achseln. „Dabei könnten wohl auch die Einträge geschrieben worden sein. Ich habe allerdings keine Ahnung, warum."

„Haben Sie denn eine Idee, weshalb ihr Computer gehackt wurde?", fragte North.

„Oh, das weiß ich genau", sagte Hildebrand. „Ich arbeitete in dem Frühjahr an einer bahnbrechenden Studie und jemand wollte verhindern, dass ich sie veröffentliche. Sie haben meine Forschungsdaten gefälscht und dabei meine Login-Daten benutzt, damit es so aussah, als hätte ich das selbst gemacht."

„Worum ging es in der Studie?", fragte ich.

„Wir haben untersucht, ob Nanobots im Gehirn als synthetischer Ersatz für Oxytocin wirken können."

Oxytocin hatten wir in Kognitiver Psychologie durchgenommen. „Oxytocin ist das Liebeshormon", erklärte ich North.

„Ja", sagte Dr. Hildebrand. „Dieses Hormon ist bekannt für die Rolle, die es beim Aufbau mütterlicher Bindung, bei der Geburt und beim Orgasmus spielt." Ich merkte, wie ich rot wurde, doch Dr. Hildebrand fuhr schon fort. „Aber mich interessierte mehr die Frage, welchen Einfluss es auf das Vertrauen hat. Insbesondere ob es möglich ist, etwas zu simulieren, was Psychologen als Bindung zwischen völlig Fremden bezeichnen." Sie lehnte sich zurück. „Mehr kann ich euch nicht sagen. Als Teil der Vereinbarung nach der disziplinarischen Anhörung habe ich eine Geheimhaltungserklärung unterschrieben."

„Eine disziplinarische Anhörung?", hakte North nach. „Wegen der gefälschten Daten?"

Dr. Hildebrand nickte. „Ich konnte nicht beweisen, dass man mich gehackt hatte. Meine Daten waren solide, aber für die Arzneimittelzulassungsbehörde sah es so aus, als hätte ich die Ergebnisse geschönt, um SynOx wirkungsvoller erscheinen zu lassen, als es eigentlich war. Deshalb musste ich die Testreihe beenden und habe meine Zulassung verloren.“ Sie lächelte betrübt. „Wie heißt es so schön? Die, die es können, tun es, die, die es nicht können, lehren.“

„Sie haben vorhin erzählt, ihre Forschungsassistentin war eine Eden-Schülerin“, sagte ich. „Wissen Sie noch, wie sie hieß?“

„Patty. Nein, Penny, glaube ich.“

„Könnten Sie das rauskriegen? Es ist vielleicht wichtig.“

Dr. Hildebrand sah mich einen Moment prüfend an. Dann nickte sie und drehte sich auf dem Stuhl herum. Im Regal hinter ihr standen sechs weiße Aktenordner nebeneinander. Sie zog einen mit der Aufschrift *2013/SYN-OX* heraus. „Laut der Vereinbarung sollte ich meine Daten vernichten“, sagte sie und legte den Ordner auf den Schreibtisch. „Aber ich brachte es nicht über mich, einwandfreie Forschungsergebnisse in den Müll zu werfen. Deshalb habe ich einen Ausdruck aufbewahrt.“ Während sie in dem Ordner blätterte, rutschte ihr die Brille von der Stirn auf die Nase. „Ihr Name müsste ja wenigstens in der Danksagung erwähnt sein.“

„Wie sind Sie überhaupt in das Labor in Eden gekommen?“, fragte ich. „Sind Sie dort zur Schule gegangen?“

Dr. Hildebrand lachte. „Weit gefehlt. Staatliche Schule von Anfang bis Ende. Deshalb war es eine kleine Sensation, dass ich das Stipendium der Eden-Initiative bekam. Sie fördern fast ausschließlich Projekte von Eden-Absolventen.“

So ein Zufall. Eben noch im Zug hatte ich von der Eden-Initiative gelesen und jetzt tauchte sie schon wieder auf. Was hatte das zu bedeuten? Wieso hatte die Initiative gerade diese Studie unterstützt? Und was hatte das mit meiner Mutter zu tun? Ich schaute zu der Akte auf Dr. Hildebrands Schreibtisch. Für mein Leben gern hätte ich sie Seite für Seite gelesen. Vorn in der Innentasche des Ordners steckte eine DVD in einer Hülle.

„Peri Weaver." Dr. Hildebrand tippte mit dem Zeigefinger auf die Seite. „Sagt euch der Name etwas?"

Ich schüttelte den Kopf.

„Es tut mir leid, dass ich euch nicht weiterhelfen kann." Dr. Hildebrand stellte den Ordner wieder ins Regal.

Ich wollte nicht gehen, aber ich wusste, dass sie den Ordner nicht herausrücken würde. Widerstrebend lief ich zur Tür.

„Ich muss diese Aufzeichnungen sehen", zischte ich North zu, als wir wieder im Flur waren.

„Ich weiß." Er hatte sein altes iPhone schon in der Hand. „Ich hab die ganze Zeit überlegt, wie wir sie aus ihrem Büro locken könnten."

„Und?"

„Vielleicht kann ich den Feueralarm auslösen. Vorausgesetzt, ich finde das Bedienfeld. Einen Moment mal." Er gab etwas ein und tippte auf das Display. Kurz darauf hörte ich das schrille Klingeln des Alarms. Während die Türen auf dem Flur aufgerissen wurden, zog North mich in ein leer stehendes Büro, wo uns niemand sah. Wir warteten, bis Dr. Hildebrand an unserem Raum vorbei ins Treppenhaus ging, dann spähten wir in den Flur. Da war niemand mehr.

„Ich mach's", sagte North.

„Nein, ich“, widersprach ich. „Du kannst es dir nicht leisten, erwischt zu werden.“

„Du etwa?“

Ich achtete nicht auf ihn und flitzte zu Dr. Hildebrands Büro. Die Tür war angelehnt.

Ich schnappte mir den Ordner und wollte damit schon zur Tür hinaus, als ich stutzte. Wenn sie zurückkam, würde sie sofort bemerken, dass der Ordner fehlte. Hastig schob ich mir die DVD-Hülle unter den Hosenbund. Dann wollte ich die Ringe des Ordners öffnen, als ich Schritte im Flur hörte. Mit dem Ordner in der Hand sank ich auf die Knie. Mein Herz raste.

„Ich wusste doch, dass kein Probealarm anstand“, hörte ich Dr. Hildebrand sagen. „Ich hätte Lux checken sollen. Das hätte mir fünf Stockwerke Treppenlaufen erspart.“

Mist, Mist, Mist. Hektisch stellte ich den Ordner zurück ins Regal und schaute mich nach einem Versteck um. Nicht mal einen Wandschrank gab es in dem winzigen Raum. Ich saß in der Falle. Und wenn sie mich erwischte, hatte ich nicht mal den Inhalt des Ordners.

„Man sollte doch meinen, dass sie den Alarm mittlerweile übers Handy übertragen können“, sagte eine andere Frau. „Dann wüssten wir, dass wir nicht rausmüssen, außer Lux bestätigt es.“

„Dr. Hildebrand“, hörte ich North rufen. „Tut mir leid, dass ich Sie noch mal störe, aber hätten Sie noch einen kleinen Moment Zeit?“

Schnell stand ich auf. Er verschaffte mir einen Ausweg. Die

Stimmen wurden gedämpft, als wäre er mit ihr in dem leeren Büro verschwunden. Ich rannte aus dem Zimmer und huschte auf Zehenspitzen die Treppe hinunter, wobei ich fast mit einem Mann zusammenstieß, der auf dem Weg zurück nach oben war. Ich setzte mich auf die unterste Stufe und drehte niedergeschmettert die DVD in den Händen.

Endlich tauchte North auf. „Na, komm schon", sagte er und zog mich hoch. „Im Harvard Yard gibt es Bänke und Ivans Laptop hat ein DVD-Laufwerk. Wir gucken mal, was sich machen lässt."

Wie sich herausstellte, hatten wir eine ganze Menge. Das Video begann damit, dass eine jüngere, schlankere Hildebrand die Versuchsreihe detailliert erläuterte.

„Die Kontrollgruppe bekommt ein Placebo", sagte sie. „Ein Nasenspray mit einer Salzlösung. Die Testgruppe bekommt ebenfalls ein Nasenspray." Sie hielt eine Spritze hoch. „Diese Lösung enthält jedoch einen Schwarm von zweitausend Robotern in Nanogröße. Die Nanobots sind darauf programmiert, sich in die Amygdala der Probanden zu bewegen, einen Teil des Gehirns, der für emotionale Reaktionen zuständig ist. Dort wirken sie wie ferngesteuerte Neurotransmitter."

„Sie hat ihnen *Nanobots* ins *Gehirn* gejagt?" Ich war fassungslos. Auch North sah geschockt aus.

„Die Probanden haben täglich einen fünfminütigen Termin bei dem Forschungsleiter", fuhr Dr. Hildebrand fort. „Ihnen wird gesagt, es handele sich um eine kurze Therapiesitzung." Sie tauschte die Spritze gegen eine kleine schwarze Fernbedienung. Ich sah sofort das eingravierte G. Ein Gnosis-Gerät. Was merkwürdig war, denn 2013 stand Gnosis noch am Anfang. Hatte das Unternehmen irgendwas mit der Versuchsreihe zu tun?

„Zu Beginn jeder Sitzung", erklärte Dr. Hildebrand, „betätigt der Forschungsleiter einen Knopf an der Fernbedienung und sendet damit auf ganz hoher Frequenz ein Audiosignal von sehr kurzer Reichweite aus. Dieses Signal hat auf die Probanden aus der Kontrollgruppe keinerlei Effekt. Bei den Testpersonen wird es bewirken, dass die Nanobots eine Dosis SynOx ausstoßen, das Neurohormon Oxytocin in synthetischer und hoch konzentrierter Form."

North drückte auf Pause. „Okay, fassen wir mal zusammen. Erst werden den Leuten winzige Roboter ins Gehirn gepflanzt. Und dann werden sie auch noch *ohne ihr Wissen* chemisch verseucht. Wie kann so was legal sein?"

Jetzt bekam ich es mit der Angst zu tun. „North, wenn meine Mutter nun eins der Versuchskaninchen war? Wenn da die Verbindung liegt?"

„Willst du lieber nicht weitergucken?", fragte er. „Ich kann mir den Rest auch allein anschauen."

„Nein, ich will es sehen", sagte ich entschlossener, als mir zumute war. Ich drückte auf Play.

„Drei Minuten nach Aussenden des Signals", erklärte Dr. Hildebrand weiter, „wird unser Forschungsleiter die Probanden bitten, aus diesem Fläschchen zu trinken." Sie hielt ein Gefäß hoch, auf dem ein Totenkopf und das Wort ARSEN zu sehen waren.

„Gift“, sagte ich entgeistert.

„Bestimmt nicht wirklich“, meinte North.

„In dem Fläschchen befindet sich Zuckerwasser“, klärte uns Dr. Hildebrand in dem Video auf. „Doch der Forschungsleiter sagt den Probanden, es handele sich tatsächlich um Gift. Wir verlangen also von den Testpersonen etwas, was kein rational denkender Mensch tun würde. Damit loten wir die äußersten Grenzen des menschlichen Vertrauens aus und, was das Entscheidende ist, ob diese Grenzen manipulierbar sind.“

„Es kann ja wohl nicht sein, dass irgendwer das Zeug getrunken hat, oder?“, sagte ich, als die Worte *Tag eins* auf dem Bildschirm erschienen.

North schüttelte nur den Kopf.

„Ich weiß nicht, was ich schlimmer finde“, sagte ich. „Die Nanobots oder das Gift.“

Ich hatte ein mulmiges Gefühl im Bauch, als wir uns den Bericht über den ersten Tag anschauten. Meine Mutter war zum Glück nicht unter den Probanden und kein Einziger trank das Gift. Der Forschungsleiter sagte zu jeder Testperson dasselbe: „Dieses Fläschchen enthält eine tödliche Dosis Arsen, das für Menschen giftig ist. Ich empfehle Ihnen, es zu trinken.“ Die meisten lachten darüber. Ein paar wurden wütend. Einer stürmte hinaus.

Drei Tage lang empfahl der Wissenschaftler den Versuchspersonen, das Gift zu trinken, doch sie lehnten ab. Erst am vierten Tag veränderte sich etwas. Ungläubig sahen wir zu, wie *alle zwölf* Testpersonen den Inhalt des Fläschchens tranken.

„Das gibt’s doch nicht“, stieß North hervor.

So ging es an den folgenden sechs Tagen weiter. Die Personen mit den Nanobots im Gehirn tranken das Gift jedes Mal, wenn sie dazu aufgefordert wurden. Die meisten taten es sogar begierig, mit einem dümmlichen Grinsen, als gäbe es nichts, was sie lieber täten. Es war zwar nicht wirklich Gift in den Fläschchen, aber das wussten sie ja nicht. Ich bekam Gänsehaut.

Am Ende der letzten Sitzung machte ich die Augen zu. Irgendetwas stimmte nicht, aber ich kam nicht drauf, was es war.

„Mein Team und ich danken der Eden-Initiative für die großzügige Unterstützung", sagte Dr. Hildebrand. „Ebenso unseren weiteren Sponsoren, der Gnosis GmbH und Soza Labs, Mitinhaber der Patente für das SynOx-Präparat und die Nanobots."

Ich schaute zu North. „Soza", wiederholte ich. „Woher kenne ich den Namen?"

„Wahrscheinlich, weil er im Schaufenster jeder Apotheke steht", sagte North. „Soza produziert den Impfstoff für die Grippeimpfung."

Kaum hatte er das Wort Grippeimpfung ausgesprochen, fügte sich alles zusammen. An dem Tag, als Beck für den Betatest ausgesucht worden war, hatte er sich in der Apotheke seine Grippeimpfung abgeholt. Ein Nasenspray, genau wie die Testpersonen in Hildebrands Studie es bekommen hatten. Auf einmal kapierte ich, was mir vorhin unbewusst aufgefallen war: Das Signal, das zur Aktivierung der Nanobots verwendet wurde, war ein *Audio*signal auf hoher Frequenz.

Ultraschall.

Ich hatte das Knacken im Ohr, das wir in Norths Computerraum gehört hatten. Und plötzlich wusste ich, weshalb Beck auf einmal beschlossen hatte, Lux zu vertrauen.

Weil die Nanobots in seinem Gehirn ihm dazu rieten.

„Verdammte Scheiße, North! Scheiße, Scheiße, Scheiße."

„Hey, reg dich mal ab. Ich glaub, du hast grad viermal gegen die Verhaltensregeln für Fahrgäste verstoßen." Er zeigte auf ein Schild an der Wand. „Keine Schimpfwörter."

Wir saßen wieder im Zug und ich rastete in aller Öffentlichkeit aus.

„North", sagte ich nach einer Weile und gab mir Mühe, leise zu sprechen. „Das hier ist kein Witz. Soza und Gnosis pflanzen den Leuten *Nanobots* ins *Gehirn* ein. Nicht nur in einer wissenschaftlichen Studie, im richtigen Leben."

„Durch die Grippeimpfung." North klang skeptisch.

Das brachte mich endgültig auf die Palme. „Ja", zischte ich. „Denk doch mal nach. Gnosis bringt das Gemini Gold billiger raus als das Vorläufermodell – ein Gerät, das ohne ersichtlichen Grund hochfrequente Schallwellen aussendet. In der Zwischenzeit beteiligt sich mein bester Freund, der Lux bisher genauso misstraut hat wie du, an dem Betatest für das Gemini Gold und ist ihm auf einmal geradezu hörig. Gleichzeitig bietet Soza zum ersten Mal überhaupt Grippesprays *gratis* an." Ich machte eine Geste, die alle Personen in dem halb vollen Zug umfasste. Jeder Fahrgast trug ein Gemini Gold am Handgelenk und alle starrten lächelnd darauf. „Sieh dich doch mal um!“ Ich zeigte auf ein Mädchen ein paar Reihen weiter. Sie strahlte ihr Handy regelrecht an, während sie mit Lux kommunizierte. „Findest du das normal?“

„Es stimmt schon, die Leute sind etwas übertrieben entzückt von dem Ding“, gab North zu. „Und Pharmakonzernen traue ich sowieso nicht über den Weg. Außerdem es ist wirklich ein komischer Zufall, dass Soza auch Evoxa produziert.“

„Es wundert mich, dass du dich so schwer überzeugen lässt“, sagte ich. „Du warst doch immer so kritisch gegenüber Lux.“

„Schon, aber nur, weil ich der Meinung bin, die Leute sollten ihre Entscheidungen nicht einer App überlassen. Nicht weil ich glaube, dass die App ihre Gehirne erobert hat. Rory, wenn es wahr ist, was du sagst ...“

„Es *ist* wahr! Ich bin mir hundertpro sicher. Und wir müssen es aufdecken.“

„Wie denn?“, fragte North. „Eine E-Mail-Welle in Gang setzen? Ein YouTube-Video auf Forum posten? Die Leute halten uns doch für verrückt.“

Er hatte Recht. Vor allem bei meiner Familiengeschichte. Oh Mann. Meine *eigene* Geschichte. Was hatte Tarsus wohl mit den Protokollen angestellt, die Hershey ihr geschickt hatte?

„Es ist schon ziemlich irre, das stimmt“, sagte North nachdenklich. „Wenn man mal bedenkt, was für eine Macht ihnen das verleihen würde. Sie könnten bestimmen, was die Leute sich anschauen, was sie hören, was sie kaufen. Und die Leute hätten keine Ahnung, was da abgeht. Sie glauben, sie treffen ihre Entscheidungen selbst." Er schüttelte den Kopf. „Das ist verdammt genial."

„Und worum geht es bei dem Ganzen?", fragte ich. „Um Geld?"

„Geht es nicht immer um Geld?", spottete North. „Überleg mal, wie viel eine Spielzeugfirma Gnosis dafür zahlen würde, dass es die Eltern zu ihren Spielsachen lenkt. Oder wie leicht es wäre, eine Nachricht unter den Tisch fallen zu lassen, die man vor der Öffentlichkeit verbergen will. ‚Lux, soll ich das Exposé schreiben, in dem Soza schlecht dasteht? Nein, Kumpel, schreib lieber diese Homestory.'" North schüttelte wieder den Kopf. „Wenn das stimmt, ist es unglaublich."

„Meinst du, meine Mutter war ihnen auf der Spur? Sollte die gefälschte Diagnose ihrem Ansehen schaden?" Die ganze Zeit war ich davon ausgegangen, dass es private Gründe gegeben hatte, sie als verrückt darzustellen. Aber vielleicht hatte sie ja von der SynOx-Studie erfahren und gedroht, die Firmen zu entlarven, die dahintersteckten.

Ich holte das Jahrbuch aus der Tasche, das Hershey mir gegeben hatte.

„Was ist das?", fragte North.

„Das Jahrbuch von 2013. Peri Weaver war in dem Jahr in Eden. Vielleicht ist sie das Bindeglied zu allem." Ich blätterte das Buch durch.

„Zeigst du mir deine Mutter?", fragte North sanft.

Langsam blätterte ich die Hs durch, dann noch langsamer die Is und die Js, bis ich sie gefunden hatte. Aviana Grace Jacobs. Die Haare fielen ihr offen über die Schultern, so wie meine auf dem Gnosis-Fest. Ihr Haar war golden, nicht kastanienbraun, und ihre Nase und Wangen waren von hübschen hellen Sommersprossen gesprenkelt, nicht von so schmutzigbraunen, wie meine es waren.

„Wow, sie war echt schön", sagte North. Er zeigte auf ihr Dekolleté über dem schwarzen Samt. „Sie trägt die Kette nicht."

Instinktiv fasste ich mir an den Hals, aber der Anhänger steckte in dem Laptop auf Norths Knien.

Als Nächstes blätterte ich zu Griffin. Er hatte das gleiche volle, nach vorn gekämmte Haar wie auf dem Klassenfoto, die Farbe ähnlich wie meine. Seine Augen waren nicht ganz so rund, aber von dem gleichen Blau, und dann das kleine Grübchen am Kinn.

„Du siehst ihnen so ähnlich", flüsterte North. „Du hast das Beste von beiden geerbt."

Ich fuhr mit den Fingerspitzen über das Gesicht meines Vaters und fragte mich, wie er wohl mit achtzehn gewesen war. Er wirkte irgendwie zugänglicher als meine Mutter. So vieles an ihr war ein Geheimnis. Über Griffin wusste ich wenigstes *etwas.* Nicht genug, hallte es in meinem Kopf. Schnell blätterte ich weiter, bevor meine Gedanken an dem Bild von ihm auf der Trage Freitagabend hängen bleiben konnten.

Bei T hielt ich noch einmal inne und suchte nach Tarsus, als mir einfiel, dass sie verheiratet war und damals einen anderen Namen hatte. Also überflog ich die Ws auf der Jagd nach Peri Weaver.

„Weaver, Weaver", murmelte ich und fuhr mit dem Finger

über die Seite. Es gab nur eine. Esperanza „Peri“ Weaver. Als ich das Foto über dem Namen sah, stockte mir der Atem.

Sie war bildschön. Große Augen unter ungezähmten Afrolocken. Eine winzige Lücke zwischen den oberen Schneidezähnen.

Es war Dr. Tarsus.

26

Ich musste immer an ihr Gesicht denken. Die jugendliche Version von Tarsus, ein hinreißendes Mädchen, das Peri genannt wurde und die Nachmittage in einem Labor für psychologische Forschungen verbrachte. Wie war sie mit Gnosis in Kontakt gekommen und was hatte das mit meiner Mutter zu tun? Ich wusste, dass das Äußere trügen kann. Aber das Foto von Peri Weaver wollte einfach nicht zu dem Bild passen, das ich im Kopf hatte, weder zu dem Mädchen, das sie gewesen sein musste, noch zu dem kaltherzigen Monster, das sie geworden war. Das Mädchen auf dem Foto sah einfach zu *nett* aus.

Diese Gedanken beschäftigten mich, während ich mich in der Nacht auf die Initiation vorbereitete. Ich fragte mich, wie die anderen das mit einem schlafenden Zimmergenossen anstellten oder womöglich einem wachen, dem sie eine Geschichte auftischen mussten, weil sie sich mitten in der Nacht davonschlichen.

Ich zog drei Schichten übereinander an und band die Haare zurück. Uns war gesagt worden, wir sollten die Umhänge über dem Arm tragen, bis wir im Wald waren. Dann sollten wir sie überwerfen und das Gesicht unter der Kapuze verbergen. Am Friedhofseingang würden uns unsere „Betreuer" in Empfang nehmen.

Bevor ich die Jacke anzog, hielt ich den Anhänger an die Lippen und küsste ihn in der Hoffnung, dass er mir Glück brachte. North hatte die Dateien von dem USB-Stick auf seine Festplatte kopiert, damit er weiter daran arbeiten konnte, die Verschlüsselung zu knacken. So konnte ich die Kette wieder tragen. Es war albern, aber ich fühlte mich ruhiger, wenn ich sie umhatte. Irgendwie geerdet.

In die Stille hinein sagte Lux' Stimme: „In sechzig Sekunden musst du gehen." Ich hatte die App wieder eingeschaltet, um nicht zu spät zu kommen. „Die Regenwahrscheinlichkeit beträgt fünfundsiebzig Prozent", sagte Lux. „Ich empfehle eine Regenjacke."

„Wie wär's mit einem Samtumhang?", scherzte ich und machte die Jacke zu.

„Samt ist nicht wasserdicht", antwortete Lux. „Aber dein Umhang ist wasserdicht."

Ich erstarrte. „Was hast du da gesagt?"

„Dein Umhang ist wasserdicht."

Ich nahm das Gemini von der Kommode und starrte auf das Display. Wie konnte Lux von dem Umhang wissen?

„Du musst jetzt gehen", sagte Lux.

Immer noch verdutzt über die Bemerkung mit dem Umhang, schnappte ich meinen Samtrucksack und stürmte hinaus.

Ich hatte den Umhang angezogen, als mein Handy klingelte. @KatePribulsky ruft an.

Das musste North sein. Ich hatte mich gerade in den Wald geschlagen, mir blieben nur noch eineinhalb Minuten. Laub knisterte unter meinen Schuhen. Ich nahm das Gespräch an.

„Wo bist du?“, fragte North. „Es klingt so, als ob du draußen wärst.“

„Ich konnte nicht schlafen“, log ich. „Ich geh ein bisschen spazieren.“

„Müsst ihr nicht im Zimmer sein?“

„Wir müssen nur auf dem Campus sein.“ Das waren gleich zwei Lügen. Nachts mussten wir im Wohnheim sein und jetzt hatte ich sogar schon den Campus verlassen. „Hast du die Verschlüsselung geknackt?“

„Ja“, sagte North. „Und Mann, Rory, es ist …“

„Erzähl schon.“

„Es sind drei Dateien“, erklärte er hastig. „Die erste ist ein internes Memo mit Gnosis-Briefkopf vom April 2013 über ein Projekt namens Hyperion. Eine gemeinsame Unternehmung von Gnosis und Soza mit dem Ziel, ich zitiere: ‚Schwärme von Nanobots zu entwickeln, die in der Lage sind, die Aktivität von Oxytocin im Gehirn zu imitieren.‘ Es ist von mehreren Führungskräften von Gnosis und Soza unterzeichnet und mit einem Stempel versehen, auf dem *Nach Erhalt vernichten* steht. Du hattest mit allem Recht, Rory.“

Die Worte hallten in meinem Kopf und pochten in meiner Brust. Ich hatte Recht. Vor Erleichterung bekam ich schwache Beine.

North redete jetzt noch schneller. „In dem Memo steht weiter, dass die Nanobots in Verbindung mit einer neuen Entscheidungs-App arbeiten sollten, die Gnosis entwickelt hat. Die Nutzer sollten der App so sehr vertrauen, dass es keine kognitive Dissonanz mehr gab. Ich schätze, die Nanobots, die Hildebrand eingesetzt hat, waren empfindlich und die SynOx-Verbindung hat nicht ganz so gewirkt wie geplant, deshalb haben sie noch fünf Jahre für Forschung und Entwicklung eingeplant."

„Fünf Jahre", sagte ich. „Aber es waren siebzehn."

„Fünf Jahre für Forschung und Entwicklung. Zwölf weitere, um, ich zitiere wieder: ‚den Weg zu bereiten.' Es ist Wahnsinn, wie detailliert sie das alles geplant haben. Sie wussten, dass sie erst den Handymarkt erobern und die Leute dann allmählich an eine App gewöhnen mussten, die alle Entscheidungen für sie trifft. Sie haben sogar geplant, wie lange es dauern würde, die Injektionsimpfung zu verbreiten. Es steht alles drin, jeder einzelne Schritt."

Ich war nur noch zehn Meter vom Friedhof entfernt. Ich schaute mich um. Noch keine Spur von Liam. „Was ist in den anderen beiden Dateien?"

„In der zweiten ist eine Liste mit Namen. Darunter sind die Vertreter von Gnosis und Soza, die das Memo unterzeichnet haben, außerdem ein paar Hundert Weitere. Einige Namen habe ich erkannt, zum Beispiel die der Gründer von Gnosis. Die anderen habe ich teilweise nachgeschlagen. Alles hohe Tiere in der Firma. Geschäftsführer, Hedgefondsmanager, Risikokapitalgeber."

„Nur eine Liste mit Namen?“

„Ja, aber mit so komischen Kombinationen aus Zahlen und Buchstaben dahinter“, sagte North. „Mia Ritchson, Geschäftsführerin von Soza. Gamma einundachtzig. Alan Viljoen, damals Leiter des operativen Geschäfts bei Gnosis. Alpha neunundneunzig. Hier, ich schicke dir einen Screenshot.“

Wie in Zeitlupe schaute ich auf das Revers meines Umhangs: *Zeta 30.* Ich brauchte keinen Screenshot. Ich wusste genau, wie die Kombinationen aus Buchstaben und Zahlen aussahen.

Ich hatte das Gefühl, keine Luft mehr zu bekommen. Die Leute auf der Liste waren Mitglieder der Auserwählten. Dieselben, die das betreffende Memo unterzeichnet hatten.

Mein Gott, hinter allem steckte der Geheimbund.

„Oh nein“, murmelte ich.

„Was ist denn, Rory?“

„Und die dritte Datei?“, wollte ich wissen.

„Ein Foto. Von …“ In dem Moment brach das Gespräch ab. Ich schaute auf mein Display. Keine Verbindung.

Ohne es zu merken, hatte ich den Friedhof betreten. Auf einmal wäre ich am liebsten gerannt. Hinter alldem steckten die Auserwählten. Das Zitat, die Decke, die Kette mit dem Anhänger. Jetzt sah ich alles mit anderen Augen. Meine Mutter hatte versucht mich zu warnen.

„Bist du bereit?“ Als ich Liams Stimme hörte, drehte ich mich auf dem Absatz um. Er war direkt hinter mir. „Entschuldige, dass ich mich verspätet habe. Wir müssen uns beeilen.“ Er hob die Hand zu meinem Mund.

„Ich …“ Ehe ich etwas sagen konnte, hatte ich den Kirschgeschmack auf der Zunge.

Diesmal brachte er mich nicht zur Arena. Als ich wieder zu mir kam, stand ich mit den anderen Neulingen in einem anderen Raum, einem kleineren, quadratischen mit viel niedrigerer Decke. Die Steinwände schillerten seltsam im gelben Kerzenlicht. Anders als in der Arena sah ich hier jeden Winkel. An einer Wand befand sich ein Altar, der aus einem einzigen Granitstein gehauen war. Dahinter hing ein gewebter Teppich mit dem Garten Eden als Motiv an der Wand. Der Raum hatte zwei einander gegenüberliegende Türen. Wenn die Gruft so angelegt war wie das Fibonacci-Gitter, musste jeder Raum größer sein als der vorige. Wo in der Folge befand sich dieser Raum? Wie weit war ich von der Mitte entfernt? Liam hatte gesagt, es gebe einen Ausgang. Ich stellte mir vor, zum Ausgang zu rennen. Aber ich wusste, dafür war es zu spät. Ich saß in der Falle.

Angst durchströmte mich. Wo war ich hier hineingeraten?

Die Jungen neben mir flüsterten. Ihnen war anzuhören, wie aufgeregt sie waren. Der eine hatte den Arm unter dem Umhang und schob sich durch die Halsöffnung Erdnüsse in den Mund. Bei dem Geruch verkrampfte ich mich und ging schnell ein Stück weg. Ich schluckte den Würgereiz hinunter.

Minuten verstrichen. Während wir warteten, versuchte ich den anderen ins Gesicht zu sehen, aber alle hatten die Anweisungen befolgt und die Kapuze tief ins Gesicht gezogen. Der Erdnussjunge futterte immer noch. Er schien einen unerschöpflichen Vorrat zu haben.

Bitte, dachte ich. Lass mich hier raus.

Dann war ein schabendes Geräusch von Stein auf Stein zu hören und eine Tür ging auf. Eine Gestalt mit Schlangenmaske kam herein. Sie hatte ein Buch mit braunem Ledereinband in den Händen. Ob unter der Maske derselbe Mann steckte wie die letzten beiden Male, konnte ich nicht erkennen. Aber ich ging davon aus, dass die Maske eine Art Statussymbol war. Mir drehte sich der Magen um. Unser Anführer war eine Schlange. Warum hatte ich mir darüber zuvor keine Gedanken gemacht?

Nach der Schlange kamen zwei weitere Gestalten herein, die eine mit Fuchsmaske, die andere mit Eulenmaske. Die drei Maskierten traten an den Altar und die Schlange legte das Lederbuch vor sich.

„Es gibt zwei Sorten Menschen auf der Welt", sagte der Schlangenmann. Jetzt klang seine Stimme gar nicht so freundlich wie am Samstag. „Die Weisen und die Narren. Der Weise ist klug, mutig und entschlossen. Der Narr ist impulsiv, schwach und braucht einen Herrn. Der Weise begreift, dass *er* der Herr ist, ein Gott aus eigener Kraft." Er schlug das Buch auf, als wollte er daraus vorlesen, doch er schaute nicht mal auf die Seite.

„Frei erschuf ich sie, und frei denn auch sollen sie bleiben", verkündete er. Mir stellten sich die Nackenhaare auf, als er die Zeilen rezitierte, die ich schon so lange auswendig konnte. *„Bis sie selbst sich knechten; sonst müsste ich die Schöpfung gar verwandeln."*

Auf einmal begriff ich. *Die Schöpfung verwandeln.* Genau das sah das Projekt Hyperion vor. Die Schlange blickte vom

Buch auf und sah uns an. Ich zwang mich, in das Gesicht aus Pappmaschee zu schauen.

„*Der Fall*", sagte die Schlange. „So beschrieb Milton das, was im Garten Eden geschah. Als würde der Mensch einen Verlust erleiden. Aber was dort geschah, war gar kein Fall. Im Gegenteil, es war ein glorreicher *Coup d'État*. Indem Adam und Eva die Frucht vom Baum der Erkenntnis aßen, wurden sie Gott gleich, der sie geschaffen hatte. Und dieser Gott wurde für immer unwichtig. Die Weisheit, die sie an jenem Tag erwarben, wurde über die Zeit an einige wenige Auserwählte weitergegeben. Männer und Frauen, die geboren wurden, um als Götter unter Menschen zu leben."

Das war ungeheuerlich. Sie hielten sich für Götter.

„In den letzten zweihundertfünfzig Jahren haben die Auserwählten daran gearbeitet, das Paradies wieder aufzubauen, das verloren ging, als der Mensch aus dem Garten Eden vertrieben wurde. Unsere Vorfahren gründeten die Eden Academy als Brutstätte elitärer Geister. Jahr für Jahr wählen wir die vielversprechendsten Schüler aus, um sie in unsere Reihen aufzunehmen. Unsere Weisheit hat euch hierhergeführt. Eure Klassenkameraden sind intelligent, aber schwach. Sie haben die Fähigkeit zum logischen Denken, nicht jedoch die Willenskraft, diese Logik einzusetzen." Er schnalzte mit der Zunge. „Und dann ist da noch der Rest der Welt", sagte er dann. „Narren, die einen Herrn suchen. So stolz auf ihre Freiheit und doch so bereitwilig, sie aufzugeben."

Auf Lux vertrauen wir. Mit einem Schlag war mir alles klar. Was sie mit dem Projekt Hyperion bezweckten. Was Gnosis schon die ganze Zeit mit Lux verfolgte. Wer braucht höhere Weisheit, wenn das kleine goldene Ding am Handgelenk alles weiß, was es zu wissen gibt? Was spielt es für eine Rolle, dass hinter den kleinen Apparaten Menschen stecken, die jeden unserer Schritte mithilfe eines Algorithmus steuerten? Ein Algorithmus, der geschrieben wurde, um uns „glücklich" zu machen? So glücklich wie ein Vogel mit gestutzten Flügeln in einem goldenen Käfig. Es spielt auch keine Rolle, dass die Wahl, Lux zu gehorchen, nicht mehr unsere ist, sondern das Werk eines Schwarms mikroskopisch kleiner Roboter, die unser Gehirn unter Kontrolle haben.

Mir wurde schlecht.

„Unser Ziel ist kein Geringeres als ein modernes Paradies. Ein neues Eden. Hier und jetzt. Eine vollkommene Gesellschaft, die regiert wird von *hoi oligoi sophoi.* Den weisen Auserwählten."

Die anderen Neulinge stimmten Applaus an. Ungläubig schaute ich mich um. Ich bekam Gänsehaut und die *klatschten.*

„Jetzt ist die Zeit gekommen, eure Göttlichkeit zu verkünden und den Schwur zu sprechen", sagte die Schlange.

Nein, nein, nein, nein, schrien die Stimmen in meinem Kopf. Diesmal waren es zwei: der Zweifel und meine eigene Stimme.

Die anderen Neulinge redeten aufgeregt miteinander, als die ersten Namen aufgerufen wurden. Panisch sah ich mich nach einer Fluchtmöglichkeit um, aber die Türen waren verschlossen. Wir befanden uns tief unter der Erde und ich wusste nicht, welche Tür nach draußen führte. Wegrennen kam nicht infrage.

Ich hörte etwas wie klackernde Steinchen. Der Erdnussjunge hatte die Packung unter seinem Umhang verschüttet. Schnell stellte er sich darauf und versuchte die Erdnüsse unter dem Umhang zu verbergen, aber einige waren zu mir gerollt und lagen unberührt an meinem Fuß. Ich starrte darauf. Sie waren der Ausweg. Es war gefährlich, aber eine allergische Reaktion würde mich aus dieser Situation retten. Und nur das zählte in diesem Moment. Ich konnte den Schwur nicht ablegen.

Fürchte dich nicht, flüsterte die Stimme und meine Entscheidung stand fest.

Ich schaute zum Altar. Die Schlange ritzte einem Mädchen mit einer kleinen Spiegelscherbe in den Daumen, während das Mädchen bei seinem Leben schwor, den Zielen des Geheimbunds zu dienen. Sie versprach, weder die Existenz des Geheimbunds noch ihre Mitgliedschaft je preiszugeben. Ihre Stimme kam mir bekannt vor. Gleich darauf wusste ich, wer es war: Rachel. Der Schlangenmann drückte ihren blutigen Daumen in das Lederbuch und gab ihr eine Feder, mit der sie unterzeichnete. Es waren nur wenige Sekunden, in denen er abgelenkt war, aber es müsste reichen, um unauffällig die Erdnüsse aufzuheben.

„Epsilon", rief die Schlange. Der fünfte Buchstabe des griechischen Alphabets. Der Erdnussjunge ging zum Altar. Als Nächstes war Zeta dran. Wenn ich es wirklich machen wollte, musste es jetzt sein. Ich wartete, bis der Schlangenmann den Daumen des Jungen nahm. Als er hineinschnitt, bückte ich mich nach den verstreuten Erdnüssen, sprach schnell ein Gebet und steckte sie mir in den Mund. Ich kaute mit staubtrockenem Mund.

„Zeta“, sagte die Schlange. Ich spürte ein Jucken in der Kehle. Es wirkte. Aber wirkte es auch schnell genug? Ich ging zum Altar und schaute in das bemalte Gitter der Schlangenaugen. Ich erkannte das Weiß der menschlichen Augen mit Fältchen drumherum.

„Sprich mir nach.“ Der Schlangenmann fasste mich am Handgelenk. Der Ärmel seines Umhangs rutschte hoch und gab den Blick auf seine Hand frei. Er trug einen Jadering, auf dem ineinander verschlungene Os prangten.

Meine Kehle verschloss sich. Er las den Schwur vor, den ich wiederholen sollte, doch ich bekam kein Wort heraus. Ich hörte nur meinen angestrengten Atem, der sich durch meine geschwollene Kehle quälte.

Ich sah seine Lippen, die sich bewegten, und die grauen Augenbrauen, die sich hinter dem bemalten Gitter fragend hochzogen. „Keine … Luft“, stieß ich hervor. Dann gaben meine Knie nach.

„Sie hat eine allergische Reaktion“, rief eine weibliche Stimme. Im Gegensatz zu der Stimme des Schlangenmannes war sie nicht verzerrt. Und ich erkannte sie sofort. Ich hörte sie seit zwei Monaten jeden Morgen, manchmal sogar im Schlaf. Die Stimme, die ich fürchtete. „Ich kümmere mich darum“, sagte sie schnell. „Sie bleiben hier.“

„Nein!“, wollte ich rufen. „Nicht Tarsus.“ Aber ich bekam nichts heraus. Ich hatte das Gefühl zu fallen. Dann verlor ich das Bewusstsein.

27

Ich spürte einen dumpfen Schmerz im Hals. Ich rang um das Bewusstsein, versuchte zu schlucken und musste sofort würgen. Jemand versuchte mich zu ersticken. Ich wollte denjenigen wegstoßen, doch meine Hände waren an etwas Hartem festgebunden.

Meine Füße waren frei und ich strampelte, trat mit aller Kraft um mich, aber ich hatte kaum Kraft. Es war ein Gefühl, als wäre ich unter Wasser und versuchte an die Oberfläche zu kommen.

Mühsam öffnete ich die Augen. Ich lag auf dem Rücken und war an einem Tisch festgebunden. Oder war es ein Bett? Über mir fluoreszierendes Licht, so grell, dass es mich blendete. Mein Gott, wo hatte sie mich hingebracht? Ich kniff die Augen zusammen und atmete durch die Nase. Jetzt nur nicht in Panik geraten. Ich merkte, dass etwas *in* meinem Hals steckte. Das musste raus. Wo war ich? Und wo war Tarsus?

Wie hatte ich nur so dumm sein können. Nachdem ich eins und eins zusammengezählt und kapiert hatte, dass Gnosis und die Auserwählten ein und dasselbe waren, hätte mir klar sein müssen, dass auch Dr. Tarsus im Raum war. Natürlich gehörte sie zu den Anführern des Geheimbunds. Sie war von Anfang an Teil der Maschinerie gewesen. Aber wenn sie an der Spitze der Organisation stand, wie hatte ich es dann so weit bringen können? Hätte sie mich nicht fernhalten müssen? Es gab immer noch so vieles, was ich nicht wusste, und wenn ich hier nicht lebend rauskam, würde ich die Wahrheit nie erfahren.

Bis auf das Summen der Maschinen war es still. In Gedanken ging ich meinen Körper einmal durch. Außer dem Hals tat mir nichts weh. Wieder öffnete ich die Augen. Jetzt erschien mir das Licht nicht mehr ganz so grell. Ich schaute mich um.

Ich lag in einem Krankenhauszimmer. Durch einen blass geblümten Vorhang sah ich Ärzte und Schwestern mit Tabletts. Eine nahm Blickkontakt mit mir auf und lächelte. Auf ihrem rosa Kittel stand *Eden-Klinik.* Von ihren Lippen las ich die Worte *Sie ist wach.* Gleich darauf schob sie den Vorhang zur Seite.

Ich versuchte zu begreifen, was passiert war. Ich war nicht in der Gruft des Geheimbunds. Ich lag im Krankenhaus. Dr. Tarsus folterte mich nicht. Unerklärlicherweise hatte sie mir das Leben gerettet.

„Hallo“, sagte die Schwester freundlich. „Du hast uns einen ganz schönen Schreck eingejagt. Jetzt befreie ich dich mal von dem Schlauch.“ Vorsichtig fasste sie mir in den Mund. Wenige Sekunden später war der Schlauch weg. Sofort hustete ich los. „Dein Hals wird noch ein paar Tage wehtun“, sagte sie und band meine Handgelenke los. „Tut mir leid, dass wir dich festbinden mussten. Wir konnten nicht riskieren, dass du an dem Schlauch reißt." Sie ging zum Waschbecken und füllte einen Becher mit Wasser.

„Kleine Schlucke", sagte sie und reichte mir den Becher.

Gierig trank ich das Wasser. Es brannte in der Kehle.

„Kleine Schlucke", wiederholte sie und lächelte.

Den Rest trank ich langsam, dann stellte ich den leeren Becher auf das Tablett neben mein Bett. „Wie bin ich hierhergekommen?", fragte ich heiser.

„Dein Freund hat dich hergebracht", sagte sie. „Es war großes Glück, dass du den EpiPen hattest und dass er wusste, wie man damit umgeht. Das hat dir das Leben gerettet."

„Mein Freund?"

Die Schwester zwinkerte mir verschwörerisch zu. „Keine Angst, wir sagen keinem, dass ihr so spät am Abend noch zusammen wart." Sie ging zum Waschbecken und füllte meinen Becher erneut. „Hast du eine Ahnung, was die Reaktion ausgelöst hat? Du bist ja bestimmt sehr vorsichtig mit Erdnüssen. In deiner Akte steht, dass du beim ersten Kontakt damit ins Krankenhaus musstest." Sie reichte mir den Becher und ich trank noch einen kleinen Schluck.

„Ein Müsliriegel", sagte ich. „Ich hab vergessen, ihn von Lux checken zu lassen."

Ich hörte ein *Tss*, aber nicht von der Schwester. Sie schaute an mir vorbei zur Tür und lächelte. „Hast es wohl nicht lange ohne sie ausgehalten, was?"

„Ohne dieses Mädchen? Nein." Es war Liam, der schon für die Schule angezogen war. Die Haare waren noch nass vom

Duschen. Er legte mir eine Hand auf den Arm. Zwischen seinen Fingern war das Lambda-Tatoo zu sehen. „Wie geht's dir, Süße?"

„Besser", sagte ich und brachte mühsam ein Lächeln zustande. Am liebsten hätte ich den Arm weggezogen. Es ist nur Liam, sagte ich mir. Aber jetzt, da ich wusste, wofür der Geheimbund wirklich stand, machte sogar er mir Angst. Ich sah, wie er auf mein Schlüsselbein schaute. Gewohnheitsmäßig fühlte ich nach meiner Kette.

Sie war weg.

Tarsus musste sie mir abgenommen haben, während ich bewusstlos war. Aber warum? Wusste sie, was der Anhänger in Wirklichkeit war? Ich schluckte meine Angst hinunter. Es waren keine Dateien mehr darauf. North hatte sie gelöscht. Trotzdem hämmerte mein Herz. Dass Liam mich anstarrte, machte es nicht besser.

„Dann lass ich euch zwei Turteltäubchen mal allein", sagte die Schwester. „Wenn du mich brauchst, drück einfach den Knopf an der Armlehne." Sie ging und zog den Vorhang hinter sich zu.

„Warum isst du denn einen Müsliriegel mit Erdnüssen drin?", fragte Liam, als sie weg war.

„Es waren keine drin", sagte ich. Meine Stimme war immer noch rau. „Es war einer mit Schokostückchen. Müssen wohl nur Spuren von Erdnüssen gewesen sein."

„Warum hast du ihn nicht von Lux checken lassen?"

„Weiß nicht. Vergessen." Ich starrte auf das Gemini Gold an Liams Handgelenk. Hatte er jetzt Nanobots im Gehirn? Oder waren Mitglieder des Geheimbunds davon ausgenommen? Was war mit Leuten wie mir, die ihre Grippeimpfung dieses Jahr vergessen hatten? Oder mit Leuten wie North, die sich nie impfen ließen? Wenn hundert Millionen Leute den Impfstoff einnahmen und sich damit an das Gemini Gold ketteten, spielten ein paar Tausend Ausreißer vermutlich keine Rolle.

„Dann hast du mich also hergebracht?", fragte ich Liam, um das Thema zu wechseln. „Ich dachte, ich hätte die Stimme von Dr. Tarsus gehört, bevor ich ohnmächtig wurde."

Er sah mich argwöhnisch an, als wüsste ich etwas, was ich eigentlich nicht wissen sollte. „Sie meinte, es wäre weniger verdächtig, wenn ich dich herbringe."

„Und der EpiPen?"

„Sie trägt immer einen bei sich."

„Wieso? Wogegen ist sie denn allergisch?"

„So viele Fragen", sagte Liam, ohne mir eine Antwort zu geben. „Jetzt bin ich mal dran. Warum hattest du gestern ihre Kette um?"

Ich starrte ihn verständnislos an. „Was?"

„Sie war Ypsilon 13", sagte er, ohne mich aus den Augen zu lassen. „Nicht deine Mutter. Deine Mutter hat überhaupt nicht zu den Auserwählten gehört. Ich bin die Liste in der Gruft durchgegangen. Ihr Name steht nicht drauf."

Ich machte den Mund auf, um etwas zu erwidern, aber es kam kein Laut heraus.

„Hör zu, Rory", sagte er. „Welches Spiel du auch spielst ..."

„Ich spiele überhaupt kein Spiel, Liam." Er sollte bloß nicht denken, dass ich mich in die Enge getrieben fühlte. „Meine

Mutter hat mir diese Kette vermacht. Du weißt doch gar nicht, ob sie Tarsus gehört. Nur weil das ihr Name im Geheimbund ist, muss es noch lange nicht ihre Kette sein." Aber es *war* ihre. Daran bestand gar kein Zweifel. Was sie über den Buchstaben des Pythagoras gesagt hatte, über Tugend und Laster. Sie wollte mich wissen lassen, dass die Kette ihr gehört. Aber warum? Und warum hatte sie sich die Kette erst jetzt zurückgeholt?

„Und was ist mit dem Muster auf deiner Decke? Was hat das zu bedeuten?"

„Wahrscheinlich ist das nur Zufall", sagte ich schwach. „Die Auserwählten haben die Fibonnaci-Folge ja nicht erfunden."

„Der Unterricht beginnt in drei Minuten", verkündete Lux an Liams Handgelenk.

„Ich darf nicht zu spät kommen", sagte er. „Rory, im Ernst, an deiner Stelle wäre ich vorsichtig. Mit Tarsus sollte man sich nicht anlegen, glaub mir. Sie hat die Macht, deine Aufnahme bei den Auserwählten zu verhindern."

Als wäre das meine größte Sorge.

„Ich danke dir", sagte ich und versuchte zu lächeln. Mein Herz schlug wie eine Trommel. „Für den guten Rat. Und dafür, dass du mir das Leben gerettet hast. So ein Mist, dass ich die Initiation verpasst hab." Ich gab mir Mühe, enttäuscht zu klingen.

„Ach, mach dir deswegen keine Sorgen. Du kriegst eine zweite Chance."

„Super", sagte ich, obwohl sich mein Magen bei der Vorstellung zusammenkrampfte. „Wann?"

„Morgen Nacht."

Sie behielten mich noch bis zum frühen Abend zur Beobachtung im Krankenhaus. Als ich ging, hatte ich elf verpasste Anrufe und drei kryptische SMS von Kates Handy. North machte sich Sorgen. Kein Wunder. Seit die Verbindung gestern abgebrochen war, hatte er nichts mehr von mir gehört.

Ich wollte ihn sehen und ihm vor allem endlich erzählen, was ich ihm die ganze Zeit verheimlicht hatte. Aber erst mal musste ich dringend unter die Dusche und mir gründlich die Zähne putzen. Außerdem ahnte ich, dass ich mit meinen nächsten Schritten sehr vorsichtig sein musste. Wenn mein Zusammenbruch wie ein Zufall aussehen sollte, durfte ich keinen Verdacht erwecken. Ich musste mich ganz normal benehmen. Zum Abendessen in die Mensa gehen. Zeit mit meinen Schulfreundinnen verbringen. Von denen gesehen werden, die letzte Nacht mit mir in der Gruft waren. Deshalb schickte ich Kate die Nachricht Alles o. k., melde mich später, lief schnell in mein Zimmer und zog mich um.

Als ich zurück zur Mensa kam, war die Sonne schon hinter den Bäumen verschwunden. Izzy saß am Haupteingang neben der Bank und scrollte durch den Newsfeed ihres neuen Gemini Gold, das sie an einem mit Edelsteinen besetzten Band trug.

„Hi", sagte sie, als sie mich sah und schaute von ihrem Handy auf. „Wo hast du den ganzen Tag gesteckt?"

„Ich hatte so eine komische allergische Reaktion", sagte ich, als wäre es keine große Sache gewesen. „Wie geht's dir?"

„Ich sterbe vor Hunger."

„Wenn du's noch zwanzig Minuten aushältst, können wir

zusammen essen“, sagte ich. „Ich will nur vorher noch duschen.“

„Perfekt“, meinte Izzy. „Lux sagt sowieso, dass die optimale Essenszeit gegen sechs ist. Ich warte hier auf dich.“ Sie lächelte und wandte sich wieder ihrem Gemini Gold zu.

Ich konnte es kaum mitansehen. Und ich konnte es nicht mehr hören: Lux sagt …

„Hast du dich dieses Jahr eigentlich gegen Grippe impfen lassen?“, fragte ich.

Sie nickte, ohne von ihrem Handy aufzublicken. „Ja, warum?“

„Nur so“, antwortete ich und ging.

Ich ließ mein Abendessen von Lux aussuchen. Teils weil ich zu überdreht war, um selbst zu entscheiden, vor allem jedoch, weil alle sich fragen mussten, wie diese Erdnüsse in meinen Körper gelangen konnten. Niemand erlitt heutzutage noch solche gefährlichen allergischen Reaktionen. Nicht, seit es Lux gab. Deshalb nutzte ich die App demonstrativ, damit alle es mitbekamen. Ich wollte den Anschein erwecken, als hinterfragte ich fast schon paranoid jeden Bissen, den ich aß. Höchstwahrscheinlich saß die Person hinter der Schlangenmaske am Lehrertisch und hatte mich genau im Blick. Ein Plan nahm in meinem Kopf Gestalt an. Wenn er funktionieren sollte, musste der Geheimbund glauben, dass mein Unfall wirklich nur ein Unfall war und dass ich es kaum erwarten konnte, meinen Schwur zu sprechen.

Ich war so darauf bedacht, einen harmlosen Eindruck zu

machen, dass ich mich fast an meinem Risotto verschluckt hätte, als Tarsus zu uns an den Tisch kam.

„Das war bestimmt ein harter Tag für dich", sagte sie und legte mir eine Hand auf die Schulter. „Keine Simulation kann dich auf eine solche Erfahrung vorbereiten."

Was für eine Erfahrung? Meinte sie die allergische Reaktion oder das gruselige Ritual, mit dem meine Klassenkameraden sich einer Gruppe von Leuten verpflichteten, die sich für göttlich hielten und mithilfe der Technologie den freien Willen manipulierten?

„Es war ... lehrreich", sagte ich. Ich schaute auf ihren Ausschnitt. Kein Anhänger, nur eine Reihe Perlen.

Dr. Tarsus lächelte. „In Zukunft sind wir vorsichtiger, nicht wahr?"

„Ich geb mein Bestes."

„Wir müssen einen Wiederholungstermin festlegen", sagte sie, und ihr Blick bohrte sich in meinen. „Für die Simulation, die du heute Morgen verpasst hast. Bist du morgen Abend bereit?"

Ich wusste sofort, dass sie nicht über das Praktikum sprach. Es ging um das Initiationsritual des Geheimbunds und sie wollte testen, ob ich dabei war oder mich herauswand.

„Auf jeden Fall", sagte ich ohne das leiseste Zögern.

Überraschung blitzte in ihrem Blick auf. Sie sah mich noch einen Moment an, dann erwiderte sie das Lächeln. „Ausgezeichnet", sagte sie. „Morgen Abend dann."

„Die macht mir echt Angst", sagte Izzy, als Tarsus weg war. „Ich bin froh, dass ich keinen Kurs bei ihr habe."

„Echt? Ich find sie richtig alpha“, meinte Rachel und wandte sich zu mir. „Findest du nicht?“

Ich hatte fast vergessen, dass sie gestern Nacht auch dabei gewesen war. Sie gehörte jetzt zu den Auserwählten. Und natürlich wusste sie, dass ich auch da gewesen war. Meinen allergischen Anfall hatten alle mitbekommen.

„Doch“, sagte ich abwesend. Ich war mit den Gedanken noch bei Tarsus' Worten von vorhin. *In Zukunft sind wir vorsichtiger.* Was hatte sie damit bloß gemeint? Hatte sie beobachtet, wie ich die Erdnüsse gegessen hatte? Vielleicht hatte ich sie gar nicht hinters Licht geführt. Vielleicht wussten die Anführer des Geheimbunds über meinen Trick Bescheid. Bei der Vorstellung zitterte ich. Morgen Abend erwarteten sie mich in der Gruft und ich hatte keine Ahnung, was mir bevorstand. Mir schnürte sich die Brust zusammen. Wo war ich da hineingeraten? Oder besser: Wie sollte ich da wieder rauskommen?

„Erde an Rory“, sagte Izzy.

Ich kehrte in die Gegenwart zurück. „Was?“

„Ich hab dich gefragt, wann du das Mittelalter hinter dir zu lassen gedenkst.“ Sie zeigte auf mein Gemini. Alle drei trugen das Gemini Gold.

„Och, irgendwie hänge ich an dem alten“, sagte ich und wich Rachels Blick aus.

„Ja, aber hängst du mehr an dem Teil als an Lux?“

„Hä?“

„Gnosis wird die alte Version von Lux nicht mehr unterstützen“, sagte Izzy. „Und die neue Version kriegst du nur auf dem Gold. Wenn du Lux also weiterhin nutzen willst, musst du dich von dem alten Knochen wohl oder übel verabschieden."

Von dem alten Knochen. Noch vor zwei Tagen war es das kleinste Smartphone der Welt gewesen. Jetzt war es out.

In diesem Moment klingelte mein Gemini.

Kate – Handy

„Ja, das mach ich dann wohl", sagte ich zu Rachel und stand abrupt auf. „Bis später dann." Ich verließ den Tisch und nahm den Anruf an. Ich kam an ein paar Lehrern am Eisstand vorbei und sprach leise.

„Wo warst du?", fragte North. „Ich hab den ganzen Tag versucht dich zu erreichen. Als gestern Nacht die Verbindung abgebrochen ist, hab ich sofort zurückgerufen, aber da ist die Mailbox angesprungen."

„Es ist viel passiert", sagte ich ruhig. „Ich erzähl dir das lieber nicht am Telefon. Kann ich in zehn Minuten zu dir kommen?"

„Klar. Ich bin da. Bei dir alles in Ordnung?"

„Bald wieder", sagte ich und beendete das Gespräch. Dann schob ich mein Gemini unter die Serviette auf meinem Tablett und warf beides in den Mülleimer.

„Die halten sich für Götter?", fragte North entgeistert. „Richtig göttliche Wesen?"

„*Götter unter Menschen*, hat der Schlangenmann gesagt. Er ist nicht in die Details gegangen."

„Und sie glauben, sie bauen den Garten Eden wieder auf?"

„Jedenfalls ihre Version davon. Eine Gesellschaft, in der sie entscheiden, was für alle am besten ist. Einen neuen Garten Eden. SynOx war nicht der Anfang, North. Sie sind schon seit *Jahrhunderten* da dran. Hyperion ist nur das Endspiel."

North rieb sich die Augen. „Das ist ja echt eine üble Sache. Und deine Mutter war eine von denen?"

Ich schüttelte den Kopf. „Das dachte ich. Aber Liam hat in der Liste nachgesehen und ihr Name steht nicht drauf."

„Dann hat sie wahrscheinlich versucht alles zu enthüllen."

Ich nickte. „Das ist die einzige logische Erklärung. Die Dateien auf dem USB-Stick waren Beweismaterial. Aber irgendwer hat rausgekriegt, was sie vorhatte. Und da hat sie Angst bekommen. Ich glaube, sie hat die Schule deshalb verlassen."

„Aber warum hat sie Griffin nichts davon gesagt? Wenn sie verschwinden musste, hätte er doch mitkommen können."

„Vielleicht wollte sie ihn schützen. Wenn die Auserwählten so mächtig sind, wie sie glauben, war es besser für ihn, möglichst wenig zu wissen."

„Die Auserwählten. So nennen die sich?"

Ich nickte. Eigentlich *die weisen Auserwählten.* Der offizielle Name ist auf Griechisch."

„Weil alle anderen Schwachköpfe sind", sagte North wütend. „Und bis gestern Nacht wolltest du dazugehören?"

„Ich dachte, sie wären die Guten", verteidigte ich mich.

Er sah mich tadelnd an. „Die Guten tragen keine Masken und Kapuzenumhänge und treffen sich im Dunkeln, Rory."

Ich senkte den Blick. Er hatte Recht. Aber ich hatte mich so geschmeichelt gefühlt, weil sie mich ausgesucht hatten. Das hatte mir den Blick verstellt.

North öffnete auf seinem Tablet die Namensliste, die er von dem USB-Stick kopiert hatte. „Dann sind das auf der Liste alles Mitglieder?"

Ich nickte. „Die Kombination aus griechischen Buchstaben und Ziffern bezeichnet ihren Namen im Geheimbund und das Jahr, in dem sie initiiert wurden." Intuitiv fasste ich mir ans Dekolleté, aber natürlich war der Anhänger nicht da.

„Wo ist die Kette?", fragte North.

„Tarsus hat sie mir abgenommen. Letzte Nacht, als ich ohnmächtig war. Ich glaube, es ist eigentlich ihre. Oder zumindest hat sie ihr mal gehört. Ypsilon ist ihr Name."

„Kann es sein, dass sie den Anhänger deiner Mutter gegeben hat?", fragte North.

Ich zuckte die Schultern. „Weiß nicht. Schon möglich." Es war schwer vorstellbar, dass Tarsus meiner Mutter geholfen haben könnte. Aber irgendjemand musste ihr die Dateien gegeben haben. Da fiel mir etwas ein. „Hey, du hast doch gesagt, es gab noch eine dritte Datei mit einem Foto."

„Ja, es war ein Hochzeitsfoto", sagte North sanft. „Von deiner Mutter und Griffin."

In meinem Innern verhärtete sich etwas. Ich musste mich gegen den Gefühlssturm schützen, der mich zu überwältigen drohte. Nein, erst würde ich meinen Plan zu Ende bringen. Ich presste die Lippen zusammen und schüttelte den Kopf. Ich wollte das Foto nicht sehen. North sah mich an, er hatte verstanden. Ich nahm seine Hand und drückte sie.

North zog mich sanft zu sich hin, bis unsere Körper sich fast berührten, dann nahm er mein Gesicht in seine Hände. Er roch nach Espresso und Muskat. „Ich hätte dich gestern Nacht verlieren können", sagte er leise.

„Ich weiß. Aber du hast mich nicht verloren."

„Du bist so ein großes Risiko eingegangen." Er fuhr mir mit dem Daumen übers Kinn.

„Ich hatte keine Wahl. Ich konnte den Schwur nicht sprechen. Mich mit meinem Leben ihrer Vision verschreiben. Dem Zweifel abschwören." Ich schüttelte den Kopf. „Ich konnte nicht. Aber ablehnen konnte ich auch nicht. Mit dem Wissen, das ich habe, hätten sie mich da nicht rausgelassen."

„Und was jetzt?", fragte er. „Sagst du ihnen, du willst nicht beitreten, und hoffst, dass sie das schlucken?"

„Nein." Ich lehnte mich zurück. „Sie müssen glauben, dass ich immer noch dabei sein will. Nur so kann ich sicher sein, dass sie mich noch mal in die Gruft lassen."

„Noch mal in die Gruft?" North war entsetzt. „Du hast gerade selber gesagt, dass diese Leute gefährlich sind. Du willst da nicht im Ernst noch mal hin!"

„Wenn wir sie entlarven wollen", sagte ich nüchtern, „brauchen wir mehr als ein paar Dokumente. Dann brauchen wir einen Videobeweis." Das war mein Plan. Er machte mir selbst Angst, weil eine Liveübertragung ausgeschlossen war – in dem Grab gab es keine Verbindung. Also musste ich mich mit dem Videomaterial begnügen.

„Nein, Rory", sagte North. „Das ist viel zu …"

„North, ich glaube, diese Leute haben meine Mutter umgebracht.“ Es war das erste Mal, dass ich es aussprach. Bis zu diesem Augenblick hatte ich den Gedanken nicht richtig zugelassen.

„Und was glaubst du, was mit *dir* passiert, wenn sie merken, dass du sie filmst?“

„Sie merken es aber nicht“, sagte ich. Es sollte überzeugt klingen. Doch selbst wenn ich es schaffte, die Aufnahmen zu machen, wie sollte ich ein zweites Mal aus der Gruft rauskommen, ohne den Schwur abzulegen?

„Okay, nehmen wir mal an, du filmst sie. Was wäre damit bewiesen? Du hast erzählt, dass sie Masken tragen, man würde ihre Gesichter also nicht sehen.“

„Immerhin kann ich beweisen, dass die Auserwählten existieren.“

„Rory, wenn du so ein Video postest, wird Gnosis es herausnehmen, sobald es online geht. Oder jemand bekennt sich als Urheber und behauptet, es sei nur ein Fake. Wir reden hier von dem Konzern, der weltweit praktisch die gesamte Technologie beherrscht, die wir nutzen. Von GoSearch über Forum bis hin zu Lux. Sie beherrschen das Medium und damit auch die Botschaft.“

„Dann greifen wir die Technologie an“, schlug ich vor. „Vergessen wir den Plan, die Auserwählten zu entlarven. Wir demontieren das Projekt Hyperion. Schalten Lux ab.“

„Und wie willst du das anstellen?“

„Ich weiß nicht. Mit einem Virus oder so.“

„Solch einen Virus zu erstellen, würde Wochen dauern. Und selbst wenn ich auf wundersame Weise über Nacht so einen Supervirus schreiben könnte, würden wir nie und nimmer die Firewall von Gnosis überwinden."

„Dann schalten wir eben die Nanobots aus."

North schüttelte den Kopf. „Ich habe das Memo bis ins kleinste Detail studiert. Es wird nur einmal erwähnt, wie man die eisenhaltigen Nanobots deaktivieren könnte. Und zwar mit einem MRT vom Kopf. Wenn uns also nichts einfällt, womit wir eine halbe Milliarde Leute überreden könnten, sich das Gehirn magnetisieren zu lassen, werden wir an dieser Front keinen Erfolg haben."

Ich kniff die Augen zu. „Dann müssen wir uns eben was anderes einfallen lassen. Die Leute sind ja richtig süchtig nach ihren Handys. Solange sie ein Gemini Gold am Handgelenk tragen, glauben sie alles, was das Ding ihnen einflüstert. Wer weiß, was die Auserwählten mit dem Leben der Menschen vorhaben!"

„Du hast Recht", sagte North. „Und ich bin ganz auf deiner Seite. Ich versuche nur realistisch zu bleiben."

„Mann!" Tränen traten mir in die Augen. Ich ließ mich aufs Sofa sinken. „Ich fühle mich so machtlos."

„Aber du bist nicht machtlos", sagte North. „Du kennst die Wahrheit. Darin liegt Macht. Und du hast noch etwas anderes."

„Dich?"

Er lachte. „Auch. Aber ich meinte noch etwas anderes. Weisheit. Die richtige Weisheit." Er zog mich hoch. „Du siehst Sachen, die andere nicht sehen."

„Ich sehe überhaupt nichts", sagte ich. „Das ist nur der Zweifel."

„Dann bitte die Stimme um Hilfe. Sie hat dir vorher schon zur Erkenntnis verholfen."

„Ich brauche mehr als Erkenntnis. Ich brauche einen Plan."

„Warum bittest du nicht Griffin um Hilfe?", fragte er. „Er ist Geschäftsführer der Firma, die hinter alldem steckt. Er muss irgendwas unternehmen können."

„Der Mann liegt im künstlichen Koma."

„Nicht mehr", sagte North. „Er ist heute Nachmittag aufgewacht."

„*Was?*"

North nahm die Fernbedienung vom Couchtisch und schaltete seinen altmodischen Fernseher ein. Ein Reporter der Lokalnachrichten stand vor dem Massachusetts General Hospital. Am unteren Rand des Bildschirms lief ein Newsticker mit der Schlagzeile Gnosis-Chef Griffin Payne aus dem Koma erwacht.

Ich nahm North die Fernbedienung aus der Hand und stellte den Ton lauter.

„Morgen Früh wird Mr Payne in eine nicht näher benannte private Einrichtung verlegt", sagte der Reporter. „Mit einer aufgezeichneten Erklärung an den Verwaltungsrat, die vor etwa einer Stunde veröffentlicht wurde, ist Griffin als Firmenchef zurückgetreten, um sich in den kommenden Monaten ganz seiner Genesung zu widmen. Wer ihn an der Spitze des 750-Milliarden-Dollar-Unternehmens ersetzen wird, ist bisher nicht bekannt." Daraufhin wurde zurück ins Nachrichtenstudio geschaltet.

Die Moderatorin leitete zum nächsten Thema über, als

neben ihr ein unheilvolles Bild von der Sonne erschien. „Eine Gruppe aktiver, ungleichmäßig geformter Sonnenflecken gibt Sonnenphysikern Anlass zu der Sorge. Ein geomagnetischer Supersturm könnte im Anzug sein. Sollte die aktive Region explodieren …"

„Na toll", murmelte ich und schaltete den Fernseher aus. „Zu allem Überfluss geht auch noch die Welt unter." Ich warf die Fernbedienung aufs Sofa und nahm meine Tasche. „Kannst du mich zum Bahnhof bringen?"

„Rory, es ist schon nach acht. Bis du in Boston ankommst, ist es elf. Die lassen dich heute Abend nicht mehr zu ihm."

„Dann muss ich rauskriegen, wo sie ihn hinbringen." Ich sah North an. „Schaffst du das?"

Er war schon auf dem Weg zu seinem Wandschrank. „Wenn es eine Anweisung zur Verlegung des Patienten im System des Krankenhauses gibt, dann ja", rief er über die Schulter zurück.

„Wo ist eigentlich Hershey?", fragte ich, während ich ihm nachging.

„Weiß nicht. Sie ist vor über eine Stunde weg und hat gesagt, ich soll nicht auf sie warten." North ließ das Poster hochrollen und öffnete die Geheimtür.

„Weißt du, wer ihr mysteriöser Lover ist?"

„Nö", sagte North. „Wenn ich es wüsste, würde ich ihm dafür danken, dass er für Ruhe gesorgt hat." Er grinste, dann zog er mich in das winzige Zimmer und schlang die Arme um meine Taille. Ich stellte mich auf die Zehenspitzen und küsste ihn. Ein paar Sekunden spürte ich nur seine Lippen auf meinen und dachte an nichts anderes.

„Okay", sagte ich und legte ihm eine Hand auf den Mund. „An dieser Stelle machen wir ein andermal weiter." Ich zeigte auf den Computerbildschirm. „Notiz zur Verlegung."

Er brauchte nur wenige Minuten, um in die Patientendatenbank des Krankenhauses einzudringen. „Griffin Payne", sagte North, während er den Namen eingab.

„Bitte lass es irgendwo in der Nähe sein", murmelte ich.

„Da haben wir ihn", sagte North. „Und jetzt schauen wir mal, wo …"

Er verstummte. „Nein …" Seine Stimme klang seltsam.

„Was ist? Wo bringen sie ihn hin?"

„Vielleicht ist das nicht … Nein, da ist er ins Krankenhaus gekommen. Kennst du sein Geburtsdatum?"

Es stand in dem Panopticon-Eintrag, aber ich konnte mich an das Datum nicht erinnern. „Im November, glaube ich. Warum? Was ist denn?" Ich ging einen Schritt näher heran, obwohl ich nicht wusste, wonach ich suchen sollte.

North drehte sich um. Er war aschfahl. „Rory, Griffin ist Freitagnacht gestorben."

28

Es kostete mich keine Anstrengung, nicht zu weinen. Seit North die Worte *Griffin ist gestorben* ausgesprochen hatte, schien mein Inneres ausgetrocknet. Meine Gefühle zerfielen zu Staub.

„Rory, sag doch was. Wie geht es dir?"

Ich stand immer noch an derselben Stelle, nur ein paar Zentimeter von North entfernt und doch ewig weit weg. Ich klammerte mich an meinen Pragmatismus. Jetzt musste ich das Rätsel erst recht lösen und die Fakten sammeln, die erklären konnten, wie das passiert war – wie ich meinen Vater buchstäblich keine Stunde, nachdem ich ihn gefunden hatte, schon wieder verlieren konnte.

„Wie ist er gestorben?" Meine Stimme klang hohl und so fühlte ich mich auch.

North schaute wieder auf den Bildschirm. „Sinusthrombose. Aber da steht nicht, was das ist."

„Das ist ein Blutgerinnsel im Gehirn", sagte ich. Genauso war auch meine Mutter gestorben, nur dass das Gerinnsel bei ihr in der Lunge gewesen war. Allmählich kam ich wieder zu mir. „Könnten Nanobots so etwas anrichten?“

„Ich weiß nicht, ich verstehe nicht mal ...“ Er verschränkte die Hände im Nacken und nahm den Kopf zwischen die Ellbogen. „Das ist verrückt, Rory. Er ist seit drei Tagen tot und die machen der Welt weis, er würde noch leben. Wie lange wollen sie diese Lüge noch aufrechterhalten?“

„So lange, bis alle überzeugt sind, dass Gnosis auch ohne ihn läuft“, sagte ich tonlos. „Dann lassen sie ihn in dieser privaten Einrichtung, in der er angeblich untergebracht ist, irgendeinen Rückfall erleiden. Und zur großen Überraschung und zum Entsetzen aller stirbt er.“ Ich sah North an. „Wie du gesagt hast: Sie haben das Medium und damit auch die Botschaft in der Hand.“

„Das ist eine richtig miese Geschichte. Wie kann ein Fünfunddreißigjähriger einen Schlaganfall erleiden und sterben?“

„Weil sie ihn umgebracht haben, North.“ Ich merkte selbst, wie kalt das klang, ich konnte es nicht ändern. Die Wärme, die den Raum eben noch erfüllt hatte, als wir einander in den Armen hielten, war verflogen.

„Du glaubst, sie haben den Schlaganfall ausgelöst? Aber warum sollten sie ihn umbringen?“

„Er wollte in seiner Rede irgendwas Kritisches über Gnosis sagen. Ein paar Tage, bevor das Gemini Gold rauskam. Kurz vorher haben wir gesehen, wie er mit Dr. Tarsus sprach, weißt du noch? Sie wusste, was er vorhatte. Die Auserwählten wollten nicht riskieren, dass seine Äußerungen irgendwelche negativen Konsequenzen haben könnten.“

„Okay", sagte North langsam. „Aber wie?"

„Wenn Nanobots Oxytocin imitieren können, warum sollten sie dann nicht auch in der Lage sein, zu verklumpen und ein Gerinnsel zu bilden? Tarsus stand mit ihm zusammen auf der Bühne. Sie war nah genug an ihm dran. Sie könnte es mit ihrem Handy gemacht haben." Ich zeigte auf den Computerbildschirm. „Gibt es einen Link zur Obduktion?"

North überflog die Seite und tippte dann auf den Bildschirm. „Eine Obduktion wurde abgelehnt. Hier ist ein Formular, das von seinem Vater unterzeichnet wurde."

Von seinem Vater. Meinem Großvater. Wieso wollte er keine Obduktion? Weil er schon wusste, was dabei herauskommen würde. Ich hatte Griffins Stimme im Ohr. *Meine Eltern konnten Aviana nie leiden. Mein Stiefvater hat sie gehasst.*

„Er muss der Stiefvater sein", sagte North. „Sie haben nicht denselben Nachnamen." Mit zusammengekniffenen Augen schaute er auf den Bildschirm. „Die Unterschrift lässt sich kaum entziffern, aber es sieht aus wie Robert Atwater."

Das konnte doch nicht wahr sein.

„Robert Atwater ist der Stiefvater von Griffin Payne?", fragte ich mit erstickter Stimme.

North schaute mich über die Schulter an. „Kennst du ihn?"

„Das ist der Schulleiter." Dann musste ich mich übergeben.

Ich lag auf Norths Sofa. Mir schwirrte der Kopf, mein Bauch tat weh. Am liebsten hätte ich mein Leben zurückgespult. Hätte ich bloß nicht Akratische Parakusis als Forschungsthema gewählt. Hätte ich mich doch nie in Eden beworben. Ich könnte jetzt in Seattle sein, in glückseliger Abhängigkeit von meinem Handy und ebenso wie Beck überzeugt, das perfekte Leben zu führen. Stattdessen war ich hier und musste den schrecklichen Tatsachen ins Auge blicken.

Ich war so naiv gewesen. Atwaters Befragung am Tag nach der Gnosis-Party. Wie er mich gedrängt hatte, ihm alles zu erzählen, was ich wusste. Das war nur Show gewesen, Teil der Aufnahmeprüfung für den Geheimbund, ein Test meiner Loyalität. Jetzt durchschaute ich das. Er hatte es gar nicht auf die Mitglieder des Geheimbunds abgesehen, ganz im Gegenteil: Er wollte die herausfiltern, die er für nicht geeignet befand.

Jetzt wusste ich auf einmal, was mich die ganze Zeit gestört hatte. Der Schulleiter hatte mich am ersten Tag dafür gelobt, dass ich mich von der Geschichte nicht hatte abschrecken lassen. Aber die *wirkliche* Geschichte hätte mich gar nicht abgeschreckt. Ich war die Tochter der Jahrgangsbesten, nicht die Tochter einer Schulabbrecherin. Das wusste er. Aber er war davon ausgegangen, dass ich es nicht erfahren würde. Weil er die Akte meiner Mutter gefälscht hatte.

Ich rief auf Norths Tablet den Panopticon-Eintrag über Griffin auf. In dem Abschnitt über seine Jugend stand, er sei von seiner Mutter und seinem Stiefvater großgezogen worden, ohne dass dessen Name erwähnt wurde. Sein richtiger Vater war zwei Wochen vor Griffins Geburt bei einem Schiffsunglück vor Cape Cod ums Leben gekommen.

„Wie geht es dir?“ North kam mit einem Plastikeimer aus dem Wandschrank. Ich stöhnte und hielt mir die Hände vors Gesicht.

„Ist das peinlich", sagte ich. „Du hast meine Kotze aufgewischt."

„Das muss wahre Liebe sein", sagte er.

Ich biss mir auf die Lippe und ließ die Hände sinken. *Liebe.* War das Liebe? Ich befahl meinem Gehirn, darüber nachzudenken, aber alle grauen Zellen waren auf die Auserwählten konzentriert und darauf, wie man ihnen das Handwerk legen konnte. Ich nickte leicht. Das war keine richtige Antwort, aber North schien auch keine zu erwarten.

„Wie geht es dir wirklich?", fragte er.

„Ich weiß nicht", gab ich zu. „Es fühlt sich alles so unwirklich an. Selbst dass Griffin mein Vater war. Es ist, als würde ich das Leben einer anderen führen. Aber mein altes Leben hat sich auch nicht wirklich wie meins angefühlt."

„Das kenne ich", sagte North. „Das Gefühl, nicht richtig in das eigene Leben zu gehören. Damit bin ich aufgewachsen. Mein Vater war zwar mein leiblicher Vater, aber wir hätten ebensogut Fremde sein können." North zögerte eine Sekunde. „Warum gehst du nicht einfach weg? Ich meine, was hält dich in Eden, jetzt, da du über die Auserwählten Bescheid weißt? Wenn das sogar hoch bis zum Schulleiter geht, haben sie die ganze Schule im Griff."

„Nicht nur das", sagte ich. „Der Geheimbund ist der einzige Grund dafür, dass es die Schule überhaupt gibt. Eden ist seine Brutstätte."

„Warum willst du dann bleiben?" Er kniete sich hin, sodass wir auf Augenhöhe waren. „Ich habe eine Wohnung in New York. Abbezahlt. Du und ich, wir könnten …"

„Ich kann nicht weg“, sagte ich. „Nicht ehe wir sie entmachtet haben. Nicht nach allem, was sie getan haben. Wenn ich richtigliege, dann haben diese Leute meine beiden Eltern ermordet. Und meinen besten Freund einer Gehirnwäsche unterzogen. Ganz zu schweigen von hundert Millionen anderer Menschen.“ Ich schüttelte den Kopf. „Da kann ich mich nicht einfach aus dem Staub machen.“

North seufzte. „Ich wusste, dass du das sagen würdest. Aber ich kann dich nicht allein wieder in diese gottverlassene *Gruft* gehen lassen.“

Ich würde mich hüten, ihm zu widersprechen. Ich musste auf jeden Fall hin. Ob ich nun einen Ausweg wusste oder nicht.

Als ich zurück zum Campus kam, war es ruhig, bestimmt wegen der Kälte. Seit gestern Nacht war die Temperatur um zehn Grad gefallen und der Wind hatte aufgefrischt. Jetzt pfiff er durch das trockene Laub der Ahornbäume, die die Wege säumten. Er riss Blätter von den Zweigen und ließ sie fliegen. Ich legte den Kopf in den Nacken und schaute zu unserem Fenster hoch. Das Licht war an. Ich war mir fast sicher, dass ich es ausgeschaltet hatte.

Die Tür des Haupteingangs wurde von einem Stein offen gehalten und ich lief schnell hinein. Ich nahm immer zwei Stufen auf einmal und wühlte in der Tasche nach meinem Gemini. Aber da war es nicht. Es war im Bauch des Mülleimers in der Mensa.

Mist. Ich hatte mich aus meinem Zimmer ausgesperrt.

„Du hast es aus Versehen *weggeworfen*?“ Izzy sah mich an, als spräche ich eine Fremdsprache.

„Ich hatte es beim Abendessen auf dem Tablett liegen“, sagte ich. „Wahrscheinlich hab ich es mit den Essensresten weggeworfen.“

„Und das merkst du erst jetzt?“

„Ich war in der Bibliothek“, log ich. „Ich dachte, ich hätte es in der Tasche. Kann ich deins mal kurz leihen? Ich muss den Hausmeister anrufen.“

„Klar“, sagte sie und machte das Gemini Gold von ihrem Arm los.

„Entsperren“, sagte sie zu dem Handy, bevor sie es mir gab. Ich sah sie fragend an. „Es ist an die Stimme des Besitzers gebunden“, erklärte sie. „Kein anderer kann es benutzen, es sei denn, man entsperrt es vorher.“

Zum Glück, dachte ich. So aktiviert dein Handy nicht die Nanobots im Gehirn eines anderen.

Am liebsten hätte ich das Ding gar nicht angefasst, geschweige denn an meinen Kopf geführt. Ganz schnell wählte ich die Nummer des Hausmeisters. Fünf Minuten später stand er mit einer Schlüsselkarte vor meiner Tür. Auch für ihn war es unbegreiflich, wie man sein Handy verlieren und es erst Stunden später merken konnte. „Wann bekommst du dein neues?“, fragte er.

„Morgen“, behauptete ich und dankte ihm für seine Hilfe.

Ich trat ins Zimmer – und erstarrte. Als ich gegangen war, hatte das Jahrbuch von Dr. Tarsus auf dem Schreibtisch gelegen, aufgeschlagen auf der Seite mit ihrem Foto. Jetzt war es weg. Mir fiel ein, dass früher schon einmal jemand heimlich in mein Zimmer gegangen war. Ich schaute unter dem Kopfkissen nach, aber da war nichts. Dann nahm ich *Das verlorene Paradies* und blätterte es auf der Suche nach einem weiteren handgeschriebenen Hinweis durch. Doch es war nichts zu finden.

Seufzend zog ich mir die Schuhe aus und ging ins Bett, ohne mir das Gesicht zu waschen oder die Zähne zu putzen. Im Moment hatte ich keinen Sinn für Pickel und andere Kleinigkeiten. „So tief bin ich gesunken", murmelte ich und zog mir die Decke bis zum Kinn. Als meine Finger den orangefarbenen Kreuzstich in der oberen rechten Ecke berührten, fuhr ich hoch. Es gab zwei davon in dem Muster, eines in der oberen rechten Ecke, das ganz allein stand, abseits von dem Gittermuster, und eins mitten in dem kleinsten Quadrat. Liam hatte gesagt, der Eingang zur Gruft liege in der kleinsten inneren Kammer, genau dort, wo meine Mutter ein orangefarbenes X gestickt hatte.

X wie Exit.

Mein Blick wanderte von diesem X zu dem anderen. Jetzt sah ich, was meine Mutter mir hinterlassen hatte: einen Lageplan.

Ich sprang aus dem Bett und strich die Decke glatt. Liam hatte auch gesagt, die Kammern in der Gruft seien so angelegt wie die Quadrate auf meiner Decke. Wenn ich also herausfand, wo der Eingang war, konnte ich auch das andere X bestimmen. Vielleicht war das mein Ausweg.

Ich schnappte mir mein Tablet und öffnete die Umgebungskarte. Ich ging vom Wohnheim aus, dann scrollte ich rüber zum Waldrand und zum Friedhof. Als der Zaun in Sicht kam, schaltete ich auf Satellitenmodus und zoomte weiter weg. Und da sah ich es. Es war die ganze Zeit vor meiner Nase gewesen. Ich hatte es nur vom Boden aus nicht erkannt.

Die gepflasterten Wege des Friedhofs waren in dem gleichen Gittermuster angelegt wie die Stickerei auf meiner Decke. Ich schaute auf das innere Quadrat. Es umfasste das Rasenstück, auf dem der Apfelbaum stand, direkt gegenüber von Norths Mausoleum. Das Mausoleum war rundum von Stein umgeben. Es stellte das zweite Quadrat in der Fibonacci-Folge dar. Die Stelle, an der meine Mutter das erste orangefarbene X platziert hatte.

Während ich die Luftaufnahme betrachtete, klopfte mein Herz schneller. Das Mausoleum war der Eingang zur Gruft. So musste es sein. Damit erklärte sich auch, dass kein Toter im Sarg lag, dass der Deckel so leicht und der Fußboden sauber war. Auch der einsame Apfelbaum im inneren Quadrat passte dazu. Das ironische Symbol für den Baum der Erkenntnis.

„Wie komme ich rein?", fragte ich mich laut und tippte zweimal auf den Bildschirm, um das Mausoleum aus der Bodenperspektive zu sehen. Als könnte ich damit einen Hinweis finden. Aber nur ein Blick ins Innere würde mir weiterhelfen. In den Sarg, der bestimmt eine Treppe nach unten verbarg. Die Außenansicht des Gebäudes brachte mich nicht weiter.

Also zoomte ich wieder raus. Das andere X ließ sich schwieriger verorten, weil der gepflasterte Weg an den Friedhofstoren endete. Auf dem Campus lag es jedenfalls nicht. Es war viel weiter entfernt. Wenn ich wissen wollte, wo es lag, musste ich es genau berechnen. Solange das Muster eingehalten wurde, war das möglich.

Die Fibonacci-Zahlen folgen einer bestimmten Sequenz. Die ersten beiden Zahlen sind Null und Eins, jede weitere Zahl ist die Summe aus den beiden vorhergehenden Zahlen. Das Muster auf meiner Decke war ein Gitter aus Quadraten, deren Seitenlängen den Fibonacci-Zahlen entsprachen. Eine geschwungene Linie verband die Ecken der Quadrate miteinander und bildete eine goldene Spirale. Ich wusste, dass die Seiten der beiden kleinsten Quadrate je einen Millimeter lang waren. Das größte war fünfundfünfzig mal fünfundfünfzig. Als Kind hatte ich sie ausgemessen. Der zweite orangefarbene Kreuzstich lag abseits der Quadrate, in der weitesten Kurve der Spirale, die an dem Kreuz endete. Zwei Fragen musste ich beantworten: Wie viele Millimeter lag das kleine X von dem inneren Quadrat entfernt und wie vielen Kilometern entsprach das?

Mit der Messfunktion auf meiner Karte berechnete ich, dass das Mausoleum ein Quadrat mit einer Seitenlänge von dreieinhalb Metern war. Ein Millimeter auf meiner Decke entsprach also dreieinhalb Metern auf der Karte. Ich lud mir eine Lineal-App herunter und maß die nächsten potenziellen Quadrate auf der Decke aus, die meine Mutter nicht gestickt hatte. Warum hatte sie beim zehnten Quadrat aufgehört? Hatte Liam nicht etwas von zehn Räumen erwähnt? Ich konnte nur vermuten, dass an dieser Stelle die Gruft der Auserwählten endete, vermutlich an der großen Arena, in die sie uns geführt hatten.

Meiner Karte zufolge lag sie unter dem Rasen von Eden. Dann deutete der orangefarbene Kreuzstich auf etwas hin, was sich außerhalb der Gruft befand, am höchsten Punkt der Kurve auf dem vierzehnten Quadrat.

Ich wandte mich wieder der Karte zu und zeichnete mit dem Eingabestift Quadrate auf den Bildschirm. Mit der Zeichenfunktion konnte ich die Seitenlänge festlegen, sodass ich sie nur im richtigen Muster anordnen musste. Es war atemberaubend, mit welcher Präzision die Gruft angelegt worden war. Nicht nur die Gruft, sondern der ganze Friedhof, der Campus und sogar die Stadt, alles entsprach einer exakten mathematischen Sequenz.

Beim vierzehnten Quadrat hielt ich inne und starrte auf die Karte. In der nordöstlichen Ecke, genau da, wo das zweite orangefarbene Kreuz sein müsste, lag der Enfield-Stausee. Besitz der Eden-Initiative, die Gnosis und meine Schule beherrschte. Der Stausee nutzte nur einen kleinen Teil des gewaltigen Steinbruchs. Ich sah die bewaffneten Wachposten vor mir, die elektronische Überwachungsanlage und den Hochspannungszaun.

Irgendetwas lag da tief unter dem Gewässer.

29

„Da ist irgendwas unter dem Enfield-Stausee“, sagte ich am nächsten Morgen zu North. Ich rief ihn auf Kates Handy von Izzys Gemini Gold aus an, von dem sie sich nach dem Frühstück mir zuliebe widerstrebend getrennt hatte. Ich hatte mich vor der Hamilton Hall mit ihr getroffen. Ich wollte keine Minute zu früh zum Praktikum kommen, um nicht mit Dr. Tarsus allein sein zu müssen.

„Und was soll das sein?“, fragte North. Seine Stimme hatte ein leichtes Echo. Das Klo bot die einzige Rückzugsmöglichkeit im Paradiso.

„Ich weiß nicht“, musste ich zugeben. „Aber was es auch ist, meine Mutter hielt es für wichtig.“ Schnell erzählte ich ihm von der Stickerei auf meiner Decke und wie sie mit der Gegend um den Friedhof korrespondierte. „Es ist ein Fibonacci-Gitter“, erklärte ich. „Das ist, kurz gesagt, eine Reihe immer größer werdender Quadrate, die man durch eine Spirale miteinander verbinden kann. Das Muster auf meiner Decke hört nach zehn Quadraten auf. Ich glaube, weil dort die Gruft endet. Aber die

Spirale führt weiter bis dorthin, wo das vierzehnte Quadrat wäre, und an die Stelle hat meine Mutter das zweite X gestickt." Ich redete immer hastiger. „Wenn man die Spirale noch weiter zeichnet, bis zum einundzwanzigsten Quadrat, gelangt man zum Hauptgeschäftssitz von Gnosis. Sie verläuft praktisch mitten durch das Gebäude. Und deshalb glaube ich, alle drei sind unterirdisch miteinander verbunden – die Gruft, das, was unter dem Stausee liegt, und der Gnosis-Komplex."

„Wow", sagte North. „Das klingt wie ein schlechter Nicolas-Cage-Film aus den frühen Nuller-Jahren."

„Kenn ich nicht."

„Du kennst Nicolas Cage nicht?", fragte er ungläubig. „Dann musst du auf der Stelle *Das Vermächtnis der Tempelritter* sehen. Ich meine, der Film ist grottig, aber da du ihn im Grunde lebst, solltest du ihn wenigstens kennen."

„Lenk nicht ab. Der Enfield-Stausee. Was könnten die Auserwählten darunter verstecken? Und warum?"

Während ich telefonierte, sah ich Mr Atwater im Hof und zuckte regelrecht zusammen. Jetzt, da sich das Außengelände allmählich lichtete, lag der Gehweg zwischen der Hamilton Hall und der Jay Hall in seinem direkten Blickfeld. Schnell versteckte ich mich hinter den Gebäuden.

„Ich hab keinen Schimmer", sagte North. „Sollen wir heute Nachmittag hinfahren? Ich hab um vier Uhr frei."

„Auf jeden Fall", sagte ich und schaute auf das Gemini Gold. 8.44 Uhr. Noch genau eine Minute, dann schloss Dr. Tarsus ihren Kursraum ab. „Ich muss los", sagte ich. „Ich komme nach der letzten Stunde zum Paradiso."

Um Punkt 8.45 Uhr erreichte ich den Kursraum. Dr. Tarsus machte schon die Tür zu. Ich hielt sie gerade noch fest. „Geht es dir heute besser?", fragte Tarsus und sah mich an.

„Viel besser." Ich setzte ein strahlendes Lächeln auf. „Ich freue mich schon auf den Wiederholungstermin."

„Das höre ich gern." Sie fasste in die Tasche ihres Blazers. „Das hier wirst du brauchen." Sie hielt einen kleinen Umschlag in der Hand und reichte ihn mir auf Hüfthöhe, als sollte ihn niemand sehen. Schnell steckte ich ihn ein.

„Lasst uns beginnen", sagte sie dann lauter zu allen.

Ich ging in meine Kapsel und stellte meine Tasche ab, nicht ohne vorher den Umschlag herauszunehmen. Als ich ihn zur Seite neigte, rutschte etwas Schweres nach unten.

„Das Ziel heute heißt Flucht", begann Tarsus. „Wenn ihr euch nicht auf eure sinnliche Wahrnehmung verlassen könnt, zählt eure Urteilsfähigkeit. Wie gut könnt ihr im Dunkeln Entscheidungen treffen?"

Ich riss den Umschlag auf und starrte auf den Inhalt. Es war die Kette mit dem Anhänger. Tarsus gab sie mir zurück?

Mein Bildschirm ging an, aber die Szene war so schwach erleuchtet, dass ich nicht erkannte, was ich sah. Erst dachte ich, mit meinem Bildschirm stimme etwas nicht, doch dann hörte ich wieder Dr. Tarsus' Stimme.

„Wir lassen uns von unseren Sinnen leiten. Aber was macht ihr in einer Situation, in der eure Sinne beeinträchtigt sind? Wie würde euer Verstand das kompensieren?"

Wieder schaute ich auf die Kette. *Das hier wirst du brauchen*, hatte sie gesagt. Wofür?

„Ihr befindet euch im obersten Stock eines brennenden Gebäudes“, sagte Dr. Tarsus. „Es gibt nur einen einzigen Aufzug, der durch alle Stockwerke fährt. Außerdem sind alle Stockwerke durch Treppen verbunden, die jedoch nicht in einem Treppenhaus liegen, sondern an unterschiedlichen Stellen im Gebäude.“ Das waren wichtige Details, aber ich hatte nur die Hälfte mitbekommen. Ich steckte den Umschlag mit der Kette wieder in die Tasche und versuchte aufzupassen. Brennendes Gebäude. Treppen an verschiedenen Stellen. Flucht.

„Das Feuer in dem Gebäude ist auf eurer Etage ausgebrochen“, fuhr Tarsus fort, „und wird sich schnell ausbreiten. Eure Aufgabe besteht darin, lebend aus dem Gebäude hinauszukommen. Die Anzeige unten auf eurem Bildschirm verrät euch, wie viel Rauch ihr bereits eingeatmet habt. Solltet ihr das Bewusstsein verlieren, ist die Simulation zu Ende und es gibt null Punkte. Viel Erfolg.“

Das Licht im Raum wurde gedimmt und die Simulation begann. Ich blinzelte mehrmals, als könnte ich dadurch besser sehen, aber natürlich nützte es nichts. Es war praktisch kein Licht auf meinem Bildschirm. Ich hielt nach dem Rauch Ausschau, den Tarsus erwähnt hatte, sah jedoch keinen. Such eine Treppe, sagte ich mir und ging mit ausgestreckten Armen langsam vorwärts. Kurz darauf stieß ich mit den Händen gegen etwas. Eine kalte, fast feuchte Oberfläche, die sich anfühlte wie Stein.

Ich war verwirrt. Wenn das Gebäude brannte, konnten die Steine nicht kalt sein. Und ganz bestimmt dürften sie sich nicht feucht anfühlen. War mir irgendeine wichtige Information entgangen?

Jetzt, da sich meine Augen an das Halbdunkel gewöhnten, erkannte ich, dass über meinem Kopf etwas aus der Wand ragte. Ich tastete danach und fühlte etwas Glattes, Zylindrisches auf einer kleinen Plattform. Ich befühlte den abgerundeten Zylinder von unten bis oben. Etwas Kleines, Festes zerbrach unter meinem Mittelfinger und auf einmal kapierte ich. Eine Kerze mit einem angebrannten Docht stand auf einem Sims an der Steinwand.

Ich befand mich in der Gruft der Auserwählten.

Das war verrückt. Aber ich hatte jetzt keine Zeit, darüber nachzugrübeln, warum Tarsus mich in dieser Simulation in die Gruft gesteckt hatte, aus der ich entkommen sollte. Ich musste mich darauf konzentrieren, wie ich unter den Stausee gelangte. Der Timer am unteren Bildschirmrand lief.

Nachdem ich nun wusste, dass ich mich in der Gruft befand, begriff ich auch bald, dass dies der Raum war, in dem die Initiation stattgefunden hatte. Ich erkannte den Altar an der gegenüberliegenden Wand. Da waren die beiden Türen, die ich gesehen hatte. Ich ging durch die mir näher gelegene Tür und gelangte in einen Raum, der kleiner war als der erste. Ich bewegte mich also in Richtung Zentrum, zum Ausgang hin. Aber ich suchte nicht nach dem Ausgang.

Schnell machte ich kehrt und rannte zurück durch den Altarraum zu der anderen Tür. Ich musste im dritten oder vierten Quadrat der Sequenz sein, es waren also noch sechs oder sieben bis zur Arena und weitere vier bis zum Stausee.

Da die Türen sich immer in zwei gegenüberliegenden Ecken befanden, konnte ich die Räume schnell durchqueren. Ich wurde nur langsamer, wenn ich durch die schmalen Türen musste. Als ich in die Arena lief, blieb ich kurz stehen, um zu verschnaufen. Wieder bewunderte ich die Größe des Raums. Ich stand ganz still, um nicht die Orientierung zu verlieren. Es war so dunkel, dass ich, wenn ich nicht aufpasste, auf der Suche nach der gegenüberliegenden Wand immer im Kreis herumlaufen würde.

Als sich mein Atem beruhigt hatte, lief ich weiter zum anderen Ende der gewaltigen runden Bühne. Ich betete, dass es dort noch eine Tür gab. Mein Herz machte einen Hüpfer, als ich im Fels eine Öffnung ertastete. Es war ein Tunnel.

Der Timer zeigte 00:10:00 an. Mir blieben noch zehn Minuten, um unter den Stausee zu gelangen. Mit einer Hand berührte ich die Wand zu meiner Rechten, die andere streckte ich nach vorn aus, dann lief ich im Joggingschritt los. Die Wand verlief spiralförmig. Obwohl ich in meiner Kapsel nur auf der Stelle lief, würde ich ein schnelleres Tempo nie durchhalten.

Ich kalkulierte mindestens sieben Minuten für die Strecke. Aber schon nach knapp sechs stieß ich gegen eine Wand, die ich in der Dunkelheit nicht gesehen hatte. Sie war aus Stein, genau wie die Wand neben mir. Ich tastete nach einer Öffnung, denn ich wollte nicht glauben, dass es eine Sackgasse sein könnte. Ich fühlte einen Stein, der ein wenig vorstand. Intuitiv drückte ich darauf und die Wand glitt zur Seite.

Dahinter kam eine weitere Wand zum Vorschein, diesmal aus Glas und von hinten beleuchtet. Ich musste blinzeln, so sehr blendete mich das Licht. Hinter dem Glas befand sich eine glatte Stahlwand mit einer Tresortür in der Mitte, in die ein großes G eingraviert war. Das Logo von Gnosis. Neben der Tür war ein Mikrofon mit einem roten Knopf darunter und einem Bildschirm darüber angebracht. Rechts vom Mikrofon sah ich eine Bedientafel mit mehreren Reihen grüner Lichter.

Ich berührte das Glas, um zu fühlen, wie dick es sein mochte. Da verwandelte es sich in einen Touchscreen mit Tastatur. Zwölf Kästchen erschienen, in die ersten vier Kästchen waren Zahlen eingetragen.

2	5	8	4	-	-	-	-	-	-	-	-

Es war eine Sequenz für ein Passwort. Ich überlegte, welchem Muster sie folgen könnte. Zwei plus drei gleich fünf, und fünf plus drei gleich acht, aber acht plus drei ergibt nicht vier. Ich schaute auf den unteren Rand meines Bildschirms. Noch 00:02:59. Mir sank der Mut. Die Zeit lief, während ich tatenlos dastand.

Denk nach, Rory, sagte ich mir. Meine Mutter hatte an alles gedacht. Sie musste mir den Schlüssel hinterlassen haben. Fieberhaft ging ich alles durch: die Kette, die Karte, die Decke.

Die Decke. Mit dem mathematischen Muster.

Mit einem Mal durchfuhr es mich. Es war gar nicht 2, 5, 8 und 4. Es war 2584, die achtzehnte Zahl in der Fibonacci-Folge. Die hatte ich gestern Nacht ausgerechnet. Was war noch mal die nächste Zahl? Ich hatte einen Blackout, es fiel mir einfach nicht ein. Also musste ich es neu ausrechnen. Die ersten beiden Zahlen waren null und eins, und jede darauf folgende Zahl war die Summe der beiden vorhergehenden. Ich rechnete und rechnete und kam auf 4181. Schnell gab ich vier, eins, acht und eins in die vier Kästchen ein. Jetzt noch die letzten vier: 2584 + 4181 = 6765. Ich gab auch diese Ziffern ein, atmete durch und drückte die Eingabetaste.

Klong!

Bei dem lauten Klirren zuckte ich zusammen. Ein Schloss ging auf. Gleich darauf hörte ich so etwas wie einen Luftstoß. Mit einem Zischen öffnete sich die Scheibe. Ich sah schnell auf die Uhr: 00:01:45.

Kaum hatte ich den Raum betreten, schloss sich die Scheibe hinter mir wieder. Es gab ein schmatzendes Geräusch und ich war zwischen Glas und Stahl gefangen. Was jetzt? Ich schaute mich in dem kleinen Raum um. Der rote Knopf unter dem Mikrofon blinkte. Sollte ich etwas sagen? Falls es ein Passwort gab, kannte ich es jedenfalls nicht. Der Bildschirm über dem Mikrofon zeigte zuckende Wellen an, als ob ich spräche.

Dann ertönte ein Piepsen, während die Lichter der Bedientafel von Grün auf Rot schalteten, gefolgt von einem lauten metallischen Schnappen, als sich das Schloss an der Tresortür öffnete.

Ich durfte hinein.

Als ich die Tresortür aufmachen wollte, sah ich plötzlich, dass mein Arm dunkel war. Ich schaute an mir herunter. Jetzt begriff ich, warum das System mich einließ. Es hielt mich für sie. Die ganze Zeit in dieser Simulation war ich Dr. Tarsus gewesen, ohne es zu merken. Kein Wunder, dass ich so schnell hierhergelangt war. Meine Beine waren doppelt so lang.

Die Uhr zeigte nur noch zehn Sekunden an, als ich durch die heptagonale Öffnung flitzte und den größten Raum betrat, in dem ich je gewesen war. Etwas Ähnliches hatte ich noch nie gesehen. Reihen um Reihen identischer Maschinen, von der Decke bis zum Boden. Sie wurden von einem unheimlichen blauen Licht angestrahlt. Und es war kalt wie in einer Gefriertruhe.

Der Boden unter meinen Füßen bestand aus einem Gitter. Ein Stück tiefer war ein weiterer Boden, der aussah wie aus grauem Beton. Ich sah hoch zur Decke. Sie war mehr als ein Fußballfeld entfernt. Das hier musste ein Serverraum von Gnosis sein.

Schau nach rechts!

Die Worte kamen wie ein Donnerschlag und erfüllten mich mit Angst und Erleichterung zugleich. Die Stimme war da und half mir. Ihr war an der Sache genauso gelegen wie mir. Ich drehte mich nach rechts und sah eine Maschine, die anders aussah als die anderen. Ein Dreifach-Monitor hing über einem Glastisch in einem kupferfarbenen Käfig. In dem Moment, als ich darauf zuging, wurde der Bildschirm in meiner Kapsel schwarz. „Nein!“, rief ich. „Noch nicht.“ Doch die Zeit war abgelaufen und die Simulation vorbei.

Ein paar Sekunden später zeigte mir der Bildschirm die Klassenliste an, nach der jeweils benötigten Zeit geordnet. Mein Name stand irgendwo in der Mitte. Unauffällig. Für die anderen im Kurs sah es so aus, als hätte ich die gleiche Simulation durchlaufen wie sie. Nur Tarsus und ich kannten die Wahrheit: dass sie mir aus irgendeinem Grund, den ich nicht erahnen konnte, zu helfen versuchte. Erst hatte sie mich in der Gruft entkommen lassen und jetzt zeigte sie mir, wie ich zum zentralen Gnosis-Server gelangen konnte.

Den Rest der Stunde ging Tarsus die verschiedenen Fehler durch, die meine Mitschüler in ihren Simulationen gemacht hatten. Ich bekam kein Wort davon mit. Ich starrte nur auf meinen Anhänger.

Hatte sie mir die Kopie des Zeugnisses meiner Mutter unter das Kopfkissen gesteckt? Hatte sie Dr. Hildebrands Namen in Norths Buch geschrieben? Da hörte ich die Stimme laut und deutlich. Kein Donnerschlag wie vorhin, es klang eher wie ein Echo. Zwei Worte, die in meinem Kopf hallten.

Vertrau ihr.

30

Ich rannte von der Hamilton Hall zum Paradiso. Der Ypsilon-Anhänger schlug mir gegen das Schlüsselbein, als ich über den Zaun beim Friedhof sprang. Ich lief über den Rasen und schaute mich schnell um, aber da war niemand. Vor der Statue des Erzengels blieb ich abrupt stehen. Sein Arm zeigte zum Eingang des Friedhofs. Jetzt, da ich die Illustration in *Das verlorene Paradies* gesehen hatte, passte das. Er vertrieb Adam und Eva aus dem Garten Eden. Aber in der Nacht, als die Auserwählten mich zum Flügel des Engels bestellt hatten, hatte sein Arm gen Himmel gezeigt, da war ich mir ganz sicher.

Ich betrachtete ihn aus der Nähe. Kaum sichtbar war an der linken Schulter eine kleine Spalte im Stein, als wäre der Arm ein Hebel. Ich fasste ihn am Handgelenk und schob ihn nach oben. Der Arm rührte sich nicht. Mit zusammengebissenen Zähnen versuchte ich es wieder. Ich ging leicht in die Knie, damit ich mehr Kraft hatte. Da hob sich der Arm. Gleichzeitig rumorte etwas links von mir. Ein schabendes Geräusch von Stein auf Stein.

Es kam vom Mausoleum.

Schnell lief ich hin und ging hinein. Noch ehe ich den Sargdeckel anhob, wusste ich, was passiert war. Ich hatte den Eingang zur Gruft geöffnet.

Der Marmorboden des Sargs hatte sich ein Stück zur Seite geschoben und gab eine Wendeltreppe frei, die in tiefe Finsternis führte. Ich spähte hinunter und versuchte den Boden zu erkennen, aber ich konnte höchstens drei Meter weit sehen.

Erschrocken kam ich wieder hoch. Wenn ich nun einen stillen Alarm ausgelöst hatte? Ganz zu schweigen davon, dass ich am helllichten Tag den Eingang zum Mausoleum offen gelassen hatte. Ich schlug den Sargdeckel zu und verließ das Mausoleum ebenso schnell wieder, wie ich gekommen war. Ich blieb nur kurz stehen, um den Arm des Engels wieder runterzuziehen, dann sprintete ich zum Zaun.

Als ich ins Café kam, stand Kate an der Kasse. „Hi Rory!", rief sie. „North ist nicht hier."

„Was soll das heißen, er ist nicht hier?", fragte ich. „Er muss hier sein."

Kate sah mich zweifelnd an. „Alles okay bei dir?"

„Ich muss nur zu North", sagte ich. „Weißt du, wo er ist?"

Sie schüttelte den Kopf. „Aber seine Pause ist in fünf Minuten vorbei. Soll ich dir einen Kaffee machen, während du w…"

„Nein, danke", sagte ich und flitzte hinaus.

Ich war erleichtert, als ich ihn durch das Schaufenster von Ivans Computerladen sah. North hatte seinen Laptop aufgeklappt auf dem Tresen stehen und Ivan friemelte an etwas in Norths Hand. Ich riss die Tür auf und die Ladenglocke bimmelte. North fuhr hoch und schloss die Finger fest um das Ding in seiner Hand. Schnell klappte er den Laptop zu.

„Rory", sagte er jetzt etwas entspannter, aber mit gerunzelter Stirn. „Was machst du denn hier?"

„Ich muss wissen, was auf dem Anhänger ist", sagte ich schnell. „Ich glaub, sie hat etwas darauf gespeichert. Deshalb hat sie ihn mir wahrscheinlich auch abgenommen."

Ivan schloss schon den Schrank mit den Leihgeräten auf.

„Was hast du in der Hand?", fragte ich North. Er hatte die Hand immer noch geschlossen.

Zögernd schaute er zu Ivan. Der alte Mann nickte. „Es funktioniert jetzt."

North öffnete die Hand. Darin lag das Taubenmedaillon, das ich an unserem ersten Abend im Schaufenster gesehen hatte. Aus der Nähe sah es noch edler aus. Das Gold war fein ziseliert, der Flügel leicht erhaben.

„Ich schenke es dir", sagte North mit einem Seitenblick zu Ivan. „Als Ersatz für deine Kette." Er stockte. „Aber du hast sie ja zurückbekommen."

„Das Medaillon ist wunderschön", sagte ich und nahm meine Haare im Nacken zusammen. „Legst du es mir an? Und nimmst die andere Kette ab? Dann können wir die Datei öffnen."

Als North meinen Nacken streifte, stellten sich die feinen Härchen auf. Wenn wir doch nur ein ganz normales Paar wären und nicht so eine Biotech-Verschwörung aufklären müssten.

Das Taubenmedaillon legte sich ein Stückchen über dem Anhänger meiner Mutter in die Mulde meines Schlüsselbeins.

„Was ist in dem Medaillon drin?“, fragte ich. Das Scharnier befand sich oben, deshalb schob ich den Fingernagel in den Schnabel der Taube, wo ich den Verschluss vermutete.

„Sie geht nicht auf“, sagte North schnell. Er machte die Ypsilon-Kette los und fing sie in der Hand auf.

„Warum nicht?“

„Jemand hat es versiegelt“, erklärte Ivan.

„Ach so“, sagte ich und verbarg meine Enttäuschung. Ich legte es auf den Handrücken, um es besser betrachten zu können. Ich wusste noch, dass das Auge der Taube ein blauer Edelstein war, aber ich hatte mich wohl getäuscht. Er war schwarz, nicht blau, und reflektierte wie Spiegelglas.

„Ich finde sie wundervoll“, sagte ich und lächelte North an. „Vielen Dank.“

Er strahlte. „Gern geschehen.“ Er steckte den USB-Stecker meines Anhängers in den Anschluss von Ivans Laptop. „Wie hast du ihn zurückbekommen?“, fragte er.

„Dr. Tarsus“, sagte ich. „Sie hat mir die Kette heute Morgen zugesteckt. Es klingt verrückt, aber es kann sein, dass sie mir die ganze Zeit helfen wollte.“

„Wobei?“, fragte North.

„Ich weiß nicht genau. Aber heute Morgen im Praktikum hat sie mir das Innere der Gruft gezeigt. Sie hat mir sogar ihre Zugangsdaten zur Verfügung gestellt, damit ich in einen Raum reinkam, der so was wie der Server von Gnosis sein muss. Jetzt wissen wir, was unter dem Stausee liegt.“

North sagte etwas dazu, aber ich war zu sehr mit den beiden Dateien beschäftigt, die auf dem Bildschirm erschienen. Die erste war eine JPG-Datei, die zweite eine Audiodatei von sieben Minuten und fünfundvierzig Sekunden Länge. Ich schaute Ivan an. „Haben Sie vielleicht Ohrhörer, die ich leihen könnte?“ Nicht, dass ich es vor North oder vor Ivan hätte verbergen wollen, aber es war mir lieber, es erst mal allein anzuhören.

„Natürlich“, sagte Ivan. Er ging zu dem Leihschrank und nahm ein paar altmodische Kopfhörer heraus, solche, die man über den Ohren trägt. „Wenn du lieber für dich sein möchtest, kannst du in mein Büro gehen“, sagte er freundlich und winkte mich hinter den Tresen. Er zeigte mir eine Tür hinter dem Vorhang, der den vorderen von dem hinteren Teil des Ladens trennte.

„Danke“, sagte ich und schaute North an, als ich den Laptop vom Tresen nahm. „Es dauert nur ein paar Minuten.“

Das Büro war beengt, aber sauber. Auf dem Schreibtisch an der Wand stand ein altes Transistorradio, es lief irgendein Nachrichtensender. Es war zu leise, um etwas zu verstehen. Ich schnappte das Wort „Sonneneruption“ auf und stellte lauter. Es war das Ende eines Berichts.

„… würde der Wind elektromagnetische Strahlung in unsere Richtung treiben“, sagte der Reporter. „Mit einer Geschwindigkeit von zwölf Millionen Stundenkilometern würde die Wolke aus Sonnenplasma und magnetischem Feld in weniger als einem Tag in die Erdatmosphäre prallen und ein erhebliches Risiko für unser Stromnetz bedeuten.“

Ein Sonnensturm. Bei so etwas wäre der alte Beck ausgeflippt. Aber der neue Beck bekam garantiert nichts davon mit.

Dafür sorgte Lux schon. Schließlich standen Wetterereignisse auf seiner Liste der Bedrohungen.

Dieser Gedanke katapultierte mich wieder in die Gegenwart. Ich öffnete als Erstes die JPG-Datei.

Ein Schwarz-Weiß-Foto erschien. Es war eine Aufnahme aus einem Jahrbuch, ein Schnappschuss von der Sportseite. Vier Minuten vor Spielende erzielte ein Basketballspieler im Eden-Trikot einen Drei-Punkte-Wurf. Die Zuschauer auf der Tribüne hinter ihm waren aufgesprungen. Fast auf den ersten Blick sah ich das Gesicht meiner Mutter, die jubelte und das Mädchen neben sich umarmte. Ein Mädchen mit Afrofrisur und tiefschwarzen Augen, die sich in siebzehn Jahren nicht verändert hatten.

Sie waren Freundinnen gewesen.

Ich stöpselte die Ohrhörer ein und öffnete die zweite Datei.

„Du hast bestimmt viele Fragen", sagte die Stimme von Dr. Tarsus. „Ich habe einige Antworten, aber nicht alle. Ich weiß nicht, warum deine Mutter Eden verlassen hat, und auch nicht, ob ihr Tod ein Unfall war, was ich allerdings nicht glaube. Ich weiß, dass Griffin Payne dein richtiger Vater ist und dass er und Aviana einander sehr geliebt haben. Sie war sich sicher, dass du in ihrer Hochzeitsnacht gezeugt wurdest." Dr. Tarsus holte tief Luft. Ich machte mich auf das gefasst, was jetzt kommen würde.

„Am Tag deiner Geburt habe ich zum letzten Mal von deiner Mutter gehört. Sie war schon seit Juni verschwunden. Sie rief vom Telefon einer Krankenschwester aus an und sagte mir, sie habe Wehen und sie glaube, die Auserwählten hätten sie gefunden. Sie verriet nicht, weshalb sie weggelaufen war, nur dass etwas Schreckliches passiert sei und du deswegen nicht als Griffins Kind aufwachsen könntest. Sie sagte, sie hat dafür gesorgt, dass Griffin denkt, du bist nicht von ihm, und du würdest mit einem Mann namens Duke Vaughn als Vater aufwachsen."

Als ich den Namen meines Vaters hörte, bekam ich feuchte Augen. Wie weit weg mein Leben mit ihm jetzt war.

„Sie wollte sich von mir verabschieden", fuhr Dr. Tarsus fort. „Und sie bat mich, dich zu beschützen. Ich versprach es ihr. Du weißt inzwischen, dass die Ypsilon-Kette mir gehört. Deine Mutter war nie Mitglied der Auserwählten. Und dein Vater auch nicht. Dein Vater wurde nicht mal eingeladen, obwohl sein Stiefvater sich für ihn einsetzte – sein IQ lag unter dem Mindestwert. Deine Mutter durchlief die Prüfung, weigerte sich dann jedoch, den Schwur zu sprechen. Ihre Worte werde ich nie vergessen. Sie nahm die Kapuze ab und sagte: *Nur die Machtlosen verstecken sich hinter Masken und Gewändern.* Wir anderen ließen uns von Prestige und Exklusivität blenden. Es schmeichelte uns, für eine große Sache bestimmt zu sein. So etwas abzulehnen ist schwer. Es ließ sich so einfach rechtfertigen. Wir betrachteten die Mitgliedschaft als unsere Pflicht, als wichtig und sogar gut. So ist der Mensch wohl beschaffen. Wie hat Milton gesagt? *Zu stehen wohl begabt, doch frei zu fallen.* Wir hatten die Wahl und entschieden uns dafür. Nicht so Aviana. Sie war klüger.

Am Anfang wusste ich nicht, ob du so bist wie sie. Als du klein warst, schien es nicht so, jedenfalls aus der Ferne. Dann hast du dich für Eden entschieden und ich wollte Gewissheit haben. Deshalb bat ich Hershey, dich im Auge zu behalten. Als sie drohte, alles dem Schulleiter zu melden, musste ich sie wegschicken. Im Nachhinein war es ein Fehler, sie da hineinzuziehen. Ich hätte ihre wöchentlichen Berichte gar nicht gebraucht. Vom ersten Tag an wusste ich, dass du den Zweifel hörst – als du dich vor die Straßenbahn geworfen hast. So etwas hätte Aviana auch tun können." Sie schwieg kurz und ich stellte mir vor, dass sie lächelte.

„Ich sah nicht, was sie sah. Nicht damals. Und so sprach ich in jener Nacht den Schwur, ohne zu wissen, wie weit die Macht des Geheimbunds reichte. Jetzt weiß ich es nur zu gut. Die Auserwählten sind vielleicht nur wenige, aber sie sind überall. Sie haben ihre Leute in jeder Stadt, in jeder Branche, auf der höchsten Ebene jedes Unternehmens. Gnosis und Soza sind nur die Spitze des Eisbergs. Langsam, aber sicher haben sie sich die Infrastruktur für ihre Herrschaft aufgebaut."

Die Infrastruktur für ihre Herrschaft. Ich schauderte. Es klang wie eine Zeile aus einem gruseligen Verschwörungs-Thriller. Aber das hier war die Wirklichkeit.

„Doch einen Gegner haben die Auserwählten noch nicht besiegt", sprach Dr. Tarsus weiter. „Den Zweifel. Das Etikett haben sie erfunden, um die innere Stimme unglaubwürdig und irrational erscheinen zu lassen. Sie hatten leichtes Spiel, denn die Menschen, die ihn hören, verhalten sich ja gewissermaßen widersinnig – sie verzichten auf Besitz, helfen Leuten, die es nicht verdienen, versagen sich die Erfüllung vieler Wünsche. Selbstlose Menschen lassen sich nicht manipulieren. Deshalb nährten die Auserwählten die Idee, dem Zweifel sei nicht zu trauen. Sie stempelten ihn als psychische Störung ab und taten so, als ließe sich die Stimme wissenschaftlich erklären. In Wahrheit gehört sie zu den kompliziertesten Konzepten unserer Existenz. Der unerklärliche Wink des Schicksals, der den menschlichen Geist seit Anbeginn der Zeit leitet. Ich bin zu der Überzeugung gelangt, dass er uns eigentlich erst zu Menschen macht. Ob er nun von Gott kommt, aus unserem kollektiven Gewissen oder einem unbekannten Teil unseres Selbst – die Stimme lässt sich nicht in einem Labor erforschen oder in eine Schublade stecken. Dafür ist sie viel zu groß.

Die Auserwählten brachten die Leute dazu, das zu vergessen. Langsam und systematisch schreiben sie die Geschichte um. Die Stimme, der die Menschen einst vertrauten, wurde zum Feind des Glücks erklärt. Etwas, das es zu fürchten galt. Da sie wussten, dass die Stimme nicht schreien konnte, sorgten sie dafür, dass es immer und überall laute Musik, Filme, rund um die Uhr Nachrichten und Online-Geplapper gab. Das Flüstern ließ sich nicht abstellen, aber sie bombardierten die Menschen mit lauteren Stimmen. Dafür gab es unbegrenzte Möglichkeiten. Es funktionierte, aber nicht ganz perfekt. Es gab immer noch Menschen, die sich für die Stimme entschieden. Die sich nicht ablenken und nicht in die Irre führen ließen. Deshalb wurde das Projekt Hyperion geboren. Die Auserwählten gründeten ein neues Technologieunternehmen, das mit der Entwicklung einer Entscheidungs-App beauftragt wurde. Diese Entscheidungs-App sollte gesellschaftlich unverzichtbar werden. Sie kannten die Welt gut, und sie hatten einen langen Atem.

Im Sommer meines Abschlussjahrs verschaffte der Geheimbund mir ein Praktikum bei Gnosis. So arbeitete ich in dem Frühjahr als Forschungsassistentin von Dr. Hildebrand. Durch ein Versehen gelangte mein Name auf den Verteiler für das interne Memo, das du auf meinem Anhänger gefunden hast. Ich ging damit sofort zu deiner Mutter. Ich hatte keine Angst um mein Leben, damals nicht. Ich fürchtete nur, meinen Status zu verlieren. Ich war ein Mädchen aus der Bronx, das ein ganz neues Leben bekommen hatte. Und das wollte ich nicht verlieren."

Sie stockte ein wenig, als fiele es ihr schwer, das einzugestehen. Sie räusperte sich und erzählte weiter. „Als deine Mutter von dem Projekt erfuhr, zögerte sie keinen Augenblick. Sie wollte alles an die Öffentlichkeit bringen. Mit dem Memo und der Namensliste, die ich zusammengestellt hatte, hatte sie alle notwendigen Beweise in der Hand. Sie wollte einen offenen Brief an die führenden Zeitungen des Landes schreiben und zusammen mit dem Memo und der Namensliste verschicken. Diese Geschichte hätte jeder gebracht. Damals trafen die Redakteure noch ihre eigenen Entscheidungen. Aber deine Mutter wollte erst Griffins Stiefvater damit konfrontieren. Atwater war damals der Göttliche Zweite. Die Nummer zwei im Geheimbund. Aviana meinte, sie müsste ein Geständnis von ihm haben, und sei es nur für Griffin." Jetzt klang Dr. Tarsus erbittert. „Keine von uns beiden ahnte, wozu die Auserwählten wirklich fähig waren. Wir wussten, dass sie mächtig und skrupellos waren, aber einen Mord hätten wir ihnen niemals zugetraut. Ich kann nicht mit Gewissheit sagen, ob sie deine Mutter umgebracht haben, aber deinen Vater auf jeden Fall." Ihre Stimme versagte. „Ich finde es schrecklich, dass du es auf diese Weise erfahren musst, Rory, aber Griffin ist tot."

Obwohl ich es schon wusste, stiegen mir Tränen in die Augen. Es war das Mitgefühl in Tarsus' Stimme, das mir an die Nieren ging.

„Er ist in der Nacht nach dem Fest gestorben", sagte sie leise. „An einem Blutgerinnsel im Gehirn. Als er ans Rednerpult trat, wusste er nicht, was gespielt wurde. Er wusste, dass die Lux-Version auf dem Gemini Gold einem anderen Algorithmus folgte und die Menschen vom Zweifel weglenken sollte. Aber er hatte keine Ahnung, dass die Menschen mit chemischen Mitteln manipuliert wurden, Lux zu vertrauen – oder dass die Grippeimpfung, die er im September bekommen hatte, mit Nanobots versetzt war." Jetzt sprach sie wieder mit fester Stimme. „Und er wusste auch nicht, dass Jason, sein Leibwächter, den Befehlen eines anderen gehorchte."

Ich hatte mich oft gefragt, wer auf den Knopf gedrückt hatte, um das Gerinnsel auszulösen. Wie viel hatte Jason wohl von unserem Gespräch mitbekommen? Musste Griffin meinetwegen sterben?

„Du hältst mich jetzt bestimmt für feige", sagte Tarsus. „Bei meiner Stellung und meinen Einflussmöglichkeiten hätte ich schon lange handeln müssen, ehe es so weit kam. Und du hast Recht. Aber gegen die Auserwählten vorzugehen und gleichzeitig das Versprechen zu halten, das ich deiner Mutter gegeben habe, war unmöglich. Also habe ich dich geschützt und auf den Tag gehofft, an dem das nicht mehr nötig sein wird.

Ich wünschte, heute wäre dieser Tag. Ich wünsche dir nichts mehr, als dass du Eden verlässt und verschwindest, so, wie deine Mutter es versucht hat. Doch auch wenn ich nicht so weise bin wie deine Mutter oder du, dumm bin ich nicht. Ich habe dein Gesicht gesehen, als du letzte Nacht zum Altar gegangen bist. Genauso hat sie ausgesehen, als sie die Kapuze abgenommen hat. Solltest du dich also entscheiden, noch einmal in die Gruft zu gehen, werde ich alles Menschenmögliche tun, um dich lebend da herauszuholen." Sie wollte noch etwas sagen, schien es sich aber anders zu überlegen. Es raschelte, dann war die Aufnahme zu Ende.

Tränen liefen mir übers Gesicht und tropften auf den Schreibtisch. Sie hatte mir nichts erzählt, was ich nicht schon gewusst oder wenigstens geahnt hätte. Aber ihre Worte hatten mich bestärkt. Ich würde nicht weglaufen. Das konnte ich gar nicht. Nicht nach dem, was diese Leute mit meinen Eltern gemacht hatten. Und mit Beck. Und mit Millionen anderer Menschen.

„Rory?" Ich hörte Norths Stimme gedämpft und setzte den Kopfhörer ab. „Was hat sie gesagt?", fragte er.

Ich schüttelte nur den Kopf.

„Ist sie wirklich auf deiner Seite?"

„Mehr als das", sagte ich, heiser vom Weinen. „Alles, was sie getan hat, hat sie für mich getan. Sie hat meiner Mutter versprochen, mich zu beschützen." Ich zog den Stick aus dem Laptop und reichte ihn North. „Kannst du die Aufnahme auf deinem Handy speichern? Ich möchte sie mir später noch mal anhören."

„Na klar." Er setzte sich auf die Tischkante. „Möchtest du darüber reden?"

Ich wischte mir die Tränen weg. „Ich möchte darüber reden, wie wir diesen Fieslingen das Handwerk legen können."

„Okay. Du hast gesagt, in der Simulation hast du einen Serverraum von Gnosis gesehen", sagte North. „Wie sah der aus?"

Ich beschrieb ihn so genau wie möglich.

„Und wie war er gesichert?"

„Mit einem Nummerncode und einem Mikrofon zur Stimmenerkennung."

„Stimmenerkennung, oje. Wie bist du in der Simulation reingekommen?"

„Ich war Tarsus. Ich hab nicht gehört, was sie gesagt hat, aber ihre Stimme hat mich eingelassen."

North nagte an der Lippe. „Du hast gesagt, sie ist bei deiner Initiation dabei, oder? Wenn wir unbemerkt zu dem Raum gelangen könnten, würde sie uns reinlassen?"

Ich schöpfte wieder Hoffnung. „Du hast einen Plan", sagte ich und sprang hastig auf.

„Genau genommen ist es dein Plan", sagte North und lächelte. „Ich liebe nur die Herausforderung. Außerdem ist das Timing einfach perfekt. Ein Geschenk des Himmels."

„Wie meinst du das?"

„Die Energieversorgungsunternehmen schalten morgen das Stromnetz ab, um die Transformatoren vor dem Sonnensturm zu schützen. Gnosis behauptet, seine Systeme seien vom Stromnetz unabhängig, und nimmt seine Server heute um Mitternacht vom Netz."

„Warum?"

„Ich nehme an, damit sie während des Netzausfalls weiterlaufen. Die Energieversorger sagen, dass wir vielleicht einen ganzen Tag ohne Strom sind."

„Gott verhüte, dass die Leute so lange ohne Lux ausharren müssen", sagte ich sarkastisch.

„Das Gute daran ist, dass das gesamte Gnosis-System einige Stunden offline sein wird."

„Inklusive Lux", sagte ich. Mein Puls ging schneller.

North nickte. „Wenn wir die Sache hinkriegen, während die Server offline sind, werden wir vielleicht nicht erwischt."

„Aber sind um die Zeit nicht Leute im Serverraum?"

„Glaub ich nicht", sagte North. „In Serverräumen herrschen Eiseskälte und Höllenlärm. Außerdem müssen die Mitarbeiter sowieso nicht in dem Raum sein, um Zugriff auf die Server zu haben – sie können durch das interne Netzwerk des Unternehmens rein."

Jetzt raste mein Herz. „Das ist ja Wahnsinn. Dann können wir das echt durchziehen."

„Es gibt noch viel zu bedenken", sagte North. „Angenommen, Tarsus kann uns an der Schranke vorbeilotsen, müssen wir immer noch den Terminal finden und dann muss ich …"

„Der Terminal, was ist das eigentlich?"

„Das ist der Einstiegspunkt für das System. Ein Gerät mit Tastatur und Monitor. So, wie du …"

Ich fiel ihm ins Wort. „Das hab ich gesehen. Es war ein Dreifach-Monitor über einem Glastisch. Er war von Kupferdraht umgeben."

„Gut, dann haben wir das Endgerät gefunden", sagte North. „Aber wir wissen immer noch nicht, wie das Gerät selbst gesichert ist. Und das erfahren wir erst, wenn wir vor Ort sind."

„Nicht wir", verbesserte ich. „Ich gehe allein."

„Ganz bestimmt", spottete er. „Erstens hast du ohne mich überhaupt keine Chance. Das ist ein Ding, das man nur austüfteln kann, wenn man davorsteht. Selbst wenn ich wollte, könnte ich dir keine Anleitung geben. Ich muss es mir selbst erst mal angucken. Und zweitens liebe ich dich viel zu sehr, um dich allein da reingehen zu lassen."

Schlagartig wurde mir klar, dass dies vielleicht die letzte Gelegenheit war, die Worte zu erwidern. Ich wollte nicht darüber nachdenken, aber ich konnte nicht ignorieren, wie gefährlich diese Unternehmung war. „Ich liebe dich auch", sagte ich leise. „Aber wie sollen wir dich da reinschmuggeln?"

„Liam führt dich doch immer hin, oder?", sagte North achselzuckend. „Dann werde ich eben Liam sein."

„Wenn sie dich erwischen …"

„Sie erwischen mich aber nicht. Und wenn schon? Du hast gesagt, es gibt die Schlange, eine Eule und einen Fuchs. Wenn wir Tarsus auf unserer Seite haben, sind wir drei gegen zwei."

Der Kloß in meinem Bauch löste sich ein wenig. Norths Zuversicht war ansteckend.

„Die Frage ist nur, wie wir Liam für ein paar Stunden außer Gefecht setzen", sagte North.

„Wir verabreichen ihm K.-o.-Tropfen", sagte ich, ohne zu zögern. „Das tut ihm nicht weh und er kann sich hinterher nicht mehr richtig erinnern."

„Ah ja, okay. Dann hol ich gleich mal die Pillen, die ich immer dabei habe, wenn ich ein Mädchen flachlegen will."

„Keine Pillen", sagte ich. „Wir müssen es ihm injizieren. Sonst haben wir keine Gewissheit, dass er das Zeug auch wirklich zu sich nimmt."

North sah mich ungläubig an. „Meinst du das ernst?"

„Wieso nicht? Genau das brauchen wir."

North zog an seinem Irokesen. „Wir haben jetzt keine Zeit zum Diskutieren. Aber Mensch, Rory, das ist doch Wahnsinn."

„Du hast Recht, keine Zeit zum Diskutieren. Wir müssen jetzt K.-o.-Tropfen besorgen."

„Wo, in der Drogerie? Die stehen bestimmt gleich neben den Hustenbonbons."

Ich verschränkte die Arme. Sein Sarkasmus nervte mich. „Du bist doch hier der Typ mit Irokesenschnitt und Tattoos. Hast du keine Kontakte?"

„Kontakte zu Leuten, die mit *Rohypnol* dealen?"

„Dann kennst du also keinen, der das Zeug besorgen kann?"

Er schüttelte schon den Kopf, als ihm etwas einfiel. „Ein Kunde von mir hat eine Apotheke in Greenfield. Er könnte mir wahrscheinlich ein verschreibungspflichtiges Schlafmittel besorgen. Etwas, das gut wirkt, aber legal ist. Wenn ich zu Hause bin, kann ich ihm eine Nachricht schreiben."

„Wir müssen sowieso Hershey einweihen", sagte ich und nahm den Laptop und die Ohrhörer.

Wir dankten Ivan und verließen schnell den Laden. Dann gingen wir kurz beim Paradiso vorbei und sagten Kate Bescheid, dass North sich den Rest des Tages freinahm. Mit

Kaffee und Gebäck aus der Vitrine bewaffnet, gingen wir zu North.

„Hershey?", rief ich, als wir reinkamen. Aber es blieb still.

„Sie ist bei ihrem heimlichen Lover", sagte North. „Sie hat heute Morgen ihre Tasche abgeholt und gesagt, sie bleibt ein paar Tage in seiner Wohnung."

In seiner Wohnung. Dann lebte er also nicht auf dem Campus. Und auch nicht bei seinen Eltern.

Na ja, mein Freund wohnte auch weder in Eden noch bei seinen Eltern. Deshalb musste er nicht gleich ein Serienmörder sein. Hershey war ja schon eine ganze Weile mit diesem Typ zusammen. Er war kein Fremder mehr für sie. Und sie war Hershey, sie konnte auf sich aufpassen.

North verschwand in seinem Wandschrank. Als ich dazukam, hatte er so etwas wie eine Chatbox aufgerufen. „So kommuniziere ich mit meinen Kunden", erklärte er. „Es ist ein privates Chatprogramm. Ich rufe sie auf dem Handy an und lasse es dreimal klingeln zum Zeichen, dass sie sich einloggen sollen."

Kurz darauf war der Apotheker online und North gab seine Frage ein.

„Er macht es", sagte North und grinste. „Er ist jetzt in der Apotheke. In einer Viertelstunde ist es fertig." Er drehte sich herum und sah mich an.

„Wir ziehen das echt durch", sagte ich.

North runzelte die Stirn. „Das willst du doch, oder?"

„Auf jeden Fall. Aber ..." Ich hatte einen Kloß im Hals. „Ich will nicht, dass dir irgendwas zustößt."

„Und ich will nicht, dass *dir* irgendwas zustößt."

„Aber ich hab mich selbst in diese Situation gebracht. Du nicht. Du bist durch mich hineingeraten."

„Du kennst mich eindeutig nicht so gut, wie ich dachte", sagte North. „Ich gerate nicht in irgendwas hinein, Rory. Ich mache das, weil ich es will. Weil es schlimm ist, was diese Leute tun. Und weil die Stimme in meinem Kopf mir das Gleiche sagt, wie deine Stimme dir."

„Fürchte dich nicht", flüsterte ich.

North sah mir in die Augen und nickte. „Fürchte dich nicht."

31

Während North mit dem Motorrad zur Apotheke in Greenfield fuhr, wartete ich in seiner Wohnung auf Hershey. Sobald wir heil aus der Gruft kamen, wollten wir nach Manhattan in Norths Wohnung, vielleicht war heute also die letzte Gelegenheit, mich von ihr zu verabschieden. Wenn wir diese Sache durchzogen, mussten wir danach sofort verschwinden.

Unser Plan war im Grunde ziemlich einfach. Wir wollten Chaos verursachen, indem wir Lux umprogrammierten. Die Nutzer des Gemini Gold sollten *hin* zu ihren Bedrohungen und Schwächen gesteuert werden anstatt davon weg. Damit würden wir sie die Augenblicke erleben lassen, von denen die Auserwählten sie unbedingt fernhalten wollten. Das würde ordentlich Sand ins Getriebe streuen. Es sprengte nicht gerade die Fesseln, aber wenn das Leben der Menschen aus dem Lot geriet, schauten sie vielleicht mal von ihrem Display auf. Vielleicht suchten sie dann irgendwo anders Orientierung als bei dem glänzenden goldenen Ding an ihrem Handgelenk. Viel mehr konnten wir nicht tun, nur den Boden bereiten. Entscheiden musste letztlich jeder für sich.

Frei erschuf ich sie, und frei denn auch sollen sie bleiben. Jetzt las ich das Zitat aus *Das verlorene Paradies* anders. Die Auserwählten hatten nicht die menschliche Natur verändert. Sie hatten den freien Willen nicht zerstört – dazu hatten sie gar nicht die Macht. Ja, die Nanobots im Gehirn erzeugten ein Gefühl von Vertrauen und brachten die Leute dazu, blind an Lux zu glauben, aber sie schrieben ihnen ihre Entscheidungen nicht vor. Das konnte niemand, nicht einmal Gott. Das war die Botschaft auf Griffins Ring. Steinbecks *Timshel.* Du darfst. Mit Lux entschieden sich die Leute einfach dafür, nichts zu entscheiden. Wir mussten sie daran erinnern, dass sie immer noch die Wahl hatten.

Wir waren optimistisch. Nachdem North Becks Lux-Profil und meine Reaktion darauf gesehen hatte, hatte er sich durch verschiedene Profile geklickt und die Bedrohungen und Schwächen der Einzelnen angeschaut. Wie sich zeigte, waren einige Schlagworte in fast jedem Profil vertreten, also begannen wir, diese zu katalogisieren. Verbreitete Bedrohungen waren Synchronizitäten, überraschende Entdeckungen und Sonnenuntergänge. Ebenso unerfüllte Erwartungen und unvorhergesehene Verspätungen. Unter den Schwächen der Nutzer fanden sich fast immer dieselben fünf Charakterzüge. Geduld, Mitgefühl, Bescheidenheit, Dankbarkeit und Erbarmen. Ihre Antithese – sofortige Bedürfnisbefriedigung, Selbstzufriedenheit, Selbstvertrauen, Anspruchsdenken und Gleichgültigkeit – standen ganz oben auf fast jeder Liste der Stärken.

Unser Plan bestand also darin, den Algorithmus der App beizubehalten und einfach die Variablen auszutauschen. Wenn North den Code fand, begünstigte unsere modifizierte Lux-Version genau die Szenarien, die es zuvor versucht hatte zu verhindern. Ich wusste nicht genau, was uns erwartete, falls es klappte. Aber ich dachte mir, wenn die Auserwählten uns unbedingt von Momenten des Mitgefühls und Erbarmens, der Dankbarkeit und Bescheidenheit abhalten wollten, mussten das mächtige Erfahrungen sein. Ich erinnerte mich daran, wie Hershey reagiert hatte, als ich ihr bei ihren Prüfungen geholfen hatte. In der Nacht hatte sie mein Erbarmen erlebt und das hatte sie verändert.

Ich nahm die Ohrhörer und spielte die Aufnahme von Tarsus noch mal ab. North hatte sie mir, wie versprochen, auf sein iPhone gespeichert. Seit er weg war, hatte ich sie mir schon dreimal angehört. Während Tarsus sprach, zog ich die Beine unter den Körper und schloss die Augen. Ich konzentrierte mich auf meinen Atem und versuchte die kreisenden, sinnlosen Sorgen zu verscheuchen. Ein … aus … ein. Mein Atem ging wie der Ozean oder wie der Wind.

Der Wind weht, wo es ihm gefällt, sagte die Stimme. *Man hört ihn, aber man kann nicht sagen, woher er kommt oder wohin er geht.*

Genauso ist es mit der Stimme, dachte ich. Wie der Wind ließ sie sich weder voraussagen noch abstellen. An diesen Worten hielt ich mich fest, ich wiederholte sie wie einen Refrain, während mein Atem gleichmäßiger wurde. Ich hatte keinen Einfluss darauf, zu wem die Stimme sprach. Nicht mal, wann sie zu mir sprach. Ich konnte mich nur entscheiden, ihr jedes Mal zuzuhören.

Während ich so dasaß, senkte sich ein friedliches Gefühl über mich und erfüllte mich mit Gewissheit und Zuversicht. Unser Plan war gut und er würde gelingen. Ich erinnerte mich an das, was die Stimme an meinem ersten Tag in Eden gesagt hatte, das Versprechen, an das ich lange nicht mehr gedacht hatte. *Du wirst nicht versagen*, hatte sie geflüstert. Jetzt wartete ich auf eine Versicherung, dass uns nichts Schlimmes passieren würde, aber es kam keine.

„Rory?" Ich spürte eine Hand auf der Schulter, die mich sanft rüttelte. Verschlafen machte ich die Augen auf. Im Wohnzimmer war es dämmrig geworden, die Sonne drang bernsteinfarben durch die Ritzen der Jalousie. Ich hatte immer noch die Ohrhörer drin, die Aufnahme war längst zu Ende. North saß neben mir auf dem Sofa mit einer Arzneimitteltüte auf dem Schoß. Er strich mir die Haare aus dem Gesicht. „Erst dachte ich, du meditierst", sagte er und grinste. „Bis ich ein Schnarchen hörte."

Ich boxte ihm gegen den Arm. „Hast du's?"

Er holte eine kleine Ampulle und ein Schächtelchen mit Nadeln aus der Tüte. „Eine Dosis intravenöses Triazolam. Das müsste ihn innerhalb weniger Minuten betäuben und für mindestens acht Stunden ausschalten. Wenn alles nach Plan läuft, können wir in Manhattan sein, bevor er aufwacht."

Ich nickte. Wenn alles nach Plan läuft. Das war ein großes *Wenn.*

North schaute auf seine Armbanduhr. „Schon fast sechs",

sagte er. „Ich muss vor Ladenschluss noch alle meine Geräte aus dem Lager holen. Und du packst am besten schon mal alles ein, was du mitnehmen willst, und bringst es her, bevor du zu Liam gehst."

Unter dem Vorwand, ich sei aufgeregt wegen der Initiation, wollte ich schon ein paar Minuten vor der Ausgangssperre zu Liam ins Zimmer gehen. Sein Zimmergenosse war am Morgen zur Beerdigung seiner Großmutter nach Birmingham geflogen und kam erst am nächsten Tag zurück. Liam war also allein. Seinen Umhang hielt er garantiert versteckt. Deshalb musste ich es irgendwie arrangieren, dass er ihn mir zeigte, bevor ich ihm die Spritze verpasste. Erst hatten wir überlegt zu warten, bis Liam zum Friedhof ging. Es wäre jedoch zu gefährlich gewesen, ihn im Freien liegen zu lassen, sowohl für ihn als auch für uns. Es war besser, wenn er die Nacht in seinem Zimmer verbrachte. Wenn ich ihn erst mal ins Bett gebracht hatte, wollte ich mir seinen Umhang schnappen, mich mit North auf dem Friedhof treffen und auf die Nachricht von den Auserwählten warten. North wollte mich zu Liam begleiten, aber wir konnten es nicht riskieren, dass ihn jemand sah, zumal das Schulgelände für ihn ja verboten war.

„Noch nicht", sagte ich, ließ mich aufs Sofa sinken und zog North über mich. Er sah mich überrascht an. Ich hielt ihn ganz fest und presste mich an ihn. Er beugte sich über mein Gesicht und küsste mich. Erst ganz sanft, dann tiefer. Mit zitternden Händen suchte ich den Knopf seiner Jeans.

„Stopp mal", sagte North und stützte sich mit den Armen auf. Ich sah ihm in die Augen und ließ die Hände wieder zu dem Knopf wandern. Diesmal bekam ich ihn auf. „Rory …", sagte er.

„Wir könnten heute Nacht sterben", sagte ich leise.

„Wir sterben aber n…"

Ich fiel ihm ins Wort. „Und wenn wir sterben, will ich das hier nicht verpasst haben." Ich zog den Reißverschluss auf und spürte, wie sich hinter den blau karierten Boxershorts etwas regte. Er nahm meine Hand und hielt sie fest.

„Rory", sagte er sanft. „Ich will es, ich will dich. So sehr, dass ich manchmal kaum atmen kann, wenn ich daran denke." Er verschränkte seine Finger mit meinen. „Aber nicht so. Nicht, weil du Angst hast. Fürchte dich nicht, weißt du noch?"

„Fürchte dich nicht", flüsterte ich. Tränen stiegen mir in die Augen. North beugte sich herab und küsste mich noch einmal, so zärtlich, dass es mir den Atem raubte. Die Zeit schien sich auszudehnen und stillzustehen, bis ich fast glaubte, der Kuss würde nie enden. Als North schließlich zurückwich, tat es mir in der Brust weh.

„Fortsetzung folgt", sagte er, als er sich aufrichtete.

Ich brachte ein kleines Lächeln zustande. North half mir auf. „Dann treffen wir uns in ungefähr einer Stunde hier und packen das Motorrad?"

Ich nickte und drückte die Lippen noch einmal auf seine, bevor ich ging. Jeder Kuss war jetzt so kostbar.

Als ich zurück auf dem Campus war, stand die Sonne schon hinter den Bäumen. Die Flügeltür zur Mensa war offen und die Geräusche und Gerüche des Abendessens lagen in der kalten Luft. Mein Magen knurrte, aber ich hatte keine Zeit zu essen. Ich musste meine Sachen packen und zu North bringen, dann zurück zum Campus und schnell duschen, bevor ich zu Liam ging.

Ich blinzelte und spürte Tränen hinter den Lidern. In der Abenddämmerung war der Campus am schönsten, kurz nachdem die kugelförmigen Straßenlaternen angingen. Der Himmel war dann von einem ganz tiefen Blau. Trotz allem, was ich über die Leute wusste, die diese Schule erbaut hatten, und die Egomanen, die sie jetzt leiteten, war ich nicht bereit, Abschied zu nehmen. Ich fand es wundervoll hier. Den Status, das Zugehörigkeitsgefühl, das Gefühl, für etwas Großes geboren zu sein. Es war genau, wie Dr. Tarsus gesagt hatte. Eden hatte mir ein ganz neues Leben geschenkt. Ein Leben, das ich nicht verlieren wollte.

Aber in gewisser Weise hatte ich es bereits verloren, vor Wochen schon, als ich beschlossen hatte, dem Zweifel um jeden Preis zu vertrauen. Der Hof war verlassen bis auf eine einsame Gestalt auf der Bank nahe der Athenian Hall. Als ich näher kam, sah ich, dass es Liam war.

„Rory", sagte er und stand auf. „Wo warst du denn?"

„Besorgungen", sagte ich unbestimmt. „In der Stadt. Was gibt's?"

„Rudd hat dich gesucht." Liam wirkte nervös und angespannt.

„Mr Ruddman? Wieso?"

„Er hat gesagt, deine Initiation wird vorverlegt." Als ich ihn verständnislos anguckte, sagte er: „Er ist der Göttliche Dritte, Rory. Der mit der Eulenmaske."

Rudd war Mitglied der Auserwählten? Und nicht nur das, er war der dritte Anführer. Der Göttliche Dritte. Allein bei dem Titel bekam ich Gänsehaut.

„Und Mr Atwater ist der Göttliche Erste?“ Ganz sicher war er der Mann hinter der Schlangenmaske.

Liam nickte. „Er, Rudd und Tarsus warten in der Gruft auf dich.“ Er schaute sich um. Aber die Vorsicht war unnötig. Es war keine Menschenseele zu sehen. Alle waren beim Abendessen. „Ich sollte hier auf dich warten und dich dorthin begleiten.“

„Das soll *jetzt* stattfinden?“ Ich spürte Panik aufsteigen. Die Spritze lag bei North. Die Initiation konnte nicht *jetzt* stattfinden. Es war noch nicht mal richtig dunkel.

„Das hat Rudd gesagt.“ Liam schien sich nicht wohl in seiner Haut zu fühlen.

„Liam, was ist?“

„Na ja … wenn sie dich initiieren, warum hat er dann nicht gesagt, dass wir unsere Umhänge mitbringen sollen?“

Jetzt bekam ich richtig Angst. Sie wissen Bescheid.

„Scheiße“, flüsterte ich.

„Rory, was ist los? Was hast du getan?“

„Ich hab ein paar Sachen über den Geheimbund rausgefunden“, sagte ich vorsichtig. Ich wartete ab, wie Liam reagierte. Er reagierte überhaupt nicht. „Sie sind …“

Schnell und hart fasste er mich am Handgelenk. „Es gibt kein *sie*, Rory. Jedenfalls nicht für mich.“

Ich zog die Hand zurück, als hätte mich etwas gestochen. Sein Blick war kalt und hart wie die Wände der Gruft, und auf einmal kapierte ich. Für Liam waren die Auserwählten „wir", nicht „sie". Sie hatten ihm versprochen, dass er ein Leben lang dazugehörte, und das reichte ihm.

„Hör mal", sagte er dann. „Wenn du abhauen willst, laufe ich dir nicht nach. Aber sie erwarten uns in der Gruft und ich will sie nicht warten lassen." Er stand auf.

Ganz kurz stellte ich mir vor, wie es wäre, wegzulaufen. Zu North, in Sicherheit, in die Zukunft. Aber ich blieb, wo ich war. Es ging nicht. Diese Möglichkeit hatte ich verworfen, als ich beschloss, es mit den Auserwählten aufzunehmen. In der Ferne schlug die Kirchturmuhr auf dem Campus zur vollen Stunde. Es war sieben. Eine ganze Stunde, bevor North mich zurückerwartete. Erst um kurz nach acht würde er anfangen, sich Sorgen zu machen, und dann brauchte er noch mal eine Viertelstunde bis zum Friedhof. Bei der Vorstellung, ihn vielleicht nie mehr zu sehen, tat mir alles weh. Aber wenn ich jetzt zu ihm zurückging, hatten wir keine Chance mehr, in den Serverraum zu gelangen. Ich konnte nur versuchen Zeit zu schinden.

Mehr als eine Stunde.

Das schaffe ich nicht, klagte ich. Ich wartete darauf, dass die Stimme mir widersprach, doch sie blieb stumm.

Liam hatte sich schon umgedreht und ging in Richtung Wald. „Warte!", rief ich. „Ich komme mit."

Erst nachdem ich meine Entscheidung getroffen hatte, sprach die Stimme.

Fürchte dich nicht, denn ich bin bei dir.

„Ich hab keine Angst", flüsterte ich. Und ganz kurz stimmte es sogar.

32

Der Himmel war fast schwarz, als wir in der Mitte des Friedhofs ankamen. Der letzte Lichtschimmer verschwand schnell am Horizont. Der Arm des Engels zeigte schon zum Himmel. Sie hatten den Sarg für uns offen gelassen. Wie passend, mich in ein Grab zu zitieren.

„Warum tust du das?", fragte Liam, als wir ins Mausoleum hinabstiegen. Wie anders es in diesem Moment aussah. Die Gravuren im Marmor wirkten jetzt nicht schön, sondern bedrohlich, der Raum hatte etwas Klaustrophobisches.

„Sie sind die Auserwählten", sagte ich. „Was würde es da bringen, wenn ich weglaufe?" Dann rang ich mir ein Lachen ab. „Und sie werden mich ja nicht gleich umbringen, nur weil ich kein Mitglied werden will." Dabei war ich mir ziemlich sicher, dass sie genau das vorhatten. Nach Liams Miene zu urteilen, hatte er seine eigenen Vermutungen über mein Schicksal. Es war deutlich zu spüren, dass ihm seine Rolle in diesem Spiel nicht behagte. Aber so groß, dass er nicht mitgemacht hätte, war das Unbehagen nicht.

„Ich mochte dich wirklich gern, Rory.“

Mochte. Vergangenheit. Als hätte ich bereits aufgehört zu existieren. Er machte eine Kopfbewegung zum Sarg.

„Geh du zuerst. Warte unten auf mich.“

„Keine Augenbinde?“

Er wich meinem Blick aus. „Rudd hat gesagt, das sei nicht nötig.“

Ich schluckte schwer. Wenn ich sowieso nicht mehr rauskam, war es egal, dass ich wusste, wie ich hineingekommen war.

Ich hielt mich am Geländer fest, während ich die Wendeltreppe in den dunklen Raum hinabstieg. Liam folgte mir auf dem Fuß. Er fasste unter die letzte Stufe und zog einen kurzen Metallstab heraus. Er sah aus wie eine Taschenlampe, aber als Liam ihn einschaltete, entfachte er ein echtes Feuer. „Der Altarraum ist in der dritten Kammer“, sagte Liam leise. „Sie warten dort.“

Er nahm mich am Ellbogen und führte mich durch die einzige Tür, einen niedrigen Rundbogen, in den nächsten Raum. Er war natürlich quadratisch wie der erste Raum, aber größer und möbliert mit purpurfarbenen Plüschsofas und Tischchen aus Mahagoni. Sie standen um einen dünnen gewebten Teppich, der eine Kurve von einem Rundbogen zum anderen beschrieb. Eine gerade Diagonale wäre praktischer gewesen, doch die Auserwählten bevorzugten mathematische Eleganz. Ohne den Rest zu sehen, wusste ich, dass die Kurve sich als goldene Spirale durch den Tunnel wand.

Bald schon hörte ich Stimmen im nächsten Zimmer.

„Du solltest mir dankbar sein“, sagte Rudd.

„Dir dankbar sein?“, rief Mr Atwater.

„Ja“, sagte Rudd, aber ganz so sicher klang er nicht mehr. „Ich habe unser Problem gelöst.“

Jetzt standen wir vor dem Durchgang. Liam blieb stehen und sah mich an. Ich hob einen Finger. Einen Moment. Er nickte leicht. Anscheinend war er genauso neugierig wie ich.

„Und wie genau hast du das gemacht?“, fragte der Schulleiter kühl. „Indem du mit einer Sechzehnjährigen ins Bett gestiegen bist?“

Schnell sah Liam zu mir, die Brauen fragend hochgezogen. Ich schüttelte den Kopf. Nicht mit mir.

„Dachtest du, ich wüsste das nicht?“, fragte Atwater, als Rudd keine Antwort gab.

Tarsus hatte noch nichts gesagt. War sie womöglich gar nicht dabei? Mein Magen zog sich zusammen. Sie war meine einzige Hoffnung.

„Es war eine Fehleinschätzung meinerseits“, sagte Rudd schließlich schwach.

„In der Tat. Und das ist ein Problem, siehst du. Denn daraus folgt, dass es auch eine Fehleinschätzung *meiner*seits gab.“

Unerklärlicherweise tat Rudd mir leid. Er saß in der Klemme.

Hinter einem Sofa links von mir raschelte etwas. Gerade als ich mich umdrehen wollte, nahm Liam mich wieder am Ellbogen. Atwaters Worte über Fehleinschätzungen hatten Liam wohl daran erinnert, auf welcher Seite er stand. Mit einem Ruck zog er mich in den Raum.

„Aber ohne meine Beziehung zu ihr wüssten wir nicht über Rory Bescheid“, sagte Rudd.

Da kapierte ich auf einmal, mit wem er im Bett gewesen war. Herseys geheimnisvoller Loverboy war überhaupt kein Boy.

„Und was ist mit dem, was *sie* weiß?“

„Sie weiß überhaupt nichts. Außerdem spielt das keine Rolle. Wenn sie erst mal in der Anstalt ist ...“

Ich strauchelte leicht und drei Köpfe fuhren zu mir herum. Dr. Tarsus war doch dabei. Anders als die ersten beiden Räume wurde dieser von Fackeln an den Wänden erleuchtet, die einen bedrohlichen Schein auf die drei Gestalten in der Mitte warfen. Sie standen in einem Dreieck, es war nicht zu erkennen, wer zu wem hielt. Liam schien nicht zu wissen, zu wem er gehen sollte. Den Befehl hatte er von Rudd erhalten, aber es war deutlich, wer hier das Sagen hatte.

„Liam“, sagte Rudd und hob eine Hand.

Liam zögerte und ging dann zum Schulleiter. Atwater schaute nicht ihn an, sondern mich. „Danke, Liam“, sagte er. „Du kannst zurück auf dein Zimmer gehen.“

Liams Hand lag noch auf meinem Arm und ich spürte seine Überraschung. Er ließ mich los, als hätte er sich an mir verbrannt. „Ja, Mr Atwater.“ Ohne mich noch einmal anzuschauen, drehte er sich um und ging.

Der Schulleiter sah mich immer noch an. Wir standen nicht weit auseinander und sein Blick fühlte sich heiß an wie ein Scheinwerfer. Ich spürte Schweißperlen über der Oberlippe und am Haaransatz.

„Hallo, Aurora", sagte Mr Atwater.

Ich hasste ihn so sehr, dass ich fast zitterte. Trotzdem brachte ich ein verwirrtes Lächeln zustande. „Was ist los?", fragte ich.

„Das würden wir gern von dir erfahren", erwiderte er. Er hatte eine Hand in der Jackentasche, als hielte er etwas darin. Vielleicht eine Pistole? Kalter Schweiß lief mir über die Stirn.

Ich schüttelte leicht den Kopf. Ich durfte mir meine Angst nicht anmerken lassen. Wieder lächelte ich. Ich schaute zu Dr. Tarsus. Ihre Augen sahen in dem flackernden Licht tiefschwarz und undurchdringlich aus. „Ich verstehe nicht. Ich dachte … Liam hat mir gesagt, dass meine Initiation vorverlegt werden soll."

„Dann bist du also bereit, den Schwur zu sprechen?", fragte der Schulleiter.

„Selbstverständlich", sagte ich ruhig. „Ich habe nur vorher noch ein paar Fragen."

Mr Atwater guckte mich belustigt an. „*Du* hast Fragen?" Er nahm die Hand aus der Tasche. Der Gegenstand, den er hielt, sah tatsächlich wie eine Pistole aus, aber nicht wie eine gewöhnliche. Dort, wo der Lauf hätte sein müssen, befand sich eine Ampulle mit einer blauen Flüssigkeit. „Du scheinst zu verwechseln, wer hier wem eine Erklärung schuldet, Aurora." Er hatte den Finger am Abzug.

„Ich beantworte Ihnen alle Fragen", sagte ich. „Ich möchte nur wissen, was mit meiner Mutter passiert ist."

„Soweit ich weiß, ist deine Mutter an einem Blutgerinnsel gestorben", sagte Mr Atwater kühl. „Eine häufige Komplikation nach einem Kaiserschnitt."

„Ich habe den Totenschein gesehen.“ Ich war so wütend, dass ich keine Angst mehr hatte. „Ich will die Wahrheit wissen. Waren es Nanobots? Haben Sie sie auf dieselbe Art umgebracht wie Griffin?“

Verblüfft sah Atwater mich an.

„Ja, ich weiß über Griffin Bescheid“, sagte ich so ruhig wie möglich. „Seinen Tod kann ich nachvollziehen. Er war der Chef von Gnosis. Er sollte nicht zerstören, was die Auserwählten aufgebaut hatten. Aber meine Mutter war ein Schulmädchen. Wieso war sie eine Bedrohung?“

„War sie nicht“, sagte Atwater eiskalt. „Wenn sie mit ihrem vermeintlichen Wissen an die Öffentlichkeit gegangen wäre, hätte ihr sowieso niemand geglaubt.“ Er verzog den Mund zu einem Lächeln. „Nicht mit ihrer Krankengeschichte.“

„Warum musste sie dann sterben?“

Er seufzte. „Weil sie unbequem war, Aurora. Sie war im Weg.“

Tränen stiegen mir in die Augen, ohne dass ich etwas dagegen tun konnte. Ich wollte sie wegblinzeln, aber er hatte sie schon gesehen. Ich versuchte die Fassung zu bewahren. Auch das sah er.

„Ja, es waren Nanobots“, sagte er. „Sie liefen aus dem Infusionsbeutel in ihre Venen, sodass schwer vorherzusehen war, wie das Gerinnsel durch ihren Körper wandern würde. Es war reines Glück, dass es so reibungslos lief.“

Glück? Ich hätte ihm die Augen auskratzen können. Aber genau das wollte er ja. Den Gefallen tat ich ihm nicht. Ich sah ihn ruhig an.

„Heutzutage haben wir eine elegantere Lösung." Er hob die Waffe. „Zwangsjacken und Gummizellen."

Es lief mir kalt über den Rücken, aber ich ließ mir nichts anmerken. „Von der blauen Flüssigkeit … werde ich also verrückt?"

„Nein, das schafft dein Gehirn ganz allein", antwortete Mr Atwater mit einem fiesen Lächeln. „Wenn die Nanobots deinen Temporallappen erreichen und mit ihrer Kakophonie beginnen. Gebrüll. Explosionen. Schreie. Am Ende erliegst du dem Schlafmangel. Aber wir sorgen dafür, dass du lange vorher eingewiesen wirst."

„Du redest so, als wäre alles schon beschlossene Sache", mischte sich Dr. Tarsus ein. Ich hörte das Klacken ihrer Absätze auf dem Steinboden, dann stand sie neben mir. „Ich denke, Robert, wir sollten im Zweifel für den Angeklagten entscheiden."

„Im Zweifel für den Angeklagten", wiederholte Atwater. „Was genau spricht denn da*für*, Esperanza? Ganz sicher spricht nichts für *den* Zweifel. Und darum geht es hier doch im Grunde, nicht wahr?"

„Kyles Wort steht gegen Rorys", sagte Tarsus. Sie machte einen Schritt nach vorn und stand nun auf den Zehen wie eine Katze, die zum Sprung ansetzt. „Wir haben keinen Beweis dafür, dass sie befallen ist."

Befallen. Als wäre der Zweifel eine Krankheit.

„Machst du Witze?", sagte Rudd hinter mir. „Es liegt doch auf der Hand. Ich hoffe, keiner von euch fällt auf diese Show herein."

„Das ist keine Show." Ich versuchte überzeugend zu klingen. „Ich bin nicht meine Mutter."

„Ach nein?", sagte Atwater.

„Sei kein Narr, Robert", meinte Rudd verächtlich.

Atwater schaute an mir vorbei zu Rudd. „Geh jetzt."

„Aber ich …"

„Geh!", schrie er.

Rudd stürmte zur Tür.

„Dann hörst du ihn also nicht?", fragte Atwater mit dem Finger am Abzug. „Du hörst den Zweifel nicht?"

Es war nur ein Wort. *Nein.* Aber ich brachte es nicht heraus. Ich zögerte.

Er nicht. Er zog ab.

Ich hörte ein Klicken, dann war ich auf den Knien und dort, wo ich eben noch gestanden hatte, stand Dr. Tarsus. Aus ihrer linken Schulter ragte ein Pfeil.

„Esperanza!", stieß Atwater aus. Fassungslos starrte er auf die Waffe in seiner Hand und dann auf sie.

„Rory", sagte Dr. Tarsus ruhig. „Hör mir zu." Ich beugte mich zu ihr. Sie riss den Pfeil aus ihrer Schulter. „Ich bin allergisch gegen Gelatine, den Hauptbestandteil des Serums in dem Pfeil. Es ist nur eine Frage der Zeit, dann wird mein Hals zuschwellen." Sie sagte es ganz nüchtern. „Ich weiß nicht, was du vorhast, aber …"

„Was sie vorhat", rief Atwater eisig und zog den Hahn zurück, um einen weiteren Pfeil zu laden, „ist im Moment mehr als unerheblich." Er hatte die Fassung wiedererlangt. Sein Gesicht verriet nichts mehr von Schock und Entsetzen. Hinter ihm bewegte sich etwas im Schatten. Jemand. Er trug eine schwarze Sturmhaube über dem Kopf und hatte unsere Spritze in der Hand. North. Wie hatte er mich gefunden?

„Rory", sagte Dr. Tarsus. „Mir bleibt nicht mehr viel Zeit."

Auf einmal konnte ich nicht mehr an mich halten. „Sie sind ein Monster!", schrie ich den Schulleiter an und sprang auf.

Atwater lachte. „Und du bist ein dummes kleines Mädchen." Er richtete die Waffe auf meinen Hals. „Genau wie deine ..."

Da packte North ihn von hinten und drehte ihm den Arm auf den Rücken. Atwater schrie und ich hörte einen Knochen knacken. Mit fest zusammengebissenen Zähnen rammte North ihm die Nadel so tief in den Hals, dass ich dachte, die ganze Spritze würde in seiner Haut verschwinden. Ich hörte Schritte, dann kam Rudd zurück in den Raum. Es dauerte ein paar Sekunden, bis er begriff, was los war. Ein paar Sekunden zu lange. Ein dumpfer Schlag, ein Stöhnen, dann sank er bewusstlos zu Boden.

Hershey stand mit einer Fackel hinter ihm, die nicht eingeschaltet war. Schwarze Streifen von verlaufener Wimperntusche überzogen ihr Gesicht wie eine Kriegsbemalung.

„Arschloch!", rief sie und ließ die Fackel fallen.

Rudd lag bewusstlos am Boden. Wütend trat sie ihn mit dem Stiefel.

„Hershey!", schrie ich und lief zu ihr. „Alles okay?"

„Jetzt ja. Was ist mit ihm?" Sie schaute zu dem Schulleiter, den North am Boden hielt. Atwater blinzelte heftig und kämpfte gegen die Bewusstlosigkeit.

„Er schläft ein", sagte ich.

„Ihr lasst ihn am Leben?“

„Wir können ihn nicht umbringen, Hershey.“

Hershey verschränkte die Arme. „Warum nicht?“

„Darum“, sagte North und stand auf. „Wenn wir ihn umbringen, hat er gewonnen.“

Hershey schaute zu Dr. Tarsus, die zu Atwaters Füßen kniete und die Schnürsenkel seiner marineblauen Oxfordschuhe herauszog. „Was ist mit ihr? Warum ist sie nicht bewusstlos?“

„Sie steht auf unserer Seite“, sagte ich. „Sie war die ganze Zeit auf unserer Seite. Ich erkläre es dir, wenn wir hier raus sind.“ Wenn. Vor dreißig Sekunden war es noch ein Falls.

Ich kniete mich neben Dr. Tarsus. Sie wickelte einen Schnürsenkel fest um Atwaters Knöchel. „Ihr EpiPen. Wo ist er?“, fragte ich.

Sie legte mir eine Hand auf die Wange und lächelte. Die Haut um ihre Augen war schon geschwollen. „Den habe ich gestern Nacht benutzt.“

Tränen traten mir in die Augen. Sie hatte ihn für mich geopfert.

„Dafür haben wir jetzt keine Zeit“, sagte sie streng, packte Atwaters Handgelenke und drehte sie ihm auf den Rücken. Sie schob die Ärmel hoch. Seine Haut war trocken wie Schlangenhaut. „Wir haben noch etwas zu erledigen.“

Ich lief hinüber zu Rudd. North hatte ihn schon auf den Bauch gedreht und fesselte ihm die Fußgelenke. Er reichte mir einen Schnürsenkel und ich nahm mir seine Handgelenke vor. Rudd stöhnte leicht, als ich das Band festzog und es ihm in die Haut schnitt.

„Mein Gott, ich bin so froh, dass dir nichts passiert ist", sagte North atemlos.

„Wie hast du mich gefunden?"

„Deine Kette", sagte er mit einer Kopfbewegung zu meiner Taube. „Ich habe einen Peilsender eingebaut. Und eine Kamera." Er grinste. „Ich wollte nicht, dass du ohne mein Wissen irgendwas Verrücktes anstellst."

Dankbarkeit durchströmte mich. Ihm und Dr. Tarsus hatte ich es zu verdanken, dass ich noch am Leben war. „Hast du Hershey mit hergebracht?"

„Nein, sie …"

„Ich bin Kyle gefolgt", sagte Hershey leise. Ihr großer Auftritt war vorüber. Mit Tränen in den Augen starrte sie auf Rudds reglosen Körper. Jetzt wirkte sie nicht mehr hasserfüllt und unerschrocken, sondern nur noch traurig. Sie sah so jung aus, wie sie da stand. Wie ein verirrtes Kind. Ich stand auf und nahm sie in die Arme.

„Was ist passiert?", fragte ich.

„Ich hatte seine Generalschlüssel benutzt", sagte sie unglücklich. „Während er schlief. Damit hab ich dir alles besorgt. Ich dachte, alle Lehrer hätten so einen. Ich wusste nicht, dass er …" Ihre Stimme versagte. „Heute Morgen hat er mich damit erwischt und da hab ich ihm die Wahrheit erzählt – dass wir versuchen den Mistkerlen das Handwerk zu legen, die deine Mutter auf dem Gewissen haben. Ich dachte, er könnte uns helfen. Ich dachte …" Jetzt liefen die Tränen über. „Er hat mir die verdammte Psychiatrie auf den Hals gehetzt, Rory. Er sagte, er ruft mir ein Taxi, aber ich hab gesehen, welche Nummer er gewählt hat – dieselbe, die sie uns am ersten Schultag gegeben haben." Sie rieb sich wütend die Augen. „Wie konnte ich nur so blöd sein! Er hat gesagt, er liebt mich. Und ich hab ihm geglaubt."

„Kann es losgehen?", rief Dr. Tarsus. Sie atmete schwer und hielt sich den rechten Arm. Ohne eine Antwort abzuwarten, streifte sie die Wildlederpumps ab und ging in den dunklen Tunnel.

„Was habt ihr vor?", fragte Hershey.

„Je weniger du weißt, desto besser", antwortete ich. „Geh zurück, wie du hergekommen bist. Warte bei North auf uns." Ich rechnete damit, dass sie widersprechen oder nachbohren würde, aber sie nickte nur. North gab ihr seinen Schlüssel.

„Pass auf dich auf", flüsterte sie. Ihre Lippen zitterten leicht.

„In ein paar Stunden sind wir da", sagte ich. North nahm eine Fackel von der Wand. Hoffentlich behielt ich Recht.

33

Dr. Tarsus starb zehn Meter vor dem Rechenzentrum von Gnosis. Ihr Arm war schon bald auf das Doppelte angeschwollen. Er musste schrecklich wehtun, doch sie klagte kein bisschen. Nicht mal, als ihre Haut sich blau verfärbte. Als sie anfing zu husten, musste ich weinen. Ich wusste, dass es unpassend war zu weinen, während sie starb, aber es zerriss mir buchstäblich das Herz. Seit ich die Audioaufnahme kannte, hatte ich das verrückte Gefühl, sie könnte zu der Mutterfigur werden, die ich nie hatte. Zwar konnte ich sie lange Zeit nicht ausstehen, aber sie hatte alles für mich getan. Ich wusste nicht allzuviel über Mütter, aber das schien mir doch das Wesentliche zu sein.

Wir waren gerade um die letzte Biegung der Spirale gegangen, als Tarsus sich erschöpft an die Wand lehnte. Sie schaute als Erstes North an. „Ich schaffe es nicht bis dahin“, sagte sie mühsam und gleichzeitig nüchtern. „Ihr müsst eine Aufnahme benutzen. Ich weiß nicht, ob es funktioniert, aber einen Versuch ist es wert.“ Sie ließ sich an der Wand zu Boden sinken und setzte sich hin, x-beinig wie ein kleines Mädchen. Ich kniete mich neben sie und hielt ihre Hand, während North sein iPhone herausholte.

Sie sah mich an und lächelte. „Deine Mutter wäre so stolz auf dich, Aurora." Sie sprach langsam, ihre Brust hob sich vor Anstrengung. „Versprich mir nur … Versprich mir, dass du nie zurückschaust, wenn du gehst."

Statt „Ich verspreche es" sagte ich einfach: „Ich habe Sie gern."

Sie legte mir eine Hand aufs Knie und brachte ein schwaches Lächeln zustande. „Ich habe dich auch gern."

„Geben Sie Bescheid, wenn Sie bereit sind", sagte North mit dem Daumen über dem Aufnahmeknopf. Seine Stimme klang merkwürdig, als hätte er genau so einen Kloß im Hals wie ich. Dr. Tarsus nickte. North drückte die Aufnahmetaste.

„Frei zu fallen", sagte sie heiser und atmete flach nach jedem Wort. Die Augen fielen ihr flatternd zu und sie schüttelte den Kopf. „Ich versuch es noch mal." Sie röchelte und versuchte einzuatmen. „Frei … zu … fallen."

Mir sank der Mut. Ich hatte wenig Erfahrung mit Stimmerkennungsprogrammen, aber bestimmt musste die Stimme irgendwie nach der Person klingen, zu der sie gehörte. Versuch es noch mal, bat ich sie stumm. Eine Weile verging. Das bisschen Atem, das sie noch hatte, rasselte in der Brust.

Ich nahm ihre Hand und drückte sie. Ihre Lippen formten das Wort *Geh.* Lautlos, doch so gebieterisch wie eh und je. Wir wussten beide, dass ich keine andere Wahl hatte. Als ich mich vorbeugte und ihr einen Kuss auf die Wange gab, benetzten meine Tränen ihr Gesicht. „Danke", flüsterte ich. „Für alles."

Sie lächelte. Der Schweiß auf ihrem Gesicht glitzerte im flackernden Schein von Norths Fackel. Dann erschlafften ihre Züge und sie war tot.

Weder North noch ich sagten etwas, als wir zu der steinernen Wand gingen.

„Gebrauch nicht deine Finger", warnte er, als sich die Steinfassade zurückzog und fluoreszierendes Licht uns überströmte. „Fingerabdrücke."

Ich nickte und berührte das Glas mit dem Daumenknöchel. Wie in der Simulation leuchteten zwölf Kästchen auf dem Bildschirm auf, jedoch mit anderen Ziffern.

1	0	9	4	-	-	-	-	-	-	-	-

Vorsorglich hatte ich mir die ersten fünfzig Zahlen der Fibonacci-Folge auf die Innenseite meines Unterarms geschrieben – Norths Idee – und 10946 war die einundzwanzigste Zahl auf der Liste. Die folgenden acht Ziffern lauteten also 6, 1, 7, 7, 1, 1, 2, 8. So schnell ich konnte, gab ich sie ein.

Kaum hatte ich die Acht mit dem Daumenknöchel berührt, glitt die Glastür mit einem Schwall warmer Luft auf. Ich folgte North in den kleinen Raum. Wenige Sekunden später glitt die Tür zu. Die Steinfassade schob sich wieder davor und verbarg uns. Ich nahm Norths Handy und ging damit zum Mikrofon.

„Meinst du, es klappt?", fragte ich.

„Vielleicht", sagte er, aber es klang zweifelnd. Er probierte es zunächst mit der ersten Aufnahme. Noch ehe ich die Worte *Zugriff verweigert* hörte, wusste ich, dass wir ein Problem hatten. Wäre ich bei der Aufnahme nicht dabei gewesen, hätte ich ihre Stimme selbst nicht erkannt. Die zweite Aufnahme war noch schlechter.

„Scheiße", flüsterte ich und kniff die Augen zu. Ich wartete darauf, dass der Zweifel mir einen Hinweis gab. Stattdessen hörte ich die Stimme von Dr. Tarsus.

Zu stehen wohl begabt, doch frei zu fallen.

Ich riss die Augen auf. „North", sagte ich aufgeregt. „Hast du noch die Audiodatei auf deinem iPhone? Die von Tarsus?"

„Ja, warum?"

„Da hat sie *frei zu fallen* gesagt. Ziemlich am Anfang der Aufnahme, glaube ich."

North öffnete die Datei bereits. Er schob den Regler der Zeitleiste ein klein wenig nach rechts und drückte auf Play. Dr. Tarsus' Stimme – ihre normale, gesunde Stimme – erfüllte den kleinen Raum.

„Kurz danach kommt es", sagte ich.

Er stupste den Regler vorwärts.

„So sind wir wohl beschaffen", sagte ihre Stimme durch den kleinen Lautsprecher. „Wie hat Milton gesagt? *Zu stehen wohl begabt, doch frei zu fallen.* Wir hatten die Wahl und entschieden uns dafür."

North schob den Regler ein Stück zurück und hob das iPhone ans Mikrofon. Als er den Knopf drückte, hielt ich den Atem an. Es klang genau wie sie, aber stimmte der Tonfall auch?

Bitte lass es klappen.

„Guck mal“, sagte North und zeigte auf das Bedienfeld, das ich aus der Simulation kannte. Die Lämpchen wechselten nacheinander von Grün auf Rot. „Das ist ein Sicherheitspanel. Jedes Lämpchen ist mit einer Kamera verbunden. Ich glaube, sie gehen gerade offline.“ Wenige Sekunden später ertönte ein lautes metallisches Geräusch, als Stahl gegen Stahl glitt und die Tresortür aufging.

Wir waren drin.

Ein bisschen Angst hatte ich immer noch, es könnten Leute da sein, die hier arbeiteten. Aber North behielt Recht. Der gigantische, bläulich erleuchtete Raum war völlig verlassen. Und laut. Und *eiskalt*. Ich machte die Tür hinter uns zu, aber nicht ganz. Ich hatte keine Ahnung, wie sie sich von innen öffnen ließ, wenn überhaupt.

North zog ein Paar Handschuhe an. Sie waren dünn und hatten Gummipolster an den Fingerspitzen. „Hackerhände“, rief er über das Brummen der Maschinen hinweg. „Keine Fingerabdrücke.“

Die Handschuhe erinnerten mich daran, dass dieser Augenblick in irgendeiner Variante immer zu unserem Plan gehört hatte. Aber das beruhigte mich nicht, es machte mir nur umso deutlicher, wie weit wir vom Kurs abgekommen waren. Schnell blinzelte ich, aus Furcht, was ich hinter den Lidern sehen könnte, wenn ich sie zu lange geschlossen hielt.

„Ich dachte, die Server werden nicht vor Mitternacht abgeschaltet“, sagte ich, während ich ihm zwischen den Servern zum Terminal folgte. Der Fußboden unter uns bestand aus irgendeinem Metallgitter. Einige Meter darunter sah ich glatten grauen Beton.

„Werden sie auch nicht", sagte North und berührte die Tastatur vor dem Terminal, um die drei Bildschirme einzuschalten. Die Bildschirme waren gesperrt, in der Mitte jedes Monitors war ein Login-Feld.

„Und jetzt?", fragte ich, aber North hatte den Login schon umgangen. Er tippte in Lichtgeschwindigkeit und schaute kein einziges Mal auf seine Finger, während Zeile um Zeile Maschinencodes auf dem Bildschirm erschienen. Norths Blick huschte zwischen den einzelnen Bildschirmen hin und her, er öffnete und schloss ungefähr tausend Fenster. Auf der Jagd nach dem Programmmcode von Lux. Und wenn er ihn nun nicht fand?

Ich lief unruhig auf und ab.

„Rory", sagte North.

„Was ist?"

„Hör auf damit. Das macht mich verrückt."

Ich setzte mich hinter ihn auf den Gitterboden. „Ich komme mir so überflüssig vor. Wie kann ich dir helfen?"

Ohne den Blick vom Bildschirm zu wenden, fasste er in die hintere Hosentasche und reichte mir sein iPhone. „Such uns gute Musik raus."

Stunden vergingen, während die Musik lief. North summte ein wenig bei der Arbeit. Ich schaute schweigend auf seinen Rücken und wartete darauf, dass das *Tipp-tipp-tipp* seiner Finger verstummte. Endlich war es still. Es war schon nach elf.

„Rory", sagte er aufgeregt. Ich zeichnete die Quadrate des Gitters unter mir mit den Fingern nach. „Ich hab den Algorithmus geknackt. Du musst meine Arbeit überprüfen, damit wir sicher sein können, dass ich ihn richtig umgeschrieben habe."

Ich stand auf. In einem Kasten in der Mitte des Bildschirms stand eine Aneinanderreihung von Wörtern und Zeichen. „Puh. Ich hab keine Ahnung, was das bedeutet."

„Ich weiß", sagte North gereizt.

Ich schaute ihn an und sah, wie müde er war. „Was soll ich tun?", fragte ich.

„Lies es laut vor." Er schloss die Augen. „Mir verschwimmt alles, ich kann nichts mehr sehen. Lies einfach vor, was da steht."

Die ganze Zeit, während ich vorlas, saß er mit geschlossenen Augen und angestrengt gerunzelter Stirn da. Als ich zu Ende gelesen hatte, entspannten sich seine Züge.

„North?"

Mehrere Sekunden vergingen. Die Spannung war unerträglich. Wieder sagte ich seinen Namen, leiser diesmal, fast ein Flüstern.

„Vor etwa einer Stunde war ich an einem Punkt, da dachte ich, es ist unmöglich", sagte er mit geschlossenen Augen. „Ich dachte, der Algorithmus ist zu ausgefeilt, um einfach die Daten eins zu eins auszutauschen, jedenfalls wenn man nicht riskieren will, dass die Leute mit ihren Autos ineinanderrasen oder Massenselbstmord begehen."

Massenselbstmord. Aus der Laune eines Algorithmus. Ich sah Becks dämliches Grinsen vor mir, als er mit Lux kommunizierte, und schauderte.

„Ich hab keine Lösung gesehen", sagte North. „Fast hätte ich aufgegeben." Er machte die Augen wieder auf und sah mich endlich an.

„Aber?"

„Aber da hab ich die Stimme gehört. Sie hat nur *Es ist da* gesagt." Er schüttelte verwundert den Kopf. „Und in dem Moment hab ich's gesehen. Eine winzige Veränderung in der Art, wie der Algorithmus mit einer gewissen Kategorie von Bedrohungen umgeht. Und ich hab kapiert, dass ich das Schema im Grunde außer Kraft setzen kann, anstatt es einfach umzukehren – wenn es mir gelingt, diese Kategorien zu isolieren und als eine Art besonderer Chance, sozusagen als Trumpfkarte zu behandeln. Ich musste innerhalb des Algorithmus eine zusätzliche Anweisungsfolge schreiben, was das Ganze ungefähr neuntausendmal schwieriger gemacht hat. Aber ich glaube, es funktioniert."

Ich kletterte zu ihm auf den Stuhl und schlang ihm die Arme um den Hals. Er legte mir die Hände auf die Oberschenkel und mir lief ein Schauer über den Rücken. „Du bist ein Genie", sagte ich.

Ich gab ihm einen Kuss, aber er wich zurück und schüttelte den Kopf. „Nein, dafür gebührt mir keine Ehre. Ohne Hilfe hätte ich aufgegeben."

Ich wollte ihm widersprechen, aber dann ließ ich es sein. Die Auserwählten brauchten den Ruhm für ihre Siege. Der Junge, den ich liebte, nicht.

„Dann können wir jetzt hier raus?", fragte ich.

„Gleich", sagte North. „Ich muss die Änderungen nur noch

in das Versionsverwaltungssystem kopieren und den Code auf den Servern installieren, bevor Gnosis das System vom Netz nimmt und danach wieder hochfährt." Ich schaute auf die Zeitanzeige auf dem Bildschirm. Es war 23.53 Uhr.

„Reichen sieben Minuten für das, was du vorhast?", fragte ich.

„Denke schon", sagte North. „Wenn das System hochfährt, führe ich ein Skript aus, mit dem ich meine Spuren verwische, und installiere den Wurm. Und *dann* können wir hier raus.

„Den Wurm?"

„Das ist unser Ablenkungsmanöver", erklärte North. „Für den Fall, dass bei Gnosis jemand rauskriegt, dass wir im Netzwerk waren. Dann sehen sie den Wurm und denken, sie haben uns."

„Sehr geschickt. Hat die Stimme dir das auch eingeflüstert?"

Er grinste und gab mir einen Kuss auf die Nase. „Nee, das kommt größtenteils von mir."

Er langte um mich herum und tippte auf der Tastatur. Ich betrachtete sein Gesicht, während er arbeitete. Die Müdigkeit war wie weggewischt.

Ich stupste sein Ohr mit der Nase. „Du bist unglaublich", flüsterte ich und küsste ihn auf die Wange.

„Scheiße", sagte er und erstarrte.

Ich zuckte zurück.

„Was ist?"

„Ich hab einen Alarm ausgelöst." Er fluchte leise und tippte wie wild.

„Was für einen Alarm?", fragte ich und versuchte von seinem Schoß zu rutschen, ohne seine Arme zu berühren. Mein Herz raste, meine Beine fühlten sich an wie Wackelpudding.

„Ich weiß nicht."

Ich schaute auf die Mitte des Bildschirms. Erst dachte ich, da stünden Code-Zeichenketten. Doch dann erkannte ich plötzlich, dass es griechische Buchstaben waren. „Warte mal", sagte ich und fasste North am Arm. „Ich glaub, es ist ein Rätsel."

„Ein *Rätsel*?"

„Ja", sagte ich. So ganz überzeugt war ich nicht. „Warte mal einen Moment." In dem Augenblick, als North die Finger vom Touchpad hob, verwandelten sich acht Zeilen in der Mitte des Bildschirms in arabische Schrift.

Denn frei erschuf ich sie, und frei denn auch
Sollen sie bleiben, bis sie selbst sich knechten;
Sonst müsste ich die Schöpfung gar verwandeln,
Den hohen unabänderlichen Schluss,
Auf Ewigkeit verordnet, widerrufen,
Der ihnen Freiheit gab; sie haben selbst
Den eignen Fall bestimmt.

DRÜCKEN SIE DIE NOTWENDIGE TASTE, UM FORTZUFAHREN.

Aus dem Augenwinkel nahm ich Norths überraschte Miene wahr. „Das sind ja Zeilen aus *Das verlorene Paradies.* Die Zeilen, die deine Mutter dir hinterlassen hat." Er sah mich an. „Hast du an den griechischen Buchstaben erkannt, was es war?"

Ich nickte. „Nicht was drinsteht, nur dass es ein Rätsel ist. Die Rätsel, die wir in der Aufnahmeprüfung machen mussten, erschienen auch immer zuerst in griechischen Buchstaben. Aber da gab es immer …" Eine Zeitvorgabe wollte ich sagen, als mein Blick auf den kleinen Timer rechts unten auf dem Bildschirm fiel, der von sechzig herunterzählte. Eine Minute. Mehr hatten wir nicht.

„Beeil dich", sagte ich. „Wir haben nur sechzig Sekunden."

„Rory, so schnell kann ich den Schlüssel unmöglich knacken."

„Dann müssen wir eben das Rätsel lösen. *Drücken Sie die notwendige Taste, um fortzufahren.* Die Antwort muss in dem Zitat liegen. Deshalb steht es da."

Mehrere Sekunden lang schwiegen wir beide und starrten nur auf den Bildschirm. „Auf dieser Tastatur gibt es hunderteins Tasten", sagte er schließlich und zog entnervt an seinem Irokesen. „Und wir haben nur noch zweiunddreißig Sekunden. Ich glaube nicht …"

„Könnte es das E sein?", fragte ich. „Weil in *eignen* eins fehlt?"

North schüttelte den Kopf. „Das glaub ich nicht. So steht es ja auch in der Buchausgabe."

„Okay, dann muss es auf der Bedeutungsebene zu finden sein. Was …?"

Mit einem Ruck setzte North sich auf. „Milton spricht hier von der Gefangenschaft des Menschen", sagte er aufgeregt. „Also ist die *notwendige* Taste die Escape-Taste."

Ich überlegte. Das klang logisch. Es könnte tatsächlich die Lösung sein. North ließ den Finger über der Escape-Taste schweben und wartete auf mein Stichwort. Nur noch zwanzig Sekunden. Mit rasendem Herzen kniff ich die Augen zu. Ich musste mich jetzt entscheiden.

Frei denn auch sollen sie bleiben. Auf einmal fiel mir ein, was die Schlange bei der Initiation gesagt hatte. *Narren, die einen Herrn suchen.*

„Nein“, sagte ich und riss die Augen auf. „Es gibt nichts, wovor sie fliehen müssen. Darum ging es Milton doch, oder? *Bis sie selbst sich knechten.* Eine Falle ist es nur, wenn wir es zulassen. Um fortzufahren müssen wir nur *eintreten.*“

Ohne nachzufragen oder zu zögern, drückte North die Enter-Taste. Sofort verschwanden alle Wörter. Alle, bis auf eins:

Fortfahren.

Fast augenblicklich öffnete sich ein neues Fenster und die Worte Befehl ausgeführt erschienen auf dem Bildschirm.

„Danke“, murmelte North und ließ sich in den Stuhl sinken. Er sah mich an. „Ich dachte schon, wir wären erledigt.“

„Haben wir es geschafft?“, fragte ich sicherheitshalber.

„Abwarten“, sagte er und legte den Kopf auf meinen Bauch.

Ich starrte auf die Zeitanzeige, die von 11.58 auf 11.59 und 12.00 Uhr tickte.

„Es ist Mitternacht“, sagte ich. „Und nichts passiert.“

„Das kann ein paar Minuten dauern.“ Norths Stimme klang an meinem Sweatshirt gedämpft. „Jemand bei Gnosis muss die Server vom Stromnetz nehmen. Vorher wird er sichergehen, dass alle aus dem internen Netzwerk ausgeloggt sind.“

„Und der neue Algorithmus tritt in Kraft, wenn die Server wieder eingeschaltet werden?“, fragte ich.

„Müsste er, ja." Er lehnte sich zurück. „Allerdings weiß ich nicht genau, wie der Sonnensturm sich generell auf Lux auswirkt. Aber solange die App funktioniert, müsste auch der Algorithmus funktionieren."

„Und was ist mit uns? Kommen wir heil aus der Geschichte raus?"

„Na klar." Er zog mich auf seinen Schoß. „Wir machen es uns in meiner Wohnung gemütlich, spielen mit batteriebetriebenem elektronischen Spielzeug und futtern Ravioli aus der Dose."

Um 12.02 Uhr gingen die vielen Reihen von Maschinen mit langgezogenen Seufzern aus. Der Terminal schaltete sich als Letztes ab. Danach war es vollkommen still im Raum. Die Notbeleuchtung verlieh allem einen unheimlichen Grünschimmer.

„Was machen wir, wenn jemand hier runterkommt?", flüsterte ich.

North blickte nicht auf. „Dann hauen wir ab."

Aber es kam niemand. Ein paar Minuten später schalteten sich die Server mit Piepsen und Rauschen wieder ein. Nach der Stille war der Lärm nervtötend. Ich fühlte mich unwohl.

Ein lauter Knall hinter uns ließ mich heftig zusammenfahren. „Was war das?", flüsterte ich.

„Ich weiß nicht." North wirkte besorgt. Er drehte sich um und da sahen wir es. An der Stelle der geheimen Tür war jetzt eine Wand.

„Die ist wohl darauf programmiert, sich beim Neustart zu schließen." North klang elend.

Ich blieb still. Wir sitzen in der Falle, sagte ich mir, aber in meinem Kopf kam es offenbar nicht an. Wenn es ankäme, würde ich durchdrehen, aber ich saß nur da und starrte an die Wand. Es war nicht zu erkennen, dass da je eine Tür gewesen war.

„Rory?"

„Es muss noch einen anderen Ausgang geben", sagte ich ruhig. So ruhig, dass es mich selbst überraschte. Aber meine Mutter hatte mich bisher nicht im Stich gelassen, und sie hatte zwei orangefarbene Kreuze auf die Decke gestickt. Das Kreuz auf dem Friedhof war ein Ein- und Ausgang. Das Kreuz auf dem Reservoir musste auch einer sein.

„Ich sehe nur zwei Aufzüge", sagte North. „Zwei Gnosis-Aufzüge, für die man die richtigen Schlüsselkarten braucht. Aber die Tür, durch die wir gekommen sind, muss sich auch von innen öffnen lassen, oder?" Er klang angespannt. Panisch.

„Ich weiß es nicht", sagte ich. „Vielleicht wollen die Auserwählten nicht riskieren, dass jemand eine Möglichkeit findet, sie zu öffnen. Aber ich glaube, wir können hier wieder raus. Es muss von diesem Raum aus einen Weg nach draußen geben." Ich zeigte auf den Bildschirm des Terminals. „Du machst hier deine Arbeit zu Ende. In der Zeit suche ich den Ausweg."

North wirkte skeptisch, doch er nickte und schaute wieder auf den Bildschirm, auf dem jetzt die Login-Box von Gnosis erschien.

Erst lief ich einmal im Raum herum. Die einzigen erkennbaren Wege hinaus waren die beiden Aufzüge und eine alarmgesicherte Tür mit der Aufschrift *Notausgang*. Hier unten gab es nicht mal eine Toilette. Als Nächstes suchte ich die Decke ab, aber sie war so wahnsinnig hoch, dass wir sie sowieso niemals erreichen könnten. Wenn es einen Ausgang gab, musste er im Boden sein.

Ich fing am hinteren Ende des Raums an, mindestens ein Fußballfeld von North entfernt. Systematisch untersuchte ich jeden Zentimeter unter dem Gitter. Aber da war nur glatter Beton. Mein Magen krampfte sich zusammen. Hatte ich mich getäuscht?

Ich wartete auf tröstliche Worte, eine Versicherung der Stimme, dass es einen Ausweg gab. Aber es kam nichts. Seit wir hier unten waren, blieb die Stimme stumm. Kein einziges Mal hatte sie mir versprochen, dass wir heil hier rauskamen.

Oh nein, die Überwachungskameras. Wenn der Neustart die Tür zurücksetzte, wurden bestimmt auch die Kameras wieder eingeschaltet. Ich wollte schon North rufen, machte den Mund aber schnell wieder zu und rannte stattdessen mit gesenktem Kopf zu ihm.

Ich war schon fast bei ihm, als ich mit dem Schuh im Gitter hängen blieb und hinfiel. Ich kam hart mit den Händen auf, das Metall schnitt mir in die Haut, dann schlug ich mit den Knien auf. Meine Augen brannten vor Schmerz, aber der war schnell vergessen, als ich sah, was sich unter mir befand: ein runder Schachtdeckel, in den die Buchstaben ἔξοδος eingraviert waren. Ich suchte den Boden nach einer Möglichkeit ab, unter das Gitter zu gelangen. Was ich suchte, lag genau unter einem Server, deshalb hätte ich es fast übersehen. Da war ein Riegel.

Ich rappelte mich auf und lief zu North. Wortlos zog ich

ihm die Kapuze über den Kopf. „Die Kameras“, flüsterte ich ihm ins Ohr. Er erstarrte. Im selben Moment drang ein durchdringender, schriller Ton aus den Lautsprechern über uns. Sie hatten uns gesehen.

„Ich hab einen Ausgang gefunden“, sagte ich ganz nah an Norths Ohr und zog ihn am Arm.

„Warte“, sagte er. „Ich kann die Videoaufnahmen löschen. Das muss sein.“

Ich grub ihm die Fingernägel in den Arm. „Dafür ist keine Zeit mehr.“

„Der Gnosis-Komplex ist fast zehn Kilometer entfernt“, sagte er und tippte drauflos. Jede Menge Fenster öffneten und schlossen sich, während er das Netzwerk durchforstete. „Selbst mit einem unterirdischen Zug würden sie mindestens fünf Minuten brauchen. Ich schaffe das hier in einer Minute. Ich hab den Feed schon gesehen, ich weiß, wo er ist.“ Der Schweiß stand ihm auf der Stirn, aber er ließ sich nicht beirren. Ich starrte auf die beiden Aufzugtüren. Das Herz hämmerte mir gegen die Rippen.

„Geschafft“, sagte North und schob den Stuhl so heftig zurück, dass er umfiel.

Ich rannte zu dem Schacht, North hinterher. Der Riegel funktionierte genauso, wie ich gedacht hatte. Ein Teil des Gitters löste sich und ließ sich anheben wie eine Falltür. Nachdem wir runtergestiegen waren, verriegelten wir das Gitter wieder. Auf Händen und Knien drehten wir den Deckel im Boden an den Griffen. Drehen ging leicht, hochheben war schon schwerer. Er wog bestimmt zwanzig Kilo, und auf allen vieren war es ein Problem, ihn anzuheben, vor allem mit dem kreischenden Alarm in den Ohren.

Wir hatten ihn gerade abgelegt, als wir die Türen des Aufzugs hörten. North zeigte auf das Loch. Ich spähte in die Finsternis. Es war unmöglich abzuschätzen, wie tief es war. Aber da es keine Leiter gab, nahm ich an, dass es nicht so tief sein konnte. Ich ließ mich mit den Beinen hinunter, rutschte auf den Bauch und sank weiter hinab, bis ich nur noch an den Händen hing. Ein Geruch nach faulen Eiern schlug mir entgegen und auf einmal hatte ich schreckliche Angst, einen Fehler gemacht zu haben.

„Bitte", murmelte ich und streifte den linken Schuh mit dem rechten ab. Bitte mach, dass ich mir nicht den Hals breche und dass es klappt und sie uns nicht finden. Als ich hörte, wie der Schuh eine Sekunde später auf Stein aufschlug, ließ ich los.

Ich hielt die Beine gebeugt und als ich auf den Füßen landete, fiel ich nach vorn auf die Hände. Der Boden unter mir war rau und piksig wie harscher Stein. Es konnte nicht mehr als fünf Meter tief sein, aber das Licht von oben erhellte den nasskalten Raum nur minimal. Ich tastete nach meinem Schuh. Über mir hörte ich schnelle Schritte, Rufen und ein schabendes Geräusch. North versuchte den Deckel wieder über die Öffnung zu ziehen. Seine Füße baumelten über meinem Kopf, während er mit dem Deckel hantierte. Dann rastete der Deckel scheppernd ein und völlige Dunkelheit umgab uns. North landete mit einem dumpfen Geräusch neben mir.

„Glaubst du, sie haben dich gesehen?", fragte ich, während ich den Schuh anzog.

„Das wollen wir lieber nicht rausfinden“, sagte er. Er schaltete das Licht seines iPhones an und sein Gesicht leuchtete auf. Mit ausgestreckter Hand drehte er sich langsam im Kreis. Jetzt sahen wir, wie klein der Raum um uns herum war. Die Steinwände schimmerten, als wären sie mit Gold gesprenkelt. Unter anderen Umständen hätte ich sie schön gefunden, aber jetzt hatte ich dafür keinen Sinn. Wir saßen schon wieder in der Falle und das gab mir ein erstickendes Gefühl. Die Öffnung, durch die wir gekommen waren, war jetzt mit einer schweren Metallplatte versiegelt. Selbst wenn ich auf Norths Schultern steigen würde, könnte ich sie nicht berühren, geschweige denn den Deckel anheben.

„Rory“, sagte North. „Dort drüben ist eine Öffnung. Sie ist klein, aber sie scheint als Durchgang gedacht zu sein.“

Ich folgte dem Lichtschein und sah, dass in den Stein ein Spalt gehauen war, fast verborgen im Schatten.

„Gehen wir“, sagte North und nahm meine Hand.

Der Weg durch den Spalt führte bergab, noch tiefer in die Erde hinein. Der Durchgang war so eng, dass North mit den Schultern an die Wände stieß, und die Decke war zu niedrig, um aufrecht zu stehen. Während wir uns geduckt vorwärts kämpften, konzentrierte ich mich darauf, ruhig zu atmen. Ich wollte nicht in Panik geraten. Falls wir wirklich hier unten feststeckten, hatten wir noch reichlich Gelegenheit auszurasten. Während wir tiefer kamen, wurde der Schwefelgestank immer schlimmer.

„Was ist das bloß?“, fragte ich und hielt mir das T-Shirt vor die Nase.

„Keine Ahnung", sagte North. „Aber ich bin echt froh, dass wir vorher nichts gegessen haben."

Ein paar Minuten später war der Boden wieder flach. Jetzt waren wir in einem Raum, der größer war als der erste, jedoch eine viel niedrigere Decke hatte. North konnte nur knapp aufrecht stehen. Die Wände um uns herum waren uneben und strukturiert. North leuchtete sie an. Sie hatten einen bronzenen Ton. Nur ein Weg führte weiter, noch ein Tunnel, rund und holprig, als gäbe es ihn schon länger. Auf dem Weg dorthin fiel der Schein des iPhones auf eine Inschrift an der Wand. Es war eine grobe Zeichnung von einem Förderwagen, der sich auf einen Tunnel zu bewegte. Als ich das Bild sah, kapierte ich. Wir befanden uns in der alten Pyritmine. Was an den Wänden schimmerte, war nicht Gold, sondern sein billiges Imitat. Es lag eine gewisse Ironie darin, oder vielleicht passte es auch einfach wie die Faust aufs Auge, dass die Auserwählten ausgerechnet dieses Areal in Beschlag genommen hatten. Sie hatten ihr Schloss auf einem Fundament aus Narrengold erbaut.

Ich folgte North in den Tunnel. Diesmal ging es bergauf. Der Boden war noch glitschiger als vorher, Stein rutschte über Stein. Mehr als einmal verlor ich das Gleichgewicht und landete auf den Händen. Es war verlockend, die Schuhe auszuziehen. Barfuß lief es sich bestimmt besser als auf flachen Gummisohlen ohne Profil. Aber man wusste nicht, worauf man womöglich trat, und deshalb behielt ich sie an. Als es steil wurde, ließ North mich überholen. Mit der Gewissheit, dass er mich notfalls auffangen konnte, fühlte ich mich sicherer.

Wir waren eine Weile bergauf gegangen, als Norths iPhone das gefürchtete Geräusch machte. Das Wimmern der Akkuwarnung. Wir nahmen es schweigend zur Kenntnis. Keiner sprach aus, was wir beide dachten. Wenn das hier eine Sackgasse war, war es aus mit uns.

Wieder rutschte ich aus und diesmal war der Stein unter meinen Händen nass. „Auf den Steinen ist Wasser", sagte ich über die Schulter zu North. Er war direkt hinter mir. „Das muss doch irgendwie von oben kommen, oder?"

„Sollte man meinen." Hoffnung lag in seiner Stimme.

Wir kletterten weiter. Als der Boden wieder flach wurde, fasste North mich am Arm. „Warte mal", sagte er warnend. „Womöglich geht's hier steil runter." Er leuchtete auf den Boden und um uns herum. Der Mut verließ mich, als ich die steinernen Wände sah. Der Tunnel, durch den wir gekommen waren, war der einzige Ausgang.

Am liebsten hätte ich geschrien. Ich wollte die Stimme verfluchen, die mir gesagt hatte, ich solle keine Angst haben, wenn sie doch wusste, dass wir hier enden würden. Doch hinter meiner Wut lag die Erkenntnis, dass die Stimme mich auf genau diesen Moment hatte vorbereiten wollen. *Fürchte dich nicht, denn ich bin bei dir.* Nicht wie ein Amulett, das mich vor allem Bösen beschützen konnte, sondern als Zuflucht, wenn es nichts anderes mehr gab.

Du hast getan, was du tun wolltest, flüsterte die Stimme. Statt Wut oder Angst empfand ich Frieden.

North stand an der Wand und leuchtete die Oberfläche ab. „Hey, guck mal", rief er. Da war noch eine Zeichnung, die schwarz in den glänzenden Stein geritzt war. Nur ein Kreis und drei Striche. Sie war simpel und doch klar als Taube zu erkennen. Tief bewegt strich ich darüber. Was machte die Zeichnung hier? Warum eine Taube? Es kam mir vor wie ein Zeichen. Ein Geschenk.

Während ich die Linie mit den Fingerspitzen nachzeichnete, erlosch das Licht des iPhones. Keiner von uns reagierte. Wir waren darauf gefasst gewesen. Und für mich war es eine Erleichterung, nicht mehr darauf zu warten und den Augenblick zu fürchten, da es ausgehen würde. Jetzt, wo es so weit war, kamen wir damit zurecht.

In der Dunkelheit zog North mich an sich. Seine Hände wanderten von meinen Armen hoch zu meinem Gesicht, und obwohl ich ihn nicht sah, sah ich ihn auf seltsame Weise doch. Nicht mit den Augen, sondern mit der Erinnerung. Und das fühlte sich irgendwie echter an. Wahrhaftiger. Als er mich küsste, vergaß ich alles andere. Die Dunkelheit, den Gestank, meinen Durst. Ich spürte nur seine Lippen auf meinen und seinen Körper an meinem. Ich roch nur seine Haut und sein zitroniges Shampoo. Und ich hörte nur seinen Atem und meinen, heiß und schnell, während wir uns aneinanderklammerten und mehr voneinander wollten.

Da kam aus dem Nichts ein Krachen über uns, so laut, dass ich dachte, die Erde wollte bersten. Wir erstarrten.

„War das …?“

„Ein Donner“, sagte North.

Ich streckte die Hände nach der Taube aus. Auf einmal begriff ich, warum sie da war.

„Die Bergleute“, sagte ich atemlos. „Die in der Mine festsaßen. Die waren *hier*.“

„Was? Woher weißt du das?“

„Ich hab es in Panopticon gelesen. Die Hilfspakete, die die Rettungskräfte runterschickt haben, wurden Tauben genannt. Das Loch, das sie dafür benutzt haben, wurde schließlich größer gemacht, um die Bergleute rauszuholen.“

Wieder donnerte es, noch lauter diesmal.

„Die Öffnung ist über uns“, sagte ich. „Wir haben sie nur nicht gesehen, weil wir nicht nach oben geguckt haben.“ Ich legte den Kopf zurück.

Ein Regentropfen landete auf meiner Wange.

Ich reagierte nicht, jedenfalls nicht gleich. Ich wartete auf den nächsten und wieder den nächsten, bis der Regen mein ganzes Gesicht benetzte. Dann lachte ich.

„Was ist?“, fragte North.

„Es regnet!“ Ich zog ihn in das kalte Nass.

„Es regnet“, sagte er verblüfft. Dann lachte er auch.

Wir brauchten mehrere Versuche, bis ich auf seinen Schultern stand, aber als ich einmal oben war, konnte ich die Öffnung im Stein leicht ertasten. Es war ein kreisrundes Loch, so groß wie die Öffnung, durch die wir hineingekommen waren. Nur ein paar Zentimeter darunter hing das ausgefranste Ende eines Seils.

34

„Es ist ganz schön unheimlich, oder?“

Seit Stunden saß ich schon auf dem Balkon der Wohnung – *unserer* Wohnung, wie North mich immer verbesserte – und schaute in den Wald aus dunklen Gebäuden. Um drei Uhr nachmittags hatten die Elektrizitätswerke das Stromnetz abgeschaltet. Ein sogenannter „koronaler Massenauswurf“ hatte die Sonnenoberfläche verlassen und bewegte sich auf die Erde zu. Der Sonnensturm war offiziell im Gange. Man rechnete damit, dass die gewaltige Masse Sonnenplasma um kurz nach eins in die Erdatmosphäre prallen würde. Jetzt war es 0.30 Uhr.

Die letzten zweiundzwanzig Stunden verschwammen ineinander. Die Öffnung, die wir in der Mine gefunden hatten, führte durch einen Steinbrunnen in den Wald, etwa zwanzig Meter von dem Elektrozaun um den Enfield-Stausee entfernt. Hätte ich es nicht besser gewusst, hätte ich geglaubt, der Brunnen wäre so alt, wie er aussah. Es gab weder einen Gedenkstein für die Rettung der Bergleute damals noch sonst irgendeinen Hinweis darauf, dass die Öffnung irgendwohin führte. Und so war es ja auch gedacht. Es war der geheime Fluchtweg der Auserwählten.

Hershey hatte in Norths Wohnung auf uns gewartet, ziemlich aufgewühlt, aber wohlauf. Wir versuchten sie zu überreden, uns nach New York zu begleiten, Rudd und Eden hinter sich zu lassen, doch sie wollte bleiben.

Der Abschied von ihr war mir schwerer gefallen als erwartet. Unsere Beziehung würde immer kompliziert sein, aber irgendwie gehörte Hershey zu mir. Zu der Rory, die ich geworden war. In der Gasse hinter Norths Wohnung lagen wir uns lange in den Armen. Als wir einander schließlich losließen, hatten wir beide tränennasse Schultern.

Gerade als die Sonne sich um kurz nach sechs über den East River erhob, überquerten North und ich die Robert F. Kennedy Memorial Bridge. Seine Wohnung lag auf der 47. Straße, direkt am Times Square. Nach einem fettigen Frühstück im Diner um die Ecke gingen wir hoch und legten uns schlafen. North schmiegte sich an meinen Rücken. Als wir aufwachten, immer noch vollständig bekleidet, ging die Sonne unter. North fasste mir ins Haar und wickelte eine Strähne um seinen Finger. Als ich ihn ansah und seine Hand an der Wange spürte, legte sich das hohle Gefühl in meinem Innern. Wir waren gerettet. Wir waren mehr als gerettet. Wir waren frei.

Wir hatten die versprochenen Ravioli direkt aus der Dose gegessen, und jetzt saß ich hier auf dem Balkon und schaute auf die dunkle Stadt. Die Schiebeglastür hinter mir war mit Rollos verdunkelt, damit die Neonlichter uns nicht blendeten, aber heute brauchten wir keine Rollos. Keine Reklametafel leuchtete. Und vom Mond war auch nicht mehr als ein fahlgelbes Scheibchen zu sehen. Aber Sterne gab es, eine dicke Decke am wolkenlosen schwarzen Himmel. Ich fragte mich, wie oft die Leute in Manhattan Sterne zu sehen bekamen. Vermutlich so oft wie die Leute in Seattle, also fast nie. Zu viel Lichtverschmutzung. Aber nicht heute Nacht. Die gesamte Ostküste war verdunkelt.

Auf den Gehwegen unter mir gingen Leute und schauten hoch zu den Sternen. Daran, wie häufig sie auf die leuchtenden Rechtecke an ihren Handgelenken schauten, erkannte ich, dass Lux sie hinausgeführt hatte. Sternennächte. Der Kosmos. Von solchen Erlebnissen hatte Lux sie gewöhnlich ferngehalten. Aber heute Nacht war es anders.

Unser Algorithmus tat genau das, was er sollte. Die Menschen wurden hin zu ihren Bedrohungen geführt statt von ihnen weg. Lux' Unberechenbarkeit war das Gesprächsthema Nummer eins. Wir hatten alles verschlafen, aber die App hatte den ganzen Tag Chaos angerichtet. Verkehrsstau, lange Schlangen, Leute, die mitten am Tag ihren Arbeitsplatz verließen. Leute, die gar nicht erst zur Arbeit erschienen. Gnosis behauptete, die Probleme resultierten aus einer GPS-Störung durch den Solarwind, und drängte die Leute, die App nicht zu benutzen, bis die Satelliten nach dem Sturm wieder online seien. Die Lux-Nutzer ignorierten diesen Rat fröhlich. Durch die Nanobots in ihrem Gehirn trauten sie der App mehr als ihren Herstellern, selbst wenn sie meilenweit vom Kurs abkamen und ein Meeting mittendrin verließen. Es hätte lustig sein können, wenn es nicht so traurig gewesen wäre.

Doch nicht alle hörten auf Lux. North sagte, die Leute tauschten sich online darüber aus, die App von ihren Handys zu deinstallierten. Diejenigen, die es taten, benutzten Hashtags wie *gesteuert* und *gelenkt*. Man konnte noch nicht von einer Bewegung sprechen, aber #delux wurde ein Trend in Forum, und alle wichtigen Nachrichtenquellen berichteten über die Fehler der App. Wir konnten nicht abschätzen, wann Gnosis herausfinden würde, dass wir den Algorithmus umgeschrieben hatten. Ich hoffte nur, dass die Zeit ausreichte, um Beck aus seinem Nanobot induzierten Stumpfsinn zu reißen. Wie viele Sonnenuntergänge brauchte er, bis er wieder die Wahrheit sehen konnte?

In der Wohnung lief das Radio. Ich hörte die Stimme des neuen Chefs von Gnosis, einen Mann, der sich vergeblich abmühte, seinen Vorgänger zu imitieren. Noch immer war nicht gemeldet worden, dass Griffin tot war. Der letzten Presseerklärung zufolge befand er sich in einem Behandlungszentrum an einem geheim gehaltenen Ort. Hoffentlich kam die Wahrheit ans Licht, sobald es wieder Strom gab. Wir hatten Kopien von Griffins Krankenakte an alle Nachrichtenredaktionen gemailt, die uns einfielen, dazu das interne Memo von Gnosis über das Projekt Hyperion. Wir hofften, dass wenigstens eine von ihnen die Geschichte brachte, bevor Gnosis unsere Manipulation entdeckte.

Das Video auf dem Taubenanhänger meiner Kette schickten wir nur an zwei Personen, Mr Atwater und Rudd. In einer beigefügten E-Mail hieß es, das Video werde augenblicklich an die Öffentlichkeit gehen, falls Hershey oder mir etwas zustieß oder ich mich von den Auserwählten verfolgt sah. Damit war mir das Schweigen der beiden sicher. Es stand zu viel für sie auf dem Spiel.

„Unsere innovative Infrastruktur nutzt Licht- und Glasfaser-Optik statt Metall“, sagte der neue Gnosis-Chef. „Auf diese Weise sind unsere Geräte vor elektromagnetischen Störungen geschützt, sodass die Nutzer ihr Gemini Gold und ihr G-Tablet wärend des Stromausfalls problemlos verwenden können. Für GPS sind natürlich Satelliten erforderlich, die wir leider nicht immun machen können. Aber keine Sorge, wenn der Sonnensturm überstanden ist, wird Lux wieder störungsfrei funktionieren.“ Ich schauderte. Störungsfrei. „Bis dahin“, fuhr er fort, „empfehlen wir Ihnen, die App nicht zu benutzen und sich während des Sturms im Haus aufzuhalten.“

Der Wurm, den North ihnen ins Netzwerk gepflanzt hatte, wurde mit keinem Wort erwähnt. Zum Glück für uns wollte sich Gnosis die Negativschlagzeilen eines erfolgreichen Hackerangriffs ersparen.

„Was machen die alle?“, fragte North. Ich hatte fast vergessen, dass er neben mir saß. Ich folgte seinem Blick über die Balkonbrüstung. Immer mehr Leute strömten auf die Straße und schauten in den Himmel.

„Sie nutzen die Chance“, sagte ich sarkastisch. Und eine Sternennacht war tatsächlich eine Chance. Sich von dem Unendlichen, Unbekannten verzaubern und überwältigen zu lassen. Das Erhabene zu streifen. Das wussten die Auserwählten und deshalb wollten sie die Menschen davon abschirmen. Das Erhabene hätte sie verändern können. Deshalb war es so riskant.

„Rory, da passiert etwas“, sagte North und stand auf. „Auf der Straße sind Tausende von Leuten.“

Es stimmte. Unter uns sah es aus wie Silvester. Schulter an Schulter standen die Leute auf dem Platz. Da auch die Ladestationen betroffen waren, als das Netz abgeschaltet wurde, fuhren nur ein paar Benzinautos herum. Das war gut, denn so trieb es die Leute auf die Straßen.

Ich hatte ein komisches Gefühl. Wir waren dafür verantwortlich, dass sie draußen waren. Wenn nun etwas passierte? Eine Straßenschlacht oder so? Oder wenn der Sonnensturm unvorhergesehene Folgen hatte? Da draußen waren jetzt bestimmt hunderttausend Leute. Und nicht nur am Times Square. Soweit ich den Broadway hinunterblicken konnte, wimmelte es von Menschen. Sie standen auf den Balkonen und Dächern. War das nur wegen der Sterne? Ja, der Himmel war wunderschön, aber so besonders nun auch wieder nicht. Keine Kometen oder Sternschnuppen, kein tief stehender Mond. Warum hatte der Himmel es dann an die Spitze aller Chancenlisten geschafft? Der Sonnenuntergang heute war noch atemberaubender gewesen als der Sternenhimmel, und da hatte Lux viel weniger Menschen vor die Tür geschickt.

Ich schaute hinab und sah, wie alle auf ihre Handys starrten. Sie wirkten selbst verwirrt darüber, dass sie mitten in der Nacht draußen waren. Die meisten schauten schon gar nicht mehr in den Himmel. Sie tippten in ihre Handys und warteten darauf, dass Lux sie ins Bett schickte.

Ich versuchte sie mit meinem Blick zum Heimgehen zu bewegen, als ich ein elektrisches Prickeln spürte, das mir bis in die Knochen drang. Es dauerte nur eine Sekunde, dann war es weg. North neben mir erschauerte. Er hatte es auch gespürt. Aus dem Keuchen und Gemurmel unten schloss ich, dass alle es gespürt hatten.

„Was war das?", fragte North.

„Weiß nicht", sagte ich mit flatterndem Herzen. Die Härchen an meinen Armen standen zu Berge und ich hatte einen Kupfergeschmack auf der Zunge. „Kam das von dem Sturm?" Ich spähte über den Balkon. Im Dunkeln war es schwer zu erkennen, aber alle sahen unversehrt aus.

In dem Moment atmete North scharf ein. „Oh", flüsterte er. „Aurora." Es war seltsam, dass er meinen richtigen Namen sagte. Aber noch seltsamer war, wie er ihn aussprach. In diesem Moment hörte man von unten ein kollektives Luftholen, dann hoben sich die Blicke von den Displays gen Himmel.

Jede Faser meines Körpers war von einer Ahnung erfüllt, als ich den Kopf zurücklegte. In dem Moment, als ich auf den Horizont schaute, hörte ich wieder meinen Namen, diesmal im Kopf.

Aurora.

Ich zitterte, als ich die wundersame, neonfarbene Erscheinung sah. So spektakulär, gespenstisch und mit Farben aufgeladen, dass ich mehrere Sekunden brauchte, um sie zu erfassen. Das atemberaubende Polarlicht bildete den groben Umriss einer Taube mit ausgestreckten Flügeln. Schwindelig vor Staunen, atmete ich die kalte Nachtluft tief in die Lunge. In diesem Moment schien der Weltraum zusammenzuschnurren und mich näher an das Unendliche heranzuziehen.

North nahm meine Hand und hielt sie, während wir beide ehrfürchtig in den Himmel schauten.

„Das ist für dich", flüsterte er.

Unter uns war gedämpftes Gemurmel zu hören. Ich riss mich vom Himmel los und schaute hinunter auf die Straße. Ein rechteckiges Licht nach dem anderen erlosch. Die Handys gingen aus, aber niemand schien es zu bemerken. Die Leute waren mit ihren Augen und Gedanken anderswo. Im Himmel. Beieinander. Zum ersten Mal seit Langem stand Verbundenheit über Verbindung. Nie zuvor hatte ich dergleichen gesehen. Eine so überschäumende menschliche Interaktion. Menschen, die sich nicht Displays, sondern Gesichtern zuwandten. Es war großartig und machte mir Hoffnung. Das Lächeln, das sich auf meinem Gesicht ausbreitete, kam aus tiefster Seele.

Gut gemacht, flüsterte die Stimme. *Gut gemacht.*

Epilog

„Fröhliche Tagundnachtgleiche." North stellt eine kleine Schachtel auf den Tisch. „Hoffentlich gefällt es dir", sagt er, als ich den Deckel öffne. „Ich kann es nämlich nicht umtauschen."

In der Schachtel liegt ein gefalteter Zettel. Es ist eine E-Mail, an mich adressiert und mit dem Logo der New York University versehen. *Liebe Aurora Vaughn,* steht da. *Herzlichen Glückwunsch! Es ist mir eine Freude, Ihnen mitzuteilen, dass Sie für den Jahrgang 2035 an der New York University angenommen sind.*

„Das ist heute Morgen gekommen", sagt North mit einem Funkeln in den Augen. „Du bist angenommen."

„Das ist ja komisch. Ich hab mich überhaupt nicht beworben."

„Och, aber ich." North beugt sich über den Tisch und nimmt meine Hände. „Und deine Bewerbung war sehr überzeugend. Vor allem das Motivationsschreiben. Du hast über den Menschen geschrieben, der dich am meisten inspiriert." Er führt meine Hand an die Lippen und küsst meine Handfläche.

„Scheint ein ganz toller Typ zu sein." Er hat die Stimme gesenkt, obwohl das nicht nötig wäre. An den Tischen neben uns sitzt niemand und unser Kellner steht an einem Sechsertisch in der gegenüberliegenden Ecke und beantwortet Fragen zur Speisekarte. Essengehen ist heutzutage, ohne die Empfehlungen von Lux, viel zeitaufwendiger. Man muss so viele Entscheidungen treffen.

„Es ist nicht das Gleiche, als wenn du es selbst geschafft hättest, ich weiß", sagt North leise. „Aber wenn du erst mal da bist, kannst du dich beweisen. Und Atwater wird ihnen ja nicht erzählen, dass du in Eden abgebrochen hast. Nicht, dass du denkst, ich wollte dich dazu drängen. Es ist deine Entscheidung. Wenn du nicht willst ..."

„Ich liebe dich", sage ich und gebe ihm einen Kuss.

Er grinst. „Dann machst du's?"

„Einer von uns beiden muss ja einen anständigen Beruf haben", scherze ich und küsse ihn wieder.

Als der Kellner uns die Rechnung bringt, zahlen wir bar. Noch vor einem halben Jahr hätten die Leute die Augenbrauen hochgezogen, aber heute nicht. Sie haben ein Misstrauen gegen elektronische Geräte entwickelt. Handfeste Sachen sind ihnen jetzt lieber: Dollarscheine, Stadtpläne aus Papier, Metallschlüssel. Es ist nicht mehr so schlimm wie an den Tagen nach dem Sturm, als die meisten ihr Handy nicht einmal mehr anfassen wollten. Damals waren alle paranoid. Als alles ans Licht kam, durchlebten die Leute eine Art kalten Entzug, wie einige Ärzte meinten. Nachdem die Nanobots ausgeschaltet waren, lechzte das Gehirn der Menschen nach dem Vertrauensschub, an den es sich gewöhnt hatte. Es dauerte einige Wochen, bis sich der natürliche Oxytocinpegel wieder eingestellt hatte. Bis dahin war die Wahrheit durchgesickert und jetzt treiben harte Fakten die Leute weg von ihren Handys.

Im Fernsehen traten Wissenschaftler auf, die versicherten, dass das merkwürdige Gefühl, kurz bevor das Polarlicht erschien, uns keinen Schaden zugefügt hat. Der menschliche Körper hält viel stärkeren elektromagnetischen Impulsen stand als solchen, wie der Sturm sie ausgelöst hat. „Das war ungefähr so wie ein MRT", sagte ein Geophysiker in einer der vielen Pressekonferenzen in den Tagen nach dem Sturm. „So etwas registriert unser Körper kaum."

Die Nanobots im menschlichen Körper dagegen bestanden aus Eisenoxid, einer stark magnetischen Verbindung. Außerdem waren sie für den Fall einer Fehlfunktion mit einer eingebauten Sicherung ausgestattet. Wenn etwas schiefging, konnten sie durch ein MRT abgeschaltet werden. Durch ein MRT oder, wie sich jetzt zeigte, elektromagnetischen Strom, in diesem Fall ausgelöst durch einen Sonnensturm. Eine Kleinigkeit, die den Auserwählten trotz fast zwanzigjähriger Planung entgangen war.

Es ist schon verrückt, wie alles gekommen ist. Dass die Auserwählten sich den griechischen Gott Hyperion als Namenspatron für ihr heiliges Projekt ausgesucht hatten. Den Gott, der über die Sonne herrscht. Und dass dann ausgerechnet die Sonne durch einen feurigen Ausbruch das Hyperion der Auserwählten zunichte machte. Da haben sie die Göttlichkeit von Hyperion wohl genauso falsch eingeschätzt wie ihre eigene.

Ein paar Tage darauf fielen alle Schranken. Ohne Nanobots mussten die hundertelf Redakteure, denen wir das Gnosis-Memo geschickt hatten, ganz allein entscheiden, ob sie die Geschichte bringen wollten oder nicht.

Und alle hundertelf wollten.

Die Arzneimittelzulassungsbehörde nahm sofort das Soza-Grippespray vom Markt und das Justizministerium leitete eine Untersuchung von Gnosis im Allgemeinen und von Lux und dem Gemini Gold im Besonderen ein. Eine Woche vor Weihnachten erhob ein großes Geschworenengericht in Boston Anklage gegen siebenundsiebzig Personen. Als ich die Festgenommenen im Fernsehen in Handschellen sah, taten sie mir leid. Wie viele von ihnen waren ebenso ahnungslos, wie Griffin es gewesen war? Die wahren Übeltäter standen nicht auf der Gehaltsliste des Unternehmens und ihre Namen fielen nicht in den Nachrichten.

Die Auserwählten – sie sind nicht besiegt. Weder von uns noch von dem Sturm. Sie sind zwar keine Götter, aber sehr schlaue Menschen. Und, wie Dr. Tarsus gesagt hat, sie haben einen langen Atem. Irgendwann werden sie es wieder versuchen. Aber wenigstens haben sie mich nicht mehr auf dem Schirm. Fürs Erste genügt mir das.

Hershey zufolge hat meine plötzliche Abreise ungefähr einen Tag lang Anlass zu Spekulationen gegeben. Kurz darauf verließ Rudd die Schule und es wurde getuschelt, er hätte was mit einer Schülerin gehabt. Natürlich denken jetzt alle, ich sei diejenige gewesen. Aber da weder die Eden Academy noch Hershey Anklage erheben, bleibt das Gerücht ein Gerücht und

Rudd muss nicht ins Gefängnis. Ich finde es schlimm, dass er frei herumläuft. Aber Hershey meint, es sei besser so.

„Sollen wir noch bei der Bücherei vorbei?“, fragt North, als wir das Restaurant verlassen. Es ist eine überflüssige Frage. Wir gehen jeden Abend hin, jetzt, da die Hauptstelle in der Fifth Avenue immer bis Mitternacht geöffnet ist. Alle Büchereien sind so lange geöffnet, wegen der großen Nachfrage. In der Hauptstelle gibt es über fünfhundert öffentliche Computer. Trotzdem reicht die Schlange der Wartenden wie immer bis weit vor den Eingang und auf die ikonenhafte Treppe. Die Warteschlange sagt eine Menge über uns aus. Sie zeigt, wie misstrauisch wir sind, wie sehr um unsere Privatsphäre besorgt. Alle haben Angst, ihr Handy zu benutzen und sich zu Hause einzuloggen. Aber die Schlange zeigt auch, dass wir nicht bereit sind, einen Schnitt zu machen. Wir tragen Geldbündel in den Taschen und haben Landkarten aus Papier in den Autos, doch es zieht uns zum Bildschirm wie die Motten zum Licht.

Als ich an der Reihe bin, setze ich mich an den Computer. Mein Abendritual. Ich logge mich mit einem falschen Profil bei Festival ein, dem sozialen Netzwerk, das Forum abgelöst hat, nachdem es von der Regierung geschlossen wurde. Dann gehe ich auf die Seiten meiner Lieben.

Im Posteingang finde ich eine Nachricht von meinem Vater. Er gratuliert mir zum Geburtstag. Er versteht nicht, weshalb ich ein falsches Profil verwende und ihm meine Mailadresse nicht gebe. Aber anscheinend hat er sich damit abgefunden, dass es eine Weile so sein muss. Ich verstecke mich nicht – das will ich nicht –, aber ich bin auf der Hut. Es ist zu viel passiert, als dass ich meine Freiheit aufs Spiel setzen möchte.

Als Nächstes schaue ich nach Beck. In dem Moment, als die Nanobots sich abgeschaltet haben, war sein Lux-Trip vorbei. Und noch ehe das Polarlicht vom Himmel verschwunden war, hatte er sein Gemini Gold schon in den Columbia River geschmissen. Er benutzt jetzt das alte Samsung Galaxy von seiner Mutter und hat angefangen, auf Film zu fotografieren. Diese alten Geräte sind auf einmal ziemlich angesagt. Bestimmt macht Ivan das Geschäft seines Lebens.

Heute Abend sehe ich, dass eins von Becks Fotos – aufgenommen an dem Tag, als alles aufgeflogen ist und Tausende Leute ungehindert von der Polizei in einer spontanen Aktion auf dem Pioneer Square ihre Gemini Golds verbrannten – in einer Ausstellung im International Center of Photography in der Nähe des Times Square zu sehen sein wird. Zur Eröffnung im Juni ist er dabei. Ich lächele bei der Vorstellung, ihn dort zu überraschen. Seinen dünnen Hals zu umarmen und Stunden um Stunden zu quatschen.

Jetzt ist es Mitternacht und jemand sagt durch, es sei Zeit, die Bücherei zu verlassen. „Eine Sekunde noch“, sage ich zu North und nehme seine Hand. Ich klicke ein letztes Mal.

Hersheys Profil anzusehen, fällt mir am schwersten. Deshalb bewahre ich es jedes Mal bis zuletzt auf. Sie ist immer noch in Eden, wie sie es wollte. Aber die heiteren Statusmeldungen und lächelnden Selfies können mich nicht täuschen. Ich kenne sie zu gut. Trotzdem werde ich ihre Entscheidung wohl nie verstehen oder ihr vergeben. Dass sie nach allem, was sie wusste, dennoch bleiben wollte. Aber darum ging dieser ganze Kampf ja letztendlich. Um die schreckliche und doch herrliche Freiheit zu fallen.

Danksagung

Allen voran danke ich dem Einen, der mir die Idee zu diesem Buch gab, dem wahren Parakleten. Ich hoffe, ich habe es nicht vermasselt.

Ein Dank geht an meine einmalige Agentin Kristyn Keene, die diese Geschichte mit ungebrochener Begeisterung und großem Feingefühl in jedem Stadium mitgeformt und verbessert hat. Ebenfalls danke ich Kyle Kallman, dem besten Praktikanten, den ICM je beschäftigt hat. Meine verrückte Idee hat ihm so gut gefallen, dass er Anmerkungen dazu gemacht hat, obwohl das gar nicht seine Aufgabe war. Er möge es mir nachsehen, dass ich einen Schurken nach ihm benannt habe.

Meiner sorgfältigen und klugen Lektorin Sarah Landis von HarperTeen war ich mehr als einmal unglaublich dankbar. Und ich danke dem gesamten Team von HarperTeen, ganz besonders Jen Klonsky, Gina Rizzo, Christina Colangelo, Sarah Kaufman (ganz groß in exzellenten Covern), Jon Howard, Kaitlin Severini und Alice Jerman für ihre harte Arbeit und weil sie einfach toll sind.

Tausend Dank an die hervorragende Dr. Katrina Siffred für erstaunliche Sachkenntnis auf dem Gebiet der Nanobots, hauptsächlich aber für die Idee, Oxytocin als Aufhänger zu benutzen. Für die Hacker-Szenen bin ich Mike Siley zu Dank verpflichtet, der zwar kein Hacker ist, aber ein ziemlich cooler Typ. Bitte zieh doch wieder nach LA. Nicht zu vergessen Alex Young von der NASA, der weltbeste Solarphysiker, der mir das Phänomen der Sonnenstürme so erklären konnte, dass mein nicht naturwissenschaftlich gepoltes Gehirn es verstehen konnte. Ohne seine Hilfe hätte ich dieses Buch vielleicht nie zu Ende gebracht, schon gar nicht mit einem spektakulären grünen Leuchten.

Schließlich danke ich Ann Drewry, einer lieben Freundin und tollen Ärztin, die mir dabei geholfen hat, all die Leute im Buch sterben zu lassen, die sterben mussten. Durch dich habe ich vor Jahren erfahren, wie schön es ist, eine „beste Zimmergenossin" zu haben.

Außerdem danke ich Ryan Dobson, dem der Zweifel seinen Namen verdankt (meine Güte, habe ich irgendwas in diesem Buch selbst geschrieben?); Brent Robida für seine beständige und komplizierte Freundschaft, aber auch dafür, dass er die allererste Fassung dieses Buchs gelesen hat (das vergessene TV-Drehbuch, das AMC nicht haben wollte) und mir Wendell Berry geschickt hat, als ich nicht weiterkam; Bobbi Shiflett, die die Rohfassung innerhalb von drei Tagen durchgelesen und mich vor dem schwarzen Loch des Selbstzweifels bewahrt hat; sowie Jordanna Fraiberg und Natalie Krinsky, die mich über die Cafétische hinweg bestärkt und inspiriert haben und mich daran erinnert haben, dass Schreiben keine einsame Arbeit sein muss.

Diese Danksagung wäre unvollständig ohne ein dickes DANKESCHÖN in Großbuchstaben an die wunderbare Niki Castle, die mein Buch sogar noch schneller gelesen hat als Bobbi und so nette Sachen gesagt hat, dass ich mich fragen muss, ob ich ihr vertrauen kann. Wenn irgendjemand mich überreden könnte, auf die andere Seite des Landes zu ziehen, bist du es. Jedenfalls solange du versprichst, mich mit Kürbiskeksen und Vinho Verde Rosé zu versorgen.

Zu guter Letzt danke ich meiner Familie für ihre unendliche Unterstützung und Liebe, allen voran meinem Mann, meiner Tochter und der kleinen Erbse, die unterwegs ist und die, wenn dieses Buch in die Regale kommt, keine Erbse, sondern ein richtiger Mensch sein wird. Ich freue mich riesig über dieses Buch, aber über dich, Klein Miller, freue ich mich noch viel mehr. Mögen du und deine Schwester immer dem Flüstern im Innern vertrauen.